燈籠

L-A-N-T-E-Ray-N
Ray 書系

青春是一束雷射光，
匯聚你不羈的想像，
奔向你獨有的冒險，
挑戰你變幻的極限！

天庭傳奇
系列02

Heart of the Sun Warrior

# 太陽勇士之心

Sue Lynn Tan
陳舒琳

曹琬玲……………譯

獻給

那些心中懷著祕密夢想的人們

純明宮
北海
芬芳扶桑林
玉宇天宮
西海
鳳凰城
夏焰宮
幽珊宮
仙域
天庭
東海
長春林
南海
黃金沙漠
魔界
影子峰
黑龍江
黃河
長江
珠江
凡間

# 臺灣版作者序

《月宮少女星銀》的靈感來自於嫦娥和后羿的傳說，自我孩提時這個故事就深深吸引著我，隨著時間流逝一直伴我左右。在成長的過程中，我家每年都會慶祝中秋節，我記得我們會盯著月餅盒子和手提燈籠上的嫦娥圖案，以及親戚們聚在我們家裡的場景。雖然物換星移，但這些回憶是我童年重要的一部分，我將永遠珍惜。我非常感激有機會將我的書和啟發它的神話，分享給世界各地的讀者。

在這個傳說中，嫦娥與后羿結為連理，一位凡人射下十個太陽，後來得到了長生不老仙丹的賞賜。由於不忍離開妻子，后羿沒有服下仙丹。然而，嫦娥卻喝了並成為月之女神，飛向了月亮。後世傳言說她就是因為偷竊仙丹，而被流放到月亮。

《月宮少女星銀》的開篇是「關於我母親的傳說很多」。這是我打出的第一句話，經過無數次的編輯，這句話始終如一。嫦娥飲下仙丹的原因眾說紛紜——有人說是為了保護仙丹不被竊取，有人說是出於野心，或者是為了保護人們，免受后羿的暴政。我內心的浪漫情懷使我不願相信嫦娥輕易背叛她心愛的丈夫，即使是為了長生不老。所以，我想像她在做出這個扭轉命運般的決定時可能的感受和想法：我不禁想像她是否有其他難言之隱？是否是因為愛而做出這個選擇？嫦娥和后羿是否其實有個孩子？

從這個想法出發，《月宮少女星銀》便誕生了。這是一個關於愛和家庭、神仙和魔法的宏大冒險故事，發生在一個迷人的奇幻世界。你將會遇到傳說中的怪物，大場面的戰鬥，壯麗的國度與場景，並與聰明的君主和無情的惡徒，以及高貴的戰士並肩作戰。我想像主角是那位射日英雄與月之神女的女兒，她像她父母一樣勇氣和大膽，一樣的激情和愛。她繼承了父親的射箭才能，同時擁有母親的神奇和魔力，並如同后羿為世界而戰，她也會為了女神的自由而英勇奮戰。這本書的核心主題是一個關於愛的故事，涵蓋了家庭與浪漫的愛，而這個愛的主題也呈現不同的樣貌，既具有毀滅性，也充滿了美妙之處。

雖然我希望在《月宮少女星銀》中致敬現有的傳說元素，但我也希望藉由這個作品，創造出一位走向未知道路的少女主人翁。我將這個故事發展成雙部曲，《月宮少女星銀》和《太陽勇士之心》，分別聚焦神話的不同元素。寫這部書帶給我很多快樂，因為它們對我來說意義重大，交織著我個人成長的回憶和文化傳承，真的也可說是我的心靈故事。謝謝你選擇閱讀這本書，希望你也能夠從中找到一些喜愛的元素。

# 第一部

# 1

夜幕低垂，陰影逐漸覆蓋整片大地。這是凡人準備休息的時刻，然而在月宮，我們辛勞的工作才正要開始。我手中的木片捲升起冬季的白色火焰。我俯低身子，將燈籠上頭的落葉掃落，燈籠是以半透明的礦石與銀絲線纏繞製成。我將木片往下送，燈芯發出嘶嘶聲地點燃了。我站起身，甩掉長袍上的塵埃，一排排未點亮的燈籠映入眼簾，就像滿樹繁盛的銀桂。這就是月燈，總共一千盞。月燈放出的光照亮了下方世界，無論風吹雨打，長明不滅直到被黎明的第一口氣吹熄。

點燈時，母親總會敦促我要勤奮一點，要親力親為。但我沒有她那般耐性，我已不習慣做這些安靜的工作，不習慣一直保持平心靜氣。我往內心探索，抓住了我的能量——在我生命力核心流動著的閃亮魔法。我的掌心迸發出火焰，橫掃整排燈籠，燈尾之外還延伸出一條熊熊火焰。我的法力技能強項在風，但是像這種時候，火之術還是挺好用的。現在我腳下一片光芒如星塵灑落，而下方凡間的人們將抬起頭，看著夜空中半遮面的月光。

很少人會以半月為靈感創作詩歌，或費心繪製使之不朽。半月沒有新月的優雅弧線，也沒有滿月的完美圓滿，半月徘徊於明與暗之間，偶而迷失其中。我覺得自己也像半月，身為神仙與凡人的孩子，我也活在發光發熱的雙親的陰影之下。

有時候，我發現自己帶著一絲遺憾掉入過往的回憶之中，幻想著自己還留在天庭，年年締造豐功偉業，每項成就以我的名字串起來成了一條耀眼閃亮的珍珠項鍊。我自己就是個傳奇，像我父親后羿一樣被尊崇，或者像我母親月之女神如此受人愛戴。

凡人在一年一度的中秋節緬懷她，這是個慶團圓的日子，然而也是我母親成仙之日。有些人向她許願求好運，而有些人祈求愛情。他們都不知道其實我的母親力量有限，儘管她喝下了我父親殺死太陽鳥後獲得的靈藥賞賜，或許是因為未受訓練，又或是她的凡人體質仍有所殘留。她成仙後，生死之刃便一刀劃下將我父母天人永隔。事實也是如此，我父親的軀體正躺在墳墓裡的棺材。我感到胸口一股尖銳的刺痛，我從沒真正認識過我父親，只有模糊的形象得以悼念，然而我母親以永生的歲月日日夜夜哀悼他。也許這就是為何乏味單調的工作不會困擾她，因為這種工作可以緩解因遺憾而破碎的靈魂，撫慰一顆因悲傷而壓抑的心靈。

不，我不需要名望及崇敬，就像我父母一樣，他們從未要求過這些。名聲常伴隨著苦難，榮耀帶來的興奮中夾雜著恐懼，而良心裡的鮮血沒那麼容易洗淨。我加入天庭軍隊並非追求煙火燦爛般的夢想，徒留身後兩倍深的黑暗。我該馴服內心的躁動，不再糾結這些欲望。回到家，再次享受來自母親與平兒的愛……是這些愛與溫暖才使我完整。這也是我一直以來夢想的、努力爭取的並終於贏來的生活。

對許多人來說，跟富麗堂皇的玉宇天宮相比之下，月宮簡樸許多。但對我來說，沒有比月宮更美妙的地方了：大地燦爛閃耀像星光波浪，盛開的桂花垂枝如簇簇白雪。有時候我在肉桂木床上醒來，內心徬徨，不確定是否身在夢中。但飄來的甜香味，以及燈籠散發出柔和的光，在在證明我人在**這裡**，在我的家裡，沒有任何人能再將我們拆散。

一陣微風輕拂，上方叮噹聲響起，是月桂樹，樹上成串的種子像冰晶般微微發光。我小時候一直渴望將種子串成手鍊送給我母親，但怎樣也無法成功摘採下來。

出於習慣，我伸出手指纏繞一串透明且冰涼的種子，用力拉扯，樹枝傾斜且晃動，但種子依舊緊貼樹梢。

另一位神仙出現使得氣場有了變化，然而結界沒有發出任何警示，出於本能，我伸手拿取背上的弓。度過一年平靜的居家日子後，我的生命力比預期的更快復原，使用玉龍弓時感到收放自如，不再害怕有人入侵襲擊。不過我馬上認出這熟悉的氣息，如夏日的耀光，我隨即放下武器。

「真是個熱情的招呼啊，星銀。」力偉的聲音帶著笑意響起，「還是妳迫不及待再來一場射箭比賽？」

我轉身發現他正倚在一棵樹旁，雙手懷抱胸前。我的心跳加速，但我保持鎮定：「你可別忘了上次是我贏了，而且之後我花了比太子殿下你更多的時間練習，你的時間都花在朝廷上了。」

我原本想挖苦他好幾星期沒來訪，但我沒有立場要求太多。我們最近越來越親密，但依然沒有立下任何承諾，我們再次處於朋友以上，戀人未滿的階段。疑慮的種子一旦埋下並發了芽，便難以除根。

他的嘴角揚起一抹微笑，「我們的比分目前是平手，我可能會贏。」

「歡迎來試試。」我抬起下巴。

他大笑，搖搖頭說：「我寧願維護我的自尊。」

他大步走向我，碧藍色長袍下襬輕輕地擦過我的衣袍時他停下腳步。他的腰間繫著一條灰色絲綢腰帶，上頭掛著橢圓形的玉飾及晶瑩剔透的卵狀寶石，寶石閃爍著銀色光芒來自我的能量。天空之雫流蘇，我腰間也掛著一件，與它成雙成對。

我忍住想退後的衝動，同時也抗拒著想靠近他的吸引力。「我沒有感覺到你來了，你調整結界了嗎？」對力偉來說，繞過守護我家的結界很容易，畢竟之前就是他協助我一起完成的。當然這裡的結界沒有天庭那裡的強大，不過發生任何動靜時，結界都會給我警示。我不擔心那些熟識，陌生人才是我要提防的。

他點點頭，「當結界受到干擾時，我也會有所感覺，結果無意間讓這個結界認得我了。」

「你那麼少來，有必要嗎？」我忍不住脫口而出。

他笑得更開心了。「妳想念我了嗎？」

「沒有。」**對**，但我才不想稱他的意。即使脖子上架把刀，我也不會承認。他不在時，我內心總是存在著無法填補的痛苦，此刻才開始消退。

「那我該離開嗎？」他提議道。

我真想轉身背對他，但這就像往自己的小腿肚狠踢般自討苦吃。「你最近怎麼都沒來？」我反問他，這才是我真正想知道的。

他表情變得嚴肅。「朝廷裡現在局勢有些動盪；一位新任將軍受命與建允將軍共同指揮軍隊。近日我父親與建允將軍的關係變得緊張。」

我內心滋生一股罪惡感。去年我贏得母親自由那天，建允將軍前來為我辯護，天皇陛下是否因此對他懷恨在心？人們總是獎勵那些效忠服從的人，而侮辱到他們時便加倍奉還。

「誰是新任將軍？」我問。

「吳大臣。」他不悅地說。

我感到不寒而慄，我怎能忘記曾經激烈地反對寬恕我們的那位朝臣。如果他當時得逞，天皇便會將我母親上銬，並判我死刑。我是否不知不覺中得罪了這位大臣？還是他真的認為我們威脅到了天皇，而他對天皇無庸置疑赤膽忠心？不論答案是什麼，一想到他對天庭軍隊有如此大的影響力，我就感到內心不安。

「我不知道吳大臣有此志向。」我議論著，「他勝任這職務嗎？」

「無論有沒有這個能力，很少人會拒絕這麼光榮的任命。」力偉說，「我留下來是為了支持建允將軍，希望改變我父親的心意，然而他很固執。雖然吳大臣對我父親來說是名忠臣，但我在他身邊時總感到不安，在他反對妳之前便如此。」

「不要被情緒蒙蔽，直覺可以是強大的導引。」當我話一說出，回想起文智的背叛，內心感到糾結。先前我扼殺自己的直覺只去看我想相信的，我現在是哪根蔥有資格講這種大道理？

我的腦海裡出現擊鼓般的無聲脈動；有人穿越了結界。我在一片寂靜中探索著，感覺到異常的能量閃爍。是神仙的氣息，來了好幾位，但沒有一位我認得。我愣了愣，力偉的眼睛瞇了起來。他也感覺到他們了，一群陌生訪客來到我家了。

自從月宮不再是仙界禁地，許多神仙前來拜訪我們。他們好奇的眼光跟無情的評頭品足是獲得天皇赦免伴隨而來的不幸後果。我就像是某種娛樂大眾的物件一樣。

**被天焰擊中是什麼感覺？**一名天庭朝臣屏息問道。

**妳能存活下來是個奇蹟**。還有人一臉期待如此論道。

尤有甚者，好奇地大聲嚷嚷說：**傷疤在哪裡？還會痛嗎？我聽說天焰擊中的傷痕永久無法癒合！**

偽裝的關心，幸災樂禍的憐憫，虛假的同情，如凡間街頭藝人操弄的木偶般空虛。如果我感受到一絲真心的關懷，我就不會如此怨恨他們了。但讓他們感興趣的原因全都是源自貪婪，想要挖掘一點八卦來分享，我的手總是發癢想取弓引箭，一道劈啪作響的閃電足以將他們送離我們的大廳。我不會真的發射出去，威嚇一下就夠了。只是在我母親的凝視之下，加上她從小灌輸我的禮儀，我困坐在椅子上不得動彈。

然而，他們當作八卦閒聊的好奇動機總比那些懷有惡意的人好多了。

突然一聲巨響，像是什麼東西碎落在石頭上。我拉起裙擺，奔向純明宮。每一腳踩踏於地，都揚起了一團團塵土，而玉龍弓則猛烈撞擊我的背，力偉沒半點落後，立刻跟上。

前頭是聳立的明亮牆面，接著是珍珠母列柱，我跌跌撞撞地在門口停下腳步，檢視散落於地並浸在一灘淡金色的液體裡的瓷器碎片。一股甘醇的香味撲鼻而來，令人舒緩且慵懶。是酒，然而純明宮裡並沒有藏酒。

力偉跟我穿過一道又一道門，沿著通往銀和廳的走廊前進，我們在那裡迎賓會客。玉燈柔和的光投射在陌生訪客身上，他們在我母親身旁的木椅上坐著，當我一入內，訪客們紛紛看向我並起身。

母親走向我們，她朱紅色腰帶上的翡翠流蘇隨著她的步伐叮鈴作響。「力偉，我們好一陣子沒見到你了。」她熱情地打招呼，並直呼其名，如力偉一直要求的省略了太子頭銜。

「久違了，請見諒。」他禮貌地低下了頭。

我一邊與賓客們打招呼，一邊端詳著他們，他們的氣息並不強烈，代表任何麻煩都可輕易化解。也沒有不對勁的金屬閃光，或者潛在的魔法波動，這種波動需要特別留神才能感知得到。一位瘦弱的神仙站在我母親身旁，他的瞳孔是麻雀羽翼的色調，頭髮與鬍鬚銀光熠熠，一把繫著綠色流蘇的竹笛懸掛腰間。站在他身邊的兩名身穿紫丁香色長袍的女子，打招呼的那雙手光滑無瑕，彷彿從沒拿過武器，也沒做過一天工。然而當我看到最後一位賓客後，我的呼吸不再順暢。他的五官線條僵硬平板，如木頭刻製，頸部肌肉結實，精緻的絲綢長袍下看得出肩膀寬闊，手指卻不斷顫抖。

我的幾乎感覺到一絲刺痛的警告，我以微笑掩飾我的不安，「母親，這些賓客是誰？」

「美納跟美寧是來自黃金沙漠的姊妹，她們希望能在月宮居住幾周觀察星象。」她指著身邊的老神仙，「這位是剛師父，技巧純熟的樂手，來這裡尋找創作靈感。而這位……」她停下，皺眉看著那位年輕男子，「很抱歉我還沒來得及問到你的大名。」

他向我們鞠躬，並伸出合掌的手，「很榮幸來到此地，我的名字是浩然，我是來自鳳凰城的釀酒師。我受鳳金皇后之命釀造新酒，需要頂級的桂花。據說最美的桂花盛開於月宮的森林裡，所以我謙卑地請求，請允許我採收一些桂花，我將永遠感激妳的寬容慷慨，讓妳的好名聲遠播仙域。」

我厭惡他言談中的巴結與諂媚，還有他的眼神在廳內游移掃視的模樣。他就像一首節奏錯誤的曲子讓我感到不安，不僅僅是因為他來自鳳凰城，是天庭最緊密的盟友以及力偉前未婚妻的家鄉。婉拒的話在我舌尖上游移不定，想打發他。不只他，其他人也是。我們在這裡很安全，和平得來不易。

浩然彷彿察覺到我的不悅，轉頭對我母親說：「不會叨擾太多天的。我帶了微薄之禮，我釀造的上等好酒，一瓶不巧摔落外頭。」他機巧地說。

「浩然師傅，你太客氣了，但請別多禮。」我母親大方地說。「歡迎你們所有人，希望你們原諒我們簡樸的生活方式；我們不奢華待客。」

浩然師傅再次低下頭，「我感激不盡。」

其他賓客鞠躬示意後跟著母親離開了大廳，留下力偉跟我。我倒坐在椅上，用拳頭摀住我的嘴，力偉則坐在我旁邊。

「你覺得浩然師傅怎麼樣？」我問。

「我蠻想品嘗看看他釀的酒。」

我沒心情開玩笑，「也許是我沒事自尋煩惱，也許我就會自尋煩惱。」

力偉傾身向前，表情變嚴肅。「相信妳的直覺，我相信妳。持續觀察，如果發生任何事，立刻傳話給我。」

當他視線落在我腰間的天空之雫流蘇時，神色有些緊張，回憶將我拉入黑暗洞穴，嘲弄的笑聲、力偉的刀尖壓著我的身體……以及我們如何差一點失去彼此。

我盯著門口，直到腳步聲漸漸消失。這是頭一次我家的屋簷下有陌生訪客留宿。我努力不去回想上回在這裡我有這種感覺的時候：一個孩子為了躲避天庭天后而躲在石牆邊，因恐懼而無法動彈。

# 2

我凝視窗外，手指停在琴弦上。浩然師傅正揹著一個竹籃往森林走去，這周的每一個傍晚皆如此。他的口哨聲直衝雲霄，高音刮著我的神經。夜光下，他熟練地轉動剪刀，銀光閃閃。我心想，握起武器時他的手是否也一樣靈活？

「妳正在彈的這首連**我**都可以試試。」身後傳來我母親的聲音，打斷我的思緒。

我尷尬地笑了笑，將琴推到一旁。我母親既不會彈奏樂器也對音樂沒興趣，這也是為何從前是由平兒指導我。

她坐下來，雙手交握放在桌上。「妳看起來不喜歡我們的訪客。」

「就一位特別不喜歡。」我朝窗外點點頭。

「妳為何不喜歡浩然師傅？他很有禮貌且顧慮周全。」

我沒來由地就討厭他。只是一種感覺，像是空氣中神仙氣息的改變，像被窺視的刺痛，還有就像力偉說的，我應該相信我的直覺……或至少不該漠視這些感覺，只偏好那些我夢想成真的。

我並不希望我的直覺正確；我並不想要任何危險降臨我家。

「他有所防備，緊張兮兮，彷彿在隱藏什麼。」我結結巴巴地解釋。「每當我問他問題，他都將話題從他身上轉開。」迴避問題是我熟悉的，因為多年來我一直隱瞞身分。

「也許他只是不習慣與大家互動，有些人無法自在談論自己，有些人寧願傾聽。」我母親繼續說著，「浩然師傅很怕妳，妳留意過妳看他的眼神嗎？瞇著眼睛，癟著嘴。」她溫柔地碰觸我的手，「星銀，我知道妳之前受過傷，如果妳對大家都抱持懷疑，最終可能證實妳是對的，但妳依舊會感到失望。有時候，無法信任別人，別人也無法信任妳。拒絕看到他們身上的優點，妳可能會失去一些妳從未察覺的珍貴東西。」

她的話喚醒了我，確實這些日子以來，我發現自己總在笑容中看見譏諷，皺眉裡讀到威脅。我在每個陰影中尋找敵人。

她站起身，撫平長袍上的皺褶，當她的手掌拂過布料，上頭的銀色蓮花刺繡閃閃發亮，這是光影造成的錯覺嗎？我不認為是來自她的能量，她從來沒有展示出這種能量。

「我是來跟妳說淑曉來了。」

我精神一振，除了力偉，她是最常來訪的朋友，我總是很開心她的到來。

「她在哪裡？」

「在宴客廳，纏著平兒討吃的。」

我立刻前往宴客廳，廳內的地板鋪著灰色石磚，鋪上了紫羅蘭色的真絲地毯，中央擺上一張有著弧形桌腳的大圓桌，桌旁圍了一圈圓筒凳。這些紫檀木製成的桌椅上鑲嵌了彩虹色澤的花卉及鳥兒珍珠母裝飾。八張椅凳正好圍滿餐桌，小時候的我肯定沒想過有一天它顯得如此小。

盛盤上桌的菜餚傳來溫暖且濃郁的香味：滿是肉塊及蓮藕的燉湯、藥膳蛋、鮮嫩豌豆苗、炸到金黃酥脆的魚，以及一碗碗米飯。這些菜餚與天庭的奢華餐點相比樸實許多，但風味絕佳。剛師傅在我母親旁邊坐下，來自黃金沙漠的姊妹則坐在我母親的另一側。浩然師傅缺席，這周皆如此——然而他的酒甕已放在桌上，帶著梅子甜味的極品釀酒已斟滿我們的酒杯。雖然我仍然懷疑他的來歷，但他倒是沒有誇大他的釀酒功夫。這幾晚我都毫不猶豫地喝得一滴不剩，接著沉入深且酣甜的睡眠，儘管隔天一早醒來頭疼得厲害。

我裝了兩碗蓮藕湯，在淑曉身旁坐下。她雖然面帶微笑，但眼神毫無生氣。

「什麼事這麼困擾妳？」我跟她不做客套，並遞了一碗給她。

「玉宇天宮的情況一直很緊張。」她直言道。「新將軍對我們嚴加管理。」

「吳將軍？」這大臣的新頭銜對我來說很拗口。

她點點頭，「隨著建允將軍退居副手，吳將軍現在才是軍隊背後真正的掌權者。他很頑固、苛刻且缺乏彈性。要求遵守最嚴厲的條文規則，稍微違規就被施以罰責。即使在用餐時間與旁人交談都被視作失職，現在我們只能安靜地坐在那，不敢眼睛對視，就像我們變回學童並跟著仙域中最凶的老師。」

**分化的軍隊較易於掌控**，我腦中浮現這個討厭的想法。天皇是擔心士兵們再次違抗他嗎？士兵們不知道他們對我的支持忤逆了天皇——他們不知道我做了什麼招惹天皇。那天我真正對天皇的違抗，是我有意曲解他下令要求我帶回龍珠的旨意，而這只有我們心知肚明，可能這個新任命的天皇心腹吳將軍也知情。

「這是最糟的嗎？沉默的用餐時間？」我故作輕鬆地說，試圖鼓舞她的心情，儘管我內心也隱隱不安。

她皺了皺鼻子。「每天都新增規則真的很難遵守，很快地，擅自離開玉宇天宮也算違規了，我就無法再來了。」

這想法令我不安，我離開天庭後發生這麼多變化。我怎麼能忍受這些限制？我記得當時最慘的處罰是被嚴厲責罵，通常是建允將軍或文……我畏縮了一下，將不愉快的回憶拋到一旁。「如果妳不理會這些規定會怎樣？」

「罰跪、關禁閉及鞭刑。」說到最後一個字時，她聲音有點顫抖。

我緊緊握著碗。「妳一定要小心。」

「喔，我很小心，從來沒有那麼謹慎。」她有感而發。「但他們看似特別密切監視我，尤其是吳將軍晉升之後。」

「什麼？為何？」從她的沉默我讀到答案，內心萬分悔恨。「因為我們兩個很要好？」

她低下頭，用湯匙攪拌著湯，「是他們無端生事，子虛烏有。這不會改變什麼，我不會迎合他們的。」

愧疚揪著我的心，這正是我一直害怕的，她可能僅僅因為是我的朋友就受到傷害。「如果情況如此糟糕，萬一他們不斷找機會處罰妳，妳為何繼續待著呢？」

「我還不能離開，只要我還為天皇效力，我家就很安全。若再遇到麻煩，我們可沒有什麼有力朋友為我們說話。我弟弟希望長大後加入軍隊，如果我現在離職，他就沒機會了。」她的視線飄向遠方，「有時候，繞開麻煩並不能保證安全無虞。粗心的腳仍會踩到路邊的石子，而閒言閒語落入錯誤的耳朵裡，也可能產生嚴重的後果。」

「妳跟妳家人都可以來這裡。」我立刻提議道，「這裡離天庭監控的眼線很遠。」

**但其實他們仍緊盯著月宮**，我內心的聲音發出警告。

「我希望我可以。」她感傷地說。「但我家人一定不願意搬家，我們深耕扎下的根並沒有如此容易拔除。」

我內心升起一股熟悉的依戀。我離家多年的日子裡，我常常感到漂泊無依，像一根種在陌生且充滿敵意的土壤中的雜草。我環顧廳內四周，看著熟悉的家具、破舊的地毯，以及小時候坐過的板凳。無數的回憶湧現，每一個都彌足珍貴，無可替代。然而，最重要的是牆內的人。家人，無論是透過血緣，或情感牽絆，都為這個地方賦予了靈魂。這比這裡的任何一塊磚瓦石頭，甚至金、銀或玉，都來得重要。

空中響起抑揚頓挫的笛聲，是剛師傅在演奏樂器。隨著他每一次換氣晃動，笛子的流蘇也跟著擺盪。廳內的聊天聲停了下來，大家都轉向他。他的演奏很出色，每個音符都很純淨並確實。

最後一個音符落下後，我母親說：「謝謝你，剛師傅，你的樂曲真是個好禮物。」

「過獎了，月之女神。」

「你常常為你家人演奏嗎？」我母親問道。

「我的妻子，她很喜歡音樂。」他微笑並轉向我。「我聽說妳女兒是個優異的樂手，我們是否有榮幸能聆聽一曲呢？我很樂意分享一些我做的曲子。」

「謝謝剛師傅，但接在你後面表演令我倍感壓力。」我並非出於謙虛而拒絕，我比較希望表演時能選擇自己的觀眾。

一陣尷尬的沉默後，淑曉問：「剛師傅，你在此找到什麼音樂靈感了嗎？」

他熱切地點頭。「啊，中尉，這個地方真是太棒了：風吹過樹葉的颯颯聲、雨水打在屋頂的聲音，甚至是腳下泥土輕柔的嘎吱聲。我很想要再待久一點，如果女主人同意的話。」

「你想要待多久就待多久。」我母親應對地非常禮貌且完美，然而我還是發現她語氣中的猶疑。也許，她也一樣想念我們家裡原本的寂靜。

用餐完畢後，我陪著淑曉走到外頭。夜幕低垂，然而燈籠尚未點燃。

當她踏上雲朵，我碰了碰她的手臂：「保持警戒，別做不該做的事。」

「像妳常常做的事？」她邊笑邊搖搖頭，笑聲空洞，「我改邪歸正了，我現在是個聽話的模範生。」

我遞給她一個絲綢包裹。「這是給敏宜的桂花。」我做力偉的伴讀時，敏宜為我們準備膳食而成了朋友。

淑曉把包裹夾在腋下，「妳們的樹林要光禿禿了，如果每一個釀酒師跟廚師都一一來敲門的話。話說他們怎麼會知道這些花？」

我沒說話，只是一邊看著她的雲朵飄遠，一邊揮手告別。她會沒事的，我踱步走回房間時對自己說。淑曉很精明，宮中朋友也多，力偉也會看顧她。然而當我躺在床上，我腦海裡盤旋著她的疑問，昏睡前最後一個念頭是：浩然師傅**之前**如何得知我們家的桂花林的？多數訪客不會自找麻煩走進森林，我也從沒主動帶人參觀。

★★★

**砰、砰、砰**。

一陣清脆的沙沙聲隨之傳來，就像風鈴般叮噹作響，帶有節奏但微弱，彷彿來自很遠的地方。

我一下子睜開雙眼，在黑暗中眨了眨，從一片深沉的寂靜看來，現在要嘛是深夜，要不正要接近凌晨。那聲音是我的幻覺嗎？也許我應該多喝一些浩然師傅的酒，才能跟前幾晚一樣睡得安穩。

**砰、砰、砰**。

我猛然坐起，豎耳細聽。這是**真的**，像敲擊某個堅固的東西，那後頭持續不斷的沙沙迴聲又是什麼？我掀開被子，大步走到打開的窗前，大口吸入帶著清甜香味的冷空氣，天空還很暗，月光灑滿大地。遠處的月桂樹參天，樹枝搖曳如狂風吹襲，然而一旁的桂花樹卻一動也不動。

一陣恐懼冰冷且猛烈地流竄全身，我的手顫抖著拉了件長袍穿上，努力在腰間打了個結。我套上鞋，抓起弓箭，爬出窗外。我的雙眼緊盯著晃動的月桂樹，雙腳飛奔而去——跌跌撞撞地差點摔跤。一聲，兩聲，三聲，那些奇怪的敲擊聲再度響起，這棵樹痛苦地抽搐著。我在空地前停下，握緊了弓。

月桂樹旁站著一個男人，背對著我。他的氣息濃厚且混濁，就像凝結的一灘油。但這股氣息卻令我感到莫名熟悉，我渾身的刺痛意味著警示。一道閃光引起我的注意，是月光映照在高舉的斧頭刀刃發出的一道銀光，而竹製斧柄上的綠色流蘇大幅晃動。一刀落下，重擊在月桂樹上，金屬撕裂了樹皮。那個砍樹的人手中流出深色的東西，那是血嗎？他弄傷自己了嗎？然而這棵樹劇烈地顫抖著，銀白色的樹葉沙沙作響，一粒種子掉落在地面，閃閃發亮像顆墜落的星星。

我引了一支火焰箭矢，從暗處中現身，我的心狂亂跳動。這男人一轉過身，我齜牙咧嘴地迅速將弓箭對準他的腦袋。

是剛師傅。

他先前溫順的舉止以及駝背的模樣消失了，棕色眼珠閃爍著猛禽般的眼神。高明的偽裝，我憤怒地想著，他甚至也隱藏了他的氣息。我應該早點發現的，竟然被如此簡單的法術捉弄，力偉跟我之前就用同樣方法溜出玉宇天宮。如果我先前就察覺，我肯定拔刀相見而非以茶待客。我對浩然師傅的偏執讓我看不見真正的威脅。

我咒罵自己，竟然因剛師傅的虛弱模樣，誤以為他不具威脅。我應該早就學到，事情並不總是表面所看到的那樣。

「妳來交流創作的嗎？」他嘲諷地提起他稍早的提議。

「我對你演奏的曲子沒興趣。」我觀察他的斧頭，細長的刀柄上有著小圓孔。這是他的笛子，我嚇了一跳。一想到他將如此致命的武器帶進我家，內心不停翻騰，他甚至坐在我母親身邊並與她談笑風生，真想射出手中的箭，但我想先問出個答案。「別動，不准使用法術，告訴我你是誰，以及你來此的目的。」

「我為何要說？」他雙眼瞇起，似乎覺得很有趣，但目光停在我的弓箭上，「妳沒有權力問我任何事情，我要找的東西並不屬於**妳**。」他稍稍鬆開並展示了一下他的手，露出掌上蜿蜒的深厚疤痕，深色突起的傷疤紋路上沾著鮮血。

只是片刻分心，雖然我馬上回神，但還是太晚了，他已經朝我衝了過來，高舉著斧頭。我轉身躲開，並放開我的箭，他往後下腰，毫髮無傷地閃過咻咻飛過的箭矢。他的斧頭再次在我面前揮舞，我飛快躲開，刀刃削過我一縷髮，髮絲如割草般飛散，差一秒我可能就被劈成兩半了。

背脊一陣寒意，我拉起弓，弦深深咬入手指，我趕緊放箭，閃電嘶嘶作響，在天空中劃出一道軌跡，朝他奔去。當我的箭矢射中他時，他全身亮起某物閃閃發光，是護盾。一道道白光在護盾上爆裂，護盾隨即破裂了，但他馬上施放能量封住裂縫。他抽回手，掄起斧頭擲向我，斧頭在空中旋轉，如一團銀色殘影。我撲倒在地並壓低身子，手掌跟臉頰按在塵土裡。斧頭從我上方呼嘯而過，重重地砍向一棵桂花樹，花瓣如雨般落下。武器抽動幾下後鬆脫，飛回剛師傅手中，我趕緊翻滾跳躍起身。他手裡發出危險光芒，而我指尖也正引箭射出，朝他飛去。他巧妙躲開，同時光球消失於夜空中。

「妳還能再攻擊幾次？」他口氣愉悅，似乎在跟我聊天。

「直到能殺了你。」

我抓住能量，臉龐流下汗珠。他再次轉向我，但這次我站穩腳步，掌中釋放出閃亮的魔法氣旋，快速圍起並束縛他。我手一揮，將他甩到地上，後腦勺重擊在石頭上。他喉嚨發出一聲呻吟，眼皮眨了眨後闔上，四肢癱軟，斧頭從他的手中鬆脫掉落。我帶著上弦的箭小心翼翼地接近他，我神經緊繃，他看似很強壯，應該沒如此容易倒下，之前就是被他的偽裝欺騙——

一聲喊叫劃破寧靜：「剛師傅！你受傷了嗎？」平兒在我身後大喊，並衝向他倒地之處。

「平兒，回來！」

我跳起來擋住她的去路，但是太遲了。剛師傅的雙眼猛地睜開並跳起身，伸手抓住平兒的肩膀並將她原地按住，他的斧頭飛回手中，將毛骨悚然的刀刃架在平兒的脖子上。

「你在做什麼？」平兒奮力想掙脫他，他抓得更緊，刀鋒劃過她的皮膚，她立刻僵住，胸口上下起伏。

「放開她。」我深吸一口氣，抑制我做出魯莽行為的衝動。

「放下妳的武器並向後退。」他警告我。「放我走，大家都不會受傷。」

「然後你能保證之後不會殺我們？」我嚴厲地問。

「我跟你保證。」他說得好像他的話很值得相信似的，彷彿他未曾以偽裝走進我家門。

我猶豫不決時，他將斧頭刺入平兒的肉裡，一道深色鮮血從她淺色衣袍滲出，她喉嚨發出哽咽聲，嚇得一動也不敢動。

「你膽敢再傷害她，你會後悔十倍。」我用我最強烈的威脅口氣說，「我不需要武器就能讓你付出代價。」

他張開嘴，牙齒發亮，「當然，我不敢與如此有名的戰士交手。」他語氣裡帶著一抹嘲諷。

我壓抑住怒火，放下我的弓。他立刻將平兒推向我，轉身拔腿就跑，當我接過平兒，一朵雲早已俯衝而下將他帶往空中。

我原本想追過去，但平兒抓著脖子喘氣，手上沾滿鮮血，倒在地上。我感到一陣難受，蹲在她身邊並雙手緊握她冰冷的雙手。我的能量緩緩地注入，治療她的傷口，撕裂的血肉漸漸閉合成一條白色細線。我做得很笨拙，但此刻聊勝於無。

平兒揉著太陽穴呻吟，「星銀，發生什麼事了？為什麼……為什麼剛師傅要這麼做？」

我皺了皺眉頭，「我不知道，他是個騙子，還是個竊賊。」

她撐起身子，從她黃色長袍皺褶中掉落某物。一條細金鍊，上頭掛著一枚橢圓珍珠。珍珠裡閃著火焰，就像龍珠一樣，然而沒有蘊含一絲龍的強大力量。她一直戴著這條項鍊嗎？之前都被長袍遮蓋住了嗎？

「平兒，這是什麼？」我用手撫過珍珠光滑的表面，感覺很暖和。

她的臉蒙上一層烏雲，「這是我離開家鄉時形成的，對南海神仙來說，只有來自最深刻情感流下的淚水才會化為珍珠。」

「妳想念妳的家人嗎？」真是個不經大腦的問題，很愚蠢。她當然會想念，平兒從來沒有回去過，這幾十年來一次都沒有。

雙眼閃著淚光，她眨了眨眼。我轉過身，給她一點獨處的緩和時間。草叢間某物閃閃發亮：是月桂樹的種子。我撿起來，放在指尖上滾動，我很熟悉種子外殼的冰涼堅硬觸感，但這是我第一次不是在樹梢上握著它。一股能量掠過我的皮膚，為何剛師傅想要月桂樹的種子？為什麼他千里迢迢而來？我看向月桂樹，樹幹上布滿深深的漕痕，彷彿被猛獸抓傷，上頭還被一些深色液體沾染了。那是剛師傅的血嗎？他在砍伐月桂樹時也把自己弄受傷了嗎？

一股木質香氣撲鼻而來，樹幹上的裂痕滲出帶著光澤的金色樹液，並漫延至樹皮，樹幹上的漕痕邊緣延伸並編織融合，直到再次合為一體。我目光飄向月桂樹種子，它們像銀霜般晶瑩透亮，從樹葉間窺探著。我一直認為它們很美，珍貴且稀有。然而，當我開始懷疑它們閃耀的深處裡隱藏了什麼祕密，一股寒意籠罩著我。

# 3

傍晚夕陽拂照下，月桂樹如冰柱般閃閃發光，我用手指滑過樹皮，像大理石般滑順，彷彿它從未被斧頭蹂躪過，彷彿一切是我的幻想。

「妳都在這裡打發時間嗎？」力偉一邊走近一邊問道。

我做了個鬼臉，「我昨晚在這裡度過，意料之外。」事不宜遲，我告訴他有關剛師傅襲擊的事。

他臉色一沉，「妳受傷了嗎？」

我搖搖頭，將比我大姆指指甲還小的種子遞給他，一團不透明的東西在裡頭旋轉著，就像一縷雲。「從月桂樹上掉下的，我無法辨識裡頭的能量。」

他高舉並仔細地檢查，「冰冰的，能量強大但我也沒見過，來測試一下。」

他舉起另一隻手，種子懸浮掌上，深紅色的火焰劈里啪啦地吞噬了它，火焰高高躍起後瞬間熄滅，留下燒焦的種子像一粒煤渣。我鬆了一口氣，看來這不是什麼偉大寶藏，沒有神奇的能量，剛師傅的努力徒勞無功。

「星銀，妳看！」

力偉急促的口氣嚇到我。像脫掉外殼般，種子再次閃耀，只比先前稍微黯淡些。能在力偉的法力下存活，意味著種子的能量很強大。

我的法力流動如一波光粼粼的溪流湧出，將種子束縛於層層空氣中，緊緊包住直到表面出現細小裂縫。我施加壓力，注入更多能量，想要擊碎它，想要證明這種子微不足道，但是種子深處閃過一道光芒，縫合了裂紋。

力偉雙眼瞇起，對著月桂樹舉起手，噴出更多洶湧的火焰吞噬掉整棵樹。當火席捲銀白色的樹葉及樹皮時，我退縮了，忍住想抗議的直覺，自小我就很愛這棵樹，樹蔭下玩耍，著迷它的美。當力偉將手握拳，火焰越發越凶猛，樹皮漸漸變黑並裂成片狀……然而火焰在顫動後緩了下來，發出一縷煙之後火焰便熄滅了。金色樹液再次從樹皮的隙縫中流出，沿著樹皮流下化成條條小溪，月桂樹放射出閃耀的光芒，燒焦的痕跡退去，回復完美無瑕。

「是再生之術。但是我從未見過如此強大的。」力偉端詳著月桂樹並評論。

我回想起我在這裡施展法力的輕鬆自如，與當時我犧牲生命力來釋放龍族後的感覺截然不同。我在這裡恢復得比大家預期快很多，此刻我知道原因了。

「月桂樹也治癒了我，我剛回來時虛弱到無法設下結界，而現在……我跟之前一樣強壯了。」我感到寬慰，但同時也感到一絲沉重的擔憂。

「那真是太好了。」力偉對我歪著頭，「但為何妳看起來如此煩惱？」

「這個還可以用來做什麼呢？剛師傅想要這個做什麼？他到底是誰？」他既不是友善的樂手，也非尋常小賊。

「我們會一起找出答案的。」他向我擔保，「妳試過摘下更多種子嗎？」

「沒有，武器起不了作用——無論是劍或匕首，沒有一樣能在樹上留下一點刮傷，痕跡一出現即消失，就像你剛剛用火之術一樣。我不知道剛師父如何辦到的。」

「也許他的斧頭施了法？妳想一下昨晚發生什麼異常之處嗎？」力偉問。

我停頓了一下，試著釐清腦袋裡的千頭萬緒。「他力氣很大且快速，令人意外。他的武器能夠刻入月桂樹皮，不像我們的，但是我沒有感覺到上頭有魔法。」

一朵雲從天而降，朝客房那廂飛去，使我轉移了注意力。誰召喚的？我們尾隨著雲朵的軌跡，快速來到浩然師傅的庭院。木蘭樹蔭籠罩一地，樹根於草地起伏蔓延，樹枝與圓石桌交錯纏繞。

我敲了敲格子木門，一聲低聲咒罵從裡頭傳來，隨著一陣急促的腳步聲，力偉大力推開門，門扇猛然敞開。室內昏暗，窗戶蓋著布簾，光線跟著我們走入門內而灑落照亮，一堆裝著壓碎的花朵的絲綢袋子裡散發出一股濃醇香氣撲鼻而來。有些袋子緊綁著，有些則敞開著，花瓣散落一地。

浩然師傅從他原本蜷縮之處一躍而起，將紅布封口的酒甕堆疊進木箱裡，他眨了眨眼，一手舉起遮蔽刺眼的光線。「小心，這些光會傷害花瓣！」

我施法拉開了窗簾，光線照射進來。「別再裝了，你不是來這裡採花的。」

「妳這話什麼意思？」他木然地看著我，「你們來這裡做什麼？」

「我們倒要問你一樣的問題。」力偉冷冷地說。「**你**來此地有何目的？你這麼快就要離開了，不準備向女主人道別？」

「發生緊急事件，家務事。」他生硬地說，緊張且急促。

被抓個正著，浩然師傅跟以前的我一樣都不善於說謊，但後來我的舌頭便包覆了欺騙。我腦子不停轉動，拼湊著碎片：他與剛師傅同時抵達、如此熱情招待我們、他此刻急於離去。「你為何來此？為何要對我們撒謊？」我嚴厲地問。

浩然師傅愣住，轉身就朝門口衝去，力偉手裡迸出一道道火圈，像深紅色的火蛇般纏繞住他。

「等等！饒了我吧，我會把我知道的告訴你。」他在翻騰的火焰裡掙扎著，但空氣中沒有肉體燒焦惡臭味；火沒有真的燒起來，僅僅將他留在原地罷了。

我溫和一點地說：「實話是你安全離開這裡最好的機會。」然而，如果他**確實**計劃傷害我們，我們不會手下留情。

他用力點頭，「請我來這裡的人不是鳳金皇后。我釀的酒是國度裡最好的，可是那些狂妄自大的宮廷大臣們拒絕給我機會，鳳金皇后很喜歡桂花酒，我……我想贏得她的賞賜。剛師傅來到我店鋪裡，告訴我月宮裡的桂花樹上每一朵花都完美綻放。他僅僅只有一個小小的要求作為回報，聽起來也無害，而且習慣上本來也會帶禮物送主人。」

「是酒。」我責備自己喝個不停，剛師傅一定在裡頭添加了什麼，讓我們各個熟睡，聽不見他的偷竊行為。如果昨晚我也喝醉了，一定也會不省人事，對發生的一切毫不知情。

我看一眼浩然師傅，他的臉色慘白，我對他的怒氣消散了，他只是個幌子，他無關痛癢的小謊言分散我的注意，真正的惡棍則遊蕩在我們之間。我緊盯著一根樹苗，卻忘了看顧整座森林。

「他還有跟你說什麼？」力偉繼續追問。

「只有說什麼他要拿回屬於他的東西，我不認為是什麼壞事。」昨晚我與剛師傅對峙時，他也這麼說，我當時認為只是虛張聲勢，一個為他的行為辯解的謊言。

「他是誰？」我試探地問。

「他沒有說，而我……也不敢過問。」浩然師傅咬著下唇，「第一次見面時，他戴著一枚玉珮，上頭刻著太陽，之後我就沒看過那塊玉珮了。」

是天庭的符號，力偉慢慢地吸了一口氣，我胸口一緊。

「其他我什麼都不知情了，我發誓。」浩然師傅語氣顫抖地說著。

「放了他吧，他也被騙了。」我告訴力偉。

他手一揮，束縛消失了。浩然師傅跌坐在地，渾身發抖，然而他的目光依然徘徊在房內散落一地的絲綢袋子。

「桂花讓你帶走，你可以離開了。」我跟他說。

「謝謝妳。」他向我們鞠躬，接著盡可能地往懷裡塞滿袋子，接著頭也不回地逃離這房間，他的雲朵衝上天空，外頭的風聲颯颯作響。

我們之間陷入沉默，「許多人都戴著那種玉珮。」力偉說，「即使剛師傅來自天庭，這不代表他是奉我父親之命而來的。我父親不需要採取如此奸巧的策略，月宮在天庭的統治下，如果他想要，他大可直接命令妳母親接受剛師傅的來訪。」

**如果他想要將自己感興趣的東西保密就不會**。但我點點頭，寧可接受這一絲寬慰，我並不想要再次與天皇對峙。

「我們必須找到更多線索。」我說。「你覺得道明老師會知道關於月桂樹種子的事嗎？」

道明老師是我在宮中少數信任的人，非常照顧我，雖然起初我學習遇到困難時不覺得她友善，直到我終於意識到她是在協助我，克服障礙取得力量，並在我對她表示敬重後，我才得到她的尊重。

「我會向她請教看看。」力偉向我保證。

力偉將月桂樹種子塞入袖子裡的內袋，絲綢上的仙鶴刺繡展翅高飛。他的長袍以上等的藍色錦緞製成，腰間繫著一條銀色錦緞腰帶，我目光飄向他光滑的脖子，落到他黑色頭髮紮成的髮髻，環繞著一頂藍寶石與黃金皇冠。

他看起來真華貴，莊嚴且正式。我內心突然有一種渴望膨脹起來，想要自己更加留意穿著打扮，例如頭髮盤成不一樣的風格，而不是綁個馬尾而已。在這裡，不太需要華麗裝扮。

「你稍後要參加宴會嗎？」我問，縱使知道他很不喜歡那些場合。

他搖搖頭，「妳為何這麼問？」

「因為你看起來……因為你穿成那樣。」我結結巴巴地說。

他嘴角揚起，「妳喜歡嗎？」

我迎上他的眼神，「很適合你。」並非諂媚；他看起來就像天庭太子應該有的樣子，我們之間的差距從來沒有如此明顯。

他的能量閃爍，皇冠變成了一個簡單的銀環，長袍上的仙鶴靜止不動後消失了。「妳從來都不擅長偽裝妳的感受。」

「對你不會。」我承認。「而你也不需要。」我不可否認現在覺得跟他一起自在多了。

「我想。」力偉停了下來，拂去額頭上一縷髮絲，「星銀，我想給妳看樣東西。」

他的強烈語氣讓我嚇了一跳，「現在？」

他抬頭看向昏暗的天色，「沒有更合適的時間了，我會在黎明前帶妳回來。」

他抓著我的手將我拉出房外，一朵雲已在外頭等著，我們起飛時，風吹拂過我的臉龐，我們在空中翱翔著，直到我家變成遠方的一個光點。之前我們曾這樣飛翔過，在暴風雨席捲前，我們的心緊緊相依。

當我們的雲朵停下時，我向上一看，彷彿心裡所有思緒都被帶走，星星在我們前方燦爛閃耀，鋪滿了整個天空，就像月光下的霜雪般耀眼。

「力偉，這是哪裡？」我的呼氣形成一道冰涼薄霧。

「銀河。」

「是將織女與她凡人丈夫分開的星河嗎？」這是凡間很知名的傳說。

他點點頭，「這樣的結合違反我們仙域的規定，據說織女飛到下方世界，直到被勒令返回天上，她的丈夫勇敢冒險跟隨著他的妻子來到天上，歷經千辛萬苦，他們最終得以一年見一次面。就在每年農曆七月的第七天，這也是凡人慶祝七夕的由來。」

過去我一直被這個浪漫且超凡的美麗神話吸引，但經歷自己的心碎痛苦之後，我產生了更多的同情。我忍不住想著我父母跟織女他們如何相似，也許這樣的結合注定成為悲劇，當死亡注定拆散他們，凡人跟神仙要如何共創未來？

「星銀，妳為何看起來如此悲傷？」力偉傾身靠近，頭碰著我的頭，「這只是個故事。」

然而凡間的人們相信我父親的傳說是個神話，就像他們認為我母親的奔月升天也是如此。也許能深深打動我們，是從一絲絲真實中編織出來的傳說。

「這是真的嗎？」我希望不是真的，沒有人應該承受這種痛苦，他們的心緊鎖在思念中，永遠沉浸在絕望裡。

他沉默片刻，「或許是吧，在很久很久以前？現在這個地方空無一人，只有我們兩個。」

「任何愛都值得這樣的苦痛嗎？一晚換得一整年的難受。」

他的手握住我的手，溫暖而有力，「這不一定，看情況。」

「看什麼情況？」

「看那一晚。」他輕輕地說，「看那一晚等待著他們是什麼。」

我們肩並肩地站在一起，看著無垠的光海。他手伸進袖裡拿出一根髮簪，絲綢發出窸窣聲，髮簪上頭漆著天堂般的色調，鑲嵌著清澈的寶石。這是他為我製作的那只，也是我在他別有婚約那天還給他的。我抬頭看向他深邃的雙眼，心跳加速，全身感到一股暖流。

「之前給妳這個時，我假裝是個回禮。我當時太膽小沒說出真心話。我們第一次分開時，我非常後悔我們之間許多話還沒坦白訴說，我太害怕我們再也沒有機會了。」他帶著情緒而顫抖著說，「如果妳願意與我一起，我保證實踐我的承諾，從現在到永遠。」

我心中燃起一股希望，然而回想起我們先前走過的路，以及身後留下的傷痛而又變得陰鬱。我們的家庭，他的王國。我謹慎的心，這似乎就是我們之間難以逾越的障礙，我們兩家之間不會互贈聘禮，也不會有兩家歡聚，上一次我與天皇的見面時，他還試圖殺了我，我胸口上的傷疤因回憶起那翻騰的苦痛而發癢，像一張痛苦之網緊黏著我的血肉。更何況，我又怎能留下我母親孤零零一人，獨自為父親的死而陷入悲傷？

我不發一語，力偉僵住，退縮到一旁，「我以為妳也希望如此，我很抱歉我誤解了。」

他現在聽起來變得拘謹寡言，我討厭這樣。我握住他的手，十指交錯，「我希望如此，我只是需要時間。你父母厭惡我，我還不能離開我母親，還有——」

我越說越小聲，這一刻內心升起未說出口的新恐懼。如果我跟力偉成婚，我得永遠住在玉宇天宮，以絲綢裹身，受黃金桎梏，被各式禮儀束縛。雖然力偉不像他父親，但我也不像他母親，我們都會被鍍金的繩索困縛住，我不是一個能被關在籠子裡的人。這一年的自由喚醒了我對於無拘無束生活、遠離天庭的掌控的各種可能。對許多人來說，與一國太子成婚並住在雲霄頂端的皇宮裡，是個夢想。但是有個鄙視我的婆婆，還意圖終結我的性命的公公，說這是夢想，不如說是個夢魘。

力偉笑著將髮簪穿過我頭髮一側，並穩妥固定。「我可以等，妳有同樣的感覺對我來說已足夠了，但我會先告訴我父母我的想法。」

「什麼？」我不可置信地說。

「我可不想要再一個突如其來的婚約。」

想到這件事就如針般刺痛我，接著內心一陣焦慮，「他們會怎麼做？」

「我母親會很憤怒，我父親……我已經過了他能像過去那樣懲處我的年紀了。他會對我很失望，就像過去大部分的日子一樣，我從來沒有學會如何讓他對我稱心滿意。」

我很高興他從來沒有，即使我內心因他的話感到擔憂。我感受過天皇雷霆震怒之力；我看過他如何毫不猶豫地擊倒力偉，那一刻，我對天后的厭惡少一些，替力偉感到欣慰，至少父母有一方是疼愛他的，並試著用她自己的方式幫助他。

「這沒關係，只要我們能在一起。」他說著。

他將我拉向他，眼神朦朧深沉，他的渴望令我心波盪漾，不，我不能讓我的憂懼玷汙這一刻；這樣的喜悅如此稀少珍貴。我靠向他，吸聞他清爽的氣息。我們已經很久沒如此相擁了。他另一隻手滑過我的腰間，一股突然的飢渴向我襲來，我欲火焚身地伸出手纏繞住他的脖子將他拉近，他的嘴唇堅定且溫柔地貼上我的唇。我多想念這甜蜜滋味，這種兩人身體交融一起的誘人感覺。他緊緊地抱著我一同倒在氤氳翻騰的雲朵上，冰涼的雲在我炙熱皮膚上帶來了一抹清涼的舒緩感覺。

我閉上雙眼，在這湧動的夢境中漂流，看見一片璀璨如星辰銀河。

# 4

腦海中響起一陣鈴聲，將我從睡夢中驚醒，有人穿越了結界。一偵測到來者的能量，我的雙眼猛然睜開。這股能量令我熟悉，但同時引起我熊熊的怒火。

是文智。

我不會見他；我會像之前一樣對他視而不見。他現在來得很頻繁，他可以像他之前對天庭所做的一樣輕輕鬆鬆悄悄地破除結界，但現在卻肆無忌憚地直接穿越破壞。也許警鈴在我腦海像銅鑼般鏗鏘作響，讓他覺得很有趣，也許還可以省去他喚醒我的麻煩。他從未冒險來到我房內；也許他不知道在哪裡，我寧願相信是他不敢過來。一陣騷動後，緊接的是寂靜，然而他現身在我家陽臺就像眼裡的灰塵般令我惱怒。文智很有耐心，總是待到快黎明時才會離去。

打從一開始，我就一直克制想把他趕出我們家的衝動，忽視他是最好的方式，削弱他鋼鐵般的自尊心。而且，我不喜歡他的出現引起我心中的苦澀及怒火，以及那些揮之不去的回憶。好幾個輾轉難眠的夜晚，絲綢被單在我身上纏繞難解，唯一能安慰我的就是想像他孤單地白費力氣等待。

輕快的古箏旋律飄進我房內，優美且動人，然而演奏地很輕柔以至於我醒來才注意到。每一個延音都與下一個音符完美融合，迴盪著抑制的激情。這旋律激起我內心的痛，上回聽見這首曲子的情景浮上心頭——是我對文智下藥後逃跑那天，他撥動著琴弦彈奏出的旋律。我氣急敗壞，他怎麼還敢來此？他膽敢**現在**演奏這曲子？

我跳下床，套上一件長袍，繫上一條絲綢腰帶並笨拙地綁個結，從桌上抓起弓箭，掛在背上，腰間插上幾把匕首以備不時之需。我快速且安靜地移動腳步，避免驚醒其他人。我沿著走廊，走上階梯到達屋頂，推開門走進陽臺。

文智盤坐於地，腿上橫擺著他的紅漆琴，黑色長袍垂落在石板上。他的黑髮一部分以玉環束起，剩下的垂至背後。我看不見他的臉龐，因為他正低著頭，雙手在樂器的琴弦上熟練地滑動。他的目光掃向我，停住手，音樂戛然而止。我對上他的雙眼，內心糾結，那銀色調的雙眼令我想起他的背叛。

我發動攻擊，向他送上幾股氣旋。他一躍而起，優雅地迴旋躲避。沒半刻停留，我隨即拿著匕首衝向他，但半空中他便緊緊抓住我的手腕，我從腰間抽出第二把匕首，將刀尖揮向他的胸口。他身上立即出現一道閃閃發光的護盾，與我的刀刃相互碰撞，一股反作用衝力穿過我的手臂。我的手指猛然一鬆，匕首鏗鏘一聲掉地上。我們站在原地一動也不動，無法平息的怒火在我胸腔裡膨脹，幾乎無法呼吸。

「比我預期的迎接方式還要好。」他毫無悔意地咧嘴一笑。「如果妳真想殺了我，妳會用妳的弓箭。」

「匕首會讓你更痛！」我咬牙大力用膝蓋踢向他的肚子，他一個退縮我便掙脫他的控制，向退後一步，和他保持距離。我立刻施法，銀光閃閃的護盾覆蓋全身。

他歪著頭，「妳喜歡我的演奏嗎？」

「跟上次一樣厭惡。」我緊握拳頭放在身側。「走開，不要再過來。」

「躲了我這麼久，一直忽視我，妳現在只是要告訴我這個？」

「我沒有躲；我一點都不想再看到你。」

他露出難以捉摸的表情，「妳看起來比我們上次在這裡碰面時還憤怒。」

「你這是什麼意思？那不是場夢？」我嚴厲地問。

他停頓了一下，「是，也不是。」

「胡說八道的回答。」我輕藐地說，「你用了什麼卑劣的法術？」

「我才不會這樣對妳。」他嚴肅地說，「我沒有玩弄妳的心，只是稍稍改變妳周圍的景物。」

我懶得深究他的弦外之音，「別白費力氣了。」

「我不這麼認為。」他帶著使人惱怒的自信說，「否則妳也不會來。」

我眼睛瞇起，回想起我扔進抽屜的那支銀色髮簪，「為何是這支髮簪？」

他露出一抹微笑，「我想妳會喜歡這個紀念品，妳差點用它刺破我的喉嚨。」

「真可惜我失手了。」

「妳沒有失手，是我阻止了妳。」

「你還真是英勇啊，控制一個無助柔弱的俘虜。」我嘲諷。

「妳絕對不是無助柔弱。」他笑開了，「對我來說，這叫自我防衛，我喜歡保留我完好無損的喉嚨。」

他向我走來，我解開手中的弓，「再靠近一步，你就會得到你絕對應得的那支箭。你為何來這裡？你必定清楚我一點都不想再跟你有任何瓜葛。」

難以察覺地他縮了一下，「我來祝賀的。何時舉辦婚禮？」

「沒有什麼婚禮。」我不加思索地說，話一說出口就後悔了。

他的眼睛閃過光芒，格外明亮，「他還沒有求婚，還是妳沒有接受？眾多八卦版本中僅有少數人認為妳會拒絕，雖然我會最高興。」

「我沒有拒絕。」我口氣尖銳，神經緊繃，他對激怒我很有一套，我很不喜歡。「我**會**接受，一旦我們解決一些事情。」

「例如妳可能要阻止天皇天后試圖謀殺妳這位未來的兒媳婦？妳捫心自問，現在的天后滿意自己的命運嗎？還是妳認為被關在玉宇天宮的鍍金籠子裡度過餘生，妳真的能幸福快樂？」

「對一個曾將我囚禁的人來說，這些話說得可真好聽。」我每一字都帶著嘲諷，想掩飾他多麼打中我心裡的痛點。

他脖子漲紅，「星銀，別與他成婚。」

「你**真敢**講。」我氣呼呼地說，「你又不是我的誰，更何況你還對我做了那些事！」

「妳可以原諒我了嗎？」他的聲音有點壓抑，不如以往平穩。「要是我們能重新來過就好了——」

「沒有什麼重新來過，一切**都已經**結束了，文智。」當我說著他的名字時，內心產生一股悸動。是過往痕跡，我必須學著擺脫。「我**現在**很幸福，你自以為了解我，但你並沒有，你只看見你以為的我，一個你根據偏好而塑造的工具。」

「就像妳對我一樣。」他反駁道，「妳曾經看見那位天庭將領背後的真實模樣嗎？妳有試著去了解嗎？或者我只是某人的替身——」

「夠了，」我太過生氣而忍不住提高了聲量，「我們都誤解對方，很遺憾地，『我們』已經結束了。」

他搖搖頭，「我們在錯誤的時間相遇。兩人都對彼此撒謊，隱瞞真正的自己。」

「錯誤？」我不屑地重複他的話，「別跟我玩文字遊戲，不要試圖抹滅你的所作所為，還有別將我們相比，我是不得不那樣做，我不是自願的。」

「我也是。」

「你是為了己利！你的野心，還有王位！」

他下巴繃緊，「我不是一個坐以待斃，順從接受命運的人，我追求屬於自己的機會，創造我自己的幸福。為何我哥哥是繼承人，我就要讓我自己以及那些受我保護的人遭受苦難？為何我不該努力爭取？」

他的話令我不安地回想起我曾有的感受；當我逃到天庭時內心燃燒的野心。我真的可以怪罪文智嗎？也許我沒有遭受到跟他一樣的苦，誰知道為了保護我自己及我摯愛的人，我可能會被迫做出什麼，誰又知道我內心會展現出怎樣的黑暗面，放棄尊嚴只為了生存？

不，我告訴自己，我受過誘惑，面臨過無可言狀的危險，但我從來沒有迷失自我。我和他**不同**。

「這無關野心，我爭取我想要的，但從來沒意圖傷害任何人，而你——」我無法說完這句話，因他背叛的記憶而難以呼吸。

「我從來不想傷害妳。」他雙眼直盯著我，在月光下顯得灰白。「我誤以為沒有什麼東西會比王冠更重要。我現在才明白，沒有什麼東西比妳更重要了。」

他說得如此真誠，彷彿他從來沒對我撒過謊，且沒有將我囚禁並偷取我的龍珠，連帶也偷走了我解放我母親的希望。更別提他那摧毀天庭軍隊的惡毒計畫，雖然他曾放過我跟力偉，但這並沒有抹滅他之前所做的一切。我永遠不能忘記他當時如何緊握著我的雙手，向我承諾他的心。當時我對這一切多麼渴望，卻一無所知其中暗藏的背叛。

我的指甲深深陷入掌心肉裡，「我不在乎，你的一切我什麼都不想要。」如果我太狠，那也是他逼我的。他的所作所為可不是小小的冒犯，不是可以輕易拋諸腦後的小事；我的本性既不寬容也不大量。

「那妳為何在這？為何跟我說話？」他堅持不懈，然而他沒有進一步逼近，僅僅站在原地。

「生氣，還有好奇。」我憤怒地回他，「你為什麼來這裡？不只今晚，每一個晚上！」

「這還要問嗎？希望能見妳一面。」他刻意發出明顯的嘆息。「我對我以前對你做的事感到後悔。」

「說得容易，你已經得到你想要得一切。你現在是繼承人了；整個王國都是你的。」

他雙眼盯著我，「告訴我妳想要什麼，我可以放棄王位。」

「你真心願意放棄你的王位？」我不可置信地說。

他沒有退縮，「我放棄了，妳就會再給我一次機會嗎？」

「繼續玩文字遊戲，文智？你一定要玩到贏才罷休？」

「妳不也一樣。」

「你錯了。」我跟他說，「有些遊戲我不會參與，有些人自以為贏家，有時候才是最大的輸家。」

「我只是想了解其中的風險。」他反駁道。

「結束了，我們都輸了。」

他沉默地看著我片刻，「我以為妳不會逃跑，我從沒當妳是膽小鬼。」

他狡猾的語氣刺痛了我，這就是他想要的，激怒我反擊，讓我說出一些我不應該說的話，但我克制住情緒，「我不是膽小鬼，只是沒那麼傻。」

他嘆口氣，「我不想跟妳吵架，星銀，是我辜負了妳。如果可以，我希望能補償妳。如果妳需要什麼，儘管開口。」

他如此驕傲，我從未想過會聽到他如此坦白以告。即使記得他所做的一切，此刻我的心跳加速，一種熟悉的疼痛油然而生。如果能消除我身上那愚蠢且多愁善感的部分就好了，早該在發現他本性時，那個在乎他的我就應該消失殆盡。

但我們真的能夠憎恨曾經愛過的人嗎？我漸漸理解像這樣的轉變不會如我期待的那樣順暢。文智是對的；我曾想要傷害他，把他趕出我家，從我生命中切割出去……但我從來沒有真正想要他死，之前沒有，現在也沒有。然而，原諒又是另一回事，我仍然憤怒；我無法再信任他。我曾經感受到的任何溫柔，任何對未來的希望，全都不可挽回地被摧毀了。但我不能否認我對他的提議有興趣，我不是一個浪費任何機會的人。如果前方有危險，我會盡可能地武裝自己來對抗一切。

我走向欄杆將手肘靠在冰冷石頭上，盯著下方黑暗中發光的大地，延亙地就像一片星光燦爛的大海。「我現在會跟你說話，是因為你放過力偉跟我，因為你的計畫失敗。如果你真的讓我失去我和我母親的自由，我現在會毫不猶豫地射殺你。」

「妳真的會？」他挑釁地提高音調。

我怒不可遏，轉身要離去，但他移身擋在我前面。

「等下，我很抱歉。」他張開雙臂，「妳隨時可瞄準我。」

我怒瞪著他，緊抓著弓，「我現在沒有瞄準你，不代表我們是朋友，更算不上是敵人。我對你的鄙視一分一毫沒有減少。」

「不是朋友，也不是敵人？」他的語氣帶著嘲弄，「妳真是寬宏大量。」

「對你算很大的讓步了，但給我記著：我**永遠不會**忘掉你的背叛。我永遠不會原諒你，我們之間的事就到此為止了。」

他點點頭，「我了解，但我會努力改變妳的心意的。」

一陣風吹過，吹亂我未綁起的髮絲，我們的長袍狂舞，他脫下外袍並遞給我，我沒有接受，盯著它就像看著一條毒蛇。

「我需要一些資訊。」我說，「最近天庭有什麼新聞？」作為魔界的繼承人，他的權勢遠播；魔界肯定依然密切地關注他們最大的對手及敵人。

他嘆了一口氣並重新穿上外袍，「這也是我今晚來此的另一個原因，我為何如此……鍥而不捨。小心那位新上任的天庭將軍，根據我的消息來源，他對妳很感興趣。」

「吳將軍？除了他總是主張天皇應判我死刑？」我感覺我的腸子扭成一團，文智不是一個輕易發出這種警告的人。更加上自從得知淑曉的困境之後，我一直感到不安。「你為何這樣認為？」

「他密切關注那些跟妳親近的人，以及妳家。他研讀有關月宮的書籍，他將天皇的注意力轉移到這裡。」

從肚裡深處感到一股寒意。我內心一部分想要向他傾訴，就像以前那樣，雖然內心仍帶著被他欺騙的傷疤，但或許他知道一些有用的訊息。一開始我只慢慢透露，最後慢慢地不知不覺中我越說越順暢，將月桂樹的事都告訴了他。

「入侵的人試圖摧毀那棵樹，還是想要採集那些種子？」他問。

我沒有想到第一種可能，但我回想起剛師傅每一次敲擊後刻意的停頓，這並非蓄意破壞的瘋狂攻擊。「他想要種子。幸運的是，這似乎是個艱巨的任務，他砍了很多次才獲得一個。上頭有血跡，是他的血，沾滿他的雙手以及樹皮上。」

「妳何不帶我去看看那棵月桂樹？」看我沒有回答，他繼續說：「我只是想幫助妳，我用性命發誓。」

「你以前對我發過很多誓。」

「我不是從前的我了。」

我不相信他，早就在試探他的表情及語氣，看是否有什麼詭計。我不認為他改變了，他會說任何話來得到他想要的東西。然而，我需要他敏銳的腦袋來評估情勢。我內心有些困擾，畢竟讓他進入我家，對力偉及我而言是背叛。但我保持警戒，不會讓他得逞。如果他再背叛我，這次他絕對會付出足夠的代價。

★ ★ ★

一片寂然，只有我們小心翼翼的腳步聲。我感到慶幸天色已晚，其他人都進入夢鄉，不需要向我母親或平兒解釋他的出現。文智目不轉睛看著一切：錦燈、彩繪屏風，或者是雕刻木桌。走在外頭時他停了下來，凝視銀色屋頂，夜裡發光的大地，以及月白色的桂花林。

「我對妳家一直很好奇。」他靜靜地說，「這裡真的很美。」

我簡單點頭回應，不願與他進一步的交談。

我們穿過樹林，燈籠的光線將我們的陰影投射在地面，我們沒再說話，直到走到月桂樹前。月桂樹的種子像落在枝叢裡的星星般熠熠生輝。文智使勁想摘下一棵種子，手掌壓在平滑的樹皮上。種子沒有鬆脫，倒是樹葉顫動，且樹枝因他的施力而低垂。

「這棵樹的能量很奇怪。冷冷的，像這裡多數的東西一樣，但同時又不太協調，彷彿一體有兩面。」他觀察道。

「這是什麼意思？它能做什麼？」

「我不確定。」他皺了眉頭，「妳回來後，發覺什麼地方不一樣嗎？」

我猶豫片刻後說，「我的生命力比預期恢復得快，我想是我的生命力解封之後，我才明顯感覺到一股神祕力量。」

他指向月桂樹，「但竟然是來自這個。」

**再生之術**，力偉曾經提到。為何天皇渴望這樣的力量？玉宇天宮有成千上萬名的治療師。我偷瞥文智，試圖觀察他眼中的光芒是關心還是貪婪——

「星銀，妳還在質疑我嗎？」他的嘴扭曲成一個苦笑，「我不希望再成為妳的仇敵。」

「如果又發生呢？」我問，「如果我們又產生利益衝突呢？無庸置疑你會先圖利自己。」

「不會的。」他斬釘截鐵地說。

「你要如何保證？」

「因為我不會讓這種事情發生。與妳作對，等同與我自己作對。」他停下，

「當我傷害到妳……我也傷到自己。」

我看著他堅決的神情，對他堅定的語氣感到意外。完全想不出要如何回應，不

想反駁他也不想羞辱他。

「無論妳怎麼想，我並非天生嗜血，爭奪權力也不是因為渴望權力。現在，我希望我能說服我父親，和平才是最好的方式。戰爭付出的代價太高，即使是勝利一方。」

我們一同作戰時，文智從來沒有因為勝利而喜悅，或者因敵方的挫敗而得意洋洋。即使他成為敵軍後，他的決策也是為了減少損傷流血。我相信至少現在，他是真心想幫忙，他沒有要傷害我的意思。

他猛地抬頭，眼皮垂下。我愣住了，感受到一股神仙的氣息接近，然而結界沒有傳來警告。

力偉來了。

我內心糾結成一團，不希望再看見上次他們碰頭時的刀劍相向，雖然我與文智多年的同袍情誼能抵消他那些冒犯行為，但力偉視他為叛徒及威脅是理所當然的。

文智垂下頭，「我不想造成困擾。」我還沒來得及做出反應，一道閃光飛來並迅速籠罩他。片刻之後，微風穿過林間，文智的氣息消失了，離開得如他出現時一樣突然。

我的緊張稍緩，儘管愧疚緊隨而來。力偉現身於樹林裡，朝我走來，白色內衣上僅披著灰色長袍，腰間綁的結鬆鬆散散，他一定匆忙奔來。

「我感覺到有人闖進結界。時間不尋常，我想來確認沒有發生任何意外。」他微笑說，「又是另一個『不速之客』？」

這是調整結界後文智第一次來訪。我本能地想點點頭，準備好的謊言到了嘴邊——現在謊言對我來說多容易。然而我不該如此輕易地欺騙他。

「是文智。」我準備好面對他的反對

他頓了頓，「他之前來過嗎？」

語氣變得緊繃，但他的表情保持平靜。我真希望他發怒，這樣我就可以從這種讓他失望而帶來的低潮情緒中，激發出我的情感。

「來過。」我承認。「但我都拒絕見他。」

他表情變得僵硬，「那這次是為什麼？」

我保持沉默，不願告訴他是因為樂曲聲，以及文智與我在陽臺上談論的事情。

「妳要求他來的嗎？」他繼續逼問。

「不是。」

「妳也沒有趕走他。」

力偉一隻手伸入他的頭髮，黑色的髮絲在白袍映襯下顯得閃耀，令我想起在恆寧苑時他衝進我房內，那樣飢渴地吻我，那樣地柔情，喚起我仍在燃燒的激情。然而今晚，他的表情遠遠不是情人的模樣。

「我以為妳厭惡他，永遠不想再見到他，現在我卻發現你們午夜一起散步——」

「不是那樣的。」我緊張地說，壓抑著令人刺痛的羞愧。「他想要看月桂樹，我想他可以幫得上忙。」

「妳跟他說了？妳還信任他？在他做了那些事之後？」他顯得非常震驚。

我抬起下巴。「我不信任他，但他可能可以協助我們，他想要彌補些什麼。」這些話如此大聲說出來卻聽起來更薄弱了，就像對小孩子說謊，想取得他們的信任。

「他不過是玩另一場遊戲罷了，規則改變了，他還是想贏！」力偉爭論道。

「他不是朋友，但可能是盟友，我們這樣孤立無援，我沒有立場拒絕任何可能。」我堅定地說。

「妳有我的支持。」力偉拍拍我的手，「我信任妳；我不信任他。答應我，妳要格外小心。」

「我會的。」我嚴肅地說。

「也許我應該再調整一下結界，擋下**特定**不受歡迎的入侵者。」他的語氣聽起來輕鬆多了；最後一絲的怒氣全消失。

我大笑，慶幸最糟的部分過去了。「也許**所有**外人都應該被擋在門口。」

「我希望我不再是個外人了。」他的手指輕拂過我的臉頰，像羽毛般輕柔，滑落到我的脖子。「下星期是我父親的祝壽宴會，妳願意陪我參加嗎？」

我艱難地吞了吞口水，抑制出自本能的反抗，這更像是被邀請去一場行刑，而非一場宴會。

他退後並盯著我的臉，「這是一個可以修補關係，治癒舊傷的機會，讓他們像我一樣認識妳。」

「我會去。」我說，儘管我內心已蜷成一團。若我拒絕，會侮辱他的父母；我不能讓力偉左右兩難，我接受了他，意味著也要接受他們。無論如何我們要學習共處，拋棄過往嫌隙。

我只希望**他們**也能夠理解。

也許去參加這場宴會，我可以緩和天皇對我的質疑，讓他看見我不具威脅。詆毀那些看不見及聽不到的事情太容易了。如果不能，或許我可以獲得更多有關他的意圖的訊息。最近太多事情同時發生：天庭軍隊的掌權突然轉變、月桂種子的偷竊、天皇對我家的興趣。棋子已擺上棋盤了，而我唯一的希望就是知道接下來要玩什麼遊戲。

有件事是肯定的：我受夠了被當成棋盤小卒，如果我得移動，也要我心甘情願。

# 5

這天傍晚的天空清澈且平靜；沒有一片雲朵敢破壞天皇的慶生宴。力偉與我降落於鏡面般的湖畔，紫丁香灰色的山脈及優美的柏樹林圍繞四周。金蓮花在水面上盛開嬌容，上百支漂浮的蠟燭照亮湖面，燭光在水波上舞動如火焰緞帶般。一群神仙早已聚集在大亭子前，涼亭的孔雀石屋瓦在星空下閃耀著。每根鍍金柱子的基座都環繞著石牡丹，每一朵都彩繪雕刻得如此精美，彷彿從地底下冒出來一樣。懸掛樹間的發光燈籠，垂下了一串串風鈴，隨著微風輕吹發出清脆鈴聲。

一直擔心又是另一場在東光殿舉行的無聊宴會，見到這歡樂景象之後我的心情為之一振。那個地方勾起我太多不愉快的回憶了。

「這是哪裡？」我問。

「夜明珠湖。月圓之時，正如今晚，湖面上的滿月倒影格外美麗。」力偉說。

我拉了拉我身上的天空藍絲綢長袍上的腰帶，手指掠過上頭的玉蘭花刺繡時，花朵像在風中搖曳擺動，隨之飄散的絲綢花瓣從白色變成玫瑰色。禮服很美，但今晚的宴會我更希望能將我的弓箭掛在背後。

當我們走進亭子，交談聲逐漸消失成一片寂靜。賓客們轉頭看向我們，並往兩側退去，讓出一條通道，通往天皇天后的面前。天皇天后就像兩尊火焰梁柱，坐在瑪瑙皇位上，身披著朱紅色長袍，袍上是滾滾雲彩環繞的龍與鳳刺繡。

我掌心冒汗，真想離去，但我逼迫自己向前走到皇位前方。我雙手合十並彎身伏地。當我鞠躬時，頭髮上的銀色髮簪緊緊拉扯揪住我的頭髮。平兒的巧手幫我弄了個精細的盤髮造型，讓我有種融入這光鮮亮麗人群之中的錯覺，至少今晚如此。

「天皇天后陛下，聖壽吉祥。」比起其他誇張的讚美，我的祝賀詞顯得簡單，但任何複雜的詞句都會卡在我的喉嚨裡。

一陣長長的安靜，我抬起頭望向天皇。串珠在冰冷的雙眼前輕輕碰撞作響，眼中閃爍著怒火的餘燼，我的肌膚一陣刺痛，回想起他曾對我施加的折磨，他的天焰像千把刀般刺向我。

「平身免禮。歡迎妳來。」天皇的語氣和藹可親，戴上平靜從容的面具。那一閃即逝的憤怒神情是我的幻覺嗎？他表現得好像我們第一次見面，彷彿我從沒違抗過他，而他從未試圖殺了我。也許這樣比較好……要是我能相信這是真的就好。

天后倒沒有隱藏好她的情緒。她一字問候都沒有，嘴唇抿成鮮紅色的花蕊，頭髮上是精緻的金色牡丹花雕刻髮飾，上頭鑲嵌的碧璽從粉紅色轉換成帶著凝固的暗沉血色，彷彿反映出她的心思。

微笑掩飾我內心的不安，在天皇天后身邊我總是感到混雜著敵意的恐懼。我們永遠不可能成為家人，但為了力偉，我不希望我們成為仇家。我很高興此時另一位賓客向前致敬，轉移了他們的注意力，慶幸自己終於可以從這麼冰冷的迎接問候中告退。我沒有過多期待，多希望今晚已結束。如果我與力偉成婚後，這將是我要面臨的生活——無盡的不安，空洞的話語，以及虛假的讚美？我能忍受得了嗎？

有人喊我的名字，將我從茫然中喚醒，是建允將軍。這是我今晚第一次嶄露真誠的笑容。

我雙手合掌彎下腰鞠躬，「您過得好嗎？建允將軍。」

「很好很好，我相信太子殿下跟妳說了這陣子發生的事？線圈收得越來越緊，雖然我不清楚是圍繞著什麼。」

他的臉上出現幾條之前沒有的皺紋，上頭鑿刻著新的憂慮。「也許天皇會明白道理的。」我說，試圖減緩他的憂慮。

「雖然我有時會對天皇陛下動怒，但我從來都只為了他以及我們國度的最佳利益著想，這點我能掛保證。」

建允將軍一向很謹慎；他一定是遭受極大的壓力才會揭露那麼多。他的眼神飄向我的後方，嘴唇繃緊。我的眼角餘光瞥見一名身穿灰色長袍，袖口及下襬繡著金邊的身影，雙手戴著手套——只有一位朝臣會這樣穿戴。

「吳將軍。」建允將軍簡短地點頭。

靠得如此近，他的氣息飄向我——不透明、濃稠且奇怪地似曾相識。在天庭的幾次交手後，我內心糾結一團，這一點也不奇怪，只要想到他曾對我母親及我說過那些卑劣的話。他轉向我，咧嘴露出一個冷笑，腰間的玉珮叮噹作響，某物藏於玉珮之間：是一支懸掛腰側，帶著亮綠色流蘇的竹笛！

我的目光射向他，我竟然沒認出他那尖銳的眼神，就算在白色眉毛遮蓋以及滿臉皺紋的偽裝下？我一陣憤怒衝上腦門，氣到眼前一片通紅，伸手抓取他的手套。

一拉一扯，手套脫落，顯露出他的手掌上一道深色疤痕，就跟剛師傅砍伐月桂樹時的傷痕一樣。

「是你！」一想到他坐在我母親身邊，與她談笑風生，一股憤怒從喉嚨湧出。

「星銀，妳說什麼？」力偉的語氣有點不安警戒，也提醒了我，我們在這裡幾乎沒有盟友，更別說天皇會願意聽我的話。

周圍出現竊竊私語，我準備好面對責難，如果這些賓客衝向前為這位將軍辯護的話。但沒有人這麼做，瞪著我的人，跟用鄙視的眼光在吳將軍身上打量的人一樣多，彷彿看到他受到羞辱而饒有興味。有些掀起衣袖，交頭接耳說一些惡毒的話。我一直覺得自己在天庭是個局外人，但這位將軍跟他們不是一夥的嗎？為什麼他們對他不若對建允將軍那般尊重？

吳將軍把手套搶回來並套上，手指顫抖著，「妳的禮儀還有很大的改進空間。」

「禮貌是留給值得的人，騙子或小偷就不用了。」我盡可能冷靜地說。

「星銀，妳是否認錯人了？」建允將軍問道。

「我沒認錯。」我轉向力偉。「他手上的傷疤就跟剛師傅一模一樣，你認出他的笛子嗎？」我第一次在他身上看到這笛子，也許他穿著朝廷官服時不會帶著。

力偉皺起眉頭看著吳將軍，似乎在找尋這名傲慢的朝臣與那柔弱的月宮訪客相似之處。

「他易容了，改變頭髮跟臉。」簡單的偽裝術，但很狡滑，因為若是精細的法術可能會被偵測到。

吳將軍面向力偉，提高音量說：「太子殿下，你希望你父親的慶典被這無根無據的指控干擾嗎？」

他真擅長偽裝，淨是一副義憤填膺的嘴臉。我強忍住怒火，克制我的用詞。「我很清楚我看到什麼，也很清楚你做了什麼。」

力偉緊緊抓著我的手想安撫我。「吳將軍，如果你以詭計進入月之女神的領地，那真的就是失禮了，是不誠實與卑劣的行為。」他以威嚴的王室口吻說，帶著精心計算的客觀。這是朝廷把戲之一，他必須表現出公正的樣子來左右輿論。

吳將軍攤開雙手，「我是你父親的忠臣，我謹遵他的旨令行事。如果我冒犯了什麼，請太子殿下直接向他表達你的疑慮。」

一個隱晦的威脅，暗示他有天皇做靠山。他肯定獲得極大的皇寵，才敢對力偉如此不尊重。

「我必定會的。」力偉簡短回應。

吳將軍淺淺一鞠躬，「很抱歉，太子殿下，我得去拜見陛下了。」沒等力偉回應，他就大步離去。

「吳剛的膽子越來越大了。」建允將軍厭惡地評論道，「天皇對他言聽計從，所以鮮少朝臣敢反對他。」

「吳剛？」我複誦他的話想確認。

「吳將軍。」建允將軍解釋，「吳剛是他的全名，這是我剛認識他時他的名字，雖然他不喜歡被這樣稱呼。」

吳將軍，剛師傅。他沒有說謊；兩個都是他的名字。狡猾的大臣成了野心勃勃的將軍。還有樵夫以及竊賊。

「你覺得為何吳剛來我家？」以他自我厭惡的名字稱呼他，讓我感到滿足，我忍不住心想這位正直的將軍是否也有同樣的感受。

「一定是受到天皇的命令。沒有天皇陛下的許可，他不敢這麼做。」建允將軍接著說，「天皇不會派其他人去的。鑑於吳剛的過去，他很熟悉月宮。」

我瞪大眼看著他，「這是什麼意思？」

「很久很久以前，早在妳母親升天前，吳剛還是個凡人。」

「凡人？我沒聽說這件事。」力偉跟我一樣驚訝。

「吳剛現在受到恩寵，天皇陛下希望他能隱藏這樣卑微的出身。吳剛一直很順從，摒除了他以前的名字，與過去劃清界線。」

「凡人聽到這種事會高興吧。」我說，努力壓抑我對神仙常常鄙視下方世界的憤怒。事實上，凡人可以教我們更多關於鍛鍊韌性及意志之事，畢竟他們承受如此多的考驗。

建允將軍淺淺一笑，「我同意。」

「吳剛如何來到仙域的？」力偉問道。

建允將軍的眼角皺起，彷彿陷入沉思。「吳剛是個有著不尋常恩怨的尋常人，他的妻子與一位天庭朝臣的兒子有染，當吳剛發現她出軌後，沒有與他們正面衝突，而是前往崑崙山。」

我壓住聽見他所受的傷害而產生一瞬間的憐憫。「他冒險到那裡是為了求償嗎？這就是他成為神仙的原因？」崑崙山擁有一種神祕能量，而且是唯一容許神仙居住的凡間之地。

建允將軍搖搖頭，「凡人能變成神仙只能透過天皇的靈藥，吳剛的計畫邪惡多了，他在崑崙山與一位神仙為友，得知了我們的祕密：我們並非刀槍不入，仙域的武器及法術便能殺死我們。之後他竊取了那位神仙的斧頭，殺死了他的妻子與情夫。」

我渾身起雞皮疙瘩，他真是冷酷無情，而且有驚人的耐心。**我的妻子，她很喜歡音樂**，他曾如此談論起她。他看起來如此冷靜堅定，因此我完全沒有起疑。事實上，他已親手殺害了她。

「依照凡間法令，他早該被判刑。」建允將軍繼續說著，「然而受害者的父親，也就是那位天庭朝臣，以神仙被弱小凡人殺害為由，懇求天皇為他雪恥報仇。經不住他的哀求，天皇召喚吳剛進宮，命他以竊取來的斧頭砍下永生不朽的月桂樹。」

我覺得肚子像長出一塊異物堵塞住，「是月宮上的月桂樹？」

「那時候長得不一樣，以前樹上葉子青翠如玉，沒有種子，不像現在長滿了種子。但它依然不是棵普通的樹，它擁有自癒的力量。吳剛很快就發現這個任務是徒勞無功的，是個永無止境的折磨。」

**一個不可能的任務**。「吳剛怎麼得到靈藥的？」

「一開始給他的是一顆仙桃，目的並非讓他延年益壽，而是延長他的苦難。如果他成功完成任務，才能得到靈藥。這是個欺騙的交易，一介凡人要如何做到這種事？幾百年來，吳剛沒有休息埋頭苦幹，『樵夫吳剛』，朝臣們都這樣嘲笑他，他們稱讚天皇的狡黠，有些神仙甚至舉辦觀賞派對，看著吳剛筋疲力盡的樣子而大聲嘲笑。我參加過一次，非常後悔，譏諷一個地位低且無力反擊的人，一點樂趣也沒有。」

難怪天庭神仙們對吳剛的態度既厭惡又恐懼，他們的惡意在他得到權位前應該更嚴重。「天皇是否因為憐憫而撤銷對他的責罰了呢？」

建允將軍表情嚴肅，「也許是多年砍伐月桂樹後，樹木與折磨它的人之間產生了一種必然的連結。吳剛發現他自己的鮮血可以短暫抑制月桂樹的自癒能力。儘管深知失敗會被判死刑，他要求天皇前來見證他完成了任務。朝臣們熱烈地跟隨在後，很多人認定這只是個吹噓的空話。剛來到天庭的強健凡人吳剛，如今看起來這麼脆弱、瘦骨嶙峋及衣履蹣跚，雙手布滿傷口及傷痕。」

「這就是為何他一直戴著手套？隱藏那些傷痕？」我問道。

建允將軍點點頭，「吳剛很驕傲，然而他很會掩飾。他厭惡這醒目的恥辱印記。」他的語氣變得沉重。「我記得當時他砍傷自己雙手的表情：全然不帶任何一絲希望的絕望，就像他已不在乎是生是死。鮮血四濺，灑向月桂樹幹上，滲入樹根周圍的泥土裡。接著，他向樹木揮動斧頭，一次又一次，沒有停歇，彷彿他的辛勞授予他超凡的力量。最後，終於，月桂樹轟然一聲倒下了，聲響之大，凡間應該都聽得到。」

我皺眉，「但這月桂樹仍然屹立不搖，沒有被摧毀啊。」

「天皇的命令是吳剛須**砍下**月桂樹，並非摧毀它——如果這種事做得到的話。月桂樹沒過多久就重生了，從枯萎的樹墩裡長出新芽，迅速抽長，直到整棵樹再次茂盛。除了它的葉子不再翠綠而呈現銀白色，樹幹變得蒼白，彷彿秋霜覆蓋，彷彿在那死亡陣痛中，它從春天蛻變成冬天。」

我的腦袋瘋狂轉動，這必定是吳剛對月亮懷有如此強烈興趣的原因，一個出自個人的興趣，所以探查它的氣息，進而發現了我的存在。這也是為何他發現我的身分後，就一直找我麻煩。「這月桂樹的力量一定很強大，可以迅速再生，連我的生命力也快速復原。」

建允將軍的表情變得憂慮，「我們認為它只能自癒，我們不知道它還能療癒其他人。」

「天皇要這個做什麼？」我問。

將軍嘴角下垂，「我已經失去天皇陛下的信任，他不再跟我透露心事了。」

我想起其他事，「我抓到他的那晚，吳剛的鮮血留在月桂樹上，樹幹上有些凹槽，但整棵樹幾乎毫無損傷，我無法想像他之前如何砍下它的。」

將軍癟唇，「那天之後，月桂樹的能量改變了。雖然力量增強了，但與吳剛的連結可能減弱了，也許他無法在像之前那樣傷害它了。」

「僅僅足夠來採集種子。」我暗自不妙。「為何天皇陛下派遣吳剛來？如果天皇想要，他大可以直接占領我們家。」

「因為天皇陛下的地位不再屹立不搖，太多雙眼睛盯著他看，沉寂已久的聲音漸漸增升形成了質疑。」建允將軍頓了頓，若有所思地摸著下巴，「有些神明承受更多負擔。渴望被崇拜，無論是出自恐懼還是敬愛。雖然他們可能覺得這是微不足道之事，但終究會害怕失去。我們其他神仙，比較少會有這樣的顧慮，沒有那麼在乎我們的行為對世界的影響，也不在乎是否受到奉承或毀謗。」

「也許不想打草驚蛇。」力偉觀察道，「如果兵臨月宮，可能會造成不必要的紛爭。除非我父親有正當理由，否則他現在動輒得咎。」

我不會讓他這麼做的，雖然月桂樹的力量看似溫和，具治癒能力而非傷害，但我不相信天皇的意圖。

突然鑼聲響徹雲霄，是有人用槌子敲了銅鑼。大家紛紛轉向皇座，天后起身高舉玉杯。「向我們天皇陛下，仙域的皇帝致敬，祝他輝煌的統治萬萬年！今晚，明月為他而照亮閃耀！」

天后手一揮，孔雀石屋頂瓦解成碎片，如翡翠螢火蟲般四散夜色中，然而原本該是月光燦爛之處卻一片黯淡無光。

我瘋狂地搜尋著天空，賓客們紛紛發出驚呼聲，他們仰著頭，帶著震驚及不祥的神態，竊竊私語盤旋空中就像瘴癘之氣。

「月亮在哪裡？它應該老早就該升起才是！」

「月全蝕！在天皇的祝壽會上？真是個不祥的預兆！」

「嫦娥這樣侮辱到底有何居心？」

我渾身徹底發寒，我母親……發生什麼事了？即使心碎、悲傷或失落時，她從未拋下點亮月光的職責。我衝到門口，但雙腳忽然無法動彈，像嵌入在石頭般。

「月之女神的女兒，妳跟妳母親是什麼意思？」天后的手緊握著她的杯子。

「我必須去找我母親，她可能陷入危險了！」我再次試著移動，但她的法術困住我。我聚集我的能量想要破解她的法術，但我看到力偉微微搖頭的示警眼神。在這裡使用法力是公然違抗天皇天后的命令，我必須小心行事，至少現在必須如此。

吳將軍走向前，裝出凝重的神情。「嫦娥竟膽敢帶來如此不祥的預兆，對我們摯愛的天皇如此不敬。這也不意外，我們都知道月之女神對天皇天后陛下有所怨恨。」

他竟然如此毀謗曾經對他如此慷慨的母親！我嚥下憤怒，假裝卑微地垂下眼皮，然而我內心怒火中燒。如果天皇天后陛下認為我們溫順且害怕，並不心存報復或驕傲會比較安全。

「我母親對天皇天后陛下沒有任何惡意。」我抗議道。

「那妳呢？」吳將軍插嘴問。

「我……我不希望天皇天后有任何不如意。」我的語調有點破音，但在場所有朝臣聽得出我話中有話：我也不希望天皇天后有任何如意。

力偉合掌鞠躬，「敬愛的父王，母后，星銀跟她的母親對您無任何不敬，請允許我們去尋找月之女神，確保她現在的安危，並要求一個解釋。」

天皇的表情變得嚴肅，紅瑪瑙皇座扶手上的手指關節都泛白了，「力偉，你不在乎你自己的家人，以及今天對我們的侮辱嗎？」

這語氣，冷酷且充滿威嚇，是在我最恐怖的夢魘裡一直迴響的聲音，是他將我擊潰的那一刻。

「敬愛的父王，她們無意傷害您，月宮的人們只想要守護家園。」力偉冷靜地說，我很高興他在這種時候還能保持冷靜，而我情緒爆炸且面臨崩潰。

「夠了！力偉。」天后嚴厲地說，儘管她臉色慘白。她伸出手，我腳下閃著魔法，上頭的法術解除了。「她可以走，**你**必須留下來參加你父親的宴會。」

「你說她們無意傷害，太子殿下。」吳將軍油嘴滑舌地對力偉說。「你怎麼知道她們腦子裡潛藏的念頭？或你根本就不在乎，你的忠誠被你的情感蒙蔽了——」

「記住你的位階！將軍。」天后咆哮著，「你可不要僭越，我兒子毫無過錯！」

「當然。」他鞠躬，從嘴角漾起陰險的笑容，「太子殿下一定是被欺騙了。」

他們之前聯合起來對付我，現在看到他們不合，感覺真奇怪。然而天后一向對威脅到她兒子的人充滿警戒，即使曾經是盟友。一想到吳將軍如此操弄我們的形象，我就呼吸困難：我母親跟我，危險且虛偽，而力偉是個蠢蛋，意見不足為信。

我提高音量，希望能被聽到，「這是個無心之過，天皇陛下——」

天皇舉起手，要我閉嘴，他怒目切齒地說：「力偉，你的忠誠何在？是屬於你的家族和國度，還是這個滿嘴謊言的女孩？我警告過她，如果嫦娥或她任何怠慢失職，我就不再寬貸！」

「皇上，力偉不是那個意思。」天后嘗試緩頰，但天皇向她揮了揮手，她只好縮回自己的寶座。

我再次嘗試，迫切地想告退，「天皇陛下，請先讓我找到我母親來當面解釋，力偉對您是忠心的——」

「他的忠心在**妳**身上！」天皇的聲音震耳欲聾，「力偉，你坐在位子上太久太安逸了！現在公開譴責她，證明你對家族的忠誠！」

說完一片寂靜，沒有半點呼吸聲或竊竊私語。彷彿大家被施了魔咒，都變成了石頭。有任何父親會這樣對自己的孩子如此冷酷無情嗎？這不只是命令而已，而是威脅，劃在地上一條清清楚楚的界線。

我輕輕地碰了力偉的手臂，輪到我提醒他不要輕舉妄動。「你留下，我離開。」我不想破壞他跟家人的關係，然而我害怕這一切太遲了。

他握著我的手，緊緊握住，然後鬆開。他將銀白色長袍掃向一邊，跪下低伏，雙掌與額頭貼行禮。

「敬愛的父親，我是您的孝子也是忠臣，但我不會公開譴責她。她對您以及我們的國度沒有做錯任何事。」隨後他起身，接過我的手，他的皮膚不再暖和，像是埋在雪裡般寒冷。

吳將軍雙眼閃過陰險的光芒，天后發出憋悶的慘叫，她發白的手指壓在血紅色的雙唇上，力偉帶著落寞慘淡的表情，轉身離開富麗堂皇的天庭。

喜悅及悲傷在我胸口交纏著，像冰與火一般，一邊難以承受地沉重，另一邊則翱翔般輕盈。雖然我希望力偉能擺脫王室約束，但我從沒要求他這麼做；他的家族與世襲命運是他本質的一部分。雖然恐懼籠罩著我，擔憂著今晚的事情會如何發展，但此刻，我沉醉在瘋狂的夢中，像兩隻仙鶴般，我們自由自在地在無邊無際的天空中翱翔。

# 6

我母親不在家。看著她床上整齊平坦的床單，我以為她只是睡過頭的渺小希望破滅了。

「她會在樹林裡嗎？」力偉納悶地問。

「她不在那裡，我們飛過去時我搜索過她的氣息。」我轉向平兒問：「我母親離開時說了什麼嗎？」

「她請我幫她召喚一朵雲，我之前幫她召喚過並教她如何騎乘。」她雙手緊握，臉色鐵灰。「天皇生氣了嗎？這麼多年來第一次忘記點亮月光，應該不是什麼滔天大罪吧？」

「我可以替她點燃燈籠。」力偉提議道，迴避她的問題。

「現在點燃有什麼用呢？」我一想到天后的怒顏就感到絕望，賓客們紛紛討伐稱之為「惡兆」，加上吳將軍的惡毒指控，全都在天皇的怒氣上搧風點火。

「寧願晚了也不要什麼都沒做。」他說著，大步走向門口。

我對我輕率的話感到臉紅，「力偉，謝謝你。」我向他喊道。

他站在門口，嘴角露出一絲微笑，「星銀，我說過，你跟我之間沒有什麼好道謝的。」他二話不說隨即離開，他挺直了背，肩膀比平時更緊繃。

我搜索著母親的房間，如同往常整潔，木架上除了一些植栽及裝飾物外，沒有其他雜物。她床邊放置一本書，書封繪上一位弓箭手及十顆太陽，是關於我父親他如何擊落太陽鳥的傳說，幾張折疊的紙條散落書旁。我撿起來看，上頭是幾行陌生的筆跡，誰會寫信給我母親？窺看別人互相往來書信是無禮的，但也許我能從中找到她失蹤的一些線索。我撫平紙張，眼睛掃過上頭一個個字：

**妳今夜將在凡間尋得所願。**

我的心頭一陣悶痛，不好的預感。我跑回我的房間，抓起弓箭後衝到外頭召喚雲朵。我太大意了，之前沒有想到這點，自從重獲自由，我母親一有機會就會再訪同一處。即使大家都不贊成，即使冒著擅自進入凡間而受懲的風險。

兩條河流交會處，在禁錮黑龍之處，一座聳立的小山丘，上頭覆蓋著像春天雪融一半的白花。上方立著一座新月狀的大理石墓碑，我父親的名字閃閃發出金色的光。香爐裡有剛壓過的焚香餘燼，空氣中瀰漫著濃郁的味道，充滿希望和悲傷。蘋果、帶葉的柑橘和海綿蛋糕等供品堆在一旁，還有一枝細長的桂花，淺色的花瓣邊緣已泛黃。我母親來過了，但她現在人在哪裡呢？

凡間禁止使用法術，於是我跑下山丘，沿著散發出泥土及腐敗味的河流大聲呼喚她。忽然進入一座比夜晚更陰暗的森林，我搞錯了嗎？她不在這裡？然而我突然感覺到她像飛蛾發狂顫動翅膀的氣息。我衝過去，發現她在森林外圍徘徊，步履蹣跚且眼神空洞，而我幾乎癱軟地鬆了一口氣。

「母親！」我抱著她，她的肌膚如此寒冷把我嚇了一跳，「發生什麼事了？今晚燈籠沒有點亮。」

她微微開口，幾近耳語地說，「我收到一張紙條，告訴我要來這裡。」

「我知道。」我坦承看過，「是誰寫的？」

「沒有署名，就放在我桌上。」

「肯定是詭計。為何有人留下這樣的紙條，用這種偷雞摸狗的方式？」要是我當時感受到有人闖入結界就好了，但我那時注意力都在天皇的宴會上。

「這不是詭計，我看見妳父親了，他的頭髮灰白，看起來很不一樣……但我仍然可以認出他來。」她抬起頭看著我，眼睛又大又黑，「他為何躲我？他為何要藏起來？」

我的背脊傳來一陣刺痛，「這不可能，父親已經死了。」

「我很清楚我看到什麼。」

她帶著顫抖的聲音讓我停了下來，我拍撫她的背，試圖緩和她的焦慮，就像她以前安慰我的樣子但角色對調。我沒有提及天皇發怒或向我們飛來的眾多指控。大錯已鑄成，現在最重要的是她沒有受傷就好。

「我會幫妳找到他的。」我跟她說。

我們一起仔細搜尋了森林、河岸以及山丘，但沒有任何生命跡象，除了在我們接近時飛奔逃離的野生動物。當黎明的金色光芒灑向夜空，我召喚雲朵要送她回家。

「我不要離開，那**真的**是他。」她聲淚俱下。

「母親，妳必須回去。」我說。

「妳的父親——」

「我會繼續搜尋。」我向她保證，「妳應該離開，好好休息，天皇可能隨時會召見妳。」

一提到天皇，她臉色顯得蒼白，不再抗議隨即爬上雲朵，「我該怎麼解釋？」

我快速盤算，「跟他說妳睡過頭，不要提及任何來到凡間的事，天皇聽到這種事不會開心，最好讓他相信是我們自己無能，不是有心要挑戰他的權威。」

她點點頭，隨著一陣微風，雲朵起飛離去。然而她的雙眼仍盯著下方，直到消失在天際。

將她送走我感到愧疚，但我獨自一人比較有效率。更重要的是，我希望她安全返家。我擔心這是一個詭計，刻意讓她分心，忘記職責而惹怒天皇……雖然我不知道是為了什麼。

我再次搜索森林，對任何可能的神仙法力或危險提高警覺，沿著河邊的小路一路走到一個村莊前，於是我轉過身，再走回小山丘。在明亮的天空下，我跪在父親墳前的碑石上，那些在大理石上的褪色畫作是凡人對我父親英雄事蹟的描繪：一支箭瞄準著天空中深紅色的太陽們，他率領大軍，與神獸對戰。我內心一陣沉重，跪坐在地，雙手塞在大腿縫間。

「父親，我真希望能認識你。」我不確定為何我內心浮現這些話並大聲說出來。也許是黎明破曉時分，讓我深感絕望。又或許是就算墳裡只剩他的骨頭，我也因為父親就在眼前而降低警戒。

樹枝被折斷的聲音。我跳了起來，從背後拔出弓箭，抑制發射的衝動，法術可能會引起不必要的注意。此外，凡間幾乎沒有東西可以傷害到我。

一位凡人站在山丘腳下，模樣已過壯年，他的頭髮柔順灰白，以一條長布綁束，他的皮膚飽經風霜布滿皺紋，唇角帶著苦澀。但他黑色長袍下的肩膀寬闊，舉止有如柏樹，以穩健的步伐朝我走來，帶著老練的戰士優雅風範。當他雙眼落在我的弓箭上時，明顯眼睛睜大。

「你是誰？」如今鮮少人會來到這裡。當我父親的事蹟對凡人來說仍記憶鮮明時，他們會帶著鮮花及食物等供品，成群結隊來供奉。這也是為何黑龍得知此地的緣故。然而，人們的記憶是短暫的，我不會懷疑茶館裡仍傳頌著后羿的傳說故事，這是個激勵人心的優美故事，但誰會跋山涉水來此地紀念一位逝去已久的英雄呢？

這名男子沒有回答，他目光晶亮地盯著我，胸口上下起伏，喉嚨鼓動著，我無法分辨他是要開口，還是在壓抑自己。

「女兒，妳長大了。」他終於開口，帶著激動的情緒。

我愣住了，壓抑內心飛騰而起的喜悅。這不可能是真的。喔！我真想相信他，我曾多次幻想這一刻，直到黑龍帶來的消息粉碎了我的希望。而現在的我知道正直的臉可能說著詭計，溫暖的笑容或許隱藏邪惡，而最危險的謊言，是那些我們極力渴望成真的。

「我父親已經不在了。」我斷然地告訴他，強忍住我內心的刺痛。

他像被我打擊一般縮了一下，「他可能確實不在了。」男子轉過身，大步遠離，長袍飄逸。

我看到他背後懸掛的那把銀弓，雕刻精細，弓臂兩端像尖牙般彎曲。我感到一股脈動，讓我想起第一次看見玉龍弓的時候。然而這次沒有拉扯，只感覺到如鼓聲般的震動能量。

這不是凡間的武器。

「等等！」我大喊，「你的弓箭，你從哪裡得到的？」

他停了下來但沒有轉身，「這是個賜予之物。」

「誰賜予的？」我已做好迎接這個答案的準備。

「妳稱他為天皇。」他緩慢地說，「雖然對他拿走的其他一切來說，這點補償微不足道。」

我彷彿突然被抽走了氧氣，四肢失去力量而倒下，我並不覺得冷，然而我全身顫抖著。我努力對抗著內心湧動且想要不顧一切的渴望，想要現在就釋放它，重新寫下我的未來，一個我們全家團圓、有我的母親及父親的未來。

「不可能。」我喃喃自語。

他的雙眼悲傷地垂下，「女兒，妳出生凡間，但流著神仙的血脈，妳的家應該在這裡，但妳住在月宮，妳應該比任何人能理解，沒有什麼事情是不可能的。」

我極力保持清醒，拼湊一片片思緒，他是一位弓箭手，正處於人生初冬的年紀，帶著傳說中的銀弓，跟母親那本書上描繪的一樣，就現身在這座墳墓上。他知道我是誰，我凝視著他的五官，下巴中間的淺溝……真的是他。

這不是詭計，完全不是我過去推理與思索而理解到的，這是自然而然便感知到的事實。太多事情想要訴說，那些我孤獨一人時，在腦海裡說過的無數的話，但我結結巴巴，喉嚨裡什麼也吐不出來，除了這一句。

「父親。」

我彎下腰，壓抑內心波濤洶湧的情緒，熱淚盈眶。如此陌生，他從未有機會履行父親的角色，正如我從未得到當女兒的機會。我們之間缺乏回憶，**共存**，而產生相互羈絆的那種力量。然而我們終究之間有著不可抹滅的連結，通過血肉以及更深層且無法解釋的東西鎔鑄而成。

他的眼裡閃過一道光芒，嶄露笑容，有菱有角的臉型頓時柔和多了。

「我叫星銀，母親以星星為我命名。」由女兒對父親說這樣的話有點奇怪，但也許他不知道，也不確定如何開口詢問。

「是個好名字。」他沙啞地說，「妳比妳母親高得多，然而妳長得很像她。」

他的話充滿柔情，卻也刺耳地提醒一件事：當我們對他的生死存活一無所知時，他一直都知道我們。「母親為你感到悲傷，她一直認為你去世了。你一定在這裡見過她，你為何不跟她說話？」我無法忍住其中指責的語氣，他原本可以減輕她的痛苦。

「我不能。」

閃過他臉上的表情是遺憾嗎？渴望、悲傷，還是憤怒？我想到她拿走他的靈藥，那是他掙來的，他為了她而捨棄的。

「你怪她嗎？或怪我，讓她的生命處於危險之中？」這是我一直以來既渴望又害怕得知答案的問題。

他深深吸一口氣，「我承認，一開始我生氣了，當我看到她飛上天，不禁想著她是否一直都計劃著成仙？成為女神？直到後來我意識到自己的錯誤：因為我的恐懼使她的恐懼噤聲，忽略那些說了我不想聽的話的大夫們，因為那些話比我打的任一場仗都還令我恐懼。這就是受人崇敬後的後果，你開始會相信自己不可能犯錯，認為你可以靠意志力改變命運。但世界上有些事情是任何力量也改變不了的。」

一陣沉默之後他補充道，「如果妳母親要求靈藥，我本來就會給她的。早該這樣做了。」

「你為何讓大家都相信你已經去世了？」我探問。

「最後一場戰役中，我被擊潰且失去意識。當我醒來，發現自己被遺棄在陌生的地方。我花了好幾個月才找到方法回家，卻驚訝地發現到處都是我死亡的消息。然而如此一來我自由了，一個重新為自己而活的機會，不用再受命前往危險之地。」

他看著地面，「我同時也希望妳母親能聽到我死亡的消息，即使她不再愛我，她可能會來上香致意，沒別的意思，僅僅出於義務，這樣我就有機會再見她一面。」

他的臉龐籠罩著陰影，「剛開始我熱切等待著，腦海裡跑遍了所有我們可能會互相傾訴的話，然而多年過去了，我才明瞭我根本不必如此費心，我的希望因恐懼而褪色了，然後開始感到羞愧。因為她可能會看到我這個模樣，而她依舊年輕。當我終於再次見到她時，一切都太遲了。」他的指尖撫過臉頰上的皺紋。

我胸口彷彿被緊抓，即使分離許久，我的父母仍互相愛著對方，「別責怪她，父親，之前她無法來這裡。」

「為何無法來？」他有些激動地問，彷彿因此困擾許久。

「她因為吞下了靈藥而被天皇懲罰，直到一年前她都無法離開月宮。」

他雙手緊緊握拳，「我不該感到驚訝，當時就是天皇欺騙我，用虛假的承諾及謊言讓我遠離家鄉，不是凡間，而是我真正的家鄉，在東海。」

「你原本是神仙？」我脫口而出，但忽然想到這無心之言如此殘酷而滿臉通紅。

「很久以前，在這副凡人之軀之前。」

「父親，發生什麼事了？為何母親沒有跟我說過？」

「她不知道，我之前也不知道。當神仙於凡間重生時，他們會失去力量跟記憶，只有回到仙界時才會想起來。」他放下弓箭，在我身旁坐下。

「神仙們落入凡間很平常嗎？」我問。

「很少見，雖然可以幫助神仙增強力量，但只有少數人願意經歷凡間的考驗。不過只有面臨嚴峻的處境以及天皇的命令與同意下，神仙們才會下凡間，而當神仙返回仙界便會需要靈藥。」

想起他剛剛臉上閃過認得這把弓的表情，我看了手中的玉龍弓一眼，想著存在我與玉龍弓之間無法解釋的羈絆。「你在東海的時候與龍族為伍嗎？」

他的表情變得很遙遠，「有些人稱呼我為牠們的統治者，一個空泛的頭銜，我從來沒有為了私利而命令過牠們什麼。」

我父親就是傳說中拯救龍族的勇者，將牠們的生命靈體與珍珠綁在一起。輪轉的命運奇妙地帶領我走向同樣的道路，將龍族從珍珠解放出來。這也是為何這把弓與我緊密相連的原因嗎？當我的手摸著弓臂時，玉石上發出點點波光，在我手中跳動著，第一次如此迫切地突然想要抽離我的手，因此打消了我內心最後一絲遲疑。

我把弓箭交給他，玉龍弓橫擺在我掌上，「父親，這是你的？」我內心捲繞著不捨之情，從沒意識到原來我對它如此依戀。

稍稍遲疑後，他把它推開，玉龍弓靜止跳動，光芒消失。「這把弓現在是妳的了，我已經習慣用我自己的；我們一起經歷了很多戰役。」

我鬆了一口氣並收回弓，但同時覺得自己自私又膚淺。「父親，你怎麼會來到凡間呢？」

他眼底閃過一絲受威脅的神色，「天皇垂涎龍族的威力已久，也許他不清楚牠們的力量有限，不知道若將牠們用作戰爭武器會導致牠們的滅亡。也許他根本不在乎，他對我心存防備，雖然毫無理由，因為我沒有像他那樣的統治野心。」

恐懼像蜘蛛爬滿我的皮膚。另一個我與力偉兩家之間的糾葛，我們有辦法徹底擺脫嗎？

父親用指尖揉揉額頭，「當時天皇召見我，他召集天庭裡最有聲望的長老們，他們宣稱凡間面臨著嚴峻的威脅，只有我能夠解救他們。」

「太陽鳥。」我緩慢地說。「太陽鳥是天后的至親，我以為天皇任由太陽鳥自由翱翔是為了避免激怒天后，但這可能是他試圖陷害削弱你的計謀？為了奪取龍族的威力？」

他點點頭，「這樣的計謀很符合他的天性，狡猾且貪婪。」

「你很清楚他的為人，為何還相信他？」我問。

「我當時太愚蠢，沒有過問太多，而如此崇高的任務激發了我的自尊。那些令人敬仰的天庭長老們告訴我，為了保護凡人，我也必須變成凡人。也許天皇也騙了他們，沒有比那些確信自己在說真話的人更會說謊的了。天皇允諾他會保護我，當我完成任務時保證會給我靈藥。他發了一個神聖且牢不可破的誓言，以他的名譽及後代子孫之性命擔保。」

他重重地嘆了一口氣後繼續說：「因此我接受了，我喝下孟婆湯之前做的最後一件事，就是將珍珠歸還給龍族。喝下湯之後，我忘卻之前的記憶，來到凡間。」

「你喝下孟婆湯了，現在如何想起這些？」我問。

「妳母親離開後，我喝下了靈藥瓶裡殘留一滴，雖然有時候我希望我沒那麼做。恢復這樣的記憶並非好事，憤怒及悲慟像殘暴的野獸，吞噬著我的心。」

我忽然覺得困惑，「龍族的統治者已消失幾世紀之久，然而太陽鳥是幾十年前被射下的。」

「天皇的城府很深。」他憤怒地說，「我太早下凡間，輪迴了好幾輩子，過著凡人的日子。終於，預言中的災難來臨，空中十隻太陽鳥盤旋，一位神仙出現，贈予我這把弓箭以及一枚玉珮保護我免受太陽鳥的火焰傷害。即使是皇帝也應該遵守諾言，特別是那些還以自己的子孫性命發誓的人。更何況，龍族對他已不具威脅，更不用說我了。」

我撫摸脖子上的玉珮，把它拉出來。玉珮已破裂，失去了力量，而我出於感傷依然戴著。他盯著玉珮，因突來的激動情緒，喉間發出哽咽。

「我將這枚玉珮交給妳母親，我告訴她這會確保她的安全。但我錯了，沒有任何護身符能夠保護她遠離那些威脅和危險。」他低聲地說，「後來的事就如妳從傳說中聽來的，我射下太陽鳥，完成了任務，相信自己是個英雄，但其實只是上了天皇的當的傻瓜。」

他的臉因憤怒而變紅。但如果他沒有被騙，就不會遇見我母親。我很難為賦予我生命的事而悲痛。

「然而我不後悔。」他堅定地說。

「因為母親嗎？」

「因為妳們。當天皇賜予我靈藥時，我還以為是個珍貴大禮，對背後真正的原因一無所知。不過即使我知道了，或許也沒什麼不同吧。」

「不同的是母親喝下了靈藥。」天皇對這意外的發展而大怒，是否是為了表演給朝廷看？想讓那些有意違抗他的人感到恐懼。我突然想到，因為神仙不能無緣無故攻擊凡人，所以身為凡人的父親能遠離天后的怒火而好好活著。

「我不應該來這裡的。」他說，「見到妳母親令我既開心又難過，所以我刻意遠避好一陣子。」

不安在我內心蔓延，「你今天為何來此？」

「我收到一張紙條。即使我感覺到什麼不對勁，但我實在太好奇了。妳母親今天看起來很不一樣，焦躁不安的樣子，像是尋找什麼。我一時太大意，措手不及，讓她在我躲起來前看見我。」

是誰送的紙條？是誰圖謀讓我母親忘了她的職責？吳剛幸災樂禍的樣子閃過我的腦海，他早準備好在宴會上指控我母親的失職背叛。除此之外，他知道我家位置，還有哪裡可以放紙條，他可以輕易地指使他的手下。他也很熟悉凡間，因為他自己曾經是個凡人。難道這一切就是為了讓天皇欲加之罪而精心策劃的嗎？一想到此，我的喉嚨就發乾。

「女兒，我太自私了，但我好想跟妳說說話，一次也好，我不知道是否還有其他機會。今天的事別告訴妳母親，我不想讓她更悲傷，讓她再次為我哀悼。」

他突然一陣咳嗽，身子劇烈起伏。他用一塊布壓住嘴，打開時布的上頭沾滿深色液體。是鮮血，我內心一陣擰扭。

「父親，你生病了嗎？」他沒有回答，我想像各種結束凡人性命的可能疾病。我接過他的手，小心翼翼地注入我的能量以免被偵測到。但我不是治療師，能力太微小。我檢視他的身子，試圖找出他哪裡不舒服，但我找不到任何骨折需要癒合，也沒有任何傷口需要止血。那些病痛深藏在身體裡，根深蒂固扎入肉身裡的病兆。我無法治癒，神仙不會承受這樣的病痛。即使我可以治癒，我也無法保護父親免受凡人之軀更大的威脅，我無法挽回逝去的光陰，除非我恢復他神仙之身。

「天皇會再給你靈藥嗎？」我急切地問。

「該給的已經給了，他不會再給我了。」

我感到非常絕望，沉重且慘淡，「父親，我能做什麼呢？」

他的笑容擊退歲月的痕跡；我看見使我母親深愛的男子，眼底有著幽默及溫暖。但隨之陰影再次降臨，將他籠罩於灰暗之中，「這樣就夠了，超過我所期待的了。能夠看見妳，聽到妳對我的理解。別挺身冒險，妳也無能為力，大夫說我所剩時間不多了。」

我抬起下巴，看著大理石墓碑上那些關於他的英雄事蹟的彩繪。這是個奇蹟，但也幾乎是個不幸。我終於找到了父親，卻得知他瀕臨死亡。夾雜不幸的幸福……不，不是不幸，我糾正，這是個機會。不算太遲，他還活著。我們還有機會破鏡重圓成為一家人。這是一個我瘋狂冒險追夢的額外獎勵，然而我沒有自欺以為可以輕而易舉贏得。

「我是你的女兒。」我對他說，「我會帶你回家。」

# 7

從凡間望去，月亮高掛黑夜，如銀盤照耀，我母親已完成職責，雖然已無法平息天皇的怒火，倒是凸顯了昨夜的缺席。一想到我母親跟力偉招致他的不快，我就意志消沉。如果只是我惹火他，事情可能沒那麼嚴重，畢竟我之前應付過他的震怒並存活下來了，儘管勉強倖存。

現在不能氣餒，我父親生病了，命在旦夕，我必須幫助他。誰會比凡間命運守護神更了解凡人呢？他曾是我跟力偉的老師，要是我之前更認真學習就好了。我原本可以在玉宇天宮找到他，但是那裡太多好奇的目光和多嘴的舌頭。幸運的是，我熟悉他的作息，知道他每晚會降臨下方世界。

我著急地搜尋天空，但沒有看見他的蹤影。我將藍色長袍下襬甩向一邊，全身沉入雲朵裡。我的腰上繫著一條寬腰帶，掛著我的荷囊及流蘇。我的袖口收束到手腕並以絲線綁著，我施了法術，絲線隨著我的命令而鬆或緊。雖然不像我在天皇宴會上穿的那件賞心悅目，但這種衣著比較符合我現在的需求。平兒幫我製作這件衣服時頻頻嘆氣及搖頭。我匆忙回家，時間倉促只夠更衣，因為我想要躲開我母親及力偉，擔心他們可能不斷詢問的問題。

一陣氣流出現，一朵雲向前飛翔，一位手執玉杖的白髮蒼蒼神仙站在雲上，身旁有位年輕女子，黑髮盤成整齊的髮髻。我皺起眉頭，希望守護神能落單。我偷偷尾隨並穿越天空，在一個灰色石牆圍繞的凡間小鎮郊區降落。夜深人靜，晚宴已散，凡人皆上床入夢。

我跳至地面，小心翼翼保持距離跟隨他們。他們突然停下，我躲進月光照耀下銀光閃閃的竹林裡。

「是誰？神仙無故不可來到凡間。」凡間命運守護神帶著訓斥的語氣說。

我走出來，拱手彎腰深深一鞠躬，「尊敬的老師。」雖然他很長時間沒有教導我，但師生關係是永遠的。

「星銀？」他緩慢地一字字叫出我的名字，「妳為何在這裡？太子殿下呢？大家都很關心他。」

我回想起力偉跪在皇座前大家的鴉雀無聲，「也許他們的關心應該在重要時刻大聲說出來。」

「這樣說不厚道，妳離開天庭也才一年，妳一定也沒忘記那裡的情況吧。」他口氣嚴厲，彷彿再次執起教鞭。「誰能夠挑戰天皇陛下且不害怕遭受報復呢？站出來說話真能改變任何事嗎？或者僅僅激怒天皇罷了？別責備那些等待適當時機行動的人，並非所有的戰鬥都能以劍尖獲勝，也不是第一次攻擊就會定出勝負的。」

我低下頭，「請原諒我，我太魯莽了。」

守護神嘆了一口氣，「請告知太子殿下，儘管獵人伺機而動，當他歸來時還是有很多人會擁護他的。請他牢記，太子殿下不在位置上反而最脆弱。」

我咬著唇，為私心而憂懼。我一直很開心能告別天庭，在那裡幸福似乎遙不可及，受制於天皇天后嚴厲刻薄的眼光，被我毫無興趣的責任束縛。我並不效忠天庭，我更不在乎成為王室一員可帶來的權力，或在仙界裡寫下名聲的機會，或期待能有所改變，更符合我的信念。我寧願選擇一片盛開的森林或寧靜的海岸，勝過天庭裡所有的宴會。

然而，力偉的家世傳承是他很重要的一部分，與他的身分、榮譽以及尊嚴交織而成。天皇及天后是他的家人，他唯一的家人，我不能要求他放棄，即使是為了我的幸福。

「我會轉告他。」我看了一眼那女子，希望她能離開，我才能暢所欲言。當守護神轉向凡間小鎮時，我放下戒心，「尊敬的守護神，我有件私事想尋求您的意見。」

他手指捻著鬍鬚，「我完全相信雷英，她是我的弟子。」

他想要我們談話時有個見證人嗎？我無法想像若天皇發現我父親還活著的話他會怎麼做，我必須謹慎處理。

「是否靈藥是凡人成仙的唯一辦法呢？」我保持輕快的口氣，彷彿出自單純的好奇。

「是的。」

我心一沉，我沒有抱太大期待，畢竟建允將軍之前也這樣說。「那要如何得到靈藥呢？」這疑問太快脫口而出，我的急迫顯而易見。

他雙眼瞇起，「妳為何這麼問？」

用力偉的名義獲取守護神的信任有多容易，力偉一直是他的學生，淵源深厚，但我無法說出這個謊言，我不能冒險傷害力偉的名譽，萬一守護神呈報我們的談話，會引起天皇的懷疑。

「我不能說。」我承認，「但這對我很重要。」

「這樣的資訊不能隨意透露。」

我緊握雙手，忍住懇求的衝動，當事情顧及我父親的生命，自尊算什麼呢？然而從守護神的表情看來，懇求是沒有用的。當我準備開口，女子搖搖頭，朝竹林瞥了一眼，無疑是個邀約。我點燃希望，作為守護神的弟子，她可能有我需要的資訊，並更願意分享。無疑地需要付出代價，但比起我之前遇過的要求肯定輕鬆多了。

我再次向守護神鞠躬，掩飾我的急切，「尊敬的老師，謝謝您的指教。」

「星銀，現在是個不尋常且不確定的時刻。」他嚴肅地說，「要小心，看顧好太子殿下。」

「一定會的。」我回答。

守護神大步往鎮上離去，他的弟子緊跟在後。我溜進竹林間並藏身坐在地上。樹葉偶爾的沙沙聲以及小動物的奔跑聲打破了寧靜。我大大吸了一口氣，落雨夾雜著枯葉的腐敗味，帶著鹽巴及泥土的沙礫味，凡間的眾多氣息令我頭暈目眩。

幾個小時過去，仍然沒有守護神弟子的蹤跡，當我以為我誤會了，準備起身離去時，空中氣流改變了。一對神仙的氣息接近，一名男子站在雷英身旁，與她的身高差不多，但略為修長。高顴骨、豐唇以及濃眉，他自信的笑容顯示出他很清楚自己的魅力。

「很抱歉久等了，這是我弟弟，阿濤，他花太久時間準備。」雷英的語氣帶著無奈及惱火。

他沒回應她，目光從我的頭到腳趾打量著，接著看向我背上掛的弓箭，「妳行。」他冷冷地說。

「我不確定**你**行不行。」換我用審視的眼光打量他，就拿他青色錦緞長袍及金腰帶來說，奢華得就像一位皇室成員。

他歪頭咧嘴笑，「我姊姊跟我說你在找靈藥？沒錯的話，我們能互相幫忙。」

「你的意思是？」我小心翼翼地詢問。

雷英不耐煩地發出嘖嘖聲，「我們也想要靈藥。」

我雙眼瞇起，這是個陷阱嗎？想要除掉競爭者？「有多少靈藥？」

「我們各一個。」雷英回答。「我不知道天皇陛下何時才會再造一個，製造過程相當消耗他的能量。」

「你們為何想要靈藥？」我問。

「我們在乎的人需要靈藥。」阿濤說。

「誰？」

姊弟兩人互換了小心翼翼的眼神，「妳尋求幫助，我們提供協助，我們已經告訴妳我們能夠做什麼。」阿濤一針見血地繼續說，「我們也沒有過問妳為何尋找靈藥，這樣比較保險，誰都不會洩漏各自的計畫。」

他說的是事實，我不打算透露我的意圖。即使我懷疑他們隱瞞了什麼，我也不願與我的新盟友為敵，「你們的計畫是什麼？」

「我們要竊取靈藥。」

聽到如此大膽的話，我不禁打起冷顫，想像各種情境而心臟狂跳，同時我的理智叫我趕快拒絕，但還沒回過神，我已經開口問道，「靈藥放在哪裡？」

「在皇室寶藏庫。」阿濤回覆道。

我感到畏怯。「你想要我們三個闖入皇室寶藏庫？那真是瘋了。」我在玉宇天宮那些年來，從來沒有冒險進去寶藏庫。雖然我一直對寶藏庫很好奇，但我可不想因為一個沒安排好的拜訪而引來盤查。不過當時我最想要的，並非在那道牆內。

「就我們兩個，妳跟我。」阿濤無所畏懼地說，「我不會讓我姊姊身陷危險。」

「這樣永遠行不通的。」

「那妳有其他建議可以成功獲取靈藥嗎？妳認為天皇會將靈藥交給妳？」雷英反駁道。

「我已經偵查玉宇天宮多年，等待合適的機會。靈藥幾乎就近在眼前，我都能聞到它的氣味了。」阿濤向我保證，「我能讓我們進出寶藏庫不被察覺。」

「如何做到？」我追問，「如果要成功，我一定要知道所有事情。」

「我有鑰匙。」

「你如何拿到的？真的可以用嗎？」也許我希望他讓我找到理由可以果斷地拒絕他。

「就跟我如何得到這些我不該擁有的所有東西一樣。」他的手指劃過他身上精美的服飾。「妳很多疑。放心，鑰匙可以用，我之前使用過。」

我無視他的嘲諷，「你為何需要我？」

「來解決一個看守靈藥的小麻煩，對妳這樣英勇的戰士應該不成問題。」他舉起光滑且纖細的雙手。「我的技巧在於獲取，而非戰鬥。」

我咬著內頰，父親的身影閃過腦海——那模樣並非傳說中的強大勇士，而是身心俱疲的凡人衰態。父親所剩時間不多了，要是他離世了會如何？

「我聽說神仙的記憶隨著返回仙界而恢復，那凡人的記憶呢？」我問守護神的弟子。

「死亡會抹去所有凡間的記憶。」雷英嚴肅地說，「一旦失去了，就永遠無法找回來了。」

一股寒冷的恐懼在我胸口凝結。我父親當神仙時並不認識我母親，如果我沒有在他身為凡人時拯救他，他會忘了我母親以及他們的愛情，他也不會記得我，我們將形同陌路。

我謹慎地面對誘惑，「如果我們被抓了，付出代價的並非只有我自己。」我說著，心想著我母親與力偉。

「我們不會被抓的，我對皇宮瞭若指掌，況且我也不想終身被關進天庭大牢裡等著腐爛，他們對竊賊並不友善。」阿濤做出痛苦的表情。「偽裝好妳自己，以防萬一，遮住臉孔。只要為我把風，剩下的交給我。現在是最佳時機，最近軍隊的將領更迭，皇宮的防衛減弱了，值勤的門衛減少，結界也沒之前那麼堅固。」

吳將軍毫無疑問無法取代建允將軍，「你跟任何人透露過你的計畫嗎？」我擔心東窗事發，小心詢問。

阿濤對著我歪頭，「妳是我們第一個交涉的人，我們會詢問妳是因為妳跟我們一樣都想要靈藥。而妳有能力操控那把弓箭，若沒有其他原因，應該是與生俱來。」

我盯這這對姊弟，感覺除了跟我一樣的急迫外，他們沒有其他意圖。而且若被抓到，我們全都會遭受一樣的後果。一想到要竊取天皇的東西，我就惶恐不安。但令我內心深處更害怕的是，我可能剛找到我父親，卻馬上就要失去他了。

「好吧。」我同意了。

「明天晚上，我們在皇家寶藏庫南方的樟樹林碰面。」阿濤與他姊姊互換了一個警戒的眼神。「還有一件事，妳不能跟任何人提到我們的計畫，尤其是力偉太子。」

「為何不行？」

阿濤的眼神閃爍，「如果太子殿下試圖阻止妳？如果他跟凡間命運守護神說到我姊姊？如果妳不能保證守口如瓶，我們就再找別人。」

我內心糾結，微微點頭。我不想對力偉說謊，即使這件事本身也很難說出。但這是幫助我父親的最好機會，我不想辜負他。

回程路上我內心都很憂慮，當我從雲朵下來時，發現力偉倚靠在入口一側的珍珠母柱子旁，毫無疑問地是在等我。

他看了看我的衣著，我忍不住伸手撫順我的長袍，幾個小時前因為長時間蹲著等待，長袍已變得皺巴巴，與我在玉宇天宮時穿的刺繡絲綢衣裳落差很大。

「我很喜歡妳的穿著。」他靜靜地說，「很適合妳。」

他的話使我感到溫暖，我輕拍手腕，圍繞腕上的絲線立刻鬆開，飄逸空中，

「這也很實用，我施了法，絲線會自行打結。」

他抓住我的手腕，抓住線尾將飄逸的絲線拉回歸位，「這太纖細了，妳可能需要更強韌的東西。」他觀察著，手指劃過絲線，在他法術下繩線閃閃發光，硬化成亮栗子棕色的編繩，在我的手腕上十字交叉。從在我肌膚上撲通撲通跳動的能量看來，這並非普通的材料，比皮革柔韌，卻更堅固。

「謝謝你。」我舉起雙手測試它們。「這是什麼？」

「這個能夠抵擋尖銳的刀刃，雖然無法擋太久。」他端視著我，我緊張了起來。「妳去哪裡了？我一整天都沒見到妳。」他問道。

「在凡間，在我父親墓前。」我的話中有藏起的欺騙。

他的目光變得深沉表示同情與理解，「我知道妳為了他有多難過。」

我猶豫了一下後問：「力偉，你可曾聽過不死靈藥？」我不想從他父親那裡竊取，如果有其他方法，我會嘗試尋找。如果沒有，我就不再猶豫了。

「製造過程只有我父親知道，他守護得很緊，因為這樣的東西可能會改變下方世界的命運。」他停頓，「妳為何問這個？」

一股想要向他傾訴的渴望湧上心頭，但我已經答應阿濤，但我會告訴他我能說的，我希望我們之間沒有其他謊言。

「我父親還活著，我在凡間見到他了。」我吞吞吐吐地說，此刻這一切如夢一般，然而我所有的希望往往都與恐懼交織一起。

力偉睜大眼睛盯著我，「黑龍說他逝世了，為何妳認為他是妳的父親？」

「他年紀正確，並帶著一把來自仙界的弓箭，他知道我跟我母親的過往。」

「許多求仙方士為了贏得神仙的幫助會不惜任何代價。」他警告。

「我知道他是我的父親。」我將指尖按在胸口。

力偉雙手握住我的手，「妳想要相信他，星銀，但這可能僅僅是個巧合或計謀，許多凡人都很熟悉妳父親的傳說。而且凡間裡有無數正好這個年紀的人。也許那是他從崑崙山取得的武器，至少**評估**一下這個凡人是不是他所宣稱的真假與否。」

他的懷疑聽起來刺耳，但他的說法很合理。是的，我希望這是真的，但我並非毫無檢驗其中的真實。之前我曾經讓這種事情發生。儘管我的信任受到質疑，我相信我內心感受到的是真實，就是我父親仍然活著。

「他**是**我的父親，那玉龍弓——」

「妳問靈藥的事情是為了他嗎？」力偉握得更緊了。「這太危險了，我們必須多了解這個凡人，這件事不能草率衝動行事。」

我父親的咳嗽聲在我腦海中響起，他紅色的鮮血沾滿布巾，我沒有多少時間了，「他生病了，他需要靈藥。」

「我父親不會讓出靈藥的，不論是給妳或給我。」力偉沉重地說。「我們在玉宇天宮只剩下少數盟友，我們不能匆忙行事。妳確認之前千萬別私自冒險。」

我嘴角彎起微笑，點點頭表示同意，同時厭惡著自己的欺瞞。力偉不相信那個人是我父親，我不會怪他，因為黑龍告訴我們他已離世，而且也很難解釋清楚為何我內心如此確信是他。我不能要求力偉太多，更不能增加他的困擾，或讓他與他家人更加對立。我決定保持緘默的最大理由，是連我自己也畏怯的原因，是擔心他會阻止我的計畫，他會試圖勸阻我……但無論如何，我都會繼續進行。

他是對的，天皇不可能**給**我靈藥，所以我必須從他那裡奪取過來。而且如果我失敗了，我所愛的人不知情會比較安全，因為我確定天皇有他的辦法逼出實情。

「你決定要怎麼做了嗎？」我問他，轉移比較安全的話題，「我意外在凡間遇到守護神，他說朝廷許多大臣依然支持你，你應該回去。」

「我沒計劃要回去，還沒。」

我鬆了一口氣，雖然引起他的痛苦並沒有什麼好喜悅的，「我知道你的家人對你很重要，我從來都不想要讓你得做選擇。」我頓了頓，問他：「你會後悔嗎？」

「不會，這次天庭沒有受到威脅，也沒有同盟國的壓力，這一次……妳沒有那麼容易擺脫我。」他眼神暗了下來。「雖然我希望不是在這樣讓他們失望的情況下，與我父母分開。」

**你父親才讓你失望**。我想這樣告訴他，力偉原本不需要被迫做出這樣兩敗俱傷的選擇。

「我多年前在市集上與妳說過的話是認真的。」他帶著期待的語氣說。

一大早的攤位市集，空氣中飄著木質茶香，握在手中的白色貝殼。彷彿昨日發生，他的那些話飄回我腦海中：**我們可以在仙域旅行，選一個地點停留，直到感到無聊後離開**。

「這將是個美好的生活方式。」我接著說出後頭的話。

「只要我們還在一起。」他深邃的雙眼凝視著我，我的心跳加速，「儘管我有時會擔心自己，竟然想要將自己跟這麼兇的女孩綁定在一起。」

「還來得及！」我語氣變得尖銳，「我還沒答應，你隨時可以自由逃走。」

「我逃不走了。」

我迷醉於他的溫言暖語，抬起臉龐看著他。他低下頭，嘴唇溫柔地掃過我的唇，接著緊緊一吻。他的手捧著我的雙頰，手指穿過我的髮絲。他把我拉向他，我感到熱血沸騰，在他懷裡我融化，陶醉在他的撫摸。我們誰都沒再開口，只有我們纏綿的呼吸聲，讓我腦海各種聲音沉寂下來，掩蓋住即將面對眼前種種危險的思慮。

至少，此刻如此。

# 8

早餐時光很安靜，沒有要招待的賓客。來自黃金沙漠的姊妹已告辭，也許是察覺到我們的不安，或者聽說天皇不悅的傳聞。我很高興，畢竟也沒有心情閒聊。母親在我面前端來一碗粥，米飯煮到如絲綢般滑順，綴以鮮紅的枸杞、人蔘鬚，以及幾片嫩雞肉。粥上是切片的朱紅色鹹蛋黃，旁邊灑上大把烤花生以及蔥花。

我舉起瓷湯匙，送至嘴邊時，我腦海響起結界的警告聲。我愣住，轉向母親跟力偉：「我們有訪客。」

力偉把碗放到一旁，「來多少人？」

我用手壓在太陽穴上試圖辨別訪客數量。「超過十幾位。」

「我們找個藉口。」我母親趕緊說，「自從那位騙子『剛師傅』之後，我們家的屋簷不再接待任何外人！」

我已經告訴她剛師傅的真實身分，以及他如何在朝廷汙衊我們。我不希望她不小心再次上了他的當。

從門廊傳來重重的腳步聲，越來越大聲，步伐穩定且從容不迫。他們怎敢如此不請自來？要不是這些人覺得他們有權如此，或者是根本不擔心後果，我感到非常不安。

大門砰地一聲被打開，天庭士兵齊步進了廳內，身上都配劍。一見到士兵出現家中，我內心一涼，新舊恐懼交織在一起。

一位有著尖細下巴的精瘦神仙大步向前。是睿彬大臣，位階極高的天庭朝臣。他如西瓜籽般的雙瞳圍繞著一圈的棕色，嘴唇薄且寬。暗紅色的錦袍在鞋邊咻咻作響，一塊長方形玉扁牌在他的冠冕上閃爍著。

我母親的臉色變得蒼白，她鞠躬行禮，「睿彬大臣，歡迎大駕光臨。」

大臣輕蔑地哼了一聲，瞇著雙眼打量她。就算看到他手裡拿著皇室黃錦卷軸時內心暗自叫聲不妙，他的無禮還是使我不禁握緊拳頭。卷軸上繡著雙龍繞日，是天皇喜好的圖樣設計。

他誇張地揮舞著卷軸，「天皇陛下聖旨到，天庭國度至高無上的天皇，凡間保護神，日月星辰之尊，願他再統治我們萬萬年。」

按照慣例，我們跪在地上，將手掌及額頭貼至地面，睿彬大臣花了很長的時間才解開卷軸，好像在享受我們跪在他面前的樣子。他身上有著傲慢自負的氣息，陶醉在狐假虎威的權力之中。

「在場所有的人聽令！」他響亮地朗誦著，「因為嫦娥女神怠忽職守，嚴重汙辱天皇陛下，特此解除嫦娥守護月宮之職。嫦娥，以及月宮裡所有人，在此等待受罰，任何人都不允許離開，違抗命令將視同謀反大罪。」

他的目光移向力偉，充滿敵意，「太子殿下，我奉命轉告，若我在月宮看到你，天皇陛下命令你不得半刻遲疑，立即歸返玉宇天宮並等著接受懲處。」

我內心彷彿掏空，忍不住出聲抗議：「他沒有做錯任何事！我母親也是，她沒有惡意，這是她幾十年來第一次失誤。請讓我覲見天皇陛下，我會好好解釋——」

「謝謝你，睿彬大臣。」力偉起身並打斷我，「我等等就與你一起離開。」

力偉把我拉到大廳盡頭，站在我前方，擋住廳內所有的視野，包括那位可惡的大臣。「別這麼做，我父親不會同意妳的覲見，妳的要求會被視作挑戰他的權威，還會火上加油。他已經氣得要將妳們全部囚禁，甚至永不釋放。」

我艱困地吞了口水，痛恨這迫在眉睫的災難帶來的沉重及無力的感覺。我不希望力偉離開，但月宮不再是個避風港，而是仙域最危險的地方。我用力咬了咬舌頭，玩味這股刺痛的感覺，此時鮮血更勝淚水。

「別跟大臣回去。」我自私輕率地說。

他搖搖頭，「拒絕代表認罪，我必須了解我父親耳裡被灌了什麼迷湯，我必須捍衛自己的名譽，擋下那些惡意指控。」他微笑並向我保證，「一切都會沒事的，我知道朝廷如何運作，知道誰是敵是友。」

我想跟他一起去，但我放不下母親。此外，我的出現可能弊大於利，我們被勒令禁足，而天皇及朝臣們都對我沒有好感。

力偉神色嚴肅，用指關節撫過我的臉頰，「我會處理好的，我會確保妳跟妳家人平安。」

「你一定要保護自身安全。」我說，討厭自己聲音裡的顫抖。這是力偉的選擇，他深知朝廷的運籌帷幄，「如果你沒有回來，我會去找你。」這並非空泛的諾言，也不是安撫戀人分離時的呢喃軟語。

「萬萬不可，天宮的結界會馬上擋下妳，妳無法再像之前那樣自由進出了。」他警告，「別做出任何引起注意的傻事。」

「結界？」我緩慢地重複，「為何？」

「對那些被視為威脅以及被判處謀逆天庭的人，這是常見的做法。」

「目前什麼都還沒有判定。」我抗議道。

「是還沒。」力偉說，「我父親派遣大臣發出這麼嚴厲的聖旨，雖說只是個形式，但他正式的判決一兩天就會下達，讓這個判決看似經過朝中權衡討論過。沒有任何人會反駁他的。」

我腦海中一片混亂，不再對阿濤的計畫猶豫不決。一旦被判有罪，即使能逃脫天皇打算對我們施加的恐怖懲罰，我可能再也無法悄悄進入玉宇天宮，而靈藥將永遠遙不可及，我父親也將因此離世。這代表今晚是我最後的機會，我不能放棄。

我們走回去時，睿彬大臣陰沉著一張臉，雙手在背後握拳，「快點，太子殿下。」他厲聲地說。

大臣的無禮令我火大，力偉抬起下巴，展現他皇室身分的高傲與優越，「睿彬大臣，記住你的位階，我身為我父親的兒臣，自然會聽從他的命令。」他的話尖銳地提醒聽眾，即使現在不受寵，他仍是天皇之子，風水輪流轉，轉成對他有利的局勢，也並非難事。

「當然，太子殿下。」睿彬大臣頓了一下後連忙行禮。他原本預期這位受到教訓的兒子會連滾帶爬地想要贏回父親的寵愛，沒想到眼前這位太子如此態度強硬。力偉就像那些熟練的朝臣一樣，輕鬆應對這種狀況。

大臣向士兵們示意，八名士兵從隊伍中出列朝我們走來，我才認出翡懋也在其中。我在天庭服役時打的第一場戰役，翡懋是與我並肩作戰的弓箭手。然而我內心燃起的一點安慰，馬上就被他冷漠的表情澆熄了。

「這些士兵會駐守在此。」睿彬大臣說。

「我們是囚犯嗎？」我母親冷冷地問。

大臣嘴角勾起一抹詭異的笑容，「如果妳願意，可以當作他們是在守護妳的安危。這是吳將軍的命令，妳可以等他來時向他提出異議。」

「將軍在哪裡？」我以為他也會出現，他應該很樂於前來下達禁令。

大使的眼神掃過力偉，又掃回我身上，「吳將軍現在有其他緊急的朝中事務要處理。」

吳將軍肯定在力偉的失勢困境中獲得許多機會。士兵包圍力偉，就像他是個惡棍，而非天庭最優秀的神仙。我嘴裡一股苦澀蔓延，盯著他們的背影直到他們遠離，壓抑著想跟上去的衝動，內心充滿了恐懼。即使此刻陽光從窗外灑落進來，月宮卻從未如此淒涼。

# 9

我躡手躡腳地穿過走廊，盡量壓低腳步聲，士兵們無法辨別出我的氣息，但我還是隱藏了自己。我溜到大門，看到翡懋站在門外，我停了下來。他身穿盔甲，手裡拿著弓箭，我清楚記得他是名優秀的弓箭手。

「妳在這裡做什麼？」他口氣禮貌且冷漠，彷彿我們互相不認識。

「享受夜晚的微風。」我鎮定地回覆。

「帶著那個？」他直盯著懸掛在我肩上的木弓。

幸運的是，我並沒有攜帶玉龍弓，因為擔心會被認出。「習慣了，就像你一樣。你為何要問我那麼多問題？」我毫不退縮迎向他的目光。「睿彬大臣說你們在此是要保護我們。」

短暫沉默後，他說：「我想我們都知道事實不是如此。」他的坦白令我驚訝，「我聽說我在天庭參加的最後一場戰役之後，天庭軍隊有了一些變化。」我用溫暖的口氣說，提醒他我們曾在相柳的洞穴裡並肩作戰過。

翡懋點點頭，站姿也放鬆些，「天庭軍隊中出現了以往沒有的分歧。過去的效忠關係不適用現在的變化。往往沒有經過合適的調查就嚴苛判處，並迅速執行。」

他的話與淑曉的一致，「沒有人能調停嗎？」

「沒有人敢反駁吳將軍，已經有人因為反駁他而被革職或流放了。」

「我很難過聽到這個現況。」我輕輕地說。

「我也是。」他回答。

我原本打算繼續追問，但他向我點點頭後說：「我值勤到黎明時分，到時其他士兵才會醒來。」未待我回答，他大步走向森林。

我打消了他的警告可能是個陷阱的疑慮。翡懋是個高尚的士兵，他效忠建允將軍，而且曾與我一起對抗天皇的怒火。但出於小心行事，我還是等到他消失在樹林中才呼喚一朵雲，並施以一陣疾風加速駛離。

玉宇天宮在天際線上聳立，屋頂上的龍雕與夜色相映。突然一陣狂風吹亂我的頭髮，我轉過身發現一位神仙在我身後翱翔，他的雙眼明亮如星星。我停了下來，避免他的追逐引起天庭守衛的注意。當文智靠近時，他紫藍色的雲朵捲鬚拖曳著我的雲朵。

「你為何在這裡？」我嚴厲地問。

「我正要去找妳，發現妳要離開。」

「你跟蹤我？」

「應該說是『追著』妳。」他微笑地說，「妳乘雲追風的速度是最快的。」

他的讚賞激起我內心一絲暖意，但我隨即澆滅，他的意見對我一點都不重要。

「你要做什麼？我沒時間跟你耗。」

「我聽說夜明珠湖發生的事了。」他的嘴抿成一條細線。「我承認我感到失望，真希望他再次犯蠢。」

他話中的含意令我感到羞赧，但這樣耗下去讓我不耐煩，「你的消息來源值得稱讚，但我現在必須走了，別跟著我。」我警告。

他掃視我全身上下，目光停在我的配劍以及肩上的弓，「妳顯然太莽撞了，星銀。」

「與你無關。」我冷冷地回應。

「這與我有**很大的**關係。」他糾正我，「如果妳獨自前來，必定代表發生什麼恐怖的事情。妳為何要偷偷摸摸？妳害怕妳愛的人發現什麼？」

我沒有回答，他大步走向前，踏上我的雲朵。他深綠色長袍下擺掠過我時，我忍住想退後的衝動，不想露出因他的出現而令我不安的模樣。

「妳為何要去玉宇天宮？」他問，「妳無法進入的，他們立刻會察覺到妳。」

「你說什麼？」我的語氣變得謹慎。

「今晚皇宮周圍的結界已經調整過了。」他頓了頓，繼續說：「我聽說了睿彬大臣的訪查。我記得他是個自大的蠢蛋，那個大臣要幹嘛？」

「你怎麼──」

「我特別留意這些事。」他插嘴道，「天庭的防禦，以及妳的安全。」

我耳根子發燙，忽略先前他的問話：「你說結界的事是真的嗎？」

他的眼睛瞇起來，露出熟悉的惱怒神情。「如果妳不相信我，那就隨妳的便，反正妳會在踏入天庭前就被攔下來。」他歪著頭，「這樣可能比較好，直接結束妳的計畫。試圖闖入遠比妳現在打算做的事，懲處會輕得多。」

「我不能被抓到，我現在禁止離開月宮。」我摀住嘴巴，後悔說溜了嘴。如果被發現我違抗聖旨，那我們的危險會增加十倍，而如果我試圖破壞結界，發出警告聲便會引起多疑的士兵追捕我。

文智嘲弄似地彎腰鞠躬，「也許我能效勞，對於進入我不該去的地方，我有豐富的經驗。」

我盯著他看，「你為何要幫我？」

「如同我跟妳說的，我希望彌補些什麼，同時我希望妳活著，但不是被關在天庭牢獄裡，不然我會很難解救妳。」他強調地說，「妳沒欠我什麼，就當作是對於我過錯的補償。」

「無論你做什麼都**無法**彌補你之前的過錯。」我苛刻地說。

「那就**部分**補償吧。」他更正，臉上閃過一絲難以言喻的表情。

我不想要接受他的恩惠，也不夠信任到可以告訴他我的計畫。但我不會因驕傲而冒著被發現的風險，更不會以我們性命當賭注。

「幫我進入皇宮，但你不能跟著我。」我跟他說。

「妳會跟我說妳要做什麼嗎？」

我大笑，「不會。」

他嘆了一口氣，「妳要我怎麼做？」

「破壞西門周圍的結界。」我的虛偽令我面紅耳赤，我之前曾斥責他這種背叛行為，而現在我卻要求他幫我做同樣的事。

「除非妳擁有一支能闖入的軍隊，皇宮的結界是無法從外頭動手腳的。」他跟我說。

我不知道這點，我在天庭服役時接任務都是帶到皇宮之外，我從未守衛過城牆。

「你能引開城門的守衛嗎？」我問，「轉移他們的注意力？」

「我寧可接受更艱難的任務。」見我沒有回應，他點點頭，「如妳所願。」

「謝謝。」向他答謝使我內心感到不安。

「如果日出時妳還沒出來，我會去找妳。」他雙眼閃爍著銀色光芒。

「我不用你的幫忙來脫困。」我簡短地說。

「但妳需要我的幫忙來闖入。」他舉起一隻手，阻止了我的反駁，「我相信妳的能力，但有時候妳需要運氣。」二話不說，他踏回他的雲，飛入夜空。

回想起阿濤曾警告我要掩飾自己，我拿了一塊黑布遮住口鼻，在後腦勺打了個結。這偽裝並非難以辨識，但我還不夠熟練任何改變形體的魔法，也無法持久。然而我知道不要輕忽最簡易的偽裝，往往這是最容易被忽視的。

一股強勁且凶猛的能量在空中流動。前方傳來陣陣吶喊，一團神仙的氣息奔湧而出，往騷動之處奔去。文智以無情的效率衝破了城門，我內心緊張地穿越那道看不見的屏障，我出於本能縮了一下，預期穿越時會感到不適，然而我只感到一股毛毛細雨般的冰涼掠過肌膚。接著我越過城牆，進入玉宇天宮。

當我飛越那座將內外庭隔開的翠綠花園時，沒有雲朵向我急起直追，花草樹木如潑墨般點綴景色。我耳畔盤旋陣陣微弱的轟隆聲，帶著節奏的急流聲曾在無數的夜晚安撫我入眠。我降低高度，大口吸進芬芳的茉莉花及紫藤香味，瞬間沉浸在喜悅回憶的溫暖中，力偉在這裡嗎？他安全嗎？我想找他，但這麼做可能會使我們陷入更大的危險，加深人們對他的質疑。現在不是衝動行事的時候，天后會照顧他。況且無論如何，他仍然是皇子。

過了內庭，就是玉宇天宮的核心：東光殿、崇明堂，以及皇家寶藏庫，散布在遼闊的土地。一座圓形紅色大理石建築聳立於草地上，就像落在絲綢床上的一枚銅環。牆上雕刻著精細的藤蔓、葉子以及花朵，漆木大門上鑲嵌著黃金，兩側一對石雕獅，屋頂斜鋪著青金石瓦，在月光照映下，萬物沐浴在一片銀白色中，天庭士兵們穿著閃閃發光的盔甲，在寶藏庫入口前駐守著，其他人在花園內巡邏。

我降落在一片樟樹林中，躲進陰影處，悄悄地朝那孤影走近。

阿濤指著我臉上那塊布，咧嘴而笑，牙齒閃閃發亮，「妳是不是讀太多凡間故事了？」

「你不是要我掩飾自己？」我扔給他一塊布，「這比讓他們瞥見你的臉好吧。」

「我不需要這個。」他不屑地將布丟到一旁，一道微光滑過他的皮膚，我像透過陽光看著他，他的雙眼更靠近了，嘴唇更薄，鼻子變得寬扁。要不是我一直盯著他看，我還以為那是不同人。但他的氣息不變，微弱閃爍著，幾乎無法察覺。

我皺了眉頭，「你怎麼辦到的？我沒有感覺到任何法術。」

「這是我與生俱來的技能，也是我唯一實用的法術。」他呼吸急促，擦著額頭上的汗水，「對我的專業來說，很實用。」

「就像狐妖之術？」我問。

他搖搖頭，「我弱多了，我只能稍微變化一下自己的五官避免被認出，但狐妖可以完全模仿別人的容貌。我還聽說過一些稀有的法術，不僅模仿容貌，還可以模仿他們的氣息和聲音。」

「真可怕的技能，然而此時確實蠻實用的。」我滿懷希望地看著他，「那你能改變一下我的五官嗎？」

「不行，我的力量不夠強，只足夠幫我自己易容。維持兩種幻象對我來說是負擔了。」

我點點頭，聳聳肩表達我的失望，「那我們要如何進去？」

阿濤指著前方那片牆，一塊比顏色較淺的嵌板。我以為那是一道月光，這才注意到大理石牆面上還有其他規律分布的反射區塊。

「每一塊都通往寶藏庫中不同的隔間，這就是我們想要的那間。」他交給我一塊玉牌，上頭刻著一朵桃花。「我會引開士兵，妳進入後，將鑰匙留在地上給我。盡量低調，謹慎使用法術以免驚動守衛。」

「還有其他守護這地方的法術嗎？」不太可能沒有其他東西阻擋我們進入寶藏庫。

「沒有了，寶藏庫裡的東西比任何防禦更能保護好自己。」

我後頸一陣發麻，「什麼意思？」

但他的身影開始晃動，漸漸消失在眼前。前方樹叢發出沙沙聲，阿濤已開始行動了。守衛們猛地回過神，匆匆跑去察看騷動，只留下兩人看守。

我彎下腰，撿起一把鵝卵石，盡可能地丟向遠處。石子發出沉悶的聲響，守衛轉移注意力，我立刻衝到門口，緊貼牆面。就在嵌板旁有一朵與玉牌相同形狀的花朵陰刻凹紋，與玉牌上的花完全吻合。我心跳加速地將玉牌壓上去後，花朵開始滑動，嵌板閃著微光，然後消失無形成一個入口，我把鑰匙藏在草叢堆後方，趕緊溜進寶藏庫。

在我身後，入口再度變回一片石牆。裡頭的空氣又悶又沉重，就像幾十年沒有生靈踏足。我審視寬闊的空間，比我家的銀和廳還要大。中央放著一張桃花紅木圓桌，上頭刻著優美的花卉圖樣，桌上整齊擺放著書籍和卷軸。這裡沒有椅凳，或許是因為這裡不會有訪客，當然也不會有閒雜人等。牆上一整排的榆木架子，陳列著精細的神獸雕像，還有各種純金、陶瓷以及玉器飾品。沿著牆面種植了及膝的迷你樹林，葉子青綠，而樹枝優雅彎曲。

石牆再次閃著微光，阿濤踏進門內，沒多說半句，他大步走向廳內最深處的架子。他的手在彩繪圖板摸索，突然一陣低沉的爆裂聲劃破寧靜，圖板後頭出現了一個置物空間，裡面放著一只圓形的漆盒，大概我的手掌般大小。盒子雕刻成一朵牡丹，深紅色的花瓣緊緊簇擁。花瓣上棲息著擁有透明翅膀、彩虹身軀，以及金色觸角的六隻玉蜻蜓。

當我準備伸手拿取盒子時，阿濤如冰棒般的手指抓住我的手腕。他指著蜻蜓，渾身顫抖，「那生物會叮人，牠們的毒液很難忍受的，我上次差點難逃一劫。」

「蜻蜓？」我的聲音充滿了懷疑。牠們很美，如此精雕細琢，發現自己竟然聽見了振翅聲。我靠近觀察，牠們的翅膀動了幾下，眼裡的紅寶石閃爍著，同時從纖細的腹部滑出尖銳的毒刺。我往後一跳，指間召喚一陣風揮開牠們。

「小心一點，守衛會察覺到法術！」阿濤嘶嘶叫，指著我的弓說，「妳就不能使用武器嗎？」

我拔出劍，蜻蜓開始發出不祥的嗡嗡聲，牠們翅膀邊緣閃著如銳利刀鋒般的光芒，毒刺中淺白色液體閃閃發光。牠們盤旋在我們面前，血紅色的雙眼盯著我與阿濤。我全身起雞皮疙瘩，硬著頭皮舉起武器揮向牠們，但牠們以驚人的速度衝向一旁，並再次向我衝來。我閃到一邊躲過牠們，瘋狂揮砍離我最近的那一隻，牠的翅膀像玻璃破碎，叮噹一聲斷裂。我快速揮動刀刃如一片銀色眩光，直到剩下散落一地的碎片。

我太早鬆一口氣了。那些肢體碎片開始顫抖，身軀增長並長出翅膀、頭部還有四肢。每一個破裂的碎片都再次長成新的怪物，飛向空中像蝗蟲過境般嗡嗡大響。

阿濤睜大雙眼，「我不知道牠們還能**這樣**。」

「你應該一開始就告訴我牠們能做什麼。」我咬牙切齒地說。

他漲紅了臉，「我說我需要妳的技能，我……害怕妳會不肯來，我看妳還在猶豫。」

「阿濤，我們之後好好談一談。」我沒有移開目光，緊盯著眼前發光毒刺及火熱瞳孔的怪誕景象，我耳邊響著該死的嗡嗡聲以及彷彿火鉗咬合般的喀喀聲。

蜻蜓朝我們蜂擁而來，我抓著阿濤的手臂，飛奔逃離。我們撞倒桃花紅木桌子，蹲在桌子後頭，並一起滾到房內角落。蜻蜓猛力衝撞，有些蜻蜓翅膀嵌入桌裡，尖刺將木頭劈成碎片。我喉嚨乾緊，胃裡劇烈翻騰。

我從架上抓起一個鑲著黃菊琺瑯的銅罐塞給阿濤，「我們必須捕捉牠們。」

他顫抖的手接住銅罐，「什麼？**為什麼？**」他驚恐地問。

「我們不能使用法術，殺不死牠們。如果你有更好的建議，歡迎說來聽聽。」

我激動地說，「我來捕捉，你困住牠們，確保蓋子關緊！」

我將手腕的綁繩鬆開，幸虧力偉的改造，不然那些生物一眨眼就能切斷絲線。隨著我的命令，繩子彈開到空中，並編織成一個小網。我立刻抓起網子並揮向蜻蜓。抓到三隻，在網子裡瘋狂地掙扎。剩下的突然轉向，再次衝向我。我向後一仰，但牠們的翅膀仍抓傷了我的脖子及臉頰。傷口像著火般灼熱，我的心臟怦怦跳，將網子倒進銅罐裡，並用力搖晃想甩掉這些怪物。最後一隻丟進去後，阿濤猛力闔上蓋子，雖然他臉色灰白，但手仍穩穩地抓著。

這是場瘋狂的舞蹈，我的網子在空中旋轉，誘捕著蜻蜓，接著倒入銅罐中。但阿濤動作還是太慢，一群蜻蜓又衝了出來，我們只好重新捕捉。一隻從我手中逃溜，翅膀劃破阿濤的耳朵。

「很抱歉。」我喘著氣說，看見他的脖子流下鮮血。嗡嗡聲越來越大聲，彷彿蜻蜓因熱氣而茁壯。

「別再失誤了。」他虛弱地說。

終於，所有的蜻蜓都捕到了，牠們的翅膀摩擦著罐裡銅壁，毛骨悚然的刺耳聲刮著我的神經。阿濤緊貼著銅罐，雙臂用力環抱蓋子。我從網子抽出一條繩子，纏繞在容器上並繫緊。繩結固定好之後，我把銅罐推到一旁，一陣格格聲之後就安靜下來了。

阿濤在我身邊癱軟坐下，一邊顫抖，一邊擦拭他耳朵上的鮮血，「我再也不要這麼做了。」

我無暇顧及四肢的沉重，拽了拽他的袖口，「走吧，我們必須繼續。」

我們起身，跌跌撞撞地走向架上的漆盒，每一片牡丹花瓣皆完美成型，沿著邊緣微微捲曲。阿濤拿起盒子端詳，花樣是鏡像對稱的。他緊緊握在掌中扭轉，花瓣顫動著，接著綻放並露出鑲嵌的黃玉蕊心。某物喀噠一聲，裂開一道縫，就像杏桃被剖成兩半般。空中瀰漫一股桃花蜜香，令人陶醉的甜味，我突然如飢似渴，口水快要流出來。

阿濤往盒子細看，呼吸急促。

「靈藥在裡頭嗎？」我急切地說。

「是的。」他抬起頭，看著廳間內一片狼藉，「我們最好清理後再離開。」

我快速地在廳內移動，將桌子推回原處，把書籍和卷軸再次擺放整齊，扶正架子，最後將破碎玻璃掃到房內陰暗的角落。離完美還差很遠，但希望足夠逃過一般的巡查。

「你拿好了嗎？」我問阿濤。

他點點頭，將盒子放回去。當我們朝門口走去，瞥見石牆上有光影晃動，我和阿濤驚恐地躲到最近的架子後頭，蹲下藏身於迷你樹林之中，銅罐就在旁邊。

入口開了，兩名士兵走進來，肩膀寬闊，身材高大。是定時巡邏嗎？還是他們聽到我們的聲音？士兵停下腳步，一位歪著頭，好像在細聽什麼。我緊握著劍柄，呼吸變得顫抖，嘴上的布抖動著。一聲巨響打破了寧靜，銅罐在地上顫動，士兵立刻轉向銅罐，手裡握著長矛。

我的身體雖然嚇到僵住，但是見狀便趕快回神，衝向銅罐並解開繩子，掀起蓋子把裡頭的東西扔向士兵。蜻蜓蜂湧而出，大聲嗡嗡叫彷彿被激怒。士兵們臉色蒼白，但他們仍然訓練有素地舉起手臂揮舞著長矛，有節奏地向空中劃來劃去，其中一位開始呼叫支援。蜻蜓支離破碎之後馬上重新組合，更多的守衛衝來，全擠在門口。這群怪物衝向他們，刺傷他們的臉頰和脖子，士兵們痛苦地喘著氣，皮膚冒出紫紅色腫塊。阿濤和我快速跑向入口，一名士兵一躍而起擋住我們的去路，揮舞著劍指向我。我瘋狂地往他劈去，將他擊退。我們沒剩多少時間了，士兵們很快就會消滅蜻蜓，然後攔住我們……空中開始出現魔法擾動了。

我握住刀柄，高舉雙手阻擋士兵的攻擊。我手臂顫抖地推開他，他踉蹌後退一步，搖晃身體保持平衡。他的劍再次揮向我，我轉身閃開，他的刀刃正好劃向我胸口前，撲了個空。我蹲下，往他的肚子踢了一腳。他差點喘不過氣，同時伸手過來想把我的面罩抓下。我躲開他，刀刃劃向他的手臂，砍進骨肉裡，鮮血噴湧而出。他發出一陣慘叫，蜻蜓的嗡嗡聲升高成瘋狂的音調。

我施法召喚一陣狂風，將他吹到一旁。現在用不上偷偷摸摸或過於謹慎了，雖然我們仍掩飾著容貌。我們還有機會毫髮無傷逃離，雖然機率越來越渺茫。

「士兵越來越多了！」阿濤吶喊著。

我們衝到外頭奔逃，快速衝過綠茵草地。我一邊施法召喚雲朵，並刻意選擇一條錯綜複雜的路來逃脫。我們爬上雲朵時，如惡兆般的一陣咻咻聲響徹雲霄，阿濤和我趕緊低頭屏住呼吸，箭矢從我們頭上飛過。我的額頭滲出汗水，四肢痠痛，但我不敢停歇，施放更多能量注入風中，將我們捲到更高處，甩開任何追捕。

我們沉默地飛翔一陣子，目光不停搜索任何危險跡象。當朦朧的月光照亮前方道路時，我才將臉上的遮布拉下。雖然看似愚蠢，但幸好發揮了作用，如果任何一人認出我來……一想到這，我不禁打個冷顫。

阿濤雙手環抱身子，「我們很幸運，非常幸運，能夠逃脫。」

我點點頭，檢視著我身上蜻蜓劃過皮膚的傷痕，血淋淋地縱橫交錯。在我身邊的阿濤，手臂上有一道深深的傷痕，他耳朵受的傷還滴著血。

「會痛嗎？」我問。

「不會。」他的聲音帶著微微的顫抖。

「讓我看看你的傷口。」我提議，想檢查是否傷太深。

他搖搖頭說：「這不嚴重。」

「靈藥還在吧？」我開始想像父親開心並驕傲的臉龐，以及我帶他返家時母親的喜悅神情。

阿濤將手伸進他的長袍，拿出一個拇指大的小瓶子。瓶子由凝脂白玉製成，精緻的金銀花絲點綴著瓶蓋。發光的液體在瓶裡旋轉，那股蜜香幾乎淹沒了我的感官。

我微笑著伸手要拿取，但阿濤的肩膀垂下，周圍的空氣閃著微光，他的臉及身體開始模糊，就像大霧籠罩著。

「發生什麼事了，你還好嗎？」我伸出手臂抓穩他，但我的手在他如煙般的身體撲了空。

「我……我很抱歉，靈藥只有一瓶。」他的表情扭曲，聲音沙啞帶著悔恨，與咻咻的風聲融合在一起。

我發愣盯著他看，恐懼淹沒了我。我冒了那麼多險走到這一步了！我怒火中燒地撲向他，抓向他手裡的瓶子，但就像試圖抓住一片天空般虛無。

一切都太遲了，他消失了。我像傻子般被玩弄了，捨命冒險卻一無所得。更糟的是，我辜負父親了。

# 10

天際線劃過黎明曙光，月宮燈籠發出的最後一絲月光就要熄滅了。我好希望能返回暗夜，跟我現在的思緒一樣黑暗。我幾乎就能帶父親一起回家了，但現在……沒有靈藥了。我握緊拳頭詛咒阿濤和他姊姊，以及自己竟然如此愚蠢地信任他們。然而阿濤消失時的不安表情也讓我懷疑，其實他原本也以為會有兩瓶靈藥，但只找到一瓶？如果是我，我會做出不一樣的選擇嗎？為了陌生人，犧牲我父親的生命以及母親的幸福？無論如何，如果我再見到他，我會以其人之道還治其人之身。我跟他一樣冒著生命危險，有相同的權利擁有靈藥，而他的偷竊已經讓他失去了靈藥的所有權。

留守在外頭的天庭士兵是陌生的，翡懋的執勤時段應該結束了。就在昨天，我毫不遲疑大步走入這扇門，而現在我被迫像個小偷溜進去。我悄悄地走到後頭，爬上一根珍珠母柱，然後跳進陽臺。我換掉衣服，穿上先前藏好的淡紫色長袍，望向下方籠罩在晨曦薄霧中的凡間。想起之前在陽臺閑散沉思的好幾個夜晚，我的內心便感到沉重。我還能重拾當時的平靜嗎？

回房間的走廊上空無一人，我將房門拉開，發現淑曉正坐在桌前，還有建允將軍。他們的茶杯是空的，淑曉的劍擺在地上。他們等很久了嗎？

「妳不應該在這裡的。」我脫口而出，突然想到應有的禮儀，轉向建允將軍鞠躬行禮。「天皇下旨——」

「我聽說了。」淑曉皺著眉頭說，「妳去哪兒了？妳不應該離開。」

我看了建允將軍一眼，他仍然是天皇的參謀軍官之一，他還是不要知道比較好。雖然他的意外出現，令我感到一絲恐懼。

「妳有力偉的消息了嗎？」我問，逃避淑曉的問題。

「所有人禁止探訪太子殿下，天皇下令要他在寢殿內自處隔離。」建允將軍板著臉說。

我咬著內頰，「力偉與他父親說過話了嗎？」

建允將軍搖搖頭，「天皇陛下拒絕召見他，除非太子殿下道歉，而他不願意。天皇陛下對那些關心太子殿下的少數參謀大臣的勸諫也視若無睹。」

「但這並非我們在此的原因。」淑曉表情嚴肅說，「我們現在說話的同時，由吳將軍帶領的士兵們正在集合成隊，就要過來了。」

我背脊發涼，「為什麼？」

「天皇已經做出如何懲處妳母親的判決，妳們的判決。」她倒抽一口氣，「全關進塔裡。」

我一想到我母親、平兒以及我要被困在那種地方，我的內心就感到空虛無力。那座塔是天庭郊外的一座牢獄，關過骷髏頭惡靈這種邪惡怪物。那是非常荒涼且幽暗的地方，沒有一扇對外門窗，一絲光線都無可憑望。

「關多久？」我哽咽地說。

這次換建允將軍回答：「未定期。」

「可能是永遠。」絕望在我胃裡翻騰，並越鑽越深。天皇曾如此對待我母親以及龍族，永無盡期地懲處他們，沒有任何寬恕機會。我們的名字將會被埋葬，遺忘，隨著歲月流逝，變成只是另一個違抗天皇的警世故事。

「有些朝臣試著替妳母親辯解，說嫦娥先前一次也沒有失職，一定是無心之過。」建允將軍臉一沉，「但有些人卻曲解我們的話，主張說那在天皇祝壽宴會上史無前例的失職，便是蓄意的。有些人更添油加醋說對天皇陛下的侮辱，就是惡意貶損他的威望，就是煽動造反，陷害天皇的統治招致厄運。」

「他們太高估我們了，這只是個無傷大雅的過失。」

「在玉宇天宮，沒有什麼過失是『無傷大雅』的，尤其是惹怒天皇的人。」淑曉說。

「妳要怎麼做？」建允將軍問。

「多少士兵要來？何時抵達？」我努力擠出這些問題。

淑曉的臉一沉，「超過一百，他們今日或最晚明日就會到。」

「**超過一百？**」我震驚地重複。他們是要來打仗嗎？這不是來要求認罪，這是派遣軍隊鎮壓敵人，奪取不願投誠之地。一年前，天庭士兵還與我並肩作戰，而現在……他們正朝我家的方向起兵。

我最深的恐懼，最糟的噩夢，竟然要成真了。

「我不能讓他們抓到我們。」我出於本能地說。

短暫的沉默後，建允將軍清清喉嚨說道：「月桂樹呢？」

「如果能放過我們，月桂樹就給他們。」我像孩子般恐懼地脫口而出，徒勞地討價還價，想拖延不可避免的懲罰。

「月桂樹落入敵方之手，不知道會被拿來做什麼。」建允將軍表示，「雖然還未了解月桂樹的力量，但我們不應該忽視它。」

「我怎能跟他們戰鬥？不只是寡不敵眾，那些士兵之前還幫助過我。」一想到要攻擊曾一起作戰的同袍，我就覺得反感。

「天庭軍隊已經不如往昔了。」建允將軍的語氣沉重，「那些曾為妳辯護的士兵都被邊緣化了，他們的忠誠被質疑。許多人都已經離去，留下來的人則被流放邊疆。」

他們對我的支持竟付出如此大的代價，只是一個簡單的感激舉動，卻因為天皇的傲慢給重重一擊。那曾是我生命中最重要的一刻，現在卻蒙上一層愧疚。

寶貴的時間一分一秒流逝，天庭士兵迫近，我探詢著建允將軍的神情，希望能得到指引，但他仍然保持沉默。有時候就是沒有解方，有時候我們必須且戰且走。

我雙手合十，彎下腰鞠躬，「謝謝您的提醒，我很抱歉這麼說可能不太禮貌，但在士兵抵達前，兩位先行迴避會比較好。」

建允將軍的額頭皺紋加深，如同手指於沙上劃過般，「妳要怎麼做？」

我沒有回答，神經緊繃。我僅僅希望與我家人平靜過日子，但我所做的一切卻讓我們陷入更深的危險當中。

不，我腦中有個聲音低語，**妳想要的不僅僅如此，妳想要幫助龍族、妳試圖逼迫天皇並公然違抗他、妳企圖竊取靈藥，即使現在，妳仍試著找出方法阻止攻擊，妳從未滿足安於現狀……妳總是想要更多。**

**平靜並非妳的本性**。

我咬著牙，咬破了柔軟的唇。我之前一直保持沉默，試圖避免激怒天皇，愚蠢地認為過去的恩怨過了幾十年後會被遺忘。我哪裡會在乎什麼仙域的政治鬥爭，權力轉移？這些都與我毫無相關。然而反叛的種子已種下，必然某日將收割後果。天皇對我不信任，我也不信任他。一想到月桂樹成為天皇的財產，我的胃就不停絞痛，最令我害怕的是我不知道這會導致什麼後果。

如果我們有盟友就好了，我們可以尋求庇護。彥熙太子不能收留我們，這樣會危及他們與天庭的同盟關係。我還留著長龍贈與我的鱗片，如果我請龍族協助，不是去攻擊士兵，只是為了脫逃？但牠們一現身就會被發現。龍族並不想再次與天皇較量。試過其他方式之前，我不應該輕易地波及牠們。

疑慮使我猶豫不決，像風吹火焰般搖擺不定。我們眼前的每一條路都充滿危險，如果我們逃離，天皇不會原諒我們，他會翻遍整個仙域追捕我們。我們也無法迎戰，尤其是我們寡不敵眾。唯一的解決方法只有留下並接受懲罰，然而我能相信天皇有仁慈之心嗎？他最終可能寬恕並釋放我們嗎？

天皇的話浮現在我腦海中，我贏得母親自由的那天，他曾警告過我：**身為月之女神，她仍然必須負擔起月亮每晚升起的工作——絕無例外**。

這是我母親第二次觸怒天皇，這次更是直接冒犯到他。勢必不會手下留情的，他從未對我們產生半點憐憫。天皇天后陛下不喜愛我們家，這對他們來說是擺脫我們的最佳機會。

我內心一部分很高興力偉不在這裡。他肯定會支持我們反抗天庭而與他父親作對，天皇肯定會認為這是不可原諒的背叛。這樣一來，力偉可以聲稱他對我的計畫毫不知情。而事實上，這計畫的確才剛成形。

「我們要逃離月宮。」我內心充滿遺憾，因羞愧而痛心，但我對天庭的審判並沒有信心。

建允將軍臉上閃過一絲失望，也許他希望我能夠站出來保衛月桂樹。也許他認為我父親的英雄主義會在我的靈魂中燃燒。我既不高貴也不勇猛，有些人可能會說我自私，但我是在照顧好自己。我對仙域已盡了我的心力，但每一次都遭受不被信任的回報。

「我理解，保重。」他最終說道。

「我們必須好好準備。」淑曉說著。

「我們？」我問道。

她雙手交叉，一副堅持的模樣。「直到妳安全離開前，我不會離開。」

「我怎麼能讓妳留在這？」我反駁道。

「這不是妳能選擇的。」她堅定地說。

我猶豫了，我想要她在我身邊，但害怕讓她陷入危險。「謝謝妳。」我從緊迫的胸口中勉強吐出道謝。我想我也會為她做同樣的事。

「建允將軍。」淑曉向他開口，「您能幫我傳話給我家人嗎？告訴他們務必躲藏好，直到再次收到我的消息。」

想到她必須這麼做，我們被迫逃離，一陣苦澀湧上心頭。但是逃跑沒什麼好羞愧的，以前我也逃跑過。我不會為了我們不在乎的事物犧牲自己。最重要的是我們的自由以及性命，之後才可能有希望，新生活的開啟才有了承諾。

★　★　★

我急促地大力敲著母親的房門，她從房內走出來，身穿白色長袍。我很高興平兒也在這裡，她坐在桌前倒了兩杯茶。

我一刻也不能浪費，著急地說，「天庭士兵在前來的路上了，我們必須逃離。」

「逃離？為何？」她雙眼驚恐地睜大。

「天皇已宣判要將我們關進塔牢裡，我們被指控汙辱天皇陛下，蓄意失職未點亮月光，意圖叛亂。」

她的身體打了個冷顫，「他們誤會了，我們能解釋嗎？」

「沒有用的，妳無法改變不願承認自己錯誤的人。」我握住她的手，如此冰冷使我內心縮了一下。她很害怕……我也是。「他們就是認定這是我們的企圖。忘記點亮月光是小事，如同吞下父親的靈藥，或者龍族將水帶給受難的凡人。天皇無法忍受對他的尊嚴和地位的任何威脅。對他來說，形象又比意圖更重要。」我突然一驚，想到他之前一定非常痛恨我，應效忠於他的士兵曾鞠躬感謝的女孩，他那天一定想殺了我。

「我們一定要逃離嗎？」我母親的聲音破碎，月宮是她在仙域裡唯一熟悉的地方。曾經是她的牢獄，而現在是她的家。

「是的，天皇陛不會撤銷他的判決，即使有人替我們求情都沒用，他也不會聽勸。我們是他掌上的一根刺，他急欲拔除。還有，他想要我們的家，這正是他奪取這裡的最佳理由。」

平兒皺著眉，「違抗他的聖旨不是更激怒他嗎？」

「這是無庸置疑的。」這話說出讓我心中湧現一股放縱一搏的滿足，「儘管我們現階段沒有什麼好損失的。」

**除了我們的性命**。我是否傻了，要讓所有人一起冒這個險？囚困在塔牢是否比死亡好？然而這兩種我都不想選。我們要為自由而戰，要為我們選擇的生活而戰。我不相信在天皇的手裡我們能安全無恙。

我母親抬起頭，表情平靜了許多，「我們會做好準備。」

「妳與平兒必須先走，我與淑曉很快就會跟上。我們會分散那些守衛的注意，妳們才能安全離開。」

我母親雙眼凝視著我，「沒有妳，我是不會走的。」

「母親，如果天庭士兵抓到妳，妳就會成為俘虜。如果妳陷入危險，我會進退兩難。如果我們一起逃離，他們很快就會察覺並追上來。淑曉與我能躲過士兵的追趕，但妳與平兒——」

「我很弱我知道。」我母親轉過頭，「我希望能幫上點忙，要是我有像妳們一樣的法力就好了。」

也許我母親的力量屬於更安靜的那種魔法，就像阿濤的那樣，或者她自己還未察覺。無論如何，她身上有種我小時候無法理解的堅毅不屈，我曾經以為她既脆弱又纖細。然而，當我第一次要離開家園時，我因害怕而渾身發抖，她的腦袋卻非常清醒，意志堅定。就像平兒曾經說過的：**她比妳想像的還要堅強**。

「並不是，母親。」我溫柔地說，「魔法並非唯一的力量，我們各自都有強項。這些年來，妳保護了我，現在換我保護妳了。妳們兩個都是。」我說著，伸手抓住平兒的手。

我母親深深地吸了一口氣，「答應我，別衝動行事，妳萬事要小心，千萬不要被抓到。」

「我答應妳。」我立刻同意，無視內疚如針刺痛著我。

我還未透露我部分的計畫，說話的同時我仍在思索。淑曉和我打算來個調虎離山之計，要是我們給吳剛設個圈套如何？這不是出於惡意，僅僅是出於直覺驅使我想要解決這邪惡的威脅。除了吳剛，還誰能摘取月桂樹的種子？

母親與平兒在房內忙碌收拾一些東西之後，我們站在門口，母親緊緊擁抱著我，我閉上雙眼，吸聞著她身上桂花甜味的香氣。

「妳要保重，小星兒。」平兒的手溫柔地摸著我的臉頰，「最黑的夜晚就是星辰最閃耀的時刻。」

一聽到兒時小名我不禁哽咽，我深呼一口氣，控制住情緒。直到她們離開後，我才倒在地上，手輕撫石磚，做最後的道別。

就這樣了。我站起身，大步走向我的房間，第一件事就是去拿取玉龍弓，腰間繫好劍，再塞一把匕首在腰帶裡。

我曾經多自以為是，以為自己不再逃跑，但這一次，我會做好準備……並帶上我所愛的人。

# 11

月光閃耀如一片銀海，母親已順利完成她的職責。未點燃的燈籠如錯誤信號，會引起士兵們的質疑。她從森林現身，朝我與淑曉走來，她手裡握的木夾板飄出細細的煙霧。

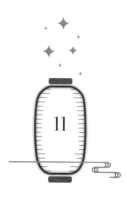

「母親，妳準備好了嗎？」我輕聲問道。

她點點頭，眼裡閃著淚光，但並非出於害怕，或者因為即將失去家園。自從我有記憶以來，夜裡森林漫步，為我父親哀悼掉淚已成為她的習慣。這是她紓解哀傷而不積鬱胸口的唯一方式。我小時候曾在這段時間打擾她，但因她的冷淡回應而感到受傷。後來我才明白，這是因為她不想讓我看見她在哭泣。想要坦承父親仍活著的衝動讓我揪心，這是個很難藏的祕密，尤其這是她長久以來的願望，但我趕緊克制住到嘴邊的話。我和父親之間的關係才剛開始且未受考驗，然而我答應過他，我得尊重他的決定。而我母親因為他們兩人的分離早已難受許久，我不該讓她燃起希望又再次破滅，除非我找到解救他的方式。除非到我找到那個口是心非、背後捅刀的阿濤。

「要確保士兵們都看到妳進房，然後與平兒一起從陽臺離開。」我指導著她，「我們已在森林那頭召喚好雲朵。我和淑曉會在南海岸邊與妳們會合。」

「妳們要盡快離開。」我母親提醒我，嘴唇緊抿，這是當她懷疑我準備使壞時的表情。

但我不再因她的盯視而緊張結巴，「我們會的。」我堅定地回答。

隨即她便走向門口，守衛的天庭士兵只匆匆地瞥了她一眼，然而他們的目光倒是停留在我身上，謹慎檢視好一陣子才轉移視線。我看著月宮明亮的牆面、色彩斑斕的柱子，將一磚一瓦壓印在腦海中，就像我第一次離家時一樣。我的胸口因難過而疼痛，我會多想念這裡。然而只要我們還活著，就能夢想回來的一天……無論現在這願望看起來多麼遙不可及。

風起雲湧，空氣隨著滾滾奔來的神仙氣息而顫動，剛剛清澈的夜空如今雲朵密布。我握起雙手，感到寒冷但卻又滿身大汗。

「他們來了，比預期地快。」淑曉低聲說道。

我心一橫，「那麼我們走吧。」

我感受到士兵們正盯著我們，我們以穩定的步伐走向森林，接著才開始奔跑，腳步沉入閃亮的塵土中。我們在發光的月桂樹旁止步，月桂樹葉像銀片般叮噹作響。它很美，但這個當下我從未如此討厭過任何東西。如果沒有這棵樹，天皇不會將目光放到我的家，我們也不用被迫逃離。

我舉起手，指尖蕩漾而出一陣微風，風蜿蜒穿越到森林另一頭的桂花林，包圍並搖晃桂花枝，讓它嘎吱作響。這是個誘餌，轉移士兵們的注意，好讓我母親及平兒能夠安全逃離。一旦我們感受到她們的氣息疾馳而去，淑曉與我編織出帶著半透明火焰的纖細氣流，結成圈圍繞在月桂樹幹上，一碰觸就會引爆。

我的意識突然感覺到一股沉重的撞擊，彷彿頭撞上石頭般。我不禁打個冷顫，力偉和我辛辛苦苦建構的結界就這樣像宣紙般被撕裂。我腦海中的喧囂漸漸平息，轉變成一種令人背脊發涼的寂靜。

地面激起一陣陣震動，塵土散落在我們的鞋子上，淑曉睜大雙眼，手指向前方。灰白色的細絲捲鬚劃過夜空，就像天際被指甲刮過一般，苦澀的煙灰夾雜著燒焦的肉桂甜味瀰漫空中。我家……著火了。顫動的火焰吞噬著曾經潔白的牆面，灰色煙霧急速上升。我內心不停地翻騰煎熬著，從喉嚨裡擠出窒息的喘息。

淑曉的手按著我的肩膀，「晚點再難過吧。」

我點點頭，打起精神，轉身背向如地獄般的景色。一道閃光劃過漆黑，如火球般從我身邊掠過，擊中了淑曉的肋骨，她大聲喘息往後倒退，我抓住她的手臂穩住她。她另一隻手壓住傷口，施法癒合傷口。我凝聚能量，編織一道護盾罩住我們，此時另一波惡毒的光正衝向我們，撞上護盾。

一位神仙現身，穿著白金色的天庭盔甲，手握巨大斧頭。他棕色的雙眼閃閃發光，頭髮梳了個光滑的髮髻，是吳剛。沒有其他隨行士兵，這是個我不能錯過的絕佳機會。

他的嘴角揚起，露出嘲弄的笑容，「還在這裡？妳沒有我想像的聰明嘛！」

「你獨自前來？」我反擊回他，「**你**沒有你想的那麼聰明呢！」

我拔出劍，而非弓箭，因為玉龍弓的光會引來空中其他天庭神仙。但他沒有移動並防衛自我，而是握著握柄，將斧頭橫放於地。

「你為何如此憎恨我們？」我脫口而出之前我一直想問的疑惑。「我們沒有對你做什麼。」

他聳聳肩，「我親愛的小姑娘，我沒有厭惡妳，就稱作這是命運的捉弄吧。妳擋住了我想要的東西的去路。」

他的冷酷無情如毒蛇般惡毒，令我怒火中燒。我的手緊握劍柄，**速戰速決**，我在內心催促自己。我沒有因恐懼而失去戰鬥力，倒是看見家園遭受無辜損害，我心生反感。他不想戰鬥又有什麼關係？

我拿起武器撲向他，他隨即高舉斧頭，我們的刀刃交鋒相互撞擊發出刺耳的聲音。我的手腕因反作用力而顫抖，淑曉一躍而起，從側邊劈向吳剛，他身子一彎躲過攻擊。他將全身的力量壓在斧頭上並推開我，發出一道閃亮的法術朝我們衝來。我立刻把淑曉推到安全處，轉過身避開他的襲擊。

吳剛舉起雙掌放出魔法，一道護盾立刻展開，「我質疑妳的忠誠果然是對的，中尉。」

「你不配談論忠誠。」淑曉反駁道。

「不忠、忤逆、沒天賦。是時候把這樣沒有用的新兵從天庭軍隊裡剷除了。」

我怒不可遏，再次揮向他，淑曉的劍在我一旁飛舞著，迅速且無情，然而吳剛以驚人的靈活身手快速閃躲。他躲過淑曉的攻擊，轉過身並朝她小腿用力一踹。淑曉跌個四腳朝天，但隨即爬起，朝他肩膀發射一枚冰箭。吳剛大口喘息，踉蹌後退，我衝向前，將劍刺進他的胸口。金屬劍尖在他的盔甲上摩擦著，但他的盔甲堅不可摧。我雙手緊握劍柄，用盡全力對抗，掌心施放魔法灌到刀刃上，吳剛的盔甲碎裂了，我的劍即將深深插入他的身體裡——

耳邊突然響起一聲喊叫，使我受到驚嚇。是母親的聲音。她為何還在這裡？我一僵住，吳剛便將我的劍揮到一旁，彈到我勾不到之處。我立刻追上他，然而天庭士兵從樹林後方如金色河流般湧出。當翡懋將我母親拖向前時，我的心一沉，另一名壯得像牛般的士兵緊緊抓著平兒。

「他們發現我們了。」我母親低聲說道，「我很抱歉。」

「放下妳的武器。」吳剛命令道，臉上露出狡滑的笑容。幾秒之前，我的劍還抵在他的胸前。「妳再做出愚蠢的舉動，妳的母親就要付出代價。」

翡懋將刀刃架在我母親的脖子上，只要向上一推，就會斷了她的性命。我觀察他的臉，希望找到一絲猶豫或決然，但他始終面無表情。

我的內心燃起熊熊怒火，然而也如履薄冰。我極度渴望將吳剛擊倒在地……然而我努力克制自己釋放力量，我丟下劍，痛恨這種無助又束手無策的感覺。

吳剛意外禮貌地向我母親點頭，彷彿他再度成為那位和藹的剛師傅。「嫦娥，我很難過用這種方式回報妳的款待。」

「你可以放了我們，省得你難過。」我咬牙切齒地說。

「那不是我能決定的。」他帶著遺憾的口吻說。

我母親瞪著他，「你想要拿我們怎樣？」

「妳不應該試圖違抗天皇陛下的旨令。妳被下令留在原地等待天皇公正的審判。無視他的聖旨是重罪，如同攻擊天皇欽點的大臣。」吳剛嚴肅地說。

「公正的審判？」我輕蔑地重複他的話，「我們應該留在這裡等著被送進牢房嗎？」

「做判決的可不是我。」他回答，「我只不過是一個天皇陛下的奴婢罷了。」

「虛偽的驕傲不適合你。」我轉向月桂樹。「你告訴天皇這個，你讓他把目光放到這裡來，你讓他厭惡我們。」

他沒有否認我的話，反而對我母親說：「逆賊會受到更嚴厲的懲罰。妳放心，我將替妳在天皇面前求情。然而，妳的女兒有著叛逆的本性，需要收斂一下。」

「我不需要你替我求情。」我母親冷冷地說，「而且還是傷害我親人的人。」

吳剛張開雙臂，「別這樣說，嫦娥，我們和平相處吧，像我們這樣凡人成仙的不多。誰能比我們更信任彼此？」

他的聲音裡有奇怪的腔調：哄騙，甚至充滿了盼望。我不認為是情欲，他看著我母親時沒有帶著欲望。他是否因為同樣的凡人傳承背景，而對我母親產生情誼？他是否覺得孤單？畢竟，他沒什麼理由對神仙有好感，幾百年來獨自一人，而他凡間在乎的人都已過世。

「信任？」我母親抬起下巴，「你襲擊我的家人，對我們撒謊，並奪取我們的家園？」

他愣住，緊握斧柄。這就是他從某個神仙偷走的斧頭嗎？沾上他妻子鮮血的那把斧頭？

「你為何要用笛子做柄？」我的問題出於好奇，以及想轉移他對母親的注意力，但我也想試探出他內心的想法。要打敗敵人最可靠的方法就是知道他們的下一步，他們內心深處的想法和恐懼。

「一個不值得的人送的禮物。提醒我不要再信任別人。」他的語氣裡充滿苦澀，並帶點什麼……是一絲懊悔嗎？

「你曾說過你的妻子很喜歡聽你演奏，她送你這支笛子……而你用它殺了她。」我慢慢地說，因為厭惡而反胃。

吳剛的笑容緊繃，「妳看來對我的武器很好奇。」

「我聽說你花了很久的時間用它砍樹。」我故意汙辱他，試圖激怒他。

「像妳這樣的人怎麼會聽聞這些事？」

「這些傳說早已廣為流傳，甚至凡間的茶館裡也在傳唱。」我故意說謊，「他們必定很可憐你。」

「他們怎敢！」他的臉扭曲，接著冷靜下來，迅速戴上面具說：「你們知道凡人都如何講述月之女神的故事？說她如何從高尚的后羿手上竊取靈藥，出於貪婪才成為神仙。有些人說她違背了他們一同分享靈藥的約定，獨吞所有。獨吞靈藥可以成仙，但吃一半也能長命百歲的。我真無法想像在這溫柔的外表下，竟有如此冷酷無情之心。但我讚賞妳的選擇，對愛情不屑一顧。」

「你一點都不了解我，更不了解什麼是愛情。」我母親的聲音嚴峻且冷酷。我從未見過她這一面，散發著冰雪般的光芒，凡人跪拜的女神。

「愛是不值一提的。」吳剛冷笑說，「稍縱即逝、反覆多變，像風一般變化莫測。無論是因為冷漠、背叛或惡意對待，最終徒留悲傷。強大的人不需要愛。愛讓人變弱，就像今天妳們全都因此被擊倒。」

他的嘲諷令我不悅，「也許你從未真正被愛過，也許你從未真正愛過另一個人。」我把他的苦痛當武器，低級的一擊。

他大笑，但笑聲中毫無喜悅之情，「對於永恆的生命，愛是什麼？」

「這就是為何即使天皇這樣對你，你仍然繼續服侍他嗎？」我仍希望策反他選另一邊站，讓他自我質疑他的忠誠。

「你們這些生來就是神仙的人，當然不會把死亡當一回事。你們無法理解對於無可避免的結局的那種恐懼，無論是皇帝或是奴隸。這也是為何妳母親被放逐而不是受讚揚。而妳，狡猾的子女，竟然以爛透的協議來捉弄天皇。妳那天沒死已經很幸運了，這次一定要徹底彌補上次的錯誤。」

「絕不會死在你手上。」我平靜地反駁，喔對，他很善於閃避我的攻擊，並轉而攻擊我。

「天皇陛下對我相當慷慨，成仙對於每一個凡人來說都是至高榮耀，值得任何代價、任何汙辱、任何**背叛**，是不是啊，嫦娥？」他的嘴扭曲成一個殘忍的假笑。

一股衝動抓住了我，想要衝向吳剛，用拳頭攻擊他。但我母親已經氣到滿臉怒氣，用手肘撞擊翡懋的肚子，他鬆開了她，踉蹌後退。翡懋明明是經驗豐富的士兵，應該沒那麼容易被擊倒。當我與他四目相接，我看見他神情閃過一絲理解，我默默點頭表示感謝。

淑曉與我衝向我母親，一名士兵擋住我們的去路。另一位將她的長矛揮向我母親，砍向她的手臂。她皮膚上裂開一道深深的傷痕，深紅色的鮮血湧出。我大聲尖叫，吳剛怒斥士兵。那名士兵立刻放下武器，抓住我母親的手臂，她一掙扎，傷口滲出更多的血，灑落在月桂樹高低起伏的根系。樹裡沙沙作響後發出一聲長嘆，感傷且充滿渴望——如果這有可能的話。這棵樹開始晃動，樹枝像扇子般展開，種子如一陣雨滴落地。

我倒抽一口氣盯著那些躺在草地上的眾多種子，像閃閃發光的冰珠。幾百顆、幾千顆，然而樹枝上還有無數串無數顆。

「把她們綑綁起來！」吳剛對士兵們咆哮，雙眼突然閃爍著貪婪。

我還來不及反應前，士兵們的掌心已經發射出一道道光環，纏繞住我母親、淑曉，以及我。那些光環灼傷了我的肌膚，我越扭動抵抗，它們咬得越緊，我手腕上已經出現傷痕。為了尋求解套，我注入一股能量破壞這些束縛，但卻出現更多繩子抽打過來，綑綁我的四肢。

我母親用力亂踢，頭往後一倒，撞上一位士兵的臉，他咒罵一聲但沒有鬆手。我與發光的繩索搏鬥著，但我越來越深的恐慌讓事情變得更加艱困。吳剛手中迸出火花，四散在我母親身上。她的四肢癱軟，兩眼翻白，身子趴倒在地，裙子像地上的一灘池水。

一見到她虛弱無力的樣子，恐懼重創了我。**她還活著！**我內心哭喊著，試圖從恍惚中清醒。**她還在呼吸！她的氣息還在發光！**

吳剛在她身邊蹲下，緊握斧頭。當他將斧頭在頭上高高舉起時，我渾身恐懼爆發，並放射出魔法，溶解綑綁著我的繩子。我翻滾跳起身，衝向吳剛，此時平兒撲了上去，用她自己護住我母親，吳剛咒罵著，朝平兒的頭發射出一道閃電，力道之大將她撞到樹上，桂花的花瓣像件壽衣般覆蓋在她身上。

「**不！**」

我的尖叫劃破寂靜。我衝向平兒身邊，雙手環抱著她。她的身體斷斷續續抽搐，就像新手操控的木偶。我的掌間一股溫熱且濕潤的感覺擴散開來，是她的鮮血，從頭部傷口湧出。我立刻將能量灌給她，盡力縫合，然而還是有一道細細的鮮血滲出，她的氣息不穩定地顫抖著。

我母親動了動身體，睜大眼撐起身子。她看向我們，臉色發白，「平兒！發生什麼事了？」

我說不出話來，充滿憎恨地盯著吳剛。他毫無悔意，不耐煩地指示守衛包圍我們。憤怒不受控地升騰，解開了我內心深處某種力量，我掌握住並將它釋放。從我掌心奔湧而出一股狂風，擊潰離我最近的士兵們。更多士兵急忙擁上前，但我的謹慎已經瓦解，狂暴隨之熊熊燃燒。我解下玉龍弓，向吳剛發射天焰火球，他立即在我們之間放出護盾。護盾發出火光，同時我的弓箭裂成閃爍的碎片。

吳剛伸出手，向前發射一道道炙熱的光芒，我蹲下閃過，他的攻擊將我上方的空中燃燒成一片，邪惡的熱氣劈啪作響。我轉過身跳起，吳剛已朝我走來，月桂樹的陰影落在他臉上。

我靈機一動，「快跑，淑曉！帶著她們一起。」我向她喊著，頭轉向月桂樹。

她立刻點點頭，衝向蹲伏在平兒身邊的母親。淑曉將她拉起，施展一道風承起平兒一起帶上。我拉開弓，指間燃燒著一道閃亮的天焰火球，吳剛的表情顯得緊張，他的護盾閃得更亮了，準備迎接我的攻擊。但我卻瞄準了月桂樹，發射出去。光束衝向樹，像發著光的鏈條纏繞在樹幹上，灼燒著蒼白的樹皮，伴隨著煙霧並嘶嘶作響……然而痕跡隨即消失，金色汁液再次流淌整棵樹。

吳剛張大了嘴，我的心跳加快。他認為他占上風，只有他才深知沒有任何東西可以破壞月桂樹。他誤會了，破壞月桂樹並非我們的意圖。我趕緊追趕淑曉她們，同時後頭一聲尖銳的聲響打破了寂靜。圈套被啟動了。透明的火焰浪潮傾瀉而下，下方的人陷入痛苦洪流中，天庭士兵們大聲尖叫，紛紛施展法術將閃亮的護盾籠罩於身。吳剛則奔向安全處，他求生的本能總是非常敏銳。

我開始狂奔，空氣開始攪動，充斥著能量。一道道火焰及冰劍從我身邊掠過，差點撞擊上我。我沉重地大口呼吸，緊抓住能量編織一層防護，然而卻出現一道護盾先罩住了我。強大的能量，冰冷且熟悉。我不喜歡，雖然我內心一部分不可否認感到鬆了一口氣。

文智從樹林前方大步走來，黑色長袍飄逸，雙眼猛烈翻騰如暴風雨中的大海。

他手腕一揮，冰鋒矛叉便衝向襲擊我的人。我後方的士兵紛紛被擊中，爆發一陣哭喊，士兵一一倒地。

天上降下幾朵雲，天庭士兵們奔向雲朵。如果他們飛上去，就能輕易追捕我們。我磕磕絆絆，對一道狂風施法席捲士兵，阻擋他們前進。文智的法力在我身邊流動起來，召喚了如暴風雪的冰雹，鋸齒狀的冰裂碎片乘著我的狂風，擊潰那些緊追不捨的士兵們。我們的行動就像過去合作無間，當我們在天庭軍隊並肩作戰時，當我曾相信他的高貴並將性命託付他時。

「奸細文智將領。」吳剛站得遠遠地，幸災樂禍喊著，「毫不意外，妳會和這種逆賊在一起。天皇一定非常滿意看到妳逆謀的證據。與魔界為伍就是與天庭為敵。」

「雖然人稱邪魔，肯定比本性就邪惡的人好多了！你只會打擊無辜，欺侮弱小。」我不否認他虛假的指控，否認無濟於事。

「那些擋我路的人，只能怪自己了。」吳剛嘲笑著，「妳該好好牢記這個教訓，妳不幸的侍從也該記住。」

充滿恨意的邪惡黑暗吞噬了我。也許我們所有人的心中一直存在這隻野獸，被推入深處時便會喚醒牠。一個清楚的想法在我腦海中閃現，吳剛一定會為他所做的一切付出代價。我匯聚能量，大步走向他時，文智抓住我的手臂，手指像冰霜般刺痛我。

「我們走吧。」他命令道，用無數士兵必定毫無疑問遵從的口吻。

「不，他傷了平兒。」我咬牙切齒地說。

「而他也將傷害妳，他想要妳報復他，這是個陷阱。」文智朝著那些踉蹌站起的天庭士兵們點點頭，敵軍太多了，我們打不過他們。

我嚥下怒火，掙開他的緊握，逃離那些士兵，跑到小腿都發燙。文智用同樣速度在我身邊跑著，我們一邊閃避低矮的樹枝一邊穿越樹林。我母親和淑曉正在森林外面一朵雲上等著，平兒躺在他們身旁。文智和我跳上雲朵，淑曉施展一股疾風載著我們前行，文智的掌心湧出流動的黑霧，黑霧在我們身後聚合並越來越濃密，遮蔽了我們的蹤跡。

平兒的喉嚨發出一聲低吟，我跪在她身邊查看，緊握她蒼白且冰冷的手。她頭顱枕骨的傷口流出許多的鮮血，一見到撕裂的血肉，我喉嚨乾澀到說不出話來。

我閉上雙眼，灌注我的能量給她，就像力偉之前為我做的那樣。毫無保留地釋放，即使我四肢開始軟弱無力，黑暗在我意識的邊緣輕笑著我，我都不願停歇。她不能死，我不能讓她走。但沒有一絲回暖的跡象，她身體裡的光芒逐漸消逝，直到變得如凡人般黯淡無光。我聚集更多法力注入她的身體，一次又一次……直到彷彿什麼刺穿我的恍惚，這個呼喊著我名字的聲音，無限重複迴盪且越來越緊迫。

「星銀！停下來！別把自己耗盡了！」我聽見文智的聲音。他一直在喊我嗎？

「我不能讓她死。」即將失敗的痛苦折磨著我，我無能為力救她。文智握著我的手，我已經沒有力量甩開，我已經精疲力盡了，胸口被挖了一個洞般地失去知覺。

「讓我試試。」他放開我後，用他的手指壓在她的額頭上。他的雙眼一瞇，神色陰暗沉重。「這傷口是致命的，她的生命力已被破壞，無論妳給她多少能量都毫無希望了。」

他說得如此溫柔，但每一個字都宛如拳拳重擊。母親的抽泣聲扎進我的耳朵，我再次握住平兒的手，不願意鬆開。

她雙眼睜大，驚人地明亮，彷彿裡頭點燃了火焰，她胸口抽搐著，嘴巴張開，重重地喘了一口氣，我傾身將耳朵靠向她的嘴巴。

「小星兒，不用再試了，我好累。」

恐懼像把匕首深深刺入我的心臟，一次又一次扭轉，不斷地撕裂。腦中閃現無望的期待念頭：**這**不是真的！我不會辜負她，她不會死的！

她顫抖的手伸向我母親，「夫人，服侍妳是我最大的榮耀，我很榮幸且開心。」我母親抱著平兒，淚水從她蒼白的臉龐滑下，「是我的榮幸，我親愛的朋友。」

平兒的嘴巴蠕動著，彷彿有更多話要說，然而卻沒有力氣發出聲音，她瞇起眼，彷彿看不見，黑暗開始籠罩她的視線。她緊抓著我，我擠出心中所有的愛回應她……但是她掙脫我的手，摸索著她的脖子，解開了某樣東西，將它壓入我的掌心。是我之前見過的那顆珍珠，當時珍珠是暖和的，現在卻帶著冬日寒霜的冰冷。

「我從未有過的女兒，妳是我生命裡的光彩。」她平靜且溫柔地說著，臉上露出燦爛的笑容。「妳願意帶我返家嗎？」

我用力點頭，急切想做任何事減輕她的擔憂。看到她展現這樣的笑容，令我再度燃起希望。然而她隨即頹然倒下，希望驟然消散，彷彿剛剛她是以殘破不堪的身軀奮力一搏，之後便再也無力抵抗了。

「海，」她喘氣地說，「……那裡很美。」她的身體顫抖著，眼皮瘋狂顫動後，便靜止不動了。

我壓抑著從喉嚨衝出的尖叫聲，我母親微弱的抽噎聲則劃破了寂靜。我撲倒在平兒身上，緊緊抱著她，就如小時候她將我抱在懷裡搖擺一樣。但她不在了，永遠消失了……一部分的我，也隨她一起消逝了。

# 第二部

# 12

我們的雲朵向前飛行，疾風呼嘯宛如悲痛哀鳴。母親的雙眼紅腫，披頭散髮。我的目光停在平兒的身上，一股椎心之痛襲來。這個身軀沒有她的活力及溫暖，僅僅是個空殼而已。

回憶湧現腦海：平兒糾正我吹奏笛子時的指法、她演示撥琴弦的樣子、她述說著故事，那些故事是我第一次感受到冒險的刺激。母親在森林裡逗留的那些夜晚，是她蓋好我的被子，並在我額頭上一吻。我淚水直流，從臉頰滑落。我不會擦拭它們，也不會從這些回憶裡退縮，因為這些都是我與她留下的點點滴滴。這是一個令人痛心的結束時刻，永恆的死亡。平兒擁抱我的日子已不復返，她再也不會呼喚我的名字。知道他們所有摯愛的人都將面臨這般結局，凡人是如何承受這種悲痛的？

一陣風吹皺了平兒的袖口，我伸手撫平，手指刷過她的皮膚，冰涼且毫無反應。我真是個自私的傢伙，只想著自己，平兒的家人怎麼辦？我的母親怎麼辦？不是只有我一個人感到傷痛與失去。

我摸摸母親的手臂，「妳還好嗎？」

「悲痛對我來不陌生了。」她的雙眼黯淡，有如絕望的深淵，「至少我們還有彼此。」

我很想告訴她關於父親的事，讓希望點亮幽深的黑暗。然而我的諾言和羞愧緊緊束縛著我。我曾自大地認為能夠解救我父親，魯莽地去竊取天皇的寶藏，自以為能逃離他的怒火，還向他挑釁。現在平兒已離世，我們的家園被摧毀，而我也迷失自我了。

文智低下頭，拘謹地念誦著，「願她永遠安詳，願妳和妳母親得到力量克服悲傷。」他向我伸出手，接著又收了回去，將手握成拳頭。

淑曉緊緊抱著我，「我深感遺憾，我也很想念她。」

悲傷將我撕裂，腦海裡迴響著無止盡的自責。要是我們能早點逃離就好了，要是我動作快一點，我可能早些就把吳剛給殺了。要是我對他如他對平兒那般無情，他早就血濺月桂樹，平兒就能活下來了。

「我們應該去哪裡呢？」淑曉放開我後問道。

「到我家吧，在那裡妳們可以安全遠離天皇。」文智提議。

他的建議讓我畏縮。儘管的確有道裡，但他曾不顧我的意願將我帶到雲城，我完全不想再踏入一步。即使文智是真心想幫助我們，然而他那殘忍的父親呢？他邪惡的兄弟呢？我的指甲嵌入掌心，不，我不能將我們推入蛇蠍之窩，我不能讓平兒在那裡安息，在她始終恐懼的異地。

**妳願意帶我返家嗎**？她的話在耳邊響起，穿透痛苦之迷霧。

「我們應該帶平兒回去南海。」我淡淡地說。

文智皺眉，「綏河王后既不仁慈也不寬容。如果她知道妳被天皇緝拿，是不會庇護妳們的，她會視妳們為對她百姓的威脅。」

我沒有盼望受到王后溫暖的款待，我們是在逃亡，在那裡既沒有朋友也沒有親戚，只是帶來壞消息。然而平兒之前從未要求過任何東西，這是個微不足道的要求，她值得要求更多。即使剩下最後一口氣，她還是如此渴望及熱切地提及大海之美。不論我們離家多遙遠，故鄉的紐帶是無法切割的，深深根植在我們心中，與我們未來成為的模樣交織在一起。

我心意已決，「我們會完成平兒最後的心願。」我這樣回答，我母親也點頭表示同意。

「妳務必小心。」文智嚴肅地說，「幸運的是，王后還未聽到消息。天皇傾向保持沉默，因為妳的逃脫會被視為他的無能，一個失敗。做完妳該做的事後，盡可能快快離開。」

「我們會的。」我告訴他，即使我希望能有一些寶貴的時間恢復體力，規劃我們之後的路，以及，好好哀悼。

「我知道妳很自責。」文智低聲地說，「別忘了，是**吳剛**攻擊她的。**天皇**下令進攻妳家。」

我抬起頭，瞥見他緊繃的神情，「你怎麼知道這次的襲擊？」我木然地問。

「我們在天庭裡有線人。不幸的是，這件事被嚴加保密，我是直到士兵們出征後才得知，我一聽到就立刻趕來。」

「謝謝你的救援。」我禮貌但無精打采地說，無法提起更多的精神。

他跪到我身邊，一手搭在我肩上。我一直覺得他的碰觸很冰冷，現在更是凍到穿透我的長袍，或許是因為我內心已成寒冰，只有一層薄冰支撐著我。

「儘管哭喊出來吧，打我出氣也可以，但別對我像個陌生人，明明有事卻裝沒事的樣子。」

他直言不諱的同情使我潰堤。我的胸口悶到喘不過氣，情緒不停翻騰。他強而有力的手臂繞過我的肩膀，在他的支撐下，我的頭低了下來，雙手不由自主地移動，本能地尋找慰藉。我的手緊抓他的長袍翻領，彷彿快要昏倒了。我沒有再靠近，也沒有將他推開。他的擁抱及安慰是多麼熟悉……而我這一刻多需要它，淹沒在絕望的空虛中。我內心一部分渴望留在那裡，遠離被毀滅的現實——即使我的尊嚴催促著我推開他，抗議他的碰觸。雖然我鄙視我的軟弱，但我感受到他能理解我的痛苦，所以我保持不動，直到我漸漸放鬆下來，直到我最後一絲力氣消散，身子如藤蔓般軟弱無力。急促的呼吸聲及苦澀的淚水從我身上流洩而出，直到不知何時，我不再勉強拉扯自己，精疲力盡的疲憊來襲，我的眼皮陷入慈悲的沉睡中。

★　★　★

些許暖意碰觸了我的肌膚，我的思緒從無意識中清醒，但我並不想醒來。內心的疼痛又回來了，無情且尖銳，每一次呼吸都是沉重的負擔。一陣微風吹拂過我的臉頰，冰涼且清新，激起我內心……某種沒有悲傷、難過，或者遺憾的感受。片段的回憶，那些美好的回憶，像是我第一次瞥見東海，我感受到的驚奇，以及充滿希望的輕盈。

我睜開眼皮，大白天的光線占滿了我的視線。我眨了眨眼，看到母親正盯著前方，淑曉坐在她身旁。我出於直覺左顧右看，確保沒有追上來的士兵。想起昨晚哭得一蹋糊塗的失態，我突然感到羞愧。我怎能倒在敵人文智的懷裡哭泣？這對力偉和我都是個背叛。

只是，文智不是我的敵人了。至少，不再是了。

「他去哪裡了？」我問。

「你朋友說他必須先回家，但他會再來找我們。」我母親回答。

「在他做了那些事後，妳看起來與文智相處得不錯，比我預期地和睦。」淑曉好奇地評論道。

我母親雙眼一瞇，身體打直，「他就是那個背叛妳的？妳厭惡的那個邪魔？」

若在幾天前，我一定立刻承認。但文智先前說的那些話，他那樣無所畏懼地前來相救……比我預期來得印象深刻。雖然這沒辦法讓我們之間的關係恢復當初——無論如何都無法補救——但我想起他時，內心不再只有苦澀。

「他是背叛了我，我討厭他，而且很討厭。」我結結巴巴地說，「但他也幫了我們，比妳們知道的還多。」

「妳原諒他了嗎？」淑曉試探地問。

「沒有！」我激動地說，「我不會再相信他，但我也不再怨恨他了。」

「任何用這種方式欺騙妳的人都不能信任。」我母親頓了一下，搖搖頭繼續說：「然而，有些關於我的傳說也沒好太多，就像吳剛說的，很多人認為我出於私心取得靈藥，我竊取它是為了成仙。這不就是個邪惡的背叛嗎？無論我有什麼理由，我不就是個自私的膽小鬼嗎？」

我從未見過她如此赤裸裸說出這些苦惱，她的表情交織著舊新悲痛。也許平兒的死讓她心碎，將內心所有的悲傷傾洩而出。

我伸手握住她的手，「妳是為了救我才如此做的。」

「只有我們才知道事情的經過。」她的笑容既悲傷且空洞，「雖然故事依舊，描繪的情景卻截然不同。妳父親一定很恨我，凡人們應該也很鄙視我。」

「他們才不會。」我向她保證。「也許是因為他們能理解妳的痛苦。就跟我一樣。」

「這才是最重要的。」她將我緊緊擁入懷中，「那些我們摯愛的人能理解我們做了什麼，以及為何而做。」

若她知道父親理解且原諒了她，一定給她帶來安慰，但我保持沉默。文智欺騙我的動機浮現在我腦海：他的兄長，一個扭曲的怪物，一場強者生存的惡毒權力遊戲。然而這不一樣，一個是絕望逼使，另一個則是經過算計的背叛。文智曾問我們是否能重新來過，但這是不可能的，我們之間所有珍貴的東西無法重來。已經消逝了，就像香支燒成灰燼，無法挽回。

地平線上白沙波動著，如白色錦緞隨風起伏。土耳其藍色的大海與藍天相映，海水點綴著珠光般的泡沫。長滿葉子及金色果實的椰子樹在海岸線盡頭搖曳著，卻不像東海沙灘上般那樣生機盎然，這個地方特別荒涼。

「城鎮在哪裡？」我們的雲朵降落時，我母親問道。

「聽說就在下面，在海底。」淑曉告訴我們。

我盯著不斷變化的水面，「妳會游泳嗎？」

淑曉搖搖頭，天庭神仙生來不熟習水性。他們的湖泊池塘純粹是裝飾用的，滿滿的荷花，以瀑布及噴泉點綴其間。如果能飛翔，誰還需要游泳呢？

「我可以去，我父親是漁夫，我幾乎能走路時就會游泳了。」說話的是我母親。她的父親，也就是我的祖父。這是我第一次聽到她提及祖父。她很少談論凡間的家人，那些她已遠離的家人。

「母親，妳要小心點。」一見到海浪我的胃就打結。前一刻看似平靜，下一刻便波濤洶湧。

沒有半刻猶豫，她大步走入海水，水淹沒她的大腿。她潛入水中，流暢穩定地游動，在海浪中開闢出一條路。我遮著陽光一直盯著她，直到她的身影漸漸成為遠處的一個小點。海浪湧起將她高高舉起，突然間她消失在我眼前。我一陣恐懼湧上心頭，淑曉和我加速雲朵向前，飛往她消失之處。我的神經已被拉扯得日漸稀疏，最近真的失去太多了。

我們下方的海面澎湃翻騰著，浪尖映襯著金色陽光散發出閃耀的光芒，晦澀的海水完美掩飾著它們的祕密，我母親的身影或傳說中的南海城鎮蹤跡毫無蹤影。我的心瘋狂跳動，我施法將空氣扭成透明的長矛往水裡攪動，深達水底。

一隻手臂出現了，我母親在水流中掙扎浮出。我施法驅散了風，浪隨即靜止下來，我抓住她的手並將她拉上雲朵。

她嗆到水，我拍著她的背時水花四濺。「星銀，妳在做什麼？」

「我看不到妳，以為妳陷入危險了。」

「我**能夠**照顧我自己。」

她揮了揮袖子擦拭臉，將頭髮擰乾，盤成一個簡單的髮髻。她的神情憔悴且蒼白，但不知為何看起來年輕了些，彷彿海水洗去了她精心塑造的完美女神形象。我瞥見了她曾經身為女孩的模樣，寧靜的漁村裡無憂無慮生活的年輕少女。我母親升天後成了一位女神，遺棄了她的父母、她的丈夫以及她的未來。如今，她長年歷經孤單且絕望之後，又失去了她堅貞不渝的友伴。有些人可能會認為若能獲得永生，這種傷痛微不足道，但對我們來說，悲傷是永恆的。

我指間吹出微風，將她的衣服及頭髮吹乾，「妳發現了什麼，母親？」

「越來越深，越來越冷，水流變得強烈，幾乎快把我推到遠處。」

「星銀，那邊！」淑曉急迫地大喊，指著下方的某樣東西。

我隨著她的目光望去——這是光影錯覺抑或是這裡的海水特別閃亮，且浪沫還帶著彩虹般的光澤？我將手掌橫掃過水面，釋放一股能量越過海浪，水面頓時波光粼粼彷彿一道陽光貫穿深處。眼前浮現出一道文字：

**那些擁有永恆淚珠的人們呀，不用害怕踏入我們的水域。**

「那是什麼意思？」淑曉疑惑地看著快速湧動的浪潮，「淚水流得快，消失得也快啊。」

「平兒告訴我，她們那兒的百姓可以將淚水轉化成珍珠。」我用大拇指輕拂掛在脖子上那顆她給我的珍珠，原來這不只是個禮物，還是把鑰匙。

「我好想念她。」我母親以虛弱的聲音說。

我取下脖子上的珍珠，將金項鍊纏在手指上，「我們帶她回家吧。」

當我將珍珠放入海水中，一陣哨聲響起，發光的氣泡水流盤旋而上，彼此纏繞並交融成一條通往海裡的隧道。幽暗的深處照射出光線，照亮前方的道路。

我用氣旋包覆住平兒的身軀，並把她跟我繫在一起。我牽起母親與淑曉的手，一起跳入隧道。已做好驟降的預備姿勢，但我們像漂浮的羽毛般輕盈滑過通道。我的雙腳最後踏上黃褐色的沙地，濕氣浸透了我的鞋子，這裡的空氣帶著濃濃的海水鹹味。

我們圍成一圈，寬度剛好夠一位橫躺其中。四周都是水牆，嘩啦啦的水聲轟隆作響，但也使我心曠神怡，讓我想起了恆寧苑的瀑布。力偉是否在恆寧苑？我真希望他是而且平安無事。懦弱的我希望他永遠不要知道我在文智懷裡哭泣的事。這會傷害到力偉，雖然這不代表什麼，什麼都不是。我激動地告訴自己，我當時太需要慰藉，傷心且虛弱，我什麼也沒做錯，但我仍然……感到羞愧。

另一頭出現一道身影，海水如簾子般掀開。一名守衛現身，然而他一點也沒濕透，從頭到腳，甚至他飄逸的髮絲都非常乾爽。他黑色的眼珠有著淡藍色的瞳孔，襯著他的黃皮膚看來格外醒目。他手裡握著一支長矛，一件閃亮半透明的披風在鑲金邊的綠松石鱗甲上飄動。他的大拇指上戴著閃閃發光鑲嵌珍珠的寬銀戒。

這名守衛抬起下巴，「誰擁有這顆珍珠？」他命令道。

我一言不發，把珍珠放到手上。

「妳不是我們的人。」他的語氣帶著控訴意味，並將武器指向我。「妳怎麼拿到這個的？」

「這是個贈予。」

我指向平兒的身軀，守衛愣住了。他細細觀察我們好一會兒，終於將頭猛然一轉，對我們說：「跟我來，綏河王后要見妳們。」

# 13

我們跟隨著那名守衛，走進伸手不見五指的深邃通道。海水在我們後頭聚攏，彷彿要將我們關在裡頭，這個念頭令我渾身一陣寒意。閃亮亮的液態牆面讓我想起幽珊宮的水晶牆，除了這裡的水花會弄得我一身濕。每當看見游移中的鰭或觸手劃過水面，我便心跳加速。我仔細觀察那名守衛，好奇地發現水流過他時不會弄濕他的衣服，披風則耀眼閃爍著。是法術！龍紗！傳說中海神的布料，穿著它可以讓人保持乾爽。

一扇鋪滿珍珠母綠松石鑲嵌的圓門在通道的盡頭閃爍著，門框盤繞著一隻精細雕刻的海底生物，頭上有著彎彎金角，臉上的瞳鈴大眼突出，帶刺尾巴沿著地面捲曲。我試著推開緊閉不動的門，但從我的掌心蔓延開來一陣刺痛，我強忍喊痛，向後一跳。

「用那個珍珠！」守衛咆哮，彷彿這是個眾所皆知的常識。

「通道也是靠珍珠控制嗎？」淑曉指著我們身後聚集的水牆。

他點點頭，將指環壓在那個生物瞳孔上的小洞中，門驟然打開，另一頭也裝飾著同樣的雕刻。一見到我們，門口的守衛們立刻放下長矛。

「要如何從另一頭開門呢？」我問。

「一樣的方式。」他簡潔地說，「除非封鎖。」

「為何會封鎖？」淑曉帶著燦爛的笑容問道，那種令人願意透露心聲的笑容。

守衛眨了眨眼，放下一點敵意，「一旦綏河王后下令，無論是遭遇危難時或我們需要捕捉入侵者時。沒有王后陛下的允許，誰也不能離開這裡。」

這說法令人焦慮不安。但當我望向前方的景色，便放下了所有戒心。銀色光點灑落在沙灘上，路邊兩旁排列著搖曳的翠綠海草，海底散落著奶油色、淡紫色及玫瑰色的貝殼，有些閃爍著金銅光澤，有些形狀如扇子和星星，有些在細長錐殼頂尖端浮誇地豎立優雅的尖塔。這一切就像多年前在天庭市集攤商那裡看到的那般驚奇。上方是半透明的結界，分隔城鎮與大海。在如此深的海底，拍打岸邊的潮水則是呈現如午夜般的黑色。

我一踏入門道，一股滑溜柔軟的感覺緊貼著我的皮膚，就像我穿過一個大泡泡。空氣出乎意料地清新，要是我閉上雙眼，會以為我走在海灘上，而非幾百呎的海底。絲絨燈籠懸掛在路邊兩旁，燈光照亮了四周，我們走過幾排蜂蜜色的石屋，屋頂以青金石及瑪瑙建造，之間還冒出璀璨的珊瑚，鮮豔如野花般。

海神們的膚色較白，呈現淡黃色，也許是因為太陽無法照射進來。他們深黑色的頭髮綁成辮子盤在頭上，男女都一樣，都有著深淺不一的藍色瞳孔，雙眼好奇地盯著我們。發亮的龍紗披風覆蓋身上，如星光照耀的布匹般垂落至腳踝。

在這璀璨寶石的城鎮中央，明珠殿座落其中，形狀如華麗的貝殼，圓錐形尖頂像太陽光芒般放射出去，金色牆面鑲嵌著白色、玫瑰色及黑色珍珠，翠綠海藻高聳如樹，葉片以優雅的節奏舞動著。

守衛帶領著我們進入宮殿，穿過一條長廊。廊道似乎繞著宮殿外圍一圈，才通向一座宏偉的大廳。琥珀柱子從地板攀升至天花板，柱上圍繞著一串串翡翠玉珠。藍色及翡翠色的精美絲質地毯鋪蓋在地上，織繡著銀色漩渦狀圖案，讓人聯想到頭頂上方的海浪。這裡的神仙們皆盛裝打扮，長袍閃耀著金色絲線，頭髮織入了華麗珠寶。他們排成兩排，一直到遠處的高臺。高臺上有個女人坐在深紅色珊瑚的寶座上，寶座上的精細珊瑚樹枝向外延展開來。那是綏河王后，一如我上次在力偉的宴會見到的模樣，那般莊嚴且冷峻。

「跪下，額頭著地！」守衛粗魯地命令著，「在你尚未行禮致敬之前，居然敢仰視女王！」

我跪下雙膝，壓抑怒火，深深向王后行一鞠躬。身為這朝廷裡的陌生人，謹慎恭敬是明智之道。

「起身。」雖然是個命令，但王后豐富的語調讓這命令顯得有些歡迎之意。

如此靠近高臺，綏和王后的氣息撲面而來，令人生畏且冷漠。她的能量如上緊的發條蓄勢待發。她紫藍色的長袍披在腳邊，腰間繫著一串藍寶石。她黑色頭髮上戴著精緻的頭飾，綴以玉葉及綠松石製成的花朵，一小簇珊瑚串珠垂簾額前。她的臉蛋有杏桃般柔和的曲線，然而缺少溫暖的紅暈。

「許久沒有天庭神仙光臨我們的宮殿，是什麼風把妳們吹來的呢？尤其是如此……凌亂的情況下。」她拉動嘴角做出微笑，與她眼裡的質疑形成強烈對比。

我壓抑著撫去臉上髮絲的衝動，將頭抬高。相比天皇的震怒，高高在上的鄙視又算得了什麼？我會遵照母親的教導做好禮數，但我不會畏縮屈服。

在我準備開口之前，我母親向前一步。她的頭髮濕漉漉且雜亂，她的白色長袍沾上了髒汙，然而她舉止如王后般高雅。「王后陛下，我們並非來自天庭，我們來此是為了帶朋友回到安息之地。」

王后的目光落在平兒身上。「真令我悲傷，她的母親是我的總管，一名忠心耿耿的僕從。」她向一名年輕的神仙示意，他趕緊向前，「召喚總管。」

她轉過身對我母親說：「歡迎，月之女神，妳風塵僕僕地離家來到如此遙遠的地方。」

雖然平兒是我母親的侍從並非什麼祕密，但我內心突然一陣緊張。天皇的襲擊應該還沒傳來南海，但是越少人認出我們，我們就越安全。

我母親低下頭，「謝謝您，陛下。我們很感激南海的恩惠。」

綏河王后溫和地笑著，「恭喜妳獲得赦免，我們近期才聽聞這個消息，南海如此與世隔絕。」

「與世隔絕，陛下？」我試圖掩飾話中提高的音調，心中如釋重負。

「這裡不容易通行，我們有辦法將不速之客拒於門外。」綏河王后邊說邊端詳著我的臉，她顯露出好奇。她不認識我，距離上次力偉的宴會已久遠，而且我當時並不值得她的注意。

「這是我的女兒，星銀。那是她的朋友，淑曉。」我母親說。

「是天庭的弓箭手。」王后認出我來，「東海的彥熙太子對妳評價很高。」

「太子殿下太過客氣，我很榮幸前往救援。」我鬆了一口氣。「我不再效力於天庭軍隊了，陛下。我回到我母親身邊了。」希望她不再繼續追問深究。

「很孝順的女兒。」她靠回寶座上，對於摸清我們的底細感到滿意，不再是隱藏著看不見危險的問題訪客。「四海君主不久後會齊聚來訪，如果妳們願意，在那之前可以在此留宿作客。」

我很想接受，身體已疲倦不堪到極點，但我想起文智的警告。「陛下的邀請我們深感榮幸，但我們不能久留，我們不希望對您慷慨的款待造成困擾，而且——」

「不會造成困擾。」王后打斷我的話，眉頭微微一皺，她應該不習慣被拒絕。她傾身向前，轉向我母親表示：「妳忠心的侍從的喪禮將於近日舉行，妳不希望為她獻上最後的敬意嗎？」

我母親的喉嚨鼓動著，手抓著裙擺。她轉頭看向我，雙眼發亮帶著希望。喔，我也想留下啊，看著平兒安詳長眠於此啊。但到時我們還安全嗎？然而若我再次拒絕，可能會引起王后的質疑，沒有一個好的理由，誰能夠拒絕王室的邀約？加上，想到天皇應該會封鎖這次襲擊的消息，鑑於他之前行事如此保密。這意味我們可以喘息幾天，重新振作並好好哀悼。

「謝謝您，陛下，我們感謝您的體諒。」我說，我母親與淑曉再次鞠躬。

兩位身穿靛青色長袍、銀色髮束紮著頭髮的神仙衝進大廳。我一見到其中年輕那位，心裡吃了一驚。那雙眼睛、那鼻梁的弧度，與平兒簡直一模一樣。雖然她的下巴較尖，雙頰較瘦了些。那是她的姊姊嗎？一股衝動讓我想向前擁抱她，不為別的，就因為她是平兒的親姊妹……以及她與我們同樣地感到悲傷。

兩位神仙跪地向王后行禮，王后示意她們起身：「總管，這是嫦娥，月之女神，以及她的女兒。」

這名婦人神情一亮，嘴唇開張準備說話時，身旁那名較年輕的女子大聲哭喊。

「妹妹！」她喘著氣，跪倒在平兒身旁，無力地抱著她。

總管踉蹌後退，目光轉向我們，嚴厲地指責：「我女兒怎麼了？妳們對她做了什麼？」

「總管，冷靜一點。」王后的語氣如一把裹著絲綢的刀，「讓我們尊貴的賓客有機會做解釋。」

我母親的雙眼閃爍著淚光，從眼角滑落淚水。她沒有伸手擦拭，「我很感激妳女兒這幾十年來的陪伴。平兒是個很忠誠的友伴，還有……她是我親愛的朋友。她為了保護我而死在某次可怕的攻擊中。我們將她帶來這裡安息，這是她最後的遺願。」

綏河王后搖搖頭，「對她的家人和妳來說，這是極大的悲劇。總管，妳先去準備喪禮事宜吧。」

總管的胸口激烈起伏，喉嚨鼓動著彷彿要說什麼，但王后嚴厲的眼神令她靜默不語。「平一，帶著妳妹妹的遺體退下。」她厲聲說道。

總管不再多說，向王后鞠躬後，腳步不穩且慌亂地離開了大廳。我想喊住她，向她解釋，告訴她平兒對我們來說多重要，和她分享我們的回憶，只是這樣可能更殘酷，而非善意。平兒與我們一同生活，意味著她與家人分離，我愚蠢地認為我們能夠因共同的悲傷哭泣，釋放壓抑在胸口的痛苦。畢竟，平兒曾打算將我留在南海交給她的家人照顧，要不是被士兵追趕而迫降天庭，我可能會在這裡度過餘生。

當平一看著她妹妹的身子，她紅著鼻子，淚水從臉頰落下，清澈的液體變成乳白色，閃著光芒，幻化成一顆珍珠後掉落在地上。

我彎下身撿起來，指間感到滑順及溫暖，看起來就與我脖子上掛的那顆一樣。它的光芒令我想起月桂樹種子，但散發較柔和的光線，而非刺眼的閃光。我默默地把珍珠遞給她。

「謝謝。」她舉起手，一股光芒湧現並包覆平兒，她的身軀升到半空中。

「等等！妳要帶她去哪裡？」我還沒準備好與她告別。

「我妹妹將與我們祖先的靈魂一同安息，最終成為我們最愛的大海一部分。」她的目光轉向我，目不轉睛盯著我脖子上的珍珠。和她母親不同，她的表情裡沒有敵意，只有深深的哀傷，反而更使人心痛。

「她為何離家呢？」我想知道一切，那些平兒再也沒有機會與我們分享的故事。

平一稍作猶豫，「這是我的錯，我愛上我們兒時的玩伴，但他卻屬意平兒。我們大吵一架，我指責她自私，使用詭計占有他，她隔天就離家了。」她弓起身子，「我以為她過一兩年就會回來，結果過了十年，甚至幾十年後，她終於寫信給我們，她說她服侍月之女神過得很幸福，她找到屬於她的地方。」

「我們配不上她的好。」我的視線開始模糊，淚水在我的睫毛上打轉。平一看著我的臉，「妳的淚水……同樣也溶入了部分的妳嗎？」

「沒有，妳為何如此認為呢？」

「這有那麼令人驚訝嗎？」她的笑容看起來若有所思，「淚水來自於我們內心深處的情感，無論是喜悅或悲傷。它們是我們的一部分，就像我們血液裡流淌著法力。據說有些神仙的淚水具有強大的力量，會以意想不到的方式表現出來。而南海的神仙們，我們的淚水能夠幻化成珍珠，雖然這情況不常發生，也許一生只有一或兩次。這是我們給予摯愛的禮物，同時也是進入我們領域的鑰匙，讓他們終能找到回到我們身邊的路。」

我的手移到項鍊，解開它並放在掌心上遞給她，雖然交出它令我難過。「當平兒交給我時，我不明瞭它的含意。請收下它吧。」

她的指尖撫過珍珠光滑的表面，「她必定很愛妳，不，我不能拿走我妹妹給妳的禮物。」她向我點點頭，「我必須去陪伴我母親了，她現在肯定非常心煩意亂。」

「我很抱歉。」這是我內心深處的肺腑之言。

「我也很抱歉。因為害她離家出走，因為沒來得及告訴她我有多愛她，更重要的是，因為沒有叫她回家。」她肩膀緊繃，雙拳緊握，「我不知道她是如何死的，以及為什麼，但請不要讓她白白死去。」

我靜靜地點點頭，緊握住這點脆弱的慰藉。我不會因為受傷而退縮，或者將平兒藏在無法觸及的內心深處。我將擁抱悲痛，意味著我愛她，永遠不會忘記她。

# 14

我拉開床邊的薄紗帷幔，倒在柔軟的床上，四肢非常疲憊，然而我卻無法入睡，每當我闔上眼，胸口的疼痛就更加劇烈。一聲輕柔的叮噹聲打破了寂靜，是微風輕吹門邊串珠，珠子相互敲擊發出的聲響。如此深的海底，怎麼可能會有風呢？也許這是某種法術，像是照亮我們的房間的發光珊瑚，或者地板上這些如陽光照射沙灘上的斑點。

最後，我決定起身前往母親的房間，就在我房間走廊的另一端。她已經換上侍從拿來的一套乾淨衣裳。純白色長袍是我母親常穿的顏色，但少了她平日穿的鮮豔內襯，以及明亮色彩的絲綢飾品。她現在像是冬天、白雪和寒冰。月亮在哀悼。

「無法入睡嗎？」我問。

她打個冷顫，「無法安心休息的。」

她說的沒錯，今晚太多噩夢糾纏著我們。

我們坐在桌邊，這張桌子是用珍珠母一片片如魚鱗般精心交疊而成。上頭的小盤子上盛裝著食物：擠滿蛋奶醬的餡餅、碎杏仁和蜂蜜糕點，以及閃亮亮的蜜餞盤。雖然我一整天沒進食了，但這些濃郁的香味令我反胃。

母親舉起茶壺，雙手顫抖著，灑出琥珀色液體。

「讓我來，母親。」我輕輕地從她手中接過茶壺，斟滿茶杯。我受的訓練教會我在失去力量時假裝堅強，以及即使內心支離破碎，也要以穩定的身手繼續奮鬥。

一陣敲門聲後，有人推開房門。淑曉走了進來，文智跟隨在後，他彎下身避開被門簾珠子打到。

「你來這裡做什麼？」他的出現令我吃驚，雖然我應該已漸漸習慣他總在我意料之外出現。

「他來找妳，但卻先找到我。」淑曉嘻嘻地笑，「一個粗心的錯誤。」

他嘴角彎起戲謔的笑，「我向侍從詢問最凶的那位訪客的房間位置，一副稍不順心就要出手攻擊的那位。」

「只對那些罪有應得的人好嗎？」我瞪著他。我鬆了一口氣，因為除了空洞的疼痛外，我還有**其他**感受。「你怎麼進來的？」

文智舉起他腰間的配飾，一枚黑珍珠上頭綴以紫晶絲綢流蘇。「來自綏河王后的贈禮，我們的使者以此進入她的領域。自從我們挑戰了天庭，她對我們更加重視，精心經營兩方的外交關係。」

「是同盟？」我驚訝地問。

「南海沒有與我們正式結盟，但也沒有與仙域任何國度建立同盟關係。他們沒有在戰爭中支援過我們，但也沒有出兵對抗過我們。綏河王后讓南海遠離許多戰爭。然而，儘管他們幾乎沒有敵人，但也沒有多少友人。」

「你現在是敵人還是友人？」我問。

他聳聳肩，「都不是，綏河王后是個外交高手，我父親特別欣賞她這一點。她像無情的風一樣轉變方向，敏銳地察覺誰將成為獲勝的一方。」

這樣見風轉舵的忠誠，著實令我感到不安。

我母親冷冷地盯著文智：「我很感謝你的救援，然而，對於你如何對待我女兒，你應該有很多要回答的吧。」

「那是我做過最懊悔的事了。」他嚴肅地說。

一陣凝重的沉默，但我不想掉入他的話而受影響，「有任何最新消息嗎？」我問他。

「妳們暫時還可以喘一口氣，攻擊妳家的事還未正式宣告。如果天庭需要同盟支援的話，他們應該早就傳話下去了。然而我想要確保綏河王后不會一時衝動將妳們丟入牢房，她若對妳們有半點質疑，必定毫不猶豫這麼做。這宮殿裡有太多隱藏的牢房，法術在裡頭無用武之地，妳們無法脫逃的。」

「我相信你對這樣的地方很了解。」我評論道。

他笑了笑，「至少妳會覺得我家更舒服且更安全。」

「我不會到雲城去的。」我直接了當地告訴他，「我不信任你的親戚。」

「我也不信任。」他同意，「但是一名開誠布公的敵人，比可能隨時陷害妳的朋友安全多了吧。」

「雲城？」我母親茫茫然地問，「那是哪裡？」

「就是魔界。」我說。

我母親畏縮了一下，她知道的邪魔都是在傳說故事裡——邪惡、狠毒、醜陋的生物，而且嗜血殘忍。小時候的我自我安慰以為這些怪物都藏匿在仙域之外，只有愚勇或魯莽的人才會前去冒險。現在我才知道這一切都是假象。邪惡無所不在，無關乎名稱，而是取決於實際的作為。況且，邪惡絕非坐等你來追尋。

「魔界之前被稱作雲城，隸屬於天庭。他們因為使用天皇下令禁止的法術而被驅逐，他們其實……就跟其他神仙一樣。」我解釋道。

我沒有告訴我母親我在雲城的那段日子，我自己也非常想忘記。此外，很少人談論雲城，尤其是在天庭。歷史重寫以取悅勝者，而不便公開的歷史則被埋葬。雲城的人曾經做過許多糟糕的事，他們破壞及傷害其他人，但在戰爭裡誰不是呢？天庭也並非毫無過失。為自己的家鄉而戰，在我看來是可理解的。

「那個法術很危險嗎？」我母親問道。

「所有的法術都很危險，尤其是被當作武器使用的時候。」文智說。

「雖然有些會造成極大的傷害。」一想到力偉曾經眼神空洞地將他的劍刺向我的心臟，我忍不住打了冷顫。

不，我不能忘記文智的所作所為，那些看不見的傷痕就是他造成的，他的那些邪惡詭計的後果。暫時的停戰是我現在唯一能接受的，至於寬恕，唯有我們利益一致時，我才能信任他，而我也會毫不猶豫地利用他為我們謀利，就像他之前利用我一樣。如果他又再次背叛我……這次我的弓箭會立刻瞄準。

「我們會在平兒的喪禮後就離開。」我跟他說，「你有關於力偉的新消息嗎？」

文智皺起眉頭，「太子殿下被強迫搬離他的院邸，目前嚴密受人監視中。」

我囚困於心的恐懼一下子傾洩而出，腦海閃過力偉被關在不見天日的牢籠裡的樣子，折磨逼著他說出毫無根據的供詞。「他們為何要這麼做？」

「太子殿下近來樹立不少的敵人，他的地位從來沒有如此脆弱，許多朝臣在這場權力爭奪中發現難得的機會。」

我感到侷促不安，想像刺客受人派遣去刺殺力偉，在他杯裡下藥，精心策劃一場「意外」。

淑曉感受到我的焦慮，她將手臂搭在我肩上，抱了抱我，「沒有任何人敢傷害他的。」

「因為他的地位嗎？」我的語氣帶著希望卻又沮喪。

「因為他的母親。」她挖苦地說。

這悲慘的處境讓我完全笑不出來，天后竟然是我現在確保力偉安全的最大希望。這一次，我為她的狡猾及心狠無情感到開心。在玉宇天宮內，沒有任何人膽敢得罪她。

「她能保護他嗎？」我問文智。

「天后努力中，但她束手無策。真正的權力在天皇手上，她無法違抗他，這會危及到她自身地位及安全。」

「力偉被關在什麼地方？」

文智眼睛一瞇，「妳無法進入玉宇天宮的，即使有我的協助也無法。」

「為何不行？」我問。

「皇室寶藏庫被人闖入之後，皇宮周圍已全面布下新的結界，除了吳將軍允許之外，誰都不准入內。」文智謹慎地朝我看了一眼，「更多的守衛被派駐城牆外，他們沒那麼容易被引誘，因為鞭刑和更可怕的恐嚇威脅著他們。」

「我必須去救力偉。」我淡淡地說。

「要如何救？皇宮守衛如此嚴密，如果妳被抓了，他們永遠不會放妳出來的，而妳只是讓太子殿下的處境更艱困。」淑曉警告。

「我需要一位在玉宇天宮內的人來照應。」我慢慢地說，「結界無法從外頭被破壞。」

「你的眼線有辦法幫我們嗎？」淑曉問文智。

「如此危險的舉動他們不敢，他們不會願意危及自身地位。我能獲得情報內容，但他們只對我父親負責。我父親不會願意出手救助天庭太子的。」他沉思了一下繼續說：「反正這也於事無補，妳需要一名位階夠高，足以破壞結界的人。」

建允將軍可能願意幫忙我們，但他現在的地位岌岌可危。某個想法浮現，我渾身起雞皮疙瘩。我感到厭惡，但這是一個最好的辦法。

「我需要你幫忙將訊息傳達給天庭裡的某個人。」我告訴文智。

「會是誰呢？」他小心翼翼地問。

我停頓一下，凝視著他，「天后。」我鎮定的語氣裡掩飾著我的猶疑。

我母親臉色蒼白，文智端詳著我的臉。我嚥了嚥口水，表現出誰也不能動搖我的模樣，「你做得到嗎？」他沒有回答，於是我繼續追問。

他朝我傾身向前，「如果這是妳想要的，而且妳也想清楚了。」

「星銀，這是在開玩笑嗎？」淑曉問，「天后不會願意接見妳的，更別說要幫妳。」

「不是為了我。」我說，「是為了她兒子。」

我並沒有妄想天后對我開恩，一年前她還要我的命呢。然而比怨恨更深更複雜的東西連繫著我們——我們對力偉的愛。我們都會盡一切努力來救他……即使要卑微地去跟我們最鄙視的人打交道。

# 15

我從未想過我會在凡間的茶館與天后碰面。我幾乎無法認出她來，褪去一身錦衣及飾品，她閃耀的氣息柔和了許多。她穿著與當地居民相似的棉布長袍，頭髮別了一枚木髮簪。她手指頭上的金指套不見了，但尖尖的長指甲同樣看起來深具威脅。

「您來了。」她都已經站在我面前，我的招呼聽起來有些愚蠢。

她沒有屈尊回應我，目光落在破舊的木地板、竹凳及未裝飾的天花板木橫梁時，表情不悅，眉頭皺了起來。當店小二端著餐盤，上頭擺滿裝了熱湯的碗和好幾盤魚肉蔬菜匆匆走過時，她鼻子皺了皺。我選擇這個地方是想激怒她？激怒一個緊抓著顯赫及華麗的外皮當作第二層皮的人？或許，甚至是在不知不覺中作了這個決定，但主要是為了避免她可能在仙域設下任何陷阱，畢竟在那裡她占上風。這是個考驗，用來試探她會願意走多遠來拯救她兒子。她來了，證明她與我一樣絕望。

我舉起沉甸甸的瓷茶壺，為她斟滿茶杯。並非出於尊重，而是我母親教導我要對長輩以及願意接受我邀約的賓客表現出應有的禮貌。

她無視我倒的茶，坐在凳子上。「妳為何要在這裡與我見面？」她的聲音充滿敵意。

「我們還可以去哪裡呢？天后陛下？在玉宇天宮嗎？這次的會面最好不要被看見，更重要的是，這個地方令我們兩個**都很**自在，因為在這裡使用法術是被禁止的。」

她臉頰漲紅，看起來好像布滿血斑。「妳怎敢如此跟我說話，好像妳跟我可以平起平坐？妳什麼都不是，而我是掌管天與地的皇后！妳別忘了誰能決定在這裡什麼是被允許的？」

「您的丈夫，而我相信您不想讓他知道這件事。」令人意外地我還能表現得彬彬有禮。發脾氣什麼都得不到，只會帶來短暫的滿足和長久的敵意。

她的目光移向窗外，是否在尋找在外頭等待的隨扈呢？他們很難不被察覺，僵硬地與凡人保持距離，儘管身穿簡陋服裝，臉上仍帶著一股嘲諷。他們身上的神仙氣息低鳴作響，聲音之大超過他們極力壓制的努力。他們為何沒有攻擊？天后在等待什麼嗎？

「我知道您討厭我。」我開門見山地說，「我父親殺了太陽鳥，但他這麼做是為了拯救凡間。」

「他本來可以不用殺了他們並阻止一切！」她咆哮。

「他別無選擇，如果沒這麼做，凡間早已毀滅了。若要深究，您肯定也在懷疑是誰支援他，誰有這麼大的權力吧。」我沒有繼續說下去，不願破壞我父親的信任。

她盯著茶杯，但完全沒有拿起來的意思，可能是鄙視漂浮在混濁茶湯表面上的粗枝老葉。「是妳邀我來這裡的。為什麼？」

「和您為何會來的原因相同。為了力偉。」

她放在桌上的手握成了拳頭，「這都是**妳的**錯，因為妳，他變得如此叛逆，讓他們父子對抗，是妳把他帶到這般可憐的境地。他真是愚蠢，竟然拒絕與鳳美公主的聯姻，就為了妳！」

她的話像把刀地刺向我，更糟的是，我無可反駁。誰也無法否認鳳美公主才是力偉最匹配的對象，她極具魅力，還有一支能保衛她未婚夫的軍隊，以及不可動搖的鳳凰城寶座位置。不像我，與他母親反目成仇，偷竊他父親的東西，還像個罪犯逃跑。

「力偉現在處境危險嗎？」我心一涼，我唯一能確保的是天空之雫流蘇依舊清澈不變。

她頭一仰，用鼻孔看我，「他現在很安全，我的貼身守衛正緊密監看，確保沒有誰敢動手動腳。好了，別浪費我的時間，告訴我妳要做什麼。」

「帶力偉遠離玉宇天宮。」我說。

「那如果我認為他應該留下呢？懇求他父親的原諒？或接受與鳳美公主的聯姻來交換他的自由？」她緩慢地說著，話中帶刺。

我壓抑著怒火與她四目相接，「我相信您已經試過了，而您會來這裡就意味著力偉已經拒絕了。」

「有時候，取決於賭注是什麼。」她的嘴彎成如深紅色的新月，「問問妳自己，妳認為我今天**為何**會來？為了與一個什麼都無法給我的沒用女孩做交易嗎？或是來取得我之前無法擁有的東西？」

果然如此，她揭露她的目的了，我誠心誠意地邀請她，但她卻給我設下圈套。

她想要拿我當人質，來交換力偉的妥協。我心生厭惡而有些反胃，但很慶幸我並不害怕。而更重要的是，我已預期到她的狡猾，我才沒她想的那樣傻。要與毒蛇打交道，我已學會要像條毒蛇般思考。我巧妙地將視線挪移到茶室的角落，文智就坐在那裡。他那把劍大大方方地放在桌上，我看向他，他嘲弄般舉杯敬酒，然而他另一隻手正毫不掩飾地握著他的瑪瑙劍鞘。他不害怕冒犯天后；她無法掌控到他的家族，這也是為何我要求他來，而非淑曉。

天后的目光燃起熊熊怒火，「那個叛徒，我兒子知道這件事嗎？」

「他知道妳計謀逼他就範嗎？」能夠放肆說話，丟掉在她面前勉強戴上的謙遜面具，感覺真自在。

她推開凳子站起身，站得直挺挺的。「我沒有什麼要對妳說了。」

「我還有**很多**事要跟妳說。」我吞下好幾個侮辱了。「告訴我，力偉現在到底怎樣了？」

停頓許久後，我以為她會轉身離開，但她坐回椅凳上。「他像個俘虜般被關了起來，被那些本應向他屈膝鞠躬的人監視著。要是我沒有出手干預的話，他早就被關進牢房裡了，他徹底激怒了他父親。」

「力偉什麼都沒做，不該受到這樣的對待。」我忿恨不平地說。

「都是那個卑劣的冒牌貨吳剛，在我丈夫耳裡灌輸關於我們兒子的壞話。」

「吳剛？」怨恨像顆燃燒的煤塊灼傷了我，我深深吸一口氣緩和情緒，專注在眼前的要緊事。「建允將軍呢？他能幫忙求情嗎？」考慮將軍目前的處境，我這麼問有些自私。

「建允將軍已經榮譽退休了，吳剛說服我丈夫授予他天庭軍隊的全權掌握。我一直以為這已是那個自命不凡的傢伙的終極目標了，現在很明顯他竟還企圖篡奪我兒子的合法繼承權，用他凡人的血玷汙皇位，打算在我丈夫走後繼位統治！」

她是否也鄙視我凡人的血統，認為我不僅僅是出身低，而且還受到「汙染」？我才不在乎，天后擁有仙域最高貴的血統，而我才看不起她。

「天皇會選擇吳剛而罷黜自己的兒子嗎？」就算是天皇如此嚴苛的性格，這樣做似乎太超過了。

她張開嘴開始咆哮，儘管她很討厭我，但很明顯她更討厭吳剛。「吳剛曾經為我丈夫捨命冒險，效勞立功。自此之後他屢獲榮譽，我丈夫最重視忠誠，而吳剛從不抱怨，總是百依百順。我也曾經很喜歡他，直到他的野心變得明顯：他渴望統治，不是效力於他人。」

「吳剛為何在受到妳丈夫無盡的侮辱後，還繼續為他效勞？」我試探地問。

「有**任何**凡人不對神仙的永生之禮感激不盡的嗎？」她苛刻地反問。

天后不耐煩地看了門口一眼，我壓抑我的好奇心，接下來這個答案是我自己最想知道的。「為何天皇要派兵攻占月宮？他想要我家做什麼？」官方的理由是因為我母親輕藐天皇的尊嚴。但這種說法很空洞，不全面，不合理也不公正，單純就是想逼我們離開。這不會改變我們逃走的決定，但我想知道是否還有其他該擔憂的事。

天后的嘴角的皺紋加深，「都已成定局，原因很重要嗎？妳不需要知道為什麼。」她嚴厲地說，但我聽出她口氣裡的破綻。她不知道答案是什麼，這令我不安，連身邊最親近的人都不知道天皇如謎一般的野心。

「這很重要。」我咬牙切齒地說，「我家被摧毀，我摯愛的親友被殺害，這對妳來說沒什麼，但對我來說是一切。」

「會發生這些事，要怪就怪妳自己吧。」

「這**並非**我的錯。」我已經盡可能地避開宮廷政治，我並不想參與其中。

「妳破壞了我們的安寧，軍隊向**妳**鞠躬，建允將軍為妳辯護。力偉公然在朝廷違抗他父親的命令，他從沒有這樣。一次又一次，妳弄垮了我丈夫的支柱，直到剩下那個充滿野心的冒牌貨吳剛，現在他只聽信於他。」

我感到腸胃打了結，但我沒有把目光移開，向她示弱便會迎來報復。「妳說的這些不是我故意挑釁的，如果崇高偉大深植於民心，何須懼怕這種淺薄的漣漪。」

她雙眼一瞇，眼神閃過一絲絲的嫌惡，「漣漪將變成大浪。」

「掃蕩只會製造更多。沒有權力是絕對的，服從也是。」

她打直身子，動作因憤怒而僵硬，「我不是來這裡聽妳這些愚蠢言論的。妳說想要幫助我兒子，妳要如何做到？」

「力偉不能留在玉宇天宮，吳剛會殺他來鞏固自身地位。」這些話令我厭惡，但我直言不諱，希望能說服她。

天后緊握放在桌上的雙手，她知道我說的是實話，也許她也懷疑過這件事但沒有說出來。我們最大的恐懼是那些我們說不出口的。

我繼續施壓，「他現在手下擁有大批士兵，吳剛可以在任何時候進攻，他既無情又狡猾，他不會讓這個機會溜走的。妳的守衛能保護力偉多久？他們能抵抗天庭軍隊嗎？」我傾身越過桌面，近到我能夠看到我在她眼裡的倒影。「幫我把他救出來吧。」

她沒有回答，我幾乎能聽到她腦中的天秤權衡著利弊，她想要解救她兒子，但她不會讓我毫髮無傷地全身而退。

「為什麼我需要妳？」她質問。

她多鄙視這個想法，然而這個問題不僅僅懷有惡意，還是一個讓我不得不懇求她、請求她協助，將我變成有求於她的工具。但其實她不需要如此，只要我能做到的，她的任何要求我都會答應，因為我也需要她。

「偉大的天后陛下不需要做任何危及自身地位的事。」我面無表情地說，掩飾話中的反諷。「您不希望公開反對您丈夫吧，幫助我，然後我會讓力偉逃離，而您無可指摘。」

她的雙眼發亮，我繼續說：「我們都希望他能安全，我們的目標都一樣。」

「我們**不一樣**。」她憤怒地說。

我錯了，不該把我們相提並論，她肯定討厭這種連結，她認為這是貶低她自己。

她的指甲陷入桌子，在坑坑疤疤的木桌上刻出新的痕跡，「我要他能統治整個天庭，成為一位全仙域最強大的君主，神仙及凡人都將稱頌著他的名字，從他們能開口說話時，直到死亡讓他們沉默那一刻。我要他成為有史以來最偉大的神仙，而妳只是自私地想要他，妳會毀了他，妳已經毀了他，在他父親及朝廷和整個仙域毀掉他之前。」

我搖搖頭，「我從未要求他為了我放棄任何東西。」

「但妳已經讓他拒絕了他的皇位、他的繼承權，以及他的家人。」她臉上露出殘酷的笑容。「妳也不會因此幸福的，力偉注定不適合妳夢寐以求的生活方式，我兒子太習慣被尊崇，被奉承及尊敬。他的心很柔軟，表面上不會責備妳，但妳要知道，妳，就單單妳這個人，對他是永遠不夠的，不滿會慢慢滲入，演變成埋怨，而最終……成了厭惡。」

她的話狠毒地如詛咒般，看穿我內心最深層的恐懼以及自私的欲望，將它們照射於慚愧的光之下。我無法否認她說的事實——我使他拒絕了皇位及家人，我一直自我說服這是他自己想要的，不是為了我才犧牲。這是個懦弱的行為，因為這樣想比較輕鬆，不用在餘生裡心懷重擔。

「我不相信妳！」她嘶聲說道，「妳說妳想要幫助他，但妳只是害怕失去對他的占有！」

「我對妳也能說出同樣的話！」我控制住自己說出更狠毒的話，她吐出什麼狠話不重要，力偉的安全正處在危險關頭。「我要怎麼做，您才會信任我？」我做好準備迎接挑戰，我曾與她丈夫過招幾次，幾乎失去了一切。這次會更謹慎以待，雖然我很確信與她協議的代價必定不會對我有利。

「一個條件，只有一個，沒有其他。」她綻放出真誠的欣喜笑容，「他向妳求婚時，發誓妳會拒絕，妳要永遠與他斷絕來往。」

「不！」我果斷拒絕，然而憤恨的怒氣隨即被一陣恐懼澆熄。

「妳必定也有妳的疑慮，不然妳為何還不接受他的求婚呢？」她的語氣輕柔，目光冷酷，像隻緊咬獵物不放的掠食動物。「妳不配作為一名皇后，不值得這分榮譽。天庭朝臣永遠不會忘記妳的身分。他們將在妳背後責備妳，在他們的笑容底下嘲笑妳，急切地等著妳被其他人取代的那一天。這是皇后不可避免的命運。」

每一句話都充滿著怨恨，但卻隱藏著痛苦。天皇的不忠眾所皆知，我忽略心中激起的憐憫之情，她不值得我同情她。

「我不會同意的。」我強烈地說，要是我語氣沒有顫抖就更好了。

「那我會將我兒子留在離我較近的玉宇天宮。」

天后錯了，她無法保護她兒子，然而她的傲慢及報復心說服她自己做得到。

「妳會判他死刑。」我逼自己說出這句話，「妳認為還要多久吳剛會開始反抗**妳**？之後力偉會怎麼樣？如果妳公然忤逆妳丈夫，這只會助長吳剛的勢力。」

她嘴一撇，雖然我破壞了她想誘捕我的陷阱，我仍然是她一枚絕佳的棋子。她只要裝無辜並中傷我，這兩樣她都很擅長。

「妳還有什麼選擇？」我追問，「妳不能將力偉送到妳鳳凰城的親戚那裡，他們現在與天庭同盟。」

「他與鳳美公主聯姻的話就會安全了。不要自以為是告訴我什麼可以做什麼不能做，我不需要**妳**來保護我的兒子。」

她再次站起身，輕蔑地拉了拉長袍下襬。我以為事態急迫，加上她對力偉的愛，便足以說服她。我錯判情勢，失算了。匆忙中傷害到她的自尊，並絆倒了自己。她絕不會讓一個**無名小卒**，也就是我，顯得比她更厲害。她會離開，因為惡意是她身上的一口深井，她會告訴自己這一切都是為了力偉。

我感到絕望，我內心一部分希望她離開，拒絕她令人厭惡的條件。但比起我對她的了解，顯然她更了解我。她想要力偉離開我，而我沒有其他東西足以和她討價還價。儘管我抗拒，她清楚知道我會讓步，因為我不能拿他的生命開玩笑。

「等等。」我不情願地低聲說。「要能成功，您必須解開皇宮結界讓我通行。」

她轉過身，神情帶著勝利般的光芒，「發誓妳會永遠斷絕與力偉的關係，發誓永遠不會對任何人提及這件事，以妳母親的性命發誓。」她冷酷且狡猾地命令，「那我們就成交。」

我怒火中燒，伴隨著苦痛，但她幸災樂禍的表情將我從失落的深淵喚醒。我才不是個傻瓜，我會盡可能地挽救殘局，我會要她交出一些有價值的東西作為回報。

「我沒有答應妳的條件。」我跟她說。

「妳別無選擇。」

「我有，我可以什麼都不做，相信妳所聲稱的，妳能確保力偉的安全。如果他死了，是**妳**辜負了他，是妳殺了妳的兒子。」我快被我這些狠毒的話嗆到，但如果讓她畏縮就足夠了。

「妳想要什麼？」她厲聲說，「我對我開出的條件可不會讓步。」

「那妳發誓：絕對不會無緣無故傷害我親人和我。」她沒有立刻答應，我馬上補充，「還有另一件事，跟妳的條件相比，小事一樁。」

「是什麼？」她嘶聲說道，「我的耐心快被磨光了。」

這必須要看起來是個無傷大雅的要求，要看不出來真實的動機。「天庭有一個惹毛我的人，我要妳找到他，並將他與力偉關在同一個地方，我要親自處理他。」

「他做了什麼？」

「這妳不必知道。」一個小小的報復，回報她之前的話，「但妳不能傷害他。」

她簡短地點點頭，欣然同意。「他是誰？」

「阿濤。」我告訴她，「他姊姊是凡間命運守護神的徒弟，但她對這件事不知情。」我不想連累她，我只想要靈藥，希望這一切不會太遲。

「一個常常惹事生非的人。」她眼神閃過一絲思索的光芒，「我聽過這傢伙。」

她答應得太快了，我還在思索某樣能束縛她，如同她束縛我的，那般不可撤回的誓言。力偉是她最在乎的，但我不能要求她拿力偉的性命擔保，所以我只能用她最鄙視的東西來約束她。

「做到這兩件事，我就實現對妳的諾言，然而如果妳食言了，我們的交易無效，我也不必遵守誓言，我可以與力偉成婚，並取代妳的天后位置。」她必定跟我一樣很討厭我坐上她的后座這個畫面。這下她必定會盡一切可能避免發生這種事。

她下巴一抬，「我會遵守諾言，真傻啊妳，還幻想著妳配得上他，妳**永遠不可能**成為天后的。」

「我一點也不想成為天后，尤其是看到這個位置帶給妳多少喜悅。」這是個殘忍的回擊。她已經從我身上奪取夠多了，我竭盡所能和她討價還價，但她還是贏了。

她臉色蒼白，隨即變成陰沉的深紅色，「我們達成協議了嗎？」

「是。」這個字在我口中留下苦澀。

交易達成，她咧著嘴像隻吃乾抹淨的鬣狗，「明天傍晚，我會減弱結界，妳可以進入皇宮而不怕被發現，妳需要偽裝隱形，盡可能地找到力偉，我會拖住我丈夫跟吳剛，但是妳必須自行解決監看我兒子的守衛，我無法不引人懷疑之下處理掉他們。保持警戒，若妳被捕了，我不會救妳的，沒有任何人會相信妳的話。」

她的目光轉向茶室後方的文智，「那個邪魔不能和妳一起進入皇宮，我對防止邪魔入侵的結界無能為力，那是我丈夫設計的。更重要的是，他不能跟我兒子有任何關連，他們會以叛徒或更糟糕的名義指控力偉。妳絕對不能拿力偉的性命冒險，謹慎行事，絕對不要留下任何痕跡。」

我努力澄清思緒，拋開我自己的情緒，「力偉會在哪裡？」

「他被移至皇宮東廂，我會確保那個竊賊跟他放在一起，妳必須快速行動，同時好好計畫如何逃離。警鈴一響，妳就沒剩多少時間了。」她的語氣充滿著警告。

「如果我兒子有任何三長兩短，妳將付出百倍的代價。」

我咬住內頰，壓抑怒氣，「您做好您的部分，我也會做好我該做的。」

沒有第二句話，天后大步穿越茶館，消失在門口。直到那時，我內心的緊張才稍微鬆懈下來，我的額頭沉入雙手之中，心疼痛地像她用爪子抓過一般。

# 16

我們的雲朵往南海方向攀升，將凡間拋諸腦後。今晚夜色暗沉，缺少了月光照耀。我母親不在月宮，誰來點燃燈籠呢？當然誰也無法做到，雖然我曾經偶爾協助她，但燈籠在我母親的照料下才能越發明亮，更純淨，且更閃耀。凡間的人們都怎麼看待這些漆黑的夜晚呢？占卜師及算命先生這時必定被召入宮要求解釋這神祕的現象。大家可能都會做出同一個結論：這是個不祥之兆。

他們沒有錯。

「真順利。」文智歪嘴嘲諷地笑著，「說順利，是因為天后沒有下令守衛捉捕妳，而妳也沒有亮出武器。」

「差一點。」我咬牙切齒地說，「我們總是只差一步就要互相攻擊。」

「妳可能要重新審視妳打算入嫁的家庭。」

「我不會嫁入那個家庭。」

他愣了一下，同時目光變得暗沉，我急忙補充說：「別急著下定論，你的家人也有他們的**特色**。」

「我不記得我提議換成我的家庭。」他故作輕鬆地反駁。

我臉一紅，轉身背對他。「天后同意協助力偉逃離，我會去帶他出來。」

「**我們**一起帶他出來。」他糾正我。

「不行，我必須獨自前往。」我直白地告訴他，天后在這件事上不會騙我，她會希望我成功，尤其是取得我的誓言之後。「皇宮布下特別針對你們邪魔的結界，我不能讓力偉冒險被指控與魔界有任何瓜葛。」

「妳寧願被抓？因為其他人可能會說閒話？」他單刀直入地問。

「你的出現才可能讓我們被抓。」我告訴他。

「妳不能獨自行動，現在每一個士兵都高度警戒，出現麻煩時，誰為妳出聲？」他向我走近一步，而我一動也不動。「別因為月宮發生的事而責備自己，不要認為是妳的錯。妳不要只是出於義務便在不明智的狀況下嘗試拯救大家，想要糾正這些錯誤。」

「我做這些不是出於義務，我想要救力偉，這比什麼都重要！」我的聲音沙啞，帶著壓抑的情緒。

他收起表情，「抱歉我說了不該說的話，我知道妳對他的情感。」

我別過臉，天后造成的傷害猶在。即使我成功了，她仍會確保我成為輸家。

「我有個計畫，不會造成任何危險。」

他無言地盯著我，胸前的雙手交叉。我補充說：「也許只有一點點危險。」

「別傻了。」文智的語調低沉地嚇人。

「別說我傻，我做過最傻的事就是相信你！」我咬牙切齒地嘶聲說道，「別自以為你單單一個人就知道所有的事情。我經歷過、看過的跟你一樣多，我照應過你，跟你照應過我一樣好。我騙過你一次，而我可以再騙一次。」

我們大眼瞪小眼，長袍在風中飄動，風吹亂了我們的頭髮，他的雙眼明亮地閃著，是暗夜裡唯一發光的星星。

「妳說的對，我真傻，自以為任何事都可以改變。」他堅定地看著我，「那妳告訴我，妳要如何單槍匹馬闖入玉宇天宮，然後**只有一點點危險**。」他的話帶著一絲幽默。

「我不會闖入，我打算轉移注意力，就像你上次做的那樣，除了這次是在皇宮之內。」

「要是我當時沒有幫妳就好了。」他感慨地說，「在門口引起小騷動，跟在玉宇天宮宮裡鬧事不能相提並論。妳要怎麼做？」

「向東光殿發射幾支箭？」看到他懷疑又焦慮的表情，我忍住了笑意。雖然向東光殿射箭這想法早就在我腦海中出現過，無疑讓人非常滿足，但同時也極其危險。「我還沒有計畫。」我承認，「但我會想辦法。」

他點點頭，「我剛才不是故意惹妳生氣。有時候妳可能比較莽撞，但從來也不傻。」

我壓抑住在胸口喚起的感覺。踏入南海並穿過海水隧道時，我們一路沉默不語。當我們秀出珍珠讓門口守衛檢視時，他們沒有過問什麼。在我們大步走向宮殿的路上，一枚貝殼引起我注意。雪白色，螺旋成錐狀，就像我之前送給力偉的一樣。我蹲下身撿起它，回憶湧現，那個天庭市集的小販自豪地展示他的商品。

**這些貝殼已施以法術，可以捕捉妳喜歡的聲音、旋律，甚至親人的聲音。它們**

**是從南海最深處的海域挑選來的**。

我的腦中浮現一個點子並開始轉動。我攔住第一個路過的南海神仙，是一位身穿淡紫色長袍的豐滿婦人，「請問這裡是否有商鋪販賣貝殼呢？施過法的？」

她眨了眨眼，被我急切的樣子嚇了一跳，「珊瑚噴泉旁有家炳文師傅的商店，妳看到它就會認出來了。」

我向她道謝，文智滿臉疑惑地看著我們周圍散落的貝殼說：「有誰會想買這裡的貝殼？」

「並非大家都能像他做的那樣。」

遠離宮殿後，街道更為寬廣，兩旁是波浪起伏的翠綠海藻，以珠寶色調的珊瑚點綴著。建築的牆面閃耀著珠光色澤，他們的圓拱屋頂裝飾著精細的綠松石和金銀海底生物雕刻。圓形大門通向鬱鬱蔥蔥的庭院，然而仍有幾扇木漆門深鎖著。柔和的水流漂過空中，我們跟著水流方向，來到一座由天藍色與淡紫色珊瑚組成的噴泉。

一棟優美的建築座落在噴泉旁，桃花心紅木柱子上雕刻著貝殼圖騰，格子窗與大門皆緊閉著。我緊張地在門上敲了敲，裡頭沒有回應。我輕推木門，門便順利滑開了。我在門口猶豫了一下，不想要在沒有主人邀請下進入，但我沒時間浪費了。

室裡很昏暗，空氣中瀰漫著厚重的潮濕味道，每次呼吸都像肺被阻塞一般。螢火蟲般的光點在空中閃爍，紅漆木抽屜櫃緊靠牆上。我往下一看，眼睛睜大，發現地板被一層閃亮亮的海水淹沒，發光的卷鬚藤蔓沿著抽屜往上爬，滲入木頭裡如閃耀的網絡。我鼓起勇氣，踏入房內，冰冷的海水在我腳踝拍打晃動。頓時，滿室通亮，天花板懸掛的燈籠突然被點燃了。

「今天店鋪關門。妳是誰？」一個生氣的聲音厲聲罵道。

一名神仙從遠處的門道裡走來，正是在天庭市集的那位寬臉攤販。當他一見到我，眉頭皺起彷彿試著回想什麼。

「是那位樂師！」他嶄露笑容向我走來，輕鬆地涉水而過，「我永遠忘不了這張臉，尤其是與我做了好交易的客人！」

我幾年前只見過他一面，但他的五官在我的記憶裡仍然鮮明。有些相遇無論多短暫，都會留下了印記。我拱手向他行禮，「炳文師傅，希望你能原諒我私自打擾。」

「顧客永遠受歡迎。」他對著我們四周拍打著的海水揮了揮，「我很抱歉造成不便，這是為了讓魔法深根，讓那些貝殼保持聲音。這也是為何今天店鋪休息的原因。」他停了一下，「好了，請告訴我，有什麼我能幫忙的嗎？」

「我急需一些貝殼。」

他揚起的眉毛下的雙眼閃動，「急需？我不記得誰曾經如此急迫地需要我的商品。妳今天要用什麼交換呢？」

要是我保留一些經手過的金銀財寶就好了，但沒有什麼是神仙無法自己達成的，無論是誘發一棵樹結果，或者憑空變出最純淨的泉水。這也使我們評估值不值得花這力氣，因為使用法術往往比自己動手還耗能費勁。

我從荷囊裡拿出笛子，在指尖上轉呀轉，「就跟上次一樣？」

「一首曲子換一枚貝殼。」他同意了，「妳需要幾枚？」

「八個。越小越簡單的越好。」

「成交。」炳文師傅雙手合十，快步走向櫃子，打開抽屜。

「這些貝殼有什麼法力？」文智問道。

「它們可以保存並隨意重複播放任何聲音。」

「妳怎麼知道這個的？」

我沒有立即回答他，和力偉一起在市集閒晃的那日早晨，是我最珍貴的回憶之一，是我們在天庭一起度過最純真幸福的日子。「我在天庭市集遇到炳文師傅，我在那裡用一首曲子跟他交換一枚貝殼。」

「這交易對他來說真划算。」文智下了評語。

炳文師傅回來了，手裡端著兩個托盤，「這些給妳挑選。」他遞給我一整盤滿滿的白、灰、粉紅色貝殼，每一枚都比我拇指指甲還小。他將另一盤擺在一旁，上頭已經有八枚精美的貝殼，每一枚有著優雅的曲線及秀緻的錐頂，有些鑲嵌或灑上金及銀，有些則帶著落日般的紅暈。

我拿出笛子，看向文智，「你不用留在這裡聽。」

「這是我的榮幸。」我第一次提議為他演奏時，他也說了一樣的話。他說這句話時沒有怒意，臉上只帶著微微的笑容。「不過我會更謹慎接過妳的酒。」

我眼睛一瞇，「小心謹慎，是我們**都**學到的教訓。」

他坐在一張木椅凳上，手掌放在膝上，我轉過頭不看他，注意力集中。這首曲子必須完美無瑕，我才能贏得這筆交易。我舉起玉笛放在嘴邊，熟悉的觸感令我平靜下來。我深深吸一口氣，釋放氣流到笛子裡，旋律與春天甦醒的喜悅、空氣中的暖意，以及鳥兒的歌聲共鳴著。下一首則是憂傷的旋律，每一個音符皆充滿哀愁，迴盪著失落。我專注於曲調，不敢去想著它們的含意，擔心脆弱的情緒可能會崩潰。我演奏了八首曲子，一一注入眼前的八枚貝殼裡。我的感情隨著音符高高低低，澎湃又消沉。最後，我精疲力盡。

當最後一個音符落下，店鋪老闆向我鞠躬，「謝謝妳，坦白說我再次獲得一個超划算的好交易。」

「沒錯。」文智眼神一亮表示同意。

我回敬炳文師傅一個鞠躬，「這是個公平的交易，雙贏。」

當我與文智離開店鋪，回到宮殿時，我手裡緊緊握住絲綢包裹著的貝殼。

「妳要怎麼利用這些貝殼？」他想要知道。

「當作誘餌。」我慢慢地說，在腦海裡鋪陳著計畫，「誤導士兵們我實際的所在位置。」

他停下腳步，面向我，「讓我幫妳吧，讓我跟妳一起去。」他再度要求。

「不行，我還難以信任你會願意幫助力偉。」我掩飾內心的恐懼說。

他不耐煩地說：「不是為了他，是為了**妳**。」

「你不能跟著我。」我告訴他。

「如果妳堅持的話，雖然還有一件事我希望能交換我的……遵守約定。」

「我寧願——」

「只是個承諾，來交換我的承諾。就是，妳要好好活著。」他嘴角上揚，「不然妳認為我會要求什麼？」

我的脖子發燙發紅，「我本來就打算活下去。」

「如果任何人敢傷害妳，他們會後悔的。」他陰沉地宣告。「但這是個好計畫。」他不情願地承認。

這句話來自這樣精心策畫每一步，捉弄了天庭多年，並徹底背叛我的人，還真算是個高度讚美。我們現在算站在同一陣線，幾乎是盟友了嗎？然而他講的任何話，我都忍不住衡量著其中是否有欺騙，信任的破壞比恢復容易許多。

然而，還有一個我每次見到他都會想問，困擾我已久的問題，「那些出兵到你們邊境的天庭士兵們——你會殺了他們嗎？」

「不會。」他毫不猶豫地回答。「那些迷霧就是為了困惑他們，讓他們更容易被制伏，想要威脅天庭投降，俘虜的效益較大。有些人可能會因此喪命，但戰爭中無可避免，但我會盡可能地不讓這種事發生。迷霧在戰鬥的混亂中有意料之外的作用——點燃血腥、煽動暴力。我不喜歡折磨他人，那是我哥的專長。」

迷霧當時也影響了我，一直迷失方向、害怕、困惑，直到黑龍將我帶到安全之地——但我確實沒有出現傷害別人的欲望。

他盯著我，「妳真的認為我打算殺光他們嗎？」

「是的。」我坦白地說，「之前我也不認為你會撒謊、偷竊，以及囚禁我。」

「我原本預計在與天庭對戰之後便釋放你，我不能先拿我們士兵的安全冒險。」他停頓了一下，加重語氣說道：「我很抱歉，星銀。」

「你還會再這樣做嗎？」我厲聲地說，「如果是這樣，你並沒有做到真正的反省後悔。」

「我很高興脫離我兄長的掌控，我在乎的人都安全無恙。我不會悔恨背叛天庭，他們是敵人，他們傷害並威脅我們。不過到頭來，我們兩國終究都互相冤枉，戰爭中沒有真正的英雄。」他的表情陷入沉思，「天庭是整個仙域的輝煌救世主，掃盪消滅凶猛野獸，慷慨救援同盟友國，只要這件事能為他們的榮耀增添光彩。然而他們忽視了多少同樣需要幫助的人？為何他們能自己決定誰是邪惡，而誰不是？儘管他們做了很多好事，但也隱藏了很多不義之事。」

他的話令我感觸很深，我想到我母親的懲戒、我父親的流亡、龍族的囚禁，但卻不處置威脅著村民的相柳，還有摧毀凡間的太陽鳥。這算是麻木不仁，還是冷漠無情？製造絕望，好讓救世主能被加倍讚揚？然而我一句話都不說，沒有說出我們的想法可能一致。我不喜歡他在我心中喚起這種不安的情緒。

「是的，你很清楚輿論的力量。當它符合你的需求時，你輕易地用它來詆毀我。」我換成這樣說。嗤之以鼻是一種有用的自我保護。

「如果他們這麼快就相信妳的流言蜚語，他們的好評也不值得聽。」

「你應該聽聽他們怎麼談論你。」我別無選擇，只好這樣小心眼地反擊。

他聳聳肩，「我不要緊，對我來說重要是我在乎的人的評價。舉例來說，妳對我的評價。」

「你不會想聽到我的想法的。」

他對我歪頭說：「這是暗示我詢問嗎？」

我立刻後退避開，「絕對不是。」

「沒有徵得妳同意的話我就不問了，但坦白說我很感興趣。」

「你只會非常失望而已。」我回嘴。

他淡淡一笑，「也許吧，不過我希望是妳誤解我了。」

我喉嚨一乾，強迫自己轉移思緒，「天皇可能有錯，但不代表你是對的。」

「至少我們不會把自己描繪成英雄，我們不是。」他指出並補充，「我那是出於自我防衛，我完全不會羞愧，就像妳和那些入侵妳家的人打鬥一樣。」他深深嘆了一口氣，柔和而深沉。「我不後悔自己努力的成果，但我希望我當初的做法有所不同。」

「為什麼？」我不假思索地問。

「妳明明知道為什麼，儘管妳試圖忽視，假裝我們之間什麼都沒有。」他語氣裡的痛苦，令我不由自主且強烈地牽動了我。

「你會說這些是因為你想要得到你無法擁有的東西，你只是想要『贏』！」我嚴厲地說，重複了力偉說過的話。

「哦，我本來可以擁有妳的！」他以令人氣憤的自信說著，「那天在玉宇天宮，我是可以帶走妳及妳摯愛的人。那是個誘人的想法，如果我要的只是『贏』的話，我可以那樣做。但我要的不只是那樣，我想要妳也想要我。」

我艱困地吞了口水，提醒自己他的欺騙能力，「你想要的東西是不可能的。」

「妳很固執，星銀，但妳沒有妳宣稱的那樣對我如此漠不關心。」

我火氣上升，我很高興地抓住怒火，「即使我對你有任何感覺，那都不重要了，我無法再相信你了！」

「妳夠相信我會在後方守護著妳。」他提醒我。

「我相信你不希望我喪命。至少，還不希望。當我們想要的東西不同時，才是真正考驗信任的時候，那時候的信任才有價值！」我激烈地說。

他靠近一步，袖子掠過我的袖口，聲音深沉且厚實。「那麼請相信這一點——我以我的家人、王國和榮譽發誓。當我贏得王冠卻失去妳時，那是一場空洞的勝利。我為我們之間失去的一切感到遺憾，我毀了一切——因為失去妳，什麼都不重要了！」

他帶著強烈的情感說著，與他以往的克制模樣截然不同。點燃我內心深處某種感情，然而我極力壓抑。雖然我已經對他築起既高又寬的城牆，他的話仍深深刺痛我的心。我責備自己動搖的意志，如果說我從過去的經驗學到什麼，那就是承諾可以輕易許下、扭曲及破壞。我不再是個輕易上當的人了。我會接受他的幫忙，但僅此而已。

「別談論那些事，那些都過去了。」希望他沒有聽到我聲音裡的微微顫抖。

他目光搜索著我的臉龐，「我們不能將那些過去的也留在過去嗎？那些憎恨、不信任及謊言？」

「不行，我們不行，不要再過分要求我能給的。」

「妳能給我的任何一部分，我都會很高興。不過這不會阻止我繼續期待更多，期待妳的全心全意，無論需要花多久的時間。」

我沒有回答，忽略心跳的急促，大步走向前。我能感受到他專注的眼神，但我沒有回頭。我不能允許任何情緒影響我或削弱我的決心。因為我的前方充滿危險，即使成功了，也充滿了痛苦。

然而一個想法深深埋入我的意識之中，雖然文智所說的不能為他的所作所為做辯解。他從來都不是我曾以為的那位光明磊落的神仙……然而，他也從來不是我想像中的那種怪物。

# 17

我施了隱身術，飛越玉宇天宮的城牆，屏住呼吸，半疑半信地預期會有陷阱，想像守衛們猛一抬頭，雙眼疑惑地瞇起。然而，他們依舊鬆懈著，指頭放鬆地握著他們的武器。天后說到做到，結界已解開，儘管逃脫會更加艱難。

這個時辰黑檀木製的燈籠已全熄滅，走廊一片陰暗。每走一步，我口袋裡的貝殼輕輕地互相敲擊著，我迅速敏捷地將一枚貝殼放在我舊房間附近的士兵營，另一枚放在外頭的花園，再放置一枚於外院，落在平坦灰石板道路中間。當我悄悄溜進恆寧苑時，感到胸口一緊，力偉不在這裡了，只剩瀑布的流水轟鳴聲。回憶向我招手，但我不敢逗留，塞了一枚白色小貝殼在桃花樹根之間。我趕緊離開，並在天后庭院外頭再埋藏了一枚，接著放置兩枚在崇明堂及東光殿。最後一枚貝殼被我握在滿是汗水的掌心裡，小心翼翼地來到東日庭，天皇寢宮所在。我在玉宇天宮的日子裡從未冒險來此，總是很高興地保持距離。

這裡的門以金絲裝飾著華麗的漩渦圖騰，並以玉盤點綴。我攀爬上白色石牆，跳進花園裡，這裡的空氣似乎更冰涼，彷彿充滿著天皇的力量。銀杏樹遮蔽了廣闊的花園，黃色的蓮花在大池塘裡盛開。我蹲了下來，把最後一個貝殼，一枚小小的象牙色月牙狀的貝殼，夾在柔軟的蓮花花瓣之間。我站起來，召喚一朵雲。士兵們將在一瞬間湧入這裡。

我舉起玉龍弓，引開弓弦，一支箭在我手指間閃閃發亮。我按捺住內心的警示，文智的抨擊反對，讓弓箭一躍而出，在暗夜中劃出一道火光。箭矢擊中了樹木，火光在樹皮上閃爍，樹葉顫抖後飄落。我感覺到力量刺刺痛痛地流過我的血液，宛如一陣大風穿過庭院，衝撞樹枝，在池塘裡激起漣漪，蓮花顫動著。一場無法忽視的奇景。一個突如其來的瘋狂想法。但還有什麼更好的方法能引來宮殿裡的每一位士兵呢？我要激起一場混亂風暴來掩飾我們的逃脫！

吶喊聲打破了寂靜，我將弓懸掛肩上，趕緊拿出笛子送到唇邊，玉笛流瀉而出一首曲子，是我送給力偉的那首。腳步聲大力朝我奔來，我內心充滿恐懼，雙腿忍不住抬起準備奔跑，後腳跟深深踩入地面。**還不行逃跑**，我必須遵守我對天后的諾言，替她做代罪羔羊。

我止住呼氣，停下演奏，靴子聲震耳欲聾。士兵們像潮水湧入，一股急流般的氣息湧現，幸好我一位都不認識。他們一邊喊叫著朝我衝來，刀光劍影，每個人都揮舞雙手召喚著法術。

我從指尖釋放魔法，隱藏自己的同時將我的雲朵飛向上空。下方的士兵們也立刻跳上他們的雲朵，飛快地追了上來，我提取一縷風，送入蓮花池裡的那枚貝殼。貝殼流出我的曲子，每一個音符都清晰如初。

離我較近的士兵們困惑地面面相覷，其中一位激動地指著下方，「在天皇的庭院，她在那裡！」他大喊著。

「我們親眼看見她飛上天空。」另一位爭執著。

「是圈套！她必定試圖要傷害天皇陛下！」

我對最後一名士兵強力說服的誤導發出一聲衷心的感謝。他們全數轉過身，雲朵再次降落，他們急忙回到庭院與其他士兵會合，成群結隊地穿梭在花園中，在樹下搜索著，在花叢間費力跋涉。一名認真的士兵甚至編織魔法，做出一個發光的大網探查池塘，也許他認為我躲藏在深暗的池水中。

天皇的典雅庭院被破壞得一蹋糊塗，從池裡濺出泥土，蓮花被連根拔起，裝飾華麗的小徑被挖得坑坑洞洞。我一想到天皇陛下憤怒的表情就忍不住想大笑，雖然相較於我們在他手中受到的苦難，這只是微小的補償。

曲子終了，士兵們靜了下來，竊竊私語。一些士兵再次大步往門口走去，其他人則爬上雲朵查看。我默默數了十秒，然後投送一股風到那枚在恆寧苑的貝殼，旋律再次響起，這次聲音較微弱，從遠處傳來。

「是太子殿下的庭院！快！」某一位士兵大喊道。

下方腳步聲轟隆隆響起，前往我以前的住所。更多被騷動吸引過來的士兵跟隨在後，一些雲朵從我身旁飛過，我嚇得不敢呼吸。直到他們全都降落，天空再度清澈，我才鬆了一口氣。

我讓天庭士兵們陷入瘋狂的追逐，啟動一枚又一枚的貝殼，我的樂曲隨風在宮廷內飄盪著，圍繞著皇宮的城牆。這是個危險的遊戲，一個我不能承受失敗的遊戲，而我已經快剩沒多少時間了。有些人必定會發現是怎麼一回事，或者我會不小心失誤。精疲力盡的感覺襲來，我的感官變得遲鈍，四肢開始沉重。士兵們湧向宮殿西側，我則往東側跑去，那是力偉被關起來的地方。

我溜進一個小庭院，那裡種滿整排的竹林，一棵孤零零的海棠樹在下方的石桌上灑落幾片花瓣。幾名守衛聚集在宮殿入口一間矮房的外頭，更多的守衛到處巡邏，好奇地交頭接耳，對混亂感到奇怪，然而依舊堅守崗位。

房內的一盞燈籠將一名男子的剪影投射在窗上，是力偉。一見到他，我就心跳加速。我仔細觀察庭院，細數著十二名執勤的守衛。我必須快速行動，毫不留情，在他們有機會喊叫之前解決掉他們。即使辦到了，這仍是個冒險舉動，我壓抑內心升起的懊悔。我開始聚集法力，突然一隻手壓住我的手。是個陌生人，我抓著她的手腕甩開她，但她扭開我的掌控，從另一側抓住我的手臂。

「等等！」她著急地低聲說道，「現在是換班時間，會有更多守衛過來。」她話一說完，又有幾十名士兵進入了庭院。

我擺脫她的手並面對她，彎眉小嘴，皮膚白裡透紅。她看起來就像從那些仕女畫卷走出來的女子般。她的五官看起來有些熟悉，但我認不出來。她背上綁著一把劍，深色的衣服與夜色融為一體。她抬起頭，舉起一根手指到嘴上示警。她動作靈巧，帶著戰士的優雅氣質，代表她必定受過訓練。但她並非天庭士兵，她跟我一樣都希望不被發現。

「妳是天后派來的守衛嗎？」我小心翼翼地詢問。

這名女子鼻頭一皺，「天后寧願見到我喪命吧。」

跟我一樣，我開始對她產生好感，但內心保持著警戒，「妳為何來這裡？」

她看了一眼窗邊的身影，「救他出來，這不也是妳在這裡的原因嗎？」

我點點頭，「妳怎麼認識他的？」

「他是個舊識。」

聽到她語氣裡帶著情感，我放下緊張，但好奇刺痛了我。我想要信任她，但有些同盟情誼帶著脆弱的牽絆，稍微施壓就會崩解。

她的目光落在我的刀劍上，「現在我們決定不互相砍殺，我們可以合作了嗎？」

她的舉止帶著傲慢，彷彿她天生就有的特權，「我還未決定。」我小心地說。

她聳聳肩，雙手交叉抱胸，「那好，那妳自己解決那些守衛吧。」

我盯著她，「妳會使用武器嗎？」

「跟妳一樣靈活。」她回答。

「如果打起來，即使是速戰速決，都會引來注意，有些士兵可能會呼叫支援。」

「如果妳能把他們穩穩抓住，剩下的我來搞定。」她很有自信地說。

「妳會殺了他們嗎？」我的聲音微微顫抖。

她嘆了一口氣，「讓他們保持不動，我會**盡可能**地不殺了他們。」

我們等到第一批守衛離開庭院後，我才釋放出法術，形成一股股旋風，圍繞住守衛並緊緊綁住他們。他們嘴張得超大，叫喊聲被壓制，層層氣旋將他們如蛹繭般困住。一次對付十二位士兵，我的身體因用力而非常緊繃。我不耐煩地看了看那名女子，她從掌中釋放出閃閃發光的能量，盤旋守衛們，能量在他們額頭中央、頸窩、手腕和膝蓋上徘徊。守衛們先是瘋狂且無聲地掙扎，然後變得無力。他們癱倒在地，胸口以穩定的節奏上下起伏。

「妳對他們做了什麼？」我問道。

「對他們的經脈施以法術，如果他們做過多的掙扎，就會擊中誤區。」她鼻子一皺，「那可不太舒服。」

她很熟悉生命之術，但還來不及問她另一個問題，我突然意識到危險降臨而寒毛豎起。

樂聲什麼時候停下的？

「快！」我催促著她，「我們必須快一點。」

我們一同衝向房間，將門撞開，力偉在裡頭，阿濤也是，他驚嚇地瞪大雙眼，當力偉走過來對我伸出手，我如釋重負，但我克制住情感，搖了搖頭。

「我們必須趕快走。」

「妳！」阿濤臉色鐵青喘著氣說：「妳怎麼——」

我大步走向他，抓住他手臂，「你帶著靈藥嗎？」

他還沒回答，那名女子的聲音在我背後響起，「放開他！」

她的法術一閃，朝我擊來，我大吃一驚，趕緊退到旁邊，但太遲了，擊中了我脖子一側。肌膚爆出水泡，又刺又痛。阿濤掙脫後衝到一旁，膽小地躲到那名女子身後。力偉將手掌壓在我的傷口上，注入他的能量，疼痛立即消失。我深深吸了一口氣，對她沒來由的攻擊感到驚訝且憤怒，伴隨著逐漸明朗的醒悟。

我指著阿濤，「妳是為了**他**而來！」

她張開嘴，但隨即轉過頭向外看。我也感受到了，庭院後方湧入大量的氣息，那名女子拉著阿濤衝向外面，我跟力偉也快步跟上。力偉召喚了一大片雲俯衝而下，我們跳了上去。天庭士兵們喊叫著，指著我們，少數幾位甚至已爬上他們的雲朵準備追上來。我放出能量編織出隱身罩，保護我們飛向東門時不被看見。我轉過身，對著宮殿放出八支火焰箭，將貝殼燒成灰燼，我不能把皇上的怒火引到炳文師傅和南海身上。

力偉融合我們的能量，導引出一陣狂風，讓我們加速前進。接近東門時，我做好了戰鬥的準備，預期那裡的守衛會試圖阻止我們。但很奇怪地，東門被棄守了，當我們衝向天際時，也完全沒有人追擊。如果這是天后安排的，我為她的先見之明感到高興。

直到天庭邊界離我們足夠遙遠，我才終於放鬆下來。當我和力偉四目相接，我心跳得非常快。他沒有說話，走近我，將我攬入懷中。我躺在他身上，聞著他的氣息，全身感到輕盈，能再次和他在一起讓我如釋重負，儘管這感覺被即將發生的恐懼給刺穿。

我推開他，忽視胸口的尖銳刺痛，腦海裡迴響著我對天后的承諾。我連這樣的放縱都不敢想，力偉垂下雙手，向後退了一步，眼裡滿是傷痛。我不想回應他無聲的詢問，不想對他撒謊，於是我轉向阿濤，這時才發現一朵雲從我們身旁掠過，那女子立刻跳上去，而阿濤緊握著她的手。

我衝向前抓住阿濤的手腕，「妳是誰？妳想要做什麼？」我嚴厲地問她。

「不關妳的事！」

「他偷了我的東西當然關我的事！」我大聲反擊。

「妳一定很氣我。」阿濤終於說話。

「我被騙、被拐、被推卸責任，**生氣**不足以表達我的感受！」我轉向他質問，「你為什麼要這麼做？」

「我不是故意的！我以為有兩瓶靈藥，不是只有一個。」他結結巴巴地說。

我回想起打開盒子時他奇怪的反應，我有點消氣了，「靈藥在哪？」

「我……已經不在我手上了。」

我深深吸一口氣，努力保持冷靜，我為了取得靈藥，像他一樣流血流汗過，也許如果他沒有試圖欺騙我……現在想這些都沒用了，唯一重要的是，如何取回靈藥，如果還沒太遲的話。「告訴我靈藥在哪裡。」

阿濤的舌頭舔了一下嘴唇，眼睛飄向那名女子。我轉過頭對著她說：「他給了妳，所以這是妳來拯救他的原因？」

「放開他，不然我會讓妳後悔。」她舉起手，語氣充滿威脅，一道閃亮的魔法在空中奔湧而出。

我往後一跳躲開攻擊並放開了阿濤，那名女子立刻將他拉上雲朵，他們準備翱翔而去時，我舉起玉龍弓，瞄準準備逃跑的兩人，一道光束在我指間跳動——

「不。」力偉擋在我身前。

「你在做什麼？他們要逃跑了！」我崩潰地大喊著。

「星銀，我認識她。」他的聲音帶著一種陌生的熱切，魔法開始湧動，火焰繩索纏繞女子的雲朵，然後將雲拖回來我們的身邊。

她氣得臉都扭曲了，她舉起手準備再次攻擊我們，此時力偉喊著：「芷怡姊姊，能夠再次見到妳真好！」

# 18

「姊姊？」我不可置信地重複他的話，並仔細檢視這名女子。

力偉打招呼後，她反而愣住了，雙眼瞪大盯著他。剛剛這種微妙的熟悉感受也同樣困擾著我，回憶浮現腦海就像突然想起某首遺忘樂曲的旋律。

「力偉，她就是你畫中的那名女子嗎？搬走的兒時玩伴？」第一次到恆寧苑時，我曾對力偉桌上的畫卷感到好奇。

「是的。」他開心微笑著，即使這一晚充滿緊張，我現在精神也放鬆下來。「一開始沒認出來，打從我們上次見面，已經好幾年過去了。」

那名女子——芷怡——踏上我們的雲朵，端詳著力偉的臉龐，「力偉？」她試探地喊出他的名字，帶著毫無疑問的溫柔。「只有一個人叫過我『姊姊』，太久之前了……當我離開時，你還只是個孩子。」

我放下弓箭，箭矢消失了。無論她是誰，她對力偉來說是珍貴的，就不是我的敵人，「她真的是你姊姊嗎？」我問力偉。

「我們沒有真正的血緣關係，我認識她時我還小，她較年長，直呼其名不禮貌，但是叫『阿姨』好像就不太適合。」

芷怡打了個冷顫，「當然不能叫『阿姨』。你現在長大了，可以直呼我的名字了。」她目光移到地面，「你父母還好嗎？你的父親，天皇陛下？」

「當他下令囚禁我時，身體還算安康。」力偉簡短地說。

「但他最寵愛你了，你做什麼都不會錯。」她舉起拳頭摀住嘴，彷彿擔心她透露太多，她如此直率地談論天皇與力偉的關係，就像她之前在腦海裡反覆想過。

「妳是誰？」我語氣平靜但堅定。

「告訴他們吧。」阿濤催促著她，「也許她就不會殺我了。」他咕噥，緊張地看了我一眼。

芷怡猶豫了一下，「力偉，我之前應該跟你說的，我很想告訴你，但我怕她。」

「這是什麼意思？」他問。

「天后，你的母親。她命令我不能說。」

我注視著她，並偷偷地凝聚法力，我不認為**現在**她有意傷害我們，但我的直覺曾經失誤。我暗自衡量已知的訊息：出於某種原因，天后認為這女子對他兒子是個威脅。

力偉皺了皺眉頭，「她為何要如此做呢？」

我盯著她的臉，那雙眼睛——跟力偉一樣的形狀，並同樣如午夜般漆黑。我真是愚蠢，先前竟然沒有注意到：「她**確實是**你的姊姊！」我深吸一口氣。

「同父異母的姊姊。」她糾正我，並轉向力偉。「你的父親也是我的父親。我小時候被你母親嫌棄，一部分是我的錯。我個性固執，沒有對繼母表現出應有的尊重。一開始你我不親，你很受寵，是珍貴的皇位繼承人。」她的話滔滔不絕，像憋了很長一段時間。

「我當時必定是個討厭的傢伙。」力偉苦笑地說。

「你不是，是我忌妒你，認為你奪走屬於我的一切，還有我們父親的關注，我當時太年輕，太愚蠢，各方面都是。」她輕推他的手臂。

「後來我漸漸開始疼愛你，不能告訴你我的身分讓我感到痛苦。」

「妳為何要離開？我一直在找妳，但沒有人告訴我妳去哪兒了。」他告訴她。

她舉起袖子擦拭眼角，「可惡的眼淚，這真是個開心的一天。他們沒有告訴你是因為覺得不光彩。我決定嫁給一位凡人後就無法留在仙域，即使父親允許了，天庭朝臣也會讓我們活得很悲慘。」

「一個凡人！」力偉驚訝地重複她的話，「那妳……幸福嗎？」

「超乎想像地幸福。」她臉上揚起燦爛的笑容。然而當她轉向我時，笑容突然消失。「那妳是誰？妳想要靈藥做什麼？」

我拋開不願打擾這溫情時刻的猶豫，對我父親命在旦夕的恐懼湧上心頭，「阿濤跟我一起去偷取靈藥，但他又偷走了靈藥，所以現在靈藥是我的了。」我直白地對她說。

身旁的力偉一愣，「妳們偷了靈藥？」

「我沒有告訴你，因為擔心你會阻止我。」我向他坦承。

「我應該會試圖攔住妳。」他悶悶地說，「如果妳被抓了怎麼辦？」

「我必須這麼做。我父親生重病了。」我解釋道。

力偉臉色一沉，芷怡搖搖頭，「我丈夫需要這個靈藥，他的大限將至。」

我感到非常愧疚，夾雜著赤裸裸的希望，「靈藥還在妳那裡嗎？妳還沒有將它給妳丈夫？」

「喔，我試著給他了。」她咬牙切齒地說，「但他不願意吃下去，他覺得阿濤的話裡有什麼不對勁，這小偷沒那麼擅長當騙子。」

「那妳能將靈藥還給我嗎？」我鼓起勇氣，因為我也同樣有急迫的需求。我們都無法公正地權衡她丈夫及我父親的性命誰較重要時，友好的共識看來是不可能了。但我真的能夠與力偉的姊姊爭奪靈藥嗎？

「若你們是一起偷的，為何靈藥不是阿濤的，而是屬於妳的？」她反駁說。

「當他從我手中奪走那一刻起，他就喪失了他的權利。」我回答。

她的嘴唇繃緊，「妳知道我等了多久嗎？妳認為仙桃跟靈藥都長在樹上？」

「仙桃的確長在樹上啊。」阿濤插嘴道。

她凶狠地瞪了他一眼，他嚇得往後退縮。「我的意思是，就像長在樹上般自己自然生長結果似的。」她的手向我們剛剛飛過的森林揮了揮，「我丈夫跟我現在是和死神賽跑。」

「我拚死拚活取得靈藥，是我努力贏來的。如果妳想要，妳應該自己去。」我沒有口出惡言，只是闡述事實，想要挑起她內心的公平正義。力偉天生就有，也許她也有。

她咬著嘴唇，「我無法進入玉宇天宮，我不再能進宮了。」

我們互看許久，誰也不讓誰。我也可以很自私的。經過許久的沉默後，她伸進袖口，拿出一罐白玉藥瓶，在她手中閃閃發光，金色的蓋子被陽光照耀著。她咬著牙，用力將瓶子推給我，「拿去吧，反正他也不會喝的，如果這是騙來的，他更不肯喝了。可惡的自尊心。」

我接過瓶子，緊緊握在手中。我精神一振，即使感受到新的重量沉沉落下，奪走她拯救摯愛的唯一方法，一個沉重的負擔。事實上，她不必歸還給我，即使她的口氣嚴厲，但這是分禮物。

「感謝妳。」我真誠且激動地說，「我父親在下方世界即將死去，我沒剩多少時間了。」

「時間。」她重複我的話，帶著一絲悲傷，「真奇怪，我們在爭奪一個每位神仙生來從不在乎的東西，然而凡人卻發動戰爭，在追求永恆的過程中失去了性命。除了少數人，對所有人來說，這都是遙不可及的夢想。」

「我希望我們都能擁有靈藥。」我坦率地告訴她。

「我不怪妳，妳沒有錯，如果我丈夫沒有那些顧慮，靈藥早就沒了，我也不會感到後悔。」她的語氣軟化了，「但他也不會是那個他，而我還有一點時間。」

「我會回報妳的。」我承諾著，但完全不知道要如何回報。「如果有另一瓶靈藥，我會幫妳取得。」

「謝謝妳。」她嚴肅地說。

我們都明白這是個不太可能的承諾，但我的誠意沒有打折。

「我必須走了。」芷怡說，「雞和牛可不會自己餵飽肚子，我是因為阿濤的姊姊跟我說阿濤有危險。」

「雞和牛？」我原本認為身為天皇之女的她會住在像樣的宮殿或大莊園，即使不受恩寵。

她大笑，「聽起來很糟嗎？我不介意我現在的生活，頭銜、皇冠及宮殿都需要付出代價的。」她臉色陰沉地說。

她的話引起我的共鳴，我曾想像著力偉和我可以自由不受束縛，然而現在……我們再也無法實現這樣的願望了。

沒過多久，她便帶著阿濤乘著她的雲朵離開了。我與力偉獨處時，各種情緒便湧現了——為他的安然無恙鬆了一口氣，同時絕望又刺痛著我。

「找到你姊姊開心嗎？」我笨拙地想試圖拖延逃避不了的處境。

「是啊，知道自己有個手足著實珍貴。」他看著我的臉，「妳看起來很憂愁，星銀，得到靈藥不開心嗎？」

「我希望這不是以她的幸福為代價。」這是事實的一部分。

「我認同，但她不會希望妳因此愧疚的。」他溫柔地說。「擁抱妳的快樂吧，好好享受它。因為在這世上，快樂已經夠少了。」

**要是可以的話就好了**。

「妳母親和平兒都還好嗎？」他問。

突然悲從中來，堵塞了我的喉嚨及眼睛。「平兒她……已經死了。」

他抓著我的雙手。「發生什麼事了？」

「吳剛帶領天庭軍隊襲擊月宮，他殺了平兒。」我深呼了一口氣，努力讓自己平靜下來。

「我很抱歉，星銀。」他低下頭凝視著我的雙眼。「她對妳來說親如家人，我也會思念她的。」

「她**就是**我的家人。」

陰影悄悄地在我們之間爬行，蜿蜒、漆黑且深晦不明。再一次，他父親的命令讓我家支離破碎。

「妳母親現在在哪裡？她還安全嗎？」力偉問道。

我麻木地點點頭，「她在南海，我們帶平兒的遺體回到她的家鄉。」

「她一定希望這樣做的。」他猶豫了一下後說，「謝謝妳，再次救了我。」

「你不是說我們不應該互相感謝？」我微笑，這麼久以來第一次真心的笑。

他思考了一會兒後說：「也許我錯了，謝謝妳也給我帶來快樂。」

他的手向上滑向我手臂，將我拉近。我應該推開，但這幾天的紛亂令我感到虛弱，我靠在他身上，將頭躺在他脖子邊。他帶給我熟悉又令我心動的感覺，幾乎快動搖我的決心。血液直衝腦門，想著他便興奮地讓我的肌膚有些刺痛。我們倒臥在柔軟的雲朵上，我好想靠向他溫暖的身軀，我的心跳加速，緊緊抱著他，然後我強迫自己鬆開雙臂。

這會是最後的離別，拖延無可避免的傷痛。我推開他，看見他臉上閃過困惑的表情，我厭惡自己內心產生的混亂。他的身子變得緊繃，雙手垂到兩旁，他當然會對我行為的改變感到奇怪，與我在月宮時的反應截然不同。

一縷髮絲散落在他的額頭上，我壓抑著拂開它們的衝動。他不是我的；他再也不是了。他的母親確保了這一點。我以為只要他能平安無事，我就可以忍受這一切。但這遠比我想像的還要難受。

我做好準備，皮膚因痛苦而濕透，「我不能和你結婚。」

他雙眼睜得又大又暗沉。「為什麼？」

因為天后的要脅，我結結巴巴說謊著，「我們兩家之間的裂痕，我以為我們能夠克服一切，但我錯了。」天后的指控有一點是真的，那就是我從來不敢面對真相，擔心自己可能會發現什麼。這些懷疑的種子早就種下，從我愛上仇敵的兒子那一刻就種下了。

「我們的父母又不是我們，我會找到方法改正這一切。」

他大步走向我時，我躲開了，「你父親欺騙了我父親讓他放棄神仙身分，並將他困在凡間。」我的憤怒使我決定繼續攻擊，用真相當擋箭牌。「還有囚禁我母親？襲擊我家？平兒的死？我怎能與這樣的家庭成婚，你父母只想毀掉我父母？」

我口氣裡的冰酷強硬如陌生人。我從來沒有這樣跟他說過話，甚至當我們在柳歌亭爭吵時，他指責我欺騙時，甚至發生更糟的事時。這沒有很容易；我也受傷了，但是我用盡殘餘的所有決心，用我對他家人的每一絲怨恨來武裝自己。我的指甲刺入掌心，表皮破裂而刺痛萬分。

力偉搖搖頭，「這不像妳，星銀。發生什麼事了？一定有什麼妳無法跟我說的事，無論是什麼，我們都能一起克服的。」

他錯了，我們沒有其他路可走了。我以我母親的性命發過誓，這麼做是為了保護他的安全。我絞盡腦汁想再說點什麼，一些會無可挽回地摧毀我們努力奮鬥過的一切，我們曾擁有的一切——即使會讓自己心碎。

「事情就是這樣了……我們永遠無法在一起的。」我的話顯得支離破碎。

「是因為他嗎？」力偉低沉地說。

**文智**。他還會認為是誰？

力偉的表情僵硬，傾身向前細看我的臉，「妳無法忘記他。」這是個陳述，而非疑問。悲傷，且無可否認的領悟。

我喉嚨發乾，腦袋快速轉動。我壓抑想抗議反駁的衝動，看到他的痛苦是一種折磨，即使我也感到受傷，然而可能只有這樣，我才能做到對天后發的誓。但是，我也不能逼著自己吞下這個誤會……到最後，我的沉默比任何其他回應更像在大聲地坦承。

「這就是為何妳讓他去探望妳，以及妳過去這一年與我保持距離的原因。妳沒有躲開，也沒有靠近。即使在他做了那些事後——」他停了下來，凝視著我，「妳仍然想要他。」

我內心揪了一下，別過臉去——我已經分不清自己是出於困惑還是內疚。真相和謊言，如此緊密交織著，我再也分不清它們了。

「我很抱歉，」無論如何，我設法保持冷靜，看著他雙眼的光芒黯淡成只剩一片漆黑。我真怨恨自己讓力偉如此輕信我說的這一切。傷害了他，也傷害了我們。

「妳會怎麼做？」他問。

「什麼都不會發生。他做了那些事之後，我無法和他在一起。」我感到鬆了一口氣，終於能說一下真心話。「但你值得更好的，而非一顆糾結的心。我也是。」

「對我來說這就夠了！」他聽了反應激動地說，讓我吃驚到倒吸一口氣。「我能幫助你忘掉他，我們能回到從前的樣子！」

「不。」我強迫自己吐出這個字，「我們無法改寫過去，也無法預測未來。許下我們都無法實現的諾言，是不公平的！」

他抬起手摸著我的臉，手指慢慢下滑至我臉頰。「我曾告訴過妳，我的心屬於妳，而且永遠屬於妳。我希望有這麼一天，妳會再次想要它。」

他走開我身邊，將手交叉放到背後，凝視著地平線。我感到胸口劇烈疼痛，幾乎快被撕裂了。前方南海蜿蜒的海岸閃閃發光，進入海底之前，力偉對自己施法掩蓋自己的氣息。也許守衛已習慣我的存在，不再前來引導我進入通道。但我不能冒這個風險，我施法將力偉隱身，避免被門口的守衛看見。

其中一位攔住我，「那是什麼法術？」

我直盯著他那身龍紗披風，「讓我自己保持乾爽。我受夠了每次經過這裡時都會滿身弄濕。」

他揮了揮手讓我過去，雙眼冷淡地盯著我。我大步經過他身邊，藏起我鬆一口氣的心情。這裡的守衛沒有像玉宇天宮那樣戒備森嚴，因為沒有綏河王后的允許，幾乎沒有人可以通行來此。

我帶著力偉來到明珠殿裡我的廂房，我們在門外止步，「我的房間讓給你。」

「我們不是陌生人。」他冷漠有禮地說，「當然我們能夠一起待在同一間房，妳就睡床上吧，我不會打擾妳的。」

我搖搖頭，我不是不信任他，而是不信任我自己。我轉身離開，走到我母親的房間。

她一見到我，笑容便消失了，「星銀，發生什麼事了？妳為何看起來如此憂傷？」

我沒有回答，只是緊緊地抱著她，隱約聞到她身上還帶著一絲桂花香氣，她雙手抱著我，輕撫我的後腦勺，就像我小時候需要安慰的時候。她沒有再探問，我也沒有說話。沉默是我們哀傷的語言。

我殺戮過猛獸，與邪惡的敵軍打鬥、被刺傷、被長矛戳穿，被燒傷，然而精神上的折磨同樣令人難以忍受。也許那些帶給我極大喜悅的，也能帶給我極大的苦痛。我不知道我哭了多久，直到呼吸漸漸平靜，我躺了下來。

我母親撥開我臉上濕淋淋的髮絲。「妳現在感受到的痛苦……妳可能會以為自己永遠不會恢復。雖然可能還是難受，但每次疼痛都會一點一滴地減輕——直到有一天，眼淚不再流了，只留下回憶和希望，妳可能還會再次從中找到一些快樂。」

她從苦痛中學到了很多。她與丈夫分離，飛上月宮的第一天，知道她可能再也見不到他時，一定承受了許多痛苦。

我爬起身，擦掉最後一滴眼淚。現在不是自憐自哀的時候。我父親需要我。下方的世界對凡人來說充滿了無數的危險：意外事故、凶猛野獸、風中塵埃般鋪天蓋地而來的疾病。我的手摸著塞在袖子裡的玉瓶。我的血液裡激盪著某種感覺，一種珍貴的希望從我空虛的胸膛中綻放，一種一直縈繞在我生命中每一天的希望，但太過脆弱，所以我不敢大聲說出來，不敢挑戰命運的變幻無常——即使我心碎了，我也許能夠治癒我父母的心。

# 19

夜空星光燦耀，彷彿天空試圖彌補月亮的缺席。依循我父親提供給我的指引，我朝他家前進，白漆粉刷的牆面在石板灰的屋頂映襯下閃閃發光。當我一接近，窗內透出光線，將我的身影投射於地。雖然我無聲無息地行動，他仍感覺到我的到來嗎？畢竟，他不是普通凡人。

木門軋然打開，他站在門口，燈籠發出微光，在他銀灰色的頭髮上灑了一層金光。一見到我，他眨了眨眼，彷彿很驚訝，儘管很少事情能逃過他的法眼。

「妳來了。」他的語氣中帶著驚喜，側身讓我進屋。

他覺得我不會來嗎？認為我想要擺脫來自凡間父親的負擔，在歲月毫無意義以及疾病百毒不侵的仙域，認為我應該輕易地將他遺忘嗎？他不了解我，但我們有的是時間，世上所有的時間。

室內布置有別於樸實的外觀，出乎預料地優雅。藍白青花瓷茶具陳列在珍貴的紫檀木桌上，桌下擺放著圓桶凳子。多幅繪畫卷軸懸掛牆面，有些描繪著茂密的松樹林，點綴著廟宇及涼亭。其中一幅吸引了我的目光，一名女子。我很驚訝那是我的母親，不是凡人經常描繪的那位穿著華麗絲綢長袍在雲中飛翔的女神，而是穿著樸素衣裳，站在牡丹花園裡的模樣。畫家捕捉到了她優美的臉蛋弧度、眼角，更重要的是，她臉上的光彩。身為凡人的幸福快樂。

我深吸一口氣，聞到瀰漫空中的薰香味。這時我才注意到畫前的漆壇，上面擺著一盤盤成堆的梨子、橘子和海綿蛋糕。一個黃銅香爐立於其中，上面滿是燒完的線香香支。

「為什麼？母親還活著。」我脫口而出。

他盯著那幅畫，雙肩下垂，「他們說線香的煙會將我們的祈求傳達給神仙們，我以前不認為是真的，但我仍然每日點香，希望我的話能夠以某種方式傳達給她。」

這是我們共有的個性特質：夢想不可能的事情，但仍努力去追求。我胸口感到悶痛，幾十年來，儘管他們的離別無可挽回，但我的父母一直渴望著彼此。過去的悲傷、遺憾和誤解絲毫沒有減損他們的愛情。

「父親，你不需要線香。你馬上就能再次見到母親了，可以親自將想說的話跟她說。」

他的雙瞳閃著光芒，不可思議地明亮，「你找到靈藥了？」

我從袖口取出玉瓶，雙手遞給他，瓶塞上的精緻金絲在燭光下閃耀，像點燃的火焰般跳動。

「這是天皇的東西，妳如何取得的？」他聲音沙啞地問。

「我偷來的。」從天皇手中奪取靈藥，我絲毫不感到羞愧；然而想到這是從芷怡手中接過的，我還是感到十分抱歉。天皇從我們這一家奪走太多東西：我父親的神仙身分、我母親的自由，以及現在還有我們的家。

「這是極大風險啊，我的女兒。」他嚴肅地說。

我微笑回應，不打算告訴他為了靈藥我經歷了什麼，沒有必要讓他內疚，能夠讓他重返我們身邊，一切就值得了。

他接過瓶子，拔開瓶塞，一股桃子香味撲鼻而來，如此濃郁且令人陶醉，我的感官沉浸其中。他閉上雙眼，將瓶子舉到嘴邊，一飲而盡。我看著他每一口的吞嘶，喉嚨跟著用力抽動。他毫不猶豫，帶著急切與渴望，畢竟他為了這一刻等了大半輩子。

周遭一片寂靜，只剩我們的呼吸聲，我一直低著頭，不敢抬起頭來，光在牆上投射出濃厚的琥珀色調。太陽升起了嗎？我看向窗戶，不，天還是黑的，地平線上沒有一絲曙光。

我父親呼吸加速，我轉向他，他扶著桌子，搖著頭，一副茫茫然的樣子。「真苦啊，但它的香氣卻如此甜美。」他猛然轉向我，全身打個冷顫。

「很冷嗎？」我跳起來，四處尋找披風，心生各種懷疑：這是什麼凡間絕症嗎？天皇會不會放了一個假靈藥誘餌？但是，那些桃子的香味是無庸置疑的。

我打開衣櫃，從櫃裡抓出一件厚披風，轉向父親——發現眼前出現一位陌生人。他臉上的皺紋像潮水抹平沙子般消失了。他的雙眼清澈，眼白明亮，下巴上的印記比以前更明顯。然而一頭黑髮的兩側鬢鬚是灰白的，這是凡人的痕跡，即使是靈藥也無法抹去。

「成功了！我的病痛都消失了！」他握緊又鬆開手，驚奇地將雙手舉到臉上。

「女兒，只有歷經生命之末的凡人才知道，絕對不能將青春永駐視為理所當然。」

我如釋重負，放鬆僵硬的四肢。「父親，神仙也怕死。我們可能很虛弱，我們也可能喪命，」我提醒他。

「妳說得沒錯，兩種都潛伏著危險。然而時間是一個無法捉摸且無情的敵人。當敵人如此冷酷無情，永遠都不會是場公平的戰鬥，失敗將不可避免。」

我檢查他是否受了任何傷。「吃了靈藥會疼痛嗎？」

他蹲下來撿起空瓶。「就像一百根荊棘刮過我的皮膚，妳母親肯定也承受這樣的苦痛，但她很堅強。」他的聲音變得柔和。

我想像母親服下靈藥時，她心中必定充滿恐懼。儘管人們聲稱她自私，但她勇敢嘗試拯救我們兩人——追求新生活，投身未知，拋下她所愛的一切。因為我比任何人都清楚，儘管我母親已經成仙，但一部分的她自此之後便死去了。

**悲痛對我來說習以為常**。她曾這麼說，但不代表不再感到傷痛。

很快地，我就會帶父親回到她身邊。寬慰的心情湧上心頭，這一刻我所有的憂愁都消退了。憂愁會再回來，但至少現在，寬慰帶來了解脫。

「女兒，我很謝謝妳。」

我向他鞠躬，想試著說些什麼話，胸口激動起伏著，突然意識到他是誰：**后**

**羿、射日勇士、龍族的統治者，我母親的丈夫，我的父親**。我們僅是以稱謂及血緣連結的陌生人，但他隨即伸出雙臂摟住我……我的父親，就像我多年以來夢想的那樣，擁抱著我。

淡金色的陽光從窗戶照射進來，早晨悄然而至；這不會是個隨著夜晚消失的一場夢。我不敢再逗留了。如果有人察覺到我們的存在怎麼辦？或者發現靈藥的能量？

一聲喉嚨發出的聲音打破了寂靜，伴隨著痛苦的抽動。我趕緊看向父親，他在顫抖，脖子上青筋暴露。

「不舒服嗎？」我扶著他的手臂，想攙扶他坐下。但他全身僵住，將我推開。

「向後退！」他踉蹌向前，差點撞上桌子。他雙手緊抓著桌子兩側，指關節泛白，彷彿跟看不見的敵人搏鬥。鬥像是暴風雨襲擊般碰撞著，然而室外一片平靜。我無視他的警告，抓住他的手臂——他像被一隻無形的手抓住了腳踝，懸掛半空中。他的手鬆脫，我趕緊更加用力地再次抓住他。

「是靈藥。」他嘶啞地說，「所有凡人升天都要先受到天皇的召見。」

我不敢相信如果我父親出現在東光殿會發生什麼事。「這太危險了，天皇襲擊我們的家，他正在追捕母親跟我。」

他咬緊牙關，喉嚨動著，「我無法停下，這力量太強了。」

「你的法力！」我喊叫，一邊召喚著自己的法力。

他搖搖頭，「什麼都沒有！」他的聲音充滿震驚。

這靈藥是半成品嗎？天皇是否尚未製作完成，還缺了他贈與時的關鍵步驟才算完成？我放出魔法，想找到困住我父親的那股力量。我完全不管此刻可能正在路上的天庭士兵，我什麼都不管，只在乎什麼阻止了我父親升天。這個時候觸犯天條算得了什麼？我的能量流動著，四肢疲憊不堪，我已經被今天發生的事耗盡了力氣。

「別放手！」我斷斷續續地喊出每一個字。

從我的指尖流瀉而出銀色光束，將他包覆在閃亮亮的護盾裡，但這還不夠，那股拖著他的法術更強大。他的雙眼如彈珠般圓睜著，頭髮凌亂披散臉上。我緊緊抓住他的手，用力到我的手都快麻痺了。

「這拉力……是來自我的身體**裡面**。」他上氣不接下氣地說著。

當然，這力量不是來自天上，而是流淌於他的血脈之中，來自他喝下去的靈藥。我責備自己，以為事情就這麼簡單，以為父親喝了它之後我們就能回到天庭與母親團聚。我早該學會天下沒有白吃的午餐。

我閉上雙眼，再次施展法術，這次將能量滑入他的喉嚨裡，沿著靈藥流動如一條發光閃爍的蛇的動線。我的耳朵充滿著重擊聲，是他的心臟正快速地敲打著，靈藥在他血液裡泵送。一股金色穿梭一片深紅色中，比任何凡人的血液都明亮——瀰漫著蜜香，就像即將腐敗水果般甜到令人作嘔。我的法力湧入他的血管，把他從靈藥的束縛中解脫。這是件艱苦的工作，就像試圖解開折疊的蜘蛛網般。父親喉嚨中發出哽咽的聲音，但我繼續堅持，我傷害到他了嗎？從他退縮的樣子看來，我毫無疑問傷到他了。但我不敢停下來，若停下來，他就會從我的手中被奪走，衝向天庭，再也萬劫不復。我勞筋苦骨，疼痛從我的脊椎根部蔓延到脖子，痛到我幾乎無法站起。

我咬著牙，壓抑著想停下釋放能量的衝動，肆無忌憚地向前衝去，燃燒殆盡靈藥的殘留。終於，我父親體內的拉力緩和了下來。流經他血管的熾熱金光化作點點餘光，他的血現在如其他神仙的血一樣閃閃發亮，桃子香味淡去，只剩下木頭香氣及泥土味。

我父親的身子顫抖著且癱軟無力，雙腿跌坐在地上，但我仍然不放手。

「你要帶上什麼東西嗎？」我問。

他搖搖頭，「我所有想要的一切都在上面的世界。」

我們一起衝到外頭，迎向晴朗的早晨，天空是鮮豔的海藍色，空氣很暖和。我召喚了一朵雲，我們跳了上去，一陣狂風急速旋轉而下，帶著我們前進。我們誰也沒有開口說話，氣息都還很急促。看見南海的海岸在眼前閃閃發光時，昨晚的焦慮才剛剛開始消退。

踏入海水之前，我將父親隱形，就像力偉那次那樣。門口守衛隨意瞥了我們的方向一眼，我們便順利溜進明珠殿。然而我們越往前，父親的腳步就越緩慢。

「父親，你還好嗎？」

他唇角揚起一抹微笑，如流星般地燦爛卻又轉瞬即逝。「我已經很久沒有這種感覺了。」他顫抖地撫著他的頭髮。「我看起來怎麼樣？」

他問的問題讓我驚訝，我差點大笑出來，突然像他一樣放鬆開心了起來，「別緊張，母親會非常高興的。」

「我不是緊張。」他的聲音中帶著輕微的顫抖，「她知道我會來嗎？」

「我沒有告訴她，我信守你我承諾。」

他的指尖拂過臉頰，彷彿在撫摸臉上曾留下的皺紋。「我的臉。」他吞吞吐吐地說，「我真愚蠢，擔心這種事。」

我從桌上撿起一只珊瑚鑲邊的銀盤，默默舉到他面前，讓他看見自己的倒影，一張英俊但更為堅毅的臉龐，一張我母親仍深愛著的臉龐。他看了好一會兒，我不認為他虛榮，他的神情裡沒有驕傲，只有驚奇。

他看向鏡子中的我，「我看見**我們**，我的女兒。」

我心飛揚。現在我們都安全了，終於感覺到：我父親回家了。

他敲了敲母親的門。門打開時，她站在入口，目光從我身上移到父親身上。

誰都沒有開口，也沒有人先移動，彷彿我們都石化一般。在我所有的一家團圓幻想中，從沒有想過會是如此安靜。我是如此一直夢想著這一天，祕藏在心中，從不敢大聲說出來。眼前沒有發生我預料中的狂喜——眼淚、喘息及愛的擁抱。是否因為發生太多事了？五十年對神仙來說，就像眨了眨眼，但對凡人來說，是過了大半輩子。他們分開太久了，也許他們需要再次互相熟悉。儘管我忍住不去想，但我父母之間確實存在著無言的裂痕，那裂痕就像曾經將他們分隔的天空般巨大。我母親的私吞、我父親的憤怒。他讓她在墳前哭泣卻避而不見，幾十年的遺憾、指責和悲傷，可能沒那麼輕易遺忘。

「后羿？」最後她終於開口，喉嚨發出微弱的低語，「真的是你嗎？」她的震驚轉變成不可置信，接著……開始狂喜。

「嫦娥，我的妻子。我終於回來了。」他靜靜地說，臉上帶著難以言狀的表情。

她的臉頰紅如山茶花，雙眼明亮如露水，但隨即她僵住了，低下頭。「對不起，后羿，我拿了靈藥，**你的**靈藥。我當時很害怕……以為我快死了，我們的孩子也是。大夫讓我驚慌恐懼，疼痛來得太早，當時只有我獨自一人。」她的話支離破碎，痛苦回憶太鮮明，彷彿昨日。

他沒有回話，儘管之前他曾對我說過的那些話，他還在生氣嗎？他能原諒她嗎？或許他的怒火尚未平息，看見她時又重新燃起。也許他甚至自己都不知道，是否還在埋怨她。我內心一部分也很好奇，他怎麼可能不埋怨呢？

「當時我很生氣。」他低聲地說。「悲痛欲絕，那是我最黑暗的日子，比我參加過的任一場戰役、遭受過的任何損失都還要糟糕。當背叛來自於你所愛的人時，造成的傷害最深。你會覺得自己是傻瓜中的傻瓜，身心受到雙重打擊，甚至無法得到最渴望的慰藉，我折磨著自己，想知道這是否一直是妳的計謀，比起愛，妳更想要長生不老。」他說得很緩慢，好像這些話是從他身上扯下來似。「多年過去了，沒有任何關於妳的蹤跡或訊息——那時我幾乎恨透了妳。」

我母親嗚咽著，舉起手背摀住嘴。父親嚴厲的話把我愣住了，然而聽著他盤繞心頭的苦痛，我也想為之流淚。我和母親相依為命時，他被拋下獨自一人。我理解他的感受，他的話在我心中激起迴響，想起文智的背叛。儘管如此，我知道母親的痛苦和煎熬，無論父親經歷了什麼，我都不會讓他傷害她。

我準備開口之前，父親牽起了母親的手。「一年前，我第一次在墳前見到妳。我忍著不和妳相認，因為我認為妳不忠。我內心一部分也感到羞愧，想到自己變成了另一個模樣，而妳仍像我們結婚那天一樣光彩奪目。我告訴自己，能夠知道妳過得很好，而且妳還記得我，妳還在為我哭泣，這樣就足夠了。到最後，我會找到平靜的。」

他停了一下，「但我錯了，那時候我才意識到，最後的憤怒已消失，只剩下悲傷。我告訴自己不要再去那裡了，因為那是一種殘酷的折磨，是個我無法抗拒的折磨。見不到妳的日子裡，我感到寬慰又失望，而我見到妳時，會感到欣喜若狂又傷心寂寞。」

「我先前無法去。」她擦拭著淚水，「我無法離開，即使我可以，我也不知道你去哪裡了，以及你是否還活著。」

他伸手抱住她，緊緊擁抱著，彷彿他們融為一體。「我也感到很抱歉。」他激動地埋在她髮絲裡低聲說：「把妳獨自拋下，沒聽妳說話，我當時只想著我自己，以及想著讓**我**恐懼而只願意相信的事情。我應該把靈藥給妳，我早該給妳的。我永遠**不會**讓妳或我們的女兒死去，但我太自私太恐懼，幸好妳這麼做了。」

寂靜延展地越深越寬，就算閃電這時打了下來，野獸衝入走廊橫衝直撞，也沒有任何東西將他們分開。母親凝視著他，彷彿他是光與熱。太陽、月亮和星星，彷彿其他一切，包括我，都退到陰影之中……然而我很高興。

我盡量不發出聲音，悄悄離開。在我身後，沒有任何說話聲，只有門軋然關上的聲音。這是我父母獨處的時光，以後我有的是機會可以三人一起共處。這是我生命中的第一次，一種深刻而陌生地感覺到完整——我們終於有足夠的時間成為一家人，相互了解，就像我們生活在沒有太陽鳥、沒有喜好無常的神仙，以及誘人靈藥的凡間。

# 20

剛過中午，我回到母親房間。我不想打擾父母的團聚時光，但也不敢在南海待太久。我協助力偉脫逃的事已被揭發，天皇必定非常憤怒。無庸置疑，他肯定會報復，一想到這，我感到胃一陣噁心。

此外，平兒已經依照他們南海的習俗入葬。就在今天早上，我母親跟我跪在她家的祖龕前，獻上我們最後的敬意。看到那塊上頭刻著平兒名字的金色字樣黑檀木牌位，我哽咽了。雖然知道這下她終於與族人團聚，我感到一種莊嚴的平靜，但她家人及朋友的哭聲令我感到心如刀絞。

我們無處可去，但我們沒有理由繼續逗留。當我走進母親的房間，發現父親正坐在桌旁，頭髮鬆散地披在肩上。母親的笑容變得輕鬆自在，動作也輕盈起來。看見我的父母同在一起多麼奇怪又美妙。然而，他們的互動透露出一種微微的不確定，就好像他們正在重新探索彼此一樣：我父親瞥了我母親一眼，彷彿確保她還在，而每當她看向他時，眼睛都會微微睜大。當他們手指碰觸一塊時，我母親握住他的手之前，彼此躊躇片刻。

「女兒，我真的很感激。」父親向我點了點頭，「謝謝妳的信任，讓我重生。我曾以為這是不可能了。」

「后羿，她可是你的女兒呢！」我母親驕傲地說，「她不走面前鋪好的路，她會打造自己的路。」

「**我們的**女兒。」他糾正她，並起身將手掌放到我肩上，「我失去多年的女兒。」

眼裡微微刺痛，我眨了眨眼。「我們現在有時間來彌補了，父親。」

「后羿，你太嚴肅了。」母親調侃道，隨即臉色一沉。「說到『失去』多年，你怎麼能讓我認為你已經死了？你喜歡看我在你的墳前哭泣嗎？聽到我祭拜你時說的那些話？早知道是這樣，我會在為你做的供品蛋糕裡放鹽不放糖。」

他大笑，渾厚的笑聲讓我感到深深的溫暖，「嚐起來都會是甜蜜的，妳離開後我都會吃完，雖然那熟悉的滋味對我來說是苦澀的慰藉。」他停頓了一下，「而妳的禱文，在我躲藏之處什麼也聽不到，不然那對我來說是個安慰，看到妳仍然關心我，可以給我希望。」

「不然你以為我為何要去你的墳前？」她責備道。

「出於義務？或愧疚？無望了幾十年，我沒有理由還抱有希望，我不知道妳之前無法來。我試著遠離，但我坦承只要有機會我就會過去。當我再次看到妳，我再次敢懷抱夢想。然而時間過了太久，我不能將妳束縛在一個老人身上。」他捧起她的臉，她倚靠了過去。

「我不在乎。無論你在哪裡，我會認得出來。」她小聲說著，「如果我們都變老變成白髮蒼蒼，那會是生命美好時光的印記。」

「是啊，如果我們一**起**變老變成白髮蒼蒼——但我們沒有。當時我沒剩多少日子了，我認為那樣更好，而不是揭開舊傷疤。我希望妳記住我原來的模樣。」

對他來說這是個困難的決定，和我們做切割，就像將植物病害的部分切除，剩餘的才能茁壯。我能理解他的感受，因為我也傳承了他的自尊。

門外不尋常地傳來敲門聲，我們的訪客很少，自從我們來了後，綏河王后一直讓我們獨處，彷彿忘了我們在這裡。我們很樂意這樣的安排，迴避各種宴會或節慶，只在今日現身參與平兒的葬禮。我探測一下門外的氣息，便打開了門。我鬆了一口氣，但也同時感到憂慮。

力偉跟文智一起進門，從他們充滿敵意的表情，還有他們僵硬地站得遠遠的樣子看來，這是完全不討喜的巧合。力偉的目光從我父親身上轉向我，他的神情凝重。我突然想到當我與家人團聚時，他正被迫與家人分開，還被他親生父親追捕。

力偉點點頭，拱手作揖，「后羿大人，很榮幸見到您。」

文智斜眼瞪了我一眼，無聲地責備我將他蒙在鼓裡，然後他也鞠了躬說：「后羿大人，您的歸來，給您的家人帶來了極大的喜悅。」

我父親什麼也沒說，皺著眉，瞇起眼，那表情無疑曾讓許多士兵心生恐懼。我母親對他說了什麼關於他們的事嗎？在其他情況下，他可能會詢問力偉的父母，或者文智的家人。不過，我懷疑我父親不會想關心天皇是否安好，也不會想慰問任何魔界的人。

「當妳跟我提到妳父親時，我應該相信妳的。」力偉說，他沒有朝我走來，雖然他這種不同以往的拘謹態度很傷人，但這正是我需要的。

「你沒有相信她？」文智以挖苦的語氣說著。

「這件事對我來說也有些不可思議。」我立刻說。

力偉忽視他，只對我說：「我替妳感到高興，永遠都會為妳感到高興。」

力偉的話裡是否還有另一層含意？有關我和文智，有關我向他撒的謊。他已全然相信我的說法，也許是因為他從一開始就心存懷疑。我瞥了文智一眼，發現他的雙眼正注視著我，帶著詢問且明亮的。他感覺到我和力偉之間異樣的距離嗎？如果是這樣，那將永遠是個謎，因為我絕對不會告訴他真相。

「你來這裡做什麼？」我問文智。

他搖搖頭彷彿對我的疑問感到失望，「昨晚我將天庭守衛帶離東門，妳竟然沒有一絲謝意。」

我盯著他看，「是**你**做的？你答應過我不會介入。」

他聳聳肩，「我是答應不會跟著妳，而我不是跟著妳。」

「你碰到了什麼麻煩嗎？」我問。

「妳在擔心我，星銀？」他歪著頭對我說。

我皺著眉頭。「才不是，如此微不足道的小事，不值得浪費你的才華。」

「我很高興妳對我有如此高的評價。」

我忍住對他繼續無禮地回嘴，他笑說，「這並不像妳想像中的那樣容易，這些士兵非常盡忠職守，我也不敢進入玉宇天宮，深怕引起驚動。我只好想出更妙的法子，來引開他們，帶著他們在半個天庭上空盡情追逐。」

我忍住不露出一絲對他安危的擔憂。「謝謝你。」我有些生硬地說。

「我願意為妳做更多事。」

「像是你抓她去做俘虜？」力偉嘲諷地說。

我父親一聽猛然抬頭並站起身，但我母親馬上拉了拉他的衣袖，直到他坐回椅子上，而他的表情依舊震怒。

文智眼裡閃爍著威脅的光，轉頭看向我，不理會力偉說的話，「我開始希望妳昨晚沒有成功地如此徹底。」

「很高興我讓你失望了。」力偉露出我之前從未見過的野性笑容，「早知如此，我就會更快回來。」

「沒有星銀的幫忙，我很懷疑你有辦法做到。」

「夠了！」我瞪著他們，「我父親剛回來，別破壞氣氛。」

文智短暫沉默後低下頭來，「如果有任何人能夠將凡人起死回生，那應該只有妳。」

「黑龍錯了，我父親沒有過世，如果他已死了，這世上沒有任何靈藥可以挽回他了。」

力偉沒有看我，也沒有說話。他一定認為我很無情，如此稀鬆平常地和文智說話。對他而言，文智就是邪魔，威脅著他的國度，試圖毀滅他的軍隊甚至還俘虜我。我從未忘記那件事，只是我也無法忘記他幫助我的時刻，以及為什麼他走上了這條路。對於文智，他的好與壞如此緊密交織，無法分離，我們的過去及現在，他對於我的一切，以及他現在的模樣，都是個難分難解的結。

「我們必須離開了。」我堅定地說，「力偉脫逃後，天皇可能召集其他國度協助搜索，消息應該很快就會傳到綏河王后這裡了。」

「王后會像任何君主一樣，保護自己人民的安全為優先。」力偉說。「她會毫不猶豫地出賣我們來換取優勢。」

我母親臉色蒼白，「我們能去哪裡呢？」

「我家隨時歡迎你們。」文智提議道，「天庭神仙不會踏入雲城的。」

「沒有天庭神仙會想去的。」力偉厭惡地說。

文智冷冷地瞥了他一眼，「歡迎**你**繼續留在這裡，我還寧願你這麼做。」

「不行，不能去雲城。」我打斷他們，即使文智想要保護我們，但他能夠確保我們免於他家人的威脅嗎？

「去東海吧。」我父親說，「龍族會保護我們的安全。」

龍族不再受珍珠束縛，但牠們仍然對我父親懷有極大的敬意。牠們的智慧是無價之寶，即使牠們無法與天庭軍隊作戰。

「東海與天庭是同盟國。」我小心翼翼地說，「這樣會安全嗎？」

「他們不會違背龍族的期望。」文智向我保證。「他們非常敬重牠們。」

「我們是否會給他們帶來麻煩？」我問。

「在這種情況下，沒有完美的解決辦法。」我父親心意已決，「我們必須做出艱難的選擇，做我們認為是正確的，無論結果如何，皆不後悔。」

身為凡間軍隊的將帥，我父親必定每天都得做出眾多不可能的決定，其中甚至會讓他良心不安。他將多少士兵送往致命的戰場？多少家庭因此破碎？沒有戰爭是沒有代價的，那些擁有最少的人往往付出最大的代價。

一聲響亮的敲門聲把我們嚇了一跳。「月之女神，綏河王后請您和您的女兒前往大殿覲見。」外頭聲音喊著。

我與母親交換一個防備的眼神，「我們很高興能夠覲見王后陛下，請問有何貴事呢？」我平穩地說，避免引起任何懷疑。

「一些貴賓來訪，他們希望能見妳們一面。」那位傳話者回覆。

「貴賓？」一想到可能是天皇，我的心跳瘋狂加速。

「是東海的彥熙太子殿下。」

我緊張的心鬆懈下來，一手扶著桌子。他是否陪同他父親參加四海君主的會議？彥熙太子是我的朋友，在東海征戰時，我照顧過他的弟弟彥明王子。儘管面臨危險和瀕臨死亡，我還是很珍惜那幾個星期的回憶，那是我第一次體會擁有弟妹手足的感覺。

「馬上就來，我們先更換一下衣服。」我母親急忙回答，替我們爭取一些時間。

「請幫我轉達淑曉。」傳話者離開後，我告訴力偉及文智：「別讓任何人看到你們，在宮外等我們會合。」我猶豫了一下，心想著讓他們兩個在一起無疑是個壞主意，但我父親應該可以避免任何愚蠢的事情發生。

「星銀，小心一點。」力偉警告著，「盡量快一點，但不要表現得太匆忙。」

「綏河王后很精明，沒有任何事能逃過她的眼睛，妳必定不能讓她對妳有任何質疑。」文智叮嚀著。

我嚴肅地點點頭，「我們會盡可能地快點離開。」

**只待王后一允許**，我內心喃喃私語著。

# 21

我們走向王殿，以穩健的步伐掩飾我們的惶恐。作為天庭的密切盟友，彥熙太子是否知曉我們的處境？他會出於義務知會綏河王后嗎？我不能拒絕王后的邀請，雖然我將弓箭小心翼翼地包覆在絲綢當中，但對我來說，感覺它在背上的重量，令我感到寬慰。

王后寶座兩側擺著錦緞扶椅和紅漆木桌，每張桌子都擺上鑲有金邊的泡茶瓷器，旁邊各放著一盤盤酥脆的海苔、閃亮的蜂蜜烤核桃、灑著芝麻的糕點，以及酥皮杏仁糕。琥珀色的柱子在陽光照射下如黃金般閃耀，地毯剛剛被施了法術，銀色的波浪刺繡以舒緩的節奏起伏。水晶花瓶裡裝滿了發光的貝殼，散發出甜美的花香，並夾雜著濃郁的麝香。優伶在大廳一角唱著動人的歌謠，她彩繪過的指甲熟練地撥動琵琶的琴弦，漣漪般的曲調與她純淨的音色完美和奏著。

綏河王后身穿華貴的紫水晶色調絲綢禮服，上頭繡著銅色蘭花，當她向我們點頭致意時，頭飾上的金銀絲和紅寶石花朵顫動。

「我的貴賓們非常期待見到妳們。」她用悅耳的聲音說道。

我還來不及回答，有個身影衝到我身旁，小手環抱住我的腰。我踉蹌地向後一退保持平衡。「彥明王子！」我彎下腰緊緊抱住他。「你長高了，殿下。」

「也許是妳縮水了。」他笑著放開我，「我聽說老了都會這樣。」

「如果我老了，你應該對我更加尊敬。」我回答，輕輕戳他的肩膀。

「彥明，守規矩。王后陛下會怎麼看你？」彥熙太子呵斥道。

我們起身後，我便拱手向太子行禮，意識到綏河王后注視的目光。「殿下，這真是一個令人開心的驚喜。」

「我父親派我代替他來。我原本想將弟弟留在家，但他一直請求一定要跟來，直到我同意才肯罷休。」

我眼角餘光瞥見彥明王子噘著嘴做起鬼臉，但當他兄長一轉向他時，鬼臉立即消失。

彥熙太子輕撫他弟弟的頭髮，表情軟和下來，「好了，彥明，父王怎麼說的？」

我好羨慕他們無拘無束的情誼，他們的親密關係，是深厚的感情以及共有的經歷交織而成。「我很高興見到你們，儘管自從我們上次見面後，又發生了不少變化。」我希望他們知道的變化不要太多。

彥明王子嘆了口氣。「妳離開之後變得好無聊，沒有人會跟我切磋或給我說故事。每次我碰到劍，即使是木劍，安美小姐也會尖叫。」

彥熙太子轉向我母親並點頭致意，「月之女神，這是個意外的榮幸，我聽說妳被釋放了，但很驚訝在離家這麼遙遠的地方遇見妳。」

太子很敏銳，沒那麼容易唬騙。先前我為了龍族尋求幫助時，他曾出手救援，儘管我認為這是出於他對龍族的崇敬，而不是想挫敗天皇。

「我母親遭受襲擊，而她的侍從被殺害了。」我小心翼翼地回答，然而我的聲音結結巴巴地，「她來自南海，所以我們把她帶回家鄉。」

「請節哀順變。」他猶豫了一下，壓低聲音，「我聽到一個未經證實的消息，說這襲擊是——」

「是很不幸的。」我趕緊說，五臟六腑擰絞著。「那些侵略我家的人，他們無緣無故地攻擊我們。」我注視著他，睜大雙眼，我希望他留意到我無聲的警示。

「對妳及妳母親必定是個艱難的時期，希望妳無論身處何方，都能找到內心的平靜與安頓之處。」他的話中有話。

「我們也在尋找中，待王后准許我們離開後。」我暗示他我們正處於危險。

彥熙太子大力地點點頭。「王后沒有理由耽誤妳，她還有其他待辦之事，例如各國王室成員的聚會。」

聽到他的回覆，我鬆了一口氣，無論這位東海王子知道些什麼，他是不會出賣我們的。

「太子殿下。」綏河王后喊著。「你似乎跟我的訪客很熟，你願意和我們分享你們的談話嗎？聽起來很有趣。」她的語氣透露著不耐煩，君王們不習慣在他們的殿堂裡被冷落。

太子露出燦爛的笑容，「我們在討論當時首席弓箭手協助我們平息仁于總督叛變的舊時往事。」

「王后陛下。」我向她鞠躬，掩飾我的匆忙。「我們感謝您的熱情款待，很可惜，我和我的母親必須離開了，家裡有緊急消息。」

「妳那被襲擊的家嗎？」她語氣裡帶著一絲變化。

「襲擊的人逃離了，」我母親回答，替我掩飾失誤，「沒有我在，月亮一直黯淡無光。」

王后倚靠王座上，抿起嘴唇。「妳們今晚不留下來參加宴會嗎？這麼快就要離開了，東海來的賓客會很失望的。北海和西海的君主，也會很高興見到妳，我們神祕的月之女神。」

「話是這麼說沒錯，但應該還是以家務事為重。」彥熙太子順勢接話。

王后點了點頭，「好吧，如果妳希望，我們的守衛可以護送妳們回家。」

我母親鞠躬行禮，「王后陛下，感謝您慷慨的好意，然而我們已經麻煩您夠多了，況且我女兒是個勇敢的戰士。」

彥熙太子笑著說：「她確實是。」

一隻小手滑過我的肘部，拉了拉我的袖子，我低頭一看，只見彥明王子滿臉充滿希望。「我可以和妳一起去嗎？我想參觀月宮。」他低聲說。「這裡好無聊，王兄總是在開會，不讓我獨自出門，而且他總是要我閉嘴。」

我蹲下來看著他的雙眼。「難道是你說了踰矩的話嗎？殿下，如果我想讓自己的話有分量，我母親總是建議我說話要謹慎點。」我說得如此嚴肅，但是我自己說話常大言不慚，有失禮節。然而，他的一些特質讓我心中激起了想要保護他，希望他變得更好的念頭。

「弟弟，你這樣對主人太沒有禮貌了。」彥熙太子一針見血地說，「再者，星銀沒有空陪妳，她要離開了。」

我溫柔地放開彥明王子的手，「當我一切安置妥當，請你一定要來訪，我會帶你參觀我家銀色的屋頂和桂花林，你還可以幫忙點燃上千盞的燈籠。」

彥明王子臉上嶄露笑容，「一言為定？」

**用空洞的承諾欺騙小孩當乖寶寶**。我內心責備著自己，甚至感到惆悵。我最後一次見到我家時，火焰已吞噬了它。是否還有一處能倖存下來？我不知道……也許，我永遠無法知道了。

我點點頭。我真是個騙子。

地磚響起一陣踢躂踢躂的腳步聲，聲音越來越大。一位神仙進入大廳，身穿令人熟悉的錦袍，頭戴黑帽，上面鑲嵌著一塊扁玉。是天庭使者，我的手慢慢靠近母親的手，緊抓著她，發出警告。

這名使者在王后面前跪下，雙手捧著卷軸，厚厚的黃錦捲繞著兩根檀木，跟我們之前見過的一樣。當侍從將卷軸呈遞給綏河王后時，我感到口乾舌燥。

還有轉圜的餘地，這名使者認不得我們。雖然內心顫抖不已，我強迫自己保持微笑。我們唯一的希望就是快速離去。「王后陛下，我們再次感激您的招待，我們現在就啟程離開。」我與母親趕緊告退，為了不引人注意，我放低了音量。

綏河王后點了點頭，眼睛盯著卷軸，她的注意力已轉移到更重要的事情上頭。

當我們轉身離去，彥熙太子與王后開始禮貌交談，我默默感謝他幫忙讓王后分心，拖延了王后閱讀天庭文告的時間。我不知道裡面寫的是什麼，但是我的直覺發出警告。我們快步經過一排排王宮官員，走向門口，我按捺住逃跑的衝動。

「停下！」綏河王后的聲音響起，嚴厲命令著。

門口的守衛立刻將長矛交叉擋在我們面前，我轉向王后，感到胃一陣緊縮。

她的肌膚布滿鮮紅色的斑點。「以不誠實來回報我的善意，我感到極大的失望！」她憤怒地說，將手中折開的卷軸揉成一團。「消息已傳遍整個仙域，說妳和妳母親是天庭的叛徒及逃犯。任何窩藏妳們的人都會遭受嚴厲的報復威脅。妳知道我為了保護我們國度所做的一切努力嗎？竟然只因為庇護了一群騙子，這一切努力便受到了威脅！」

彥明王子甩開他兄長的手，「星銀不是騙子！天皇是個——」

「我對我弟弟的無禮感到抱歉，陛下。」彥熙太子打斷他的話，狠狠地瞪著他的弟弟。「也許您可以聽聽月之女神及她女兒的說法。」他的語調經過精心控制，絲毫不顯示任何偏袒。

綏河王后微微點頭，是讓我說話的唯一信號。從她僵硬的表情來看，她並不願意聽，但我會試一試。

「我們沒有欺瞞，但我們沒有告訴您全部的真相，天庭無緣無故襲擊我們，將我們趕出家園。我感到很抱歉，我們並非有意給貴國百姓帶來任何傷害，我們正準備趕快離開，避免給您帶來麻煩。」縱使她的表情仍充滿敵意，但我繼續解釋：「天庭正發生一些奇怪的事情：權力突然的轉移，值得信賴的忠臣被冷落。巨大的改變即將要發生了，但並非變得更好。」

綏河王后雙眼一亮，嘴角勾起一抹詭異的微笑。「妳說對一件事——就是改變**確實**要發生了，而我打算站在正確的一邊。」她轉向天庭使者。「請稟告天皇，我應天皇之命，將月之女神母女捉拿歸案。她們將被囚禁於此靜候他的審判。作為回報，我要求他好好記住我們友誼的價值。」

使者一鞠躬，但沒有如我預期地立刻轉身離開。他雙手閃著綠色微光，觸摸帽子上的玉石，一陣柔和的鐘聲迴盪，玉石閃爍著更亮的光芒，然後再次熄滅。「天皇有旨，一得消息速速回報，他將即刻親臨。」他吟誦道。

「我們該來好好準備迎接天皇陛下的蒞臨。」綏河王后說著。

我渾身發冷打寒顫，天皇要來了？是因為力偉嗎？眾所周知我幫助他逃脫。當使者離開大廳，我向王后說：「陛下，您可以再考慮一下嗎？如果您讓我們離開，我們會是您永遠忠實的朋友。」一個微不足道的提議，但我別無選擇。

她發出尖銳的笑聲，像指甲般刮過我的神經。「離開？會讓妳離開的，但是必須在我同意之下。比起妳，我更喜歡和握有天庭軍隊的那個人做朋友。」她朝守衛揮了揮手。「帶她們去牢房。去找她們的朋友，把她也關起來。」

還好我已經通知淑曉跟其他人先離開宮殿。希望她們已經逃離了，如果我們全部都被抓到就沒有意義了。他們晚點會再回來救我們，我確信他們一定會這麼做。

青玉色的盔甲叮噹作響，金色的刀刃閃爍著，兩名守衛朝我走來。我腦海中閃過文智的警告，他們的牢房堅不可摧，我可不能讓他們帶走我們。當一名士兵伸手去拉我母親時，我的腿猛地一伸，使勁將他踢到一邊。我立刻抓起弓，解開綁帶，指間出現一道光。

恐慌的呼喊聲四起，賓客們驚慌失措，紛紛跌跌撞撞衝出大廳。看到彥熙太子焦急的目光對上我，我往門口甩了甩頭，示意他離開。作為天庭的盟友，他的忠誠受到約束，他已替我分散綏河王后的注意力，勸說她聽我們解釋，這分恩情已經超出我的預期。彥熙太子將弟弟抱在懷裡，衝到門口，遠離這裡的喧囂。

我握緊弓弦，將箭對準王后，她是能夠確保我們安全離開的唯一關鍵。「命令您的士兵後退，放我們走吧，不要跟了。」我的語氣壓低，充滿威脅。

綏河王后嘴一撇，開始施展法術，一道道冰雹朝我及我母親襲來，我立刻放出護盾保護，並將我的箭尖對準她的肩，目的是讓她受傷而非殺害她。我放出的箭矢劃過空中，一道閃亮的護盾包圍王后，她的表情扭曲並帶著蔑視，伸出另一隻手，一陣光浪力量將我的箭矢擊落在地，天焰燒焦了地毯，精細的刺繡一片燻黑，地板上燒出一個粗糙的洞。地板隨之震動，水晶花瓶紛紛傾倒，散落的貝殼被逃跑的朝臣們踩在腳下。

一些王后的士兵突破奔走的人群，圍住我及我母親，我將箭瞄準他們，硬著頭皮準備射擊平兒的族人，但突然某個東西呼嘯而過，一枚透明的箭矢射中了離我們最近的守衛。

「嫦娥！星銀！」

是我父親的聲音。一見他衝進殿廳，我情緒高漲，他的銀弓已箭在弦上，力偉、文智，以及淑曉緊跟在後，一陣叫喊聲響起，王后的士兵衝向他們，很快地，我召喚了一陣疾風，掃開離我們最近的士兵。

空氣中流動著魔法，大廳裡迴盪著金屬的碰撞聲。我父親護著母親，一箭接一箭地射出，手速快得令人暈眩。一名士兵悄悄靠近他身後，劍高高揮舞，我隨即將她擊落，我的箭刺穿了她的胸膛，她的身體猛烈顫抖，一道光芒閃過她的盔甲。

文智及力偉被南海士兵團團圍住，他們刀光劍影閃爍著，迅速擊敗對方。另一名守衛猛烈攻擊著淑曉，他的長矛與她的劍相互碰撞。

綏河王后以顫抖的手指著力偉，「是天庭太子！天皇會為此好好重賞我們，呼叫增援！」

三名士兵跑向門口。我想都沒有想，指尖射出一支箭，射中一個，接著下一個。當我再拉起一支箭時，最後一名士兵衝過了大門，大聲呼救。

我咒罵自己，不一會兒，更多衛兵湧進大廳，堵住了入口。他們很快就擠滿了整個廊道，我瘋狂尋找逃生路線。不能從城牆過去，因為殿廳深深地藏在海底，我們勢必要突破重圍，穿過唯一的通道。然而我們寡不敵眾，這幾乎是不可能的壯舉。我看向天花穹頂，回想起它裝飾功能的尖頂及低矮結構——只有一層石頭將我們與自由隔開。

我示意其他人放出護盾，我也同時加強了我父母周圍的防禦。接著我拉弓引箭，高高舉起，朝著拱形天花板放出一道天焰。一道耀眼的閃光擊中了石頭，石頭出現網狀裂痕並碎開，發出不祥的碾碎聲。我父親手中射出另一支冰箭，天花板顫動，頓時塵土飛揚，裂縫越來越大。如雲的粉塵掉落，我被嗆到不能呼吸，強烈咳嗽以清理肺部。接著冰雹般的碎石傾瀉而下，撞擊我的護盾，擊中我的肩膀，讓我喘不過氣來。忽然我身邊出現許多護盾環繞，傳遞著力偉溫暖的力量，閃爍著文智冰涼的能量。一座尖塔在我腳邊崩塌，化為碎片。在我們上方，午夜的海水穿過屋頂上的鋸齒狀洞口，環抱了橫跨這城市上空的結界。這裡的海水過去從未如此誘人，這裡的空氣也從未像現在如此壓迫。

大廳裡充斥著喊叫聲，剩下的朝臣們爭先恐後地躲避。守衛們不再攻擊我們，轉而集中能量形成一個護盾，保護那些不堪一擊的人們。我看向高臺，發現綏河王后的目光狠狠地盯著我，眼中燃燒著厭惡。她不會忘記也不會原諒這種破壞，一想到這，我就不寒而慄。

我轉身背對她，衝向我父母。風在我指間旋轉，編織出一圈圈空氣，將我們高高吹起——淑曉、力偉及文智也跟著照做。我們一起穿越屋頂的裂縫，降落在宮殿的外圍。我的呼吸急促，在沒有雲朵的情況下飛行非常費力。

幸好，外頭看似一片平靜，警報聲尚未響起，也許是因為我們在如此混亂的情況下離開殿廳。但王后的士兵隨時會追趕過來，或者天皇的軍隊也有可能馬上抵達。

「務必小心。」當我們接近通道時，我警示大家。「如果守衛有半點質疑，就會封鎖通道，這是唯一的出口。我們會像螢火蟲般被困在罐子裡。」

入口站著四名守衛，都不是我之前遇過的。「妳是誰？妳在這裡做什麼？」其中一位粗魯地說。

「我們是綏河王后的訪客。」我盡可能地冷靜回答。

另一位瞇起雙眼檢視我們。「王后陛下命令我們清空通道，只准許四海的王室賓客通過，妳必須等到他們抵達後才能通過。」

「綏河王后允許我們今天就離開。」淑曉帶著笑容說著。

當這名守衛搖搖頭，文智手上光芒一閃，直射她的眉心。其他士兵舉起長矛瞄准我們，文智卻使出大絕偷襲他們。士兵們的眼皮都闔上了，像軟軟的繩子般倒在地上。

「你為何要這樣做？」我將平兒的珍珠壓進海底生物雕像的眼睛凹槽，門隨即開啟。

文智聳聳肩，「他們既無禮又多疑，最好出其不意拿下他們。」

我盯著那些不省人事的守衛們，「他們——」

「睡著了，我知道妳比較喜歡這樣，星銀。」文智回答。

「你一點都不了解她。」當我們溜進通道時，力偉冷冷地說。

「是嗎？」文智語氣中燃起的嘲諷，想要激怒他。「我和星銀一起度過了許多日子，和比你做的惡夢還恐怖的怪物作戰，遊歷那些你只在夢中見過的地方。我們在天空下、凡間山野間、宮殿及帳篷中一起紮營過夜。比起她跟你的時候整天只坐在老師包圍的教室裡，我絕對更了解她。」

我被他的話急得臉色一陣紅一陣白，對於他的肆無忌憚感到憤怒，「我們那些經歷都不是真的。都不代表什麼。」

「那是真的。」文智默默地說，「妳可以對我撒謊，但別對妳自己撒謊。」

當他如此認真對我說話時，我胸口一陣疼痛，為了阻擋他而建立的牆便會出現裂縫。但我不能心軟，這次我會好好地保護自己——我的心經不起更多的打擊。

一陣急促聲打破了寂靜，聲音越來越大，巨大的水牆在我們面前湧現——而這只是龐大的海洋一小部分。我將平兒的珍珠舉到我面前，海水就分開了。我們衝過廊道，施法召喚雲朵將我們帶往海面，見到上方蔚藍的天空真的感到非常開心。

陽光灑落在我們身上，溫暖而明亮，緩緩向西方落下。當我們在水面上翱翔時，一陣微風吹到我的臉上，混合著海水的鹹味。我閉上眼睛，深深地吸了一口氣——但隨後一股看不見的力量盤繞四周，迅速把我們拉向岸邊，我們跌跌撞撞地落在沙灘上。

我翻過身，一躍而起，陽光照射在白色的沙灘上，耀眼的光芒幾乎讓我看不見前方。我後頸一陣刺寒，不……如此閃閃發光的不是海灘，而是天庭士兵的白金盔甲，由一位神仙帶領，而他那傷痕累累的手指正擺弄著一把竹笛。

# 22

「向妳的君王下跪，我可能會從寬量刑。」吳剛命令道。我不可置信地瞪著他，看見他以金龍造型的髮夾固定住的鑲嵌珍珠頭飾，他身後的士兵們完全屈從地低下了頭。

「君王？」力偉憤怒地重複他的話，「你好大膽子，你這騙子。」

吳剛邪惡地笑著，他細長的手指舉起腰間一枚金碧輝煌的黃玉璽，上頭雕刻著雙龍拱日。世上只有一人能配戴這個玉璽，他人膽敢拿取，必死無疑。

「你如何取得我父王的玉璽？」力偉的口氣低沉並恐懼，「你對他做了什麼？」

一陣惡意的靜默，算準好的殘忍折磨，「他暫且活著。他對我來說還有些用處，他的朝廷也是。我們尚需維持基本的秩序。然而，效忠於他的守衛及侍從若試圖反抗，都不會有好下場。」吳剛聳聳肩，「倒是他們的死，足以殺雞儆猴。」

我的肚子痛到以為自己病了，他如此輕易地談論起殺戮，像他如何奪取平兒的性命，像丟掉一團廢紙，毫不猶豫。雖然我無法發自內心說我對天皇有任何敬意或感情，但只要是傷害力偉，等同傷害了我。建允將軍和道明老師呢？我相信他們會安全的；他們畢竟是皇宮的高層官員，是有價值的人質，而敏宜在廚房裡也會很安全。我不敢追問他們近況，不敢表現出我的關心，因為他會以此來對付我。

我腦袋不停打轉，思考這一切是怎麼發生的？慢慢湊齊片段：綏河王后稍早奇怪的言論，吳剛極力中傷力偉，孤立天皇不讓他接觸其他親信，掌控整個軍隊大權。我原以為他操控一切是為了成為天皇的唯一心腹，成為他的指定繼承人，意不在篡位。吳剛精心塑造的忠誠形象遮蔽了他的真實意圖。他一手包辦了一切，不是為了天皇，而是為了他自己，來奪取我的家及月桂樹……以及月桂樹賦予的力量。

吳剛從未原諒過天皇和神仙們對他的羞辱，他一直在等待時機報復，就像他對他妻子和她情夫那樣。雖然我能理解他的痛苦，雖然我不在乎天庭——但吳剛卻把我最親近的人拉進了他陰謀詭計的惡毒羅網中，就像眾神仙們如何毀掉他，他也冷酷無情地毀了我們的生活。

「你不過是個騙子，卑鄙的叛徒，膽小鬼！」力偉氣得渾身發抖。「我父王信任你，給了你一切，你就這樣報答他？」

「他會信任我，是因為我無怨無悔地依他的吩咐行事，做他忠誠的**奴僕**，他給我一切，因為他奪走了我的一切！迫使我從凡間來到這個被詛咒之地。我永遠不會忘記，當我任他擺布時他是如何折磨我的，我早就等著報復他的那天到來。」

「他給予你的榮譽超過任何凡人。」力偉說。

「讓我長生不老嗎？」吳剛從喉嚨爆出大笑，「你們真是自傲啊，並非所有人都想得到永生，我很滿足自己的命運：我的妻子、工作，或許在你們眼裡看似微不足道，但我擁有了一切，直到被你們其中一位給破壞了。因為一時興起的欲望毀了我們的生活，我妻子對他來說只是一個消遣，但造成的傷害是永恆的，把我深愛的伴侶變為卑鄙的騙子，把我所有的夢想變成噩夢！」

他的呼吸變得急促不穩定。「我對一切都失去了興趣，被絕望所吞噬，我甚至想過結束自己的生命。我為什麼要為他們的罪行受苦？如果我不在乎自己是死是活，我挑戰諸神又有什麼關係？我可以為恥辱報仇，讓他們付出代價，讓生活變得有意義。砍下那個神仙的腦袋是我一生中最美好的時刻。我，一個不值一提的凡人。」他的手握緊著笛子，彷彿在重溫過去。「你認為永生是一種禮物？當你什麼都不在乎時，這就是個詛咒！」

我努力不讓自己被他的痛苦影響，「那些在你手裡受傷的人呢？平兒從來沒有傷害你，你仍然殺害她，你沒有比你譴責的那些人好到哪裡去！」

我顫抖著迅速解下弓，開弓引弦，一支箭在我手裡燃燒著。士兵們湧向前，將吳剛團團圍住，數十人，百餘人。儘管他們臉色蒼白，但他們平穩的動作裡沒有表現出任何恐懼或懷疑。我瞇起眼睛想看得更清楚，試圖看清他們頭盔下的臉——但他們的盔甲閃耀著明亮的光芒，彷彿光線在皮膚上跳舞。如果我放箭，如果他們攻擊我們，我們能夠順利脫逃嗎？

「要是我，我不會放箭的。」吳剛以肯定的語氣說著，彷彿師父在指導學徒，他身上強大的護盾閃閃發光。

兩名士兵將一名神仙拖向前，她的頭飾歪歪斜斜地戴在頭上，長袍側邊被撕裂，上面沾滿深色汙漬。是天后。我感到震驚，力偉倒吸一口氣。天后掙扎著，金色指鞘劃過那些抓著她的士兵，但他們沒有半點退縮或喊叫，儘管那些尖爪上帶著毒。

「母后！」力偉衝向前，但我擋在他前方，箭仍在弦上。

「不要過去！」我警告著，「小心有陷阱！」

「如果你要人質，我可以代替她！」力偉喊著。

我忍住抗議的衝動，將箭對準士兵們，他們的雙眼沒有看向弓箭；也沒有表現出一絲憂慮。

「真是個孝順的兒子。」吳剛大笑，「你的提議很誘人，這也可以確保她乖乖就範。」他看向我，眼神充滿了惡意。

「力偉，站在那裡別動。」天后尖聲命令著，「我沒有受傷。」

「為何我母親會在這裡？」力偉厲聲問道。

「她被抓到試圖潛逃到鳳凰城，我們不能讓她給鳳金皇后通風報信，鼓動她的軍隊來協助她。」吳剛的雙眼閃爍著古銅色的光芒，「當你拒絕與公主聯姻真的幫了我一個大忙，這讓兩國之間，你們家庭之間產生了裂痕，我得以趁虛而入。」

我強忍一絲愧疚，力偉不愛鳳美公主，我怎麼做都改變不了這個事實。吳剛只是想要挑撥離間，讓我們更容易受到他的控制。這是他所擅長的。我看著困在士兵中的天后，雖然我一點都不想解救她，但力偉絕不會棄她不顧，而我不會放下力偉。

「我的使者通知我，你們是綏河王后的賓客，她往後會更加謹慎選擇她的邦交的。」吳剛的語氣透露著威脅，突然的情緒轉變令人不安。「如果我們沒有懲罰她窩藏你們，王后算是非常幸運了。」

「綏河王后對我們的事不知情。」我對她毫無感激，但這是事實。

「王后可沒那麼容易被唬騙，妳這個在朝廷對皇上亂吼亂叫，粗魯地要東要西的小丫頭，看來變得更狡猾了呢。」

「你才是一條狡猾、愛拍馬屁的蛇！」儘管感到恐懼，我仍大膽回嘴。

他咬牙切齒的樣子令我感到大大滿足，即使我知道將為此付出代價。他是一個會記恨的人。

他目光掃過我們一群人。「感謝你們逃出來，省了我還要去找你們的麻煩。」

「你怎麼會知道我們會在海灘上，而非在海裡？」淑曉問道。

「你們要謹慎小心選擇信任的人呀！」吳剛的嘴一撇，大喊：「我由衷感激殿下出謀策劃，證明你是有用的。」

士兵們散開，彥熙太子現身，緊握著彥明王子的手。**叛徒**，我內心呢喃，胃壁一陣收縮。然而就在我困惑彥熙太子為何之前出手相助時，我看見他弟弟臉上驚恐的表情，瞪大的雙眼裡充滿恐懼。我曾經在東海見過他那種表情，當我們從入侵的人魚族手中脫逃時。吳剛伸出手，將彥明王子從他兄長手裡拉過來，雙手按在他小小的肩膀上，彥熙太子表情扭曲，嚇得發抖。

他們是人質，不是同夥。

我痛苦並迅速放下弓箭，不想做出任何可能危及他們的事情。平兒的死讓我體會了什麼是失去。

一朵雲飄來遮蔽了太陽，讓我們短暫緩解光芒的刺眼。我探看眼前的士兵們——我對他們盔甲上的鍍金鱗片非常熟悉，除了他們頭盔遮住的臉龐。然而……他們不是天庭士兵。他們的皮膚不只蒼白，半透明中還略顯斑駁，就像一塊塊半融化的冰塊。他們的五官模糊，如流動的陰影，幽微如顫動的水中倒影。發光的血脈從他們的脖子一路劃向太陽穴，延伸至頭盔裡消失不見。眉毛下方是兩洞凹陷，露出閃閃發光的蒼白球體，環繞著強烈的光芒。是眼睛，不，不是眼睛，它們沒有顯露出任何視覺或思想的跡象——空洞、眼都不眨、令人恐懼。最不安的是他們身上散發出來的能量，我現在才意識到，稍早的混亂中忽視了這點。每一位神仙的氣息都如海浪般變化不一，然而這些士兵們的氣息，卻都一模一樣，如同模鑄出產的磚頭。

我目光落在他們鱗片盔甲上的一枚玉盤，位於心臟的位置——如果他們胸膛裡還有這種東西在跳動的話。玉盤上刻著一個字：**永**。永恆，我母親教我書寫的第一個字。是凡人極大的夢想，然而對吳剛來說，是個夢魘。

他將笛子塞回腰間。上次我看見這笛子時，它是把巨大的斧頭。這舉動令我感到一絲安慰，他不再認為這是把必要的武器。他用來遮掩傷疤的手套已不復見，也許他不再害怕大家的藐視。

他手指著他的士兵們，「他們美不美？完美的軍隊：強壯、忠誠、聽話。」

「他們是**什麼**？」答案閃現我的腦海邊緣。

「看清楚一點，妳沒有想起什麼嗎？」他帶著挑釁的口吻，赤裸裸地展現勝利般的狂喜。

我檢視他們的臉龐——全都很陌生。吳剛是什麼意思？我目光隨即落在士兵群中一名，我隱約認出他，曾隨我跟力偉在長春林裡出征的士兵。當時那十位士兵都消失了，沒有一人歸隊。不……那不可能是他，即使隱約熟悉，他臉上沒有絲毫自我意識的微光，神情彷彿停留生死之間。

「你好大膽子！」力偉的聲音帶著厭惡嘶吼著，「那些殞落的天神們都被安放在神聖和諧天境，是個讓他們神靈安息之處。只有這樣，他們才能達到真正的平靜，與我們的仙域融為一體。」

「擾亂死者安息，褻瀆聖地會受到詛咒的。」文智厭惡地瞇起眼睛。

「那種人不會怕受詛咒的。」我緩緩說道。吳剛心中一片荒涼，因為他什麼都不在乎，什麼都不怕，正因為如此，他變得更加危險。

士兵們眼中露出的一陣光芒引起我內心某種感覺，他們蒼白光芒有點像是——

「月桂樹種子！」我大聲說出，驚恐地往後一退。「它再生和治癒的力量，但你卻濫用於此！」

「長生不死，而不是在墳墓裡凋零。難道這不是神仙們的宿命嗎？」吳剛嘲諷地說。「復活是最偉大的治癒力量，真真實實的永恆禮物。」

我端詳他們蒼白的臉，內心如一窩蛇在蠕動。「你真是個野獸，你給他們的不是生命！」

他頭側向一邊，「哦，世上可不是只有我這麼做。」

「你這什麼意思？」我厲聲地問。

他陷入沉默，思量如何回答我，他說話很少沒經過深思熟慮的。「在凡間，曾經有位國王。」他終於開口說道：「他是一名偉大的征服者、精明的政治家，以及勇敢的戰士——除了死亡，世界上什麼東西他都不怕。他戰勝所有敵人之後，他用盡餘生尋找長生不老靈藥。」

他以說書人的節奏娓娓道來，讓我不知不覺受到吸引聆聽著。「這位國王非常勇敢，卻極度恐懼死亡。他建立了一支軍隊來保護他死後的靈魂。數十年來，無數工人辛辛苦苦製作數以千計的兵馬陶俑。每一個都是用黃土模製而成，雕刻著各自獨特的特徵，經過窯燒、上漆和上釉。那是支完美的軍隊，他們的君主來世也會有這些軍隊保衛，免受敵人攻擊。」

「黃土做的兵馬俑怎麼對抗死亡？」我想像這些所有的痛苦都是為了滿足一人無限的傲慢和徒勞的恐懼時，感到不寒而慄。

吳剛手托著下巴，「啊，妳說這話的模樣就像個高高在上的神仙，從未恐懼過這種事。」

「我面對過死亡。」我們狠狠地互瞪對方，一股刺癢爬過我胸口的傷疤。畢竟，就是他煽動皇上對我下手。

「那不一樣。所有的凡人——農夫、戰士或者國王，生來就知道這唯一且無情的事實。無論他們的人生多光榮或可悲，終將一死。不管是因為疾病、戰爭，或者沒有道理的意外，最終結局都一樣。」

他繼續以那種居高臨下的態度說著，彷彿這是一堂課，一堂我根本不想上的講課。我讓他繼續說，吳剛是個守口如瓶的人，這是難得的機會可以揭示他心中的糾結，從中發掘他的任何弱點。

「對你們神仙來說，死亡並非無可避免，而是個選擇，一場賭注，一條你們自己鋪好的道路。我感謝那位凡間國王的遠見，啟發了我……這個！」他向士兵們展開雙臂，「一個更黑暗的傳言，說這名君王的士兵們是被活埋在那些兵馬俑土殼裡，誰會知道真相是什麼？陵墓早已湮沒。我不是怪物，我可沒有找活人來建立我的軍隊，那都是亡者的靈魂。」他的眼中閃爍著狂熱光芒。「真可惜妳沒有將龍珠獻給天皇。不然牠們結束服務天皇之後，可以為我的軍隊增加可觀的戰力。」

我內心一涼，手不由自主地伸向荷囊，摸了摸長龍的鱗片，但我把手縮回，不能讓龍族陷入吳剛的陰謀之中。

力偉的雙手緊握，嘴巴抿成一條線，「你已經違反了所有的榮譽原則。死者應該獲得安息，這是自仙域開創之時便立下的規戒。」

「榮譽？」吳剛的口中迸出這兩個字，「那我妻子玩弄我們的婚姻又怎麼說呢？還有懦夫神仙背地裡與她偷情這件事？當我終於為**我的榮譽**報仇，你父親對我做出殘忍的把戲，讓我成了朝廷裡的笑柄，這樣公平嗎？」他舉起充滿傷疤的掌心，「我早就知道，榮譽不值得。愛也不值得。」

儘管他一副不在乎的模樣，但他的聲音卻沙啞了。是因為悲傷嗎？我不憐憫他，無論他遭遇過什麼，那都是他自己做的選擇所造成的結果。他殺了平兒，摧毀我的家園，奴役神靈來創建一支死者軍隊，他遭受的痛苦不應該成為他變邪惡的理由。

「你為何要這麼做？」我盡可能平心靜氣地問，「你已經報了仇，你妻子跟她的情夫也都死亡，為何你不是建立新生活，而是繼續摧毀所有的東西？」

「他們沒有死。」他喃喃自語，彷彿在跟自己說話，「腦海中迴盪他們的叫喊聲，他們不會讓我安寧，真是可恥，我愛上如此不值得的人。是誰認為我很愚蠢，如此微不足道，所以在我接受她破碎的愛時，她還踐踏我的自尊。」

對於心痛的煎熬、潛伏並逐漸茁壯的苦澀，我一點也不陌生，「愛是一種殊榮，而不是占有。我們無法控制自己的感受，更不用說其他人的感受了。有時候愛，意味著放手——就算不是為了他們，也是為了你自己。」

「傻蛋才會這樣說！」吳剛空洞地大笑著，「我現在是天皇了，大家都將屈膝在我面前，沒有人敢再嘲笑我了！」

我被他凶狠的神情嚇到，我想他已經瘋了。如果沒瘋，他也處在崩潰邊緣了。沒有什麼可以使他鎮定下來，使他脫離毀滅。即使他神色如此從容平穩，臉上的皺紋已抹平，平滑得就像瓷器上的釉料——但只是一層薄薄的表面，最輕微的壓力便會輕易龜裂。

吳剛的目光看向我的身後，「后羿，射日英雄，很高興見到你。」

我父親瞥了一眼我們周圍的士兵，「我可無法對你說出同樣的話。」

吳剛露出似笑非笑的笑容，「這是個改變我們未來的機會，就在眼前了。難道你不想要向那些陷害你的人報仇嗎？承認我為天皇，向我宣示你和你家族效忠我，我就賜予你四海的統治權。」他的語氣變得柔和且親暱，「我們來自下方世界的人必須團結起來，我們還能相信誰呢？肯定不是那些戲弄我們，心血來潮就賜福或詛咒我們的人。」

我父親沒有回答，吳剛繼續說道：「你難道對我讓你和你妻子團聚沒有半點感激嗎？」

我身邊的母親愣了一下，「是你傳的紙條？」

吳剛板著臉點點頭，「仍夠促成你們的重逢，我感到非常滿意。」

「你是為了達到你的目的，為了陷害我母親，這樣你就可以占領我們的家！」我怒火中燒，同時有點擔心吳剛的話會引起我父親的共鳴——直到昨天，他還是凡人，被天帝擺弄的數十年怨恨在他的內心深處翻攪。但就算父親被吳剛拉攏……這名樵夫將永遠是我的仇敵。

「我不會加入你的，我不喜歡你那些手段。」我父親直截了當地說，「襲擊我妻子跟女兒，殺害她們至親好友，褻瀆死者的安息之地，有些界限永遠不該跨越。」

「你真令我失望。」吳剛的口氣帶著惡毒，「我以為你是個傳奇的偉大人物——有野心、狠勁而敏銳，是一把真真實實的刀刃，磨礪到最完美。而如今，我發現你既遲鈍又無趣，跟那些你一同生活的凡人們一樣可憐，被虛假的道德和無用的情感給耽誤。以前的你明明掌握了龍族的力量，你可以粉碎你的仇敵，挑戰天皇，奪取權力。你卻選擇了孤僻的生活，讓自己變得軟弱。難怪偉大與你無緣，你可能聲名遠播，但你掌握得住真正的權力嗎？愛情讓你變得軟弱。」

我氣得血脈賁張，差點要衝上去，但父親捉住我的手臂阻止了我。

「我的戰役，我自己對抗。」他面對吳剛，腰背挺直，「我們選擇各自想走的道路。至於我，我選擇我的家人，而不是你周圍那些盲目跟隨的軍隊。沒有真心忠誠的士兵會跟隨你，因為你有一顆懦弱的心——在黑暗中襲擊、害怕異議，以及什麼都沒努力就渴求別人遵從。你創立這支軍隊是因為你無法贏得活人的效忠。他們永遠無法背叛你，同樣地，他們也不會尊重、崇敬及愛戴你。」

吳剛嘴一撇，「口氣就像邁入暮年的凡人，一個準備將兵器懸掛起來的退休士兵。你的妻子及孩子是你沉重的負擔，我很幸運沒有這些東西使我軟弱。如果你不願意加入我，那就投降；如果你不成為我的同盟，就是我的敵人。」

我看了我父親一眼，他下定決心的模樣與我如出一轍。站在他身後的力偉跟淑曉搖著頭，文智也是。不，我們不會投降。但我審視前方成群的士兵，心裡不禁為我自己，還有我所愛的人，以及今天站在這海岸邊的所有人感到擔憂。若不投降，肯定就要開戰，而我不知道我們是否能贏。

有個微小的舉動引起我注意——彥熙太子頭朝向吳剛，他極力想要解救他弟弟，我也是。只要彥明王子還在吳剛手上，我們就無法進攻。

「別再對自己說謊了，吳剛。」我刻意激怒他，用他不屑一顧的名字叫他。他眼睛閃爍了一下，然後馬上熄滅了。我原以為他討厭自己的名字，是因為讓他想起了自己的凡人血統。但也許他想起的是他失去的東西：他的父母、他的家人、他謀殺的妻子。

「你說你很高興擺脫了愛情，但其實你**忌妒**那些擁有愛情的人。」我慢慢地說，「你殺了你的摯愛，你的親友都過世了，而現在，你將永遠孤獨一人。」

我的話很無情，意圖誘使吳剛做出魯莽的行為，然而說出這些話還是令人羞愧。他的手指深深掐入彥明王子的肩膀，小男孩輕輕吸一口氣，咬著牙忍住。

憤怒的情緒危險地高漲。「你敢就來打我啊，還是你更喜歡躲在孩子的後面，即使周遭都是你自己的軍隊？」

吳剛喉嚨裡爆出一陣怒吼，粗暴地動手一推，將彥明王子推倒在地。彥熙太子掌中發出陣陣青光，將看守他的士兵們震飛，一把拉起他的弟弟，朝我們這邊飛奔過來。

我舉起弓箭，而我父親的箭矢早已向吳剛疾馳而去。他轉過身，冰箭插入後方的士兵。冰箭就像撞擊石頭般粉碎，那名士兵沒有閃躲，也沒有發出任何喊叫。

文智的瞳孔閃著銀色光芒，一股波光粼粼的力量朝士兵們湧去，他臉上閃過厭惡的表情。「他們沒有思緒可以迷惑，沒有心可以讓恐懼滲透。沒有什麼可以混淆或讓他們沉睡的。我也無法滲入吳剛的思緒。他屏蔽了自己；他是有備而來的。」

更多士兵靠近圍護著吳剛，其餘的則大步走向我們，他們手裡的偃月刀閃閃發亮。帶著鋸齒狀邊緣的彎曲銀色刀刃，焊接在拋光的玉石長桿上。他們如風般疾行，快速地如沙塵暴，一群死者大軍。

我的手指因恐懼而感到僵硬，但我努力彎動手指，發射出一支箭，射中離我們最近的士兵肩膀。天焰在他的手臂上燃燒，一道裂痕出現，手臂砰的一聲掉了下來。沒有濺血，儘管這士兵的軀體變得濕潤，半透明而閃閃發光，但這個怪物沒有停下來，似乎對失去的肢體無動於衷，對疼痛或恐懼毫無感覺。

天后掙脫控制，掌心噴湧而出赤紅的火焰，燒焦的士兵停下了腳步。天后朝我們跑來，一名士兵追上，我放箭射進了他的大腿。這個怪物倒下時顫抖抽搐著，周圍發出劈啪聲。

力偉衝向他母親，火焰沿著他的刀刃躥動。一名士兵跳到他面前，舉起偃月刀，我的箭射中了他盔甲上的雕刻玉盤，玉盤碎裂，力偉的劍刺穿盔甲，火焰流入這怪物的身體，蒼白的皮膚像蠟一樣融化。士兵的胸口迸發出來刺眼的強光，應該是心臟跳動之處躺著發出微光的月桂樹種子。是吳剛植入的嗎？是這群怪物力量的來源嗎？這名士兵突然直直地站了起來，這是我第一次看到他痛苦的跡象。他身上的斑點變厚了——就像湖面上的冰塊變硬了——士兵顫抖並癱倒在地，眼眶裡的光芒逐漸減弱，喉嚨深處滑出螺旋狀的金色粉塵，盤繞空中，很快地就消失在流動的陽光中。我多麼希望這位天神，能夠再次找到失去的平靜……與此同時，我打從內心深處鬆了一口氣。

這些士兵並非刀槍不入，他們是可以被摧毀的。

「破壞玉盤，取出裡頭的月桂樹種子！」我對其他人大喊，「他們受不了高溫、火力及閃電攻擊，盡量用這些法術！」

我將玉龍弓扔擲給我父親，他自己的武器在這裡無用武之地，因為月桂樹的種子本性極寒。他靈巧地接住玉龍弓，手指握住弓把，玉龍弓穩穩地在他的掌握之中，過去只有我能夠如此操控它。當我父親拉開弦，天焰在他指間一閃，便飛快朝敵方射去。我集中能量防護我父母及自己，其餘的同伴也一樣。我拔出劍，手指撫過刀刃，能量滑過，燃燒起朱紅色的火焰。

我們圍成緊密的一圈，力偉和彥熙太子在我右邊，文智在我左邊，而我父親站在另一頭，旁邊是淑曉和天后。我母親和彥明王子坐在中間，士兵們像條巨蟒纏繞著，將我們困在其中。空氣中瀰漫著他們的能量，衝擊我們的護盾。我們努力穩住，但那衝擊的力道之大就像是被踢中內臟。

這是一場笨拙、難對付、殘酷的戰鬥，我和力偉發射出一道道火光，父親擊出一道道閃電，文智和彥熙太子則擋開傾瀉而下的攻擊。我們造成的每一個傷害都得來不易，就像木頭刮著石頭。士兵們仍然繼續前進，他們四肢殘缺，皮膚冒煙，而我的腸胃因恐懼而開始痙攣。

「小心！」

我轉過身，文智的刀就刺進了我面前的士兵，擊中盔甲上的玉盤。刀尖劃過玉石，文智握著刀柄處的指關節泛白，我握住他的手，將我的力量注入他的武器，火焰沿著金屬湧入士兵的胸膛。玉盤破了，形成一道道裂痕，叮鈴一聲裂開。文智的劍斬穿士兵的身體，玉盤應聲全碎。

我們毫不留情地，不斷放出閃電箭和火浪，一一蜂擁向前。慢慢地，許多的士兵開始撤退，他們的眼睛裡光芒逐漸消失，身體像玻璃般破碎——直到海灘上散落著那些閃閃發光的碎片，空氣中充斥著金粉。

然而，我們還能堅持多久？我們的動作逐漸遲緩，四肢感到麻木。我們的陣型早就散了，分散成一條細線，夾在大海和吳剛的士兵之間。沒有統一的戰略，沒有計畫的攻擊。我們亂哄哄地，一團糟，這裡倉促地刺一下，那裡快速地打一下。建允將軍要是看到我們這樣胡亂攻擊，必定會朝我們扔書本。但此刻我們所能做的，就是奮力爭取吸到下一口氣。

我母親大聲喘氣，我轉過身發現她獨自站在那裡，沒有任何保護。兩名士兵向我父親衝來，一道閃光引起我的注意，一把偃月刀精準無誤地朝我母親刺去。我衝向前，喉嚨裡發出尖叫。然而，刀靜止了，士兵的眼睛變得更亮。他歪著頭，彷彿留神只有他能聽到的東西。

突然間他一個轉身，朝文智砍去。文智揮劍擋開，臉色緊繃。隨著越來越多的士兵衝上前，我們的護盾在無情的大軍面前開始無法穩定，恐懼情緒逐漸高漲，但我努力壓抑住。現在只能打一個算一個。

文智踉蹌後退，呼吸變得沉重。「他們打破了我們的護盾！」他警告。他重新匯聚能量的時候，一把偃月刀突然擊來，插入了淑曉的肩膀。當我衝向她時，白光沿著刀刃劈啪作響，我抓住刀桿並抽開刀。淌著血的刀從她身上落下，發出濕漉漉的聲音，留下一道裂口。我轉過身，將劍刺進那士兵的胸膛，往下一劃直到玉盤碎裂，火流湧入傷口，這個怪物顫抖了一下，癱軟倒地。

淑曉身體突然一顫，倒吸一口冷氣，我握住她冷得瑟瑟發抖的手。「妳還好嗎？」

她點點頭，儘管因為痛苦而皺起眉頭。力偉蹲在她身邊，手滑過她的傷口，止住血了，但她仍然臉色鐵青。

「要小心點。」力偉警告著，「他們的武器被施了奇怪的法術，會削弱我們，很幸運妳脫離險境了。這像凡間的傳染病，但影響是我們的力量，而不是我們的身體。如果不治癒，會耗盡能量，消耗生命力。」

「你能治癒她嗎？」我的聲音顫抖著。

他眉頭一皺，「我無法在這裡進行治療。我暫時控制住了，但無法維持太久。」

淑曉的眼神呆滯，呼吸變得困難。我握緊她的手，「別累著自己，先休息，我不會讓妳出事的。」

即使我這麼說，但我還是感到絕望。這是一場我們無法取勝的戰鬥。我們必須逃跑，但是要如何逃？龍族，我腦海裡低語著，牠們無法與這群生物戰鬥，但牠們可以幫助我們逃跑。我雖然不願讓牠們現身在吳剛面前，但也不想讓淑曉喪命。我在荷囊裡摸索著，摸到彥明王子送給我的紙龍，旁邊有個扁平涼爽的東西，是長龍的鱗片。

**將它浸泡在液體裡，我們便會為妳前來**。牠曾如此對我說。

我的手指握住它，用力按壓在細邊上。感到一陣刺痛，鱗片劃破了我的皮膚。血滑溜且溫暖地流了出來，我將血抹在鱗片上。

不遠處響起一聲細微的叫喊聲。是彥明王子嗎？我抬頭發現他和他的兄長被士兵們包圍。混亂之中，我沒有留意到他們與我們分開了。一見到士兵在彥熙太子身後悄悄靠近，我心中湧起恐懼，從手中投出火焰，那怪物向後一傾躲開我的攻擊。那士兵手臂一轉，偃月刀向彥熙太子揮了過去。我的警告喊叫聲下一秒變成了哀嚎，內臟像燒焦的紙一樣皺摺緊縮，因為我看見一個身影撲到刀刃前，小小的手臂緊緊摟住彥熙太子的腰。我曾經感受過的，那雙溫暖和柔軟的小手們。刀劍飛舞著，吶喊聲此起彼伏，但是我只聽到令人作嘔的濕漉漉的聲音。一把偃月刀劃穿彥明王子的胸膛，鮮血如雨，灑落在沙灘上。

# 23

刀刃上的光束劈啪作響，刺穿彥明王子的身體，一股肉燒焦的臭味瀰漫空中。就在幾個小時前，我才稱讚說他長高了，而現在……他看起來多麼虛弱，巨大的偃月刀殘忍地穿出他的胸口，血流如注，他的手探觸著閃著血光的傷口。他小小的身軀抽搐著，眼睛睜大，虹膜周圍呈現一圈純白色。

彥熙太子發出一聲低吼，撲向那名士兵，一劍狠狠地刺進他的腹部。那個怪物身體一僵，用力握住偃月刀，死命不放。

「那把刀！拔出來！」我衝向他們，眼看彥明王子身上的刀還流淌著不祥的光芒，我感到作嘔。

彥熙太子將那名士兵甩開，從他弟弟的胸口一把拔出偃月刀。小男孩痛苦喘息著，艱困的呼吸聲和尖叫交替，聲聲像釘子般刺穿我的頭骨。

士兵們開始朝向我，我已失去理智，義憤難耐。我的能量洶湧而出，手中迸發一陣暴風，將擋住我的士兵狂掃一旁。我不顧一切地耗盡能量，一種承擔不起的浪費，但我不在乎了，只想著趕快衝到彥明王子身邊。

空中一陣電閃雷鳴，風雨交加，頭髮在我臉上飛舞。四條龍從深海中一躍而出，覆蓋天空，冰冷的水滴四處噴灑。深紅色及黃色，珍珠色及黑色，以莊嚴的優雅姿態在天空中起伏擺動。牠們降落海灘，帶著巨大壓迫的氣息漸漸逼近，如拱門的金爪沉入白色沙灘，霧氣般的沙塵在牠們身後滾動。

我身後傳來吶喊聲，一陣扭打，刀刃的碰撞聲。突然，士兵們全靜止不動，宛如石化。我轉過身，發現吳剛被發光的冰繩帶束縛著。文智的劍抵在吳剛的脖子下方。總是眼明手快的他，一定是在剛才的混亂中趁機制伏了吳剛。士兵們木然地看著文智和他們的主人，如木偶般被他拉線操控的主人。

我快跑到彥明王子身邊，跪下並握住他的手。如此僵硬且寒冷，我打了個冷顫，他的青春氣息正快速地消退，就像即將熄滅的殘燭餘燼。

我的心緊緊地攥成一團，彷彿隨時會崩解。「為什麼？怎麼會這樣？」我不知道我在跟誰說話，也不知道我在尋找什麼答案……只是這太不公平，大錯特錯，我願意付出任何代價來矯正這一切。

「士兵們把我們拆散了。」彥熙太子邊說邊皺起臉。「我不應該與他們戰鬥；我們應該逃跑的，彥明才是至關重要的。」

我找不到任何安慰的話，內心的愧疚越來越深，吳剛是因**我們**而來的，彥明王子是無辜被捲入這場混戰的。他們之所以會逃到這裡，是因為我們在南海掀起的騷亂，他們還試圖協助我們……我內心一部分希望他們沒這麼做，沒有任何事值得付出這樣的代價。

周圍變得擁擠，但我已經無法分辨敵友，我只看到一張如月亮般蒼白的小臉，藍色眼珠子在夜色中逐漸黯淡，張開的嘴顫抖著。他想要開口說話。

我低下頭側耳靠近，從他微弱的呼吸中感覺到一絲溫暖。

「我們……沒有背叛妳。是他們抓到我們，妳不要生氣。」

他的話令我心碎。「我知道。」我試圖嶄露笑容，但我的嘴唇在顫抖。「我沒有生氣，我永遠不會生你的氣。」

我抓住我的能量緊握住他的手，不確定我能做些什麼。像割傷、燒燙傷這種傷害我還能應付，這種從內部擴張、吸取他血脈裡生命力的死寂冰霜，我完全束手無策。

有人碰了碰我的肩膀，這股溫暖在一片寒冷中把我嚇了一跳。力偉蹲下身來，將彥明王子的手放在他手上。

我燃起希望，力偉的生命之術很強大，比我的強多了，「幫幫他。」我懇求著，而他早已開始聚集能量。

「小心，力偉。」天后的聲音響起，彷彿自遠處傳來。「別耗盡你自己的能量。」

我很想叫她住嘴，但其實也想跟她說一樣的話。我不想一命換一命，我只想要救回彥明王子。

龍族向我靠近，傍晚的陽光使長龍的深紅色鱗片更加耀眼，牠的金爪在發光。琥珀色的眼睛停留在閃閃發光的士兵殘骸上，像大理石碎片般堆疊在我們周圍。

**這是什麼？**長龍的語氣，柔中帶剛，流淌著山泉水般的清澈。

「復甦的神靈，從神聖和諧天境盜取來的。」我癱軟無力地回答。

龍族向後一退，牠們的鬃毛在風中飄盪，**真是個野獸的行為，這怎麼可能？**

「月宮的月桂樹。」文智說。

**啊**。一聲悲痛欲絕的嘆息。

我們陷入一陣寂靜，長龍轉向我父親，目光閃爍著相識的光芒。其他龍群也愣住了，牠們張開下顎，隨即一同對他低下頭。即使眼前深陷絕望，但這一幕仍令我激動不已。牠們不認識我父親的凡人模樣，牠們只有在囚禁時聽聞過關於偉大弓箭手后羿的眾多傳說。

我父親一鞠躬，回以龍族同樣的敬意。「是的。」他靜靜地對自己說：「我回來了。」

黑龍的聲音隨後在我腦海裡響起：**我很高興我錯了，我很高興你父親還活著**。

「你們兌現了對我的誓言，如今義務已盡。」我父親告訴龍族們。「你們從來都不應該被珍珠束縛，如果當時我的力量沒有被削弱，我會在你們復原的那一刻便釋放你們。我很慚愧當時的我太自滿，過於滿足現況。」

「真是溫馨的一幕。」吳剛冷笑著。「老朋友。或者更確切地說，老僕人與牠們主人的重逢。」

我厭惡地瞇起眼睛，復仇的念頭暫時緩解了我的悲傷。只要文智一劍刺入吳剛的頭骨，便可結束他受詛咒的生命。我們不需要他活著；龍族可以幫助我們逃離他的士兵。

我頭一抬，與文智的目光交會。他緊緊握住劍柄，我們心裡同樣暗潮洶湧。之前在天庭軍隊服役的時候，我們曾一起殺過更小的怪物。

「放開我。」吳剛的語氣突然變得急迫，也許他終於意識到我們不會對他手下留情，「如果傷害我，我的士兵今天將會毀掉你們這裡每一位。」

「他們才不是龍族的對手。」我說了謊，明知道龍族不殺戮。

好在龍族沒有讓我失望，黑龍張開牠的大嘴，露出兩排凶惡鋒利的獠牙。

「我的士兵絕對是對手。」吳剛說，「龍族是熟習水性的生物，牠們的法力傷不了我的軍隊。」

「牠們可以將你的士兵撕成碎塊。」我反擊。

「殺了我，我的軍隊將會在整個仙域大肆屠殺。」吳剛一臉嚴肅地說。「他們不會放過任何人：你們所有人、前任天皇，整個玉宇天宮、整個天庭，或者更遠的地方。」

「如果你死了，他們要如何辦到？」我父親問。

吳剛看了一眼正準備落下的火紅色太陽。「我不會大意到沒有做好確保安全返回的準備就來到這裡。我的士兵還沒有開始進攻，因為他們唯一的任務就是保護我的安危。如果你們**傷害**我，如果你們繼續威脅並囚禁我，他們會像豺狼捕殺獵物般撲向你們，傍晚前若我沒有回到玉宇天宮，先死的就會是前任天皇，我那成千上萬的士兵將在整個國度裡肆虐，沒有任何人能存活下來。」

「你**死後**還要殺了大家？」我母親的語氣充滿恐懼，呼應了我的心情。

「仙域毀滅了又干我何事？別忘了，他們的生命並非操之在我，而是操之在你們手裡。」

我的內心彷彿被挖空，但我壓抑住恐懼，「成千上萬的士兵？你沒有那麼多月桂樹種子。」

「喔，我有。」他嘴角勾起一抹大大的微笑，不懷好意地偏頭看向彥明王子。

「而且有時候，只要一個就足以造成最大的傷害。」

我深吸一口氣，努力壓抑著想衝向前揍他的衝動，腦海中閃過一些記憶，那晚我們逃離家園時，月桂樹種子如瀑布般撒落滿地……

**他說那些關於他的軍隊是真的**。長龍出聲，**我們感受到天庭有股騷亂，一股巨**

**大的勢力，那能量不像我們以往所知的任何事物，直到今天我們才親眼見識。**

吳剛的毀滅威脅令我的胃翻騰不已，但我們怎能就這樣放過他呢？我看了一眼力偉，他依舊凝視著彥明王子，皺著眉頭專注地灌注他的能量。

「無意義的威脅。」文智冷冷地對吳剛說，「即使你有那些士兵，你如何證明做得到剛剛你說的那些狂妄宣稱？」

「來試試看啊。」吳剛自信滿滿地挑釁，「你敢冒著犯錯的風險嗎？你認為我真的一無是處嗎？」

文智的劍一揮，劃向並咬進吳剛的皮膚，鮮血染紅了刀刃。士兵們同時挺直身軀，頭轉向文智。他們的偃月刀向我們揮舞，眼睛閃爍著詭異的光芒。文智臉色凝重，緩緩放開刀劍，士兵們立即放下了武器，但他們茫然的目光盯住他。

「你敢再嘗試一次嗎？**將領**？」吳剛嘲諷著。

「你到底想要什麼？」天后厲聲問道。

「讓我帶著我的士兵離開，沒有人會受傷。」吳剛淡漠地看了彥明王子一眼，我忍不住握緊拳頭，「至少不會再有其他人受傷，你們好好考慮，我的提議很慷慨了，日落前有效。」

他對著天后說，「妳沒剩多少時間了，除非妳希望妳丈夫不得善終，讓整個國度陷入毀滅。還是說妳暗自希望他垮臺，因為他曾傷害過妳？」

天后抬頭挺胸，「並不是每個人都認為死刑是不忠最合適的處罰。」

一陣咯咯刺耳聲引起了我的注意，視線馬上轉回彥明王子身上，我的心因恐懼就快分裂。

「我很抱歉，星銀。」力偉低聲地說，「他的生命力正在消失，沒有任何東西能夠恢復它。」

「他還活著，試試其他辦法。**任何辦法都可以**。」我的絕望帶著恨意。

「他剩下的能量能暫時支撐著他，但很快就會消失。」他沒有說出口的話是：**他會死**。

難以承受的念頭，殘酷的現實。彥明王子的壽命僅僅接近凡人生命長度的一點皮毛。悲痛籠罩著我，那種極度無助般折磨著我，如平兒死的時候。

彥熙太子捧著他弟弟的臉頰，「撐著點，小弟，我會帶你回家，你很快就會康復了。」他溫和地笑著，雖然我聽出他語氣裡的謊言。

彥明王子嘴角微微上揚，「家，去找媽媽。」他喘息著，「別讓她太傷心。」

我痛苦地彎下腰，感覺胸口被狠狠拳擊，他**知道**他要死了，我們什麼也無法安慰他，即使是空洞的謊言或諾言。我閉上眼，試圖找尋我的能量。我信任力偉，但我也必須自己試試。我觀想進入彥明王子的體內，搜索著他混濁的血液，現在已失去神仙光芒，他那深藏意識裡的生命力，也不再閃耀璀璨，而是黯淡無光。我拋出我的能量，想要點燃火花，一次又一次地，但沒有任何點著的跡象，我的力量從他身上滑落，如同潮水拍打岩石。我的呼吸變得沉重，我的神經因疲憊而緊繃，我母親輕柔的哭聲傳進我耳裡——她哭了多久了？

我無法救活他，沒人可以。

我向後退開，想要埋入沙堆裡，閉上眼睛，讓自己掉入麻木，擺脫無情的痛苦。然後我……放棄了。我辜負了平兒，辜負了彥明王子。我不是英雄。

彥熙太子抱著他弟弟，輕柔地喃喃自語說著我聽不到的話。我父親向我示意，「我們必須決定要如何處置吳剛。」

我掙脫巨大的悲傷，我們仍處於極度危險的處境。悲傷是我目前無法放縱的奢侈，我內心吶喊著要吳剛的命，報復他所奪走的，但我不能說出來，我選擇努力克制，拯救那些我們還能拯救的人。

「還有什麼問題？當然是放他走！」天后怒吼著，「他會殺了——」

「天皇陛下。」文智站在原地懶洋洋地說。「我很懷疑我們這裡有多少人會因為失去妳丈夫而悲傷。他最近沒有交到很多朋友。」他用劍戳了戳吳剛，「給點其他提議吧，一些比較有用的，從解散你的軍隊開始。」

力偉雙手握拳站起身，我警告地拉了拉他的袖子。文智擅長不用一兵一卒突破敵人，將一絲事實磨成利刃，挖掘弱點並逼迫屈服。

吳剛大笑，「別當我傻子，天庭太子肯定很在乎他父親的安危，因為他在乎，所以月之女神的女兒也會在乎。」他的嘴角勾起詭異的笑容，「而**你**，不會違背她的意願。」

他話中有話令我臉頰漲紅，文智的表情依舊高深莫測。「你忘了我的本事；我不會因為我的心而失去理智。天皇的死關我什麼事？我對他的關心比對他兒子的關心還少。」

他的冷言冷語刺痛了我。雖然我也不是不知道他的想法，但我如果還期待他有所不同，那我就是容易上當的傻子。

「我知道你**以前的**本事。」吳剛神神祕祕地說。「但我警告你，除了我，這群軍隊不會聽從別人，也不會止步於天庭，他們會吞噬整個仙域，包括你的領域，還有凡間的土地。」

文智咬牙切齒，「停止你卑劣的野心吧，歸還你盜取的神靈，我們會放你一馬。我們不會報復，你可以自由建立新生活，有機會活得更有價值一點，即使你一點也不配！」

「我**不要**。」吳剛的雙眼全是泥濘碎冰殘片，「我寧死也要看見自己目標實現、復仇達成，而不願一無所有重新來過。如果我無法統治整個領域，我就要讓這裡全化為塵土。你嚇不倒我的，我經歷過最慘的夢魘，並從另一邊成功脫身了。」

他的目光看向逐漸變暗的天空，「已近日落時分了，你們要放我走還是拿大家的性命冒險？你們一部分或許會存活下來，當然不會是全部。更別提那些上方及下方世界的無辜人民，他們的鮮血將沾滿你們的雙手。」

我忍住想對抗的衝動，想要讓吳剛受苦的強烈想法。以前殺戮從沒讓我感到真正的滿足，但我現在可以毫不猶豫地殺死他，享受天焰在他臉上劈啪作響爆裂的快感，再加上我深知的那種刻骨折磨。然而，這僅僅只會帶來徒勞的安慰，只是為化膿的傷口貼上繃帶，卻無法真正治癒。

我的目光尋找著躺在地上的淑曉，她雖然安靜但充滿警覺，雙眼一圈瘀青像是被打傷。沒什麼好選了，風險太高，我們寡不敵眾、戰力不足，簡直不堪一擊。即使在龍族的協助下，也許我們能順利逃脫……但是我無法承受天庭及下方世界百姓喪命的沉重負擔，即便是天皇的性命。就算不是為了力偉，我也無法承擔。

我已經輸了。**不**，我提醒自己，一切還沒結束。如果勝利意味著要犧牲數不清的無辜人們——那就算不上勝利。

「撤走你的士兵並離開這裡。讓我們安全離開，不能追捕。」我慢慢地說。

「暫時。」吳剛同意，「休兵一天。」

「永遠。」我要求，「我們不想要再跟你有任何瓜葛。」

「我絕對不會同意的。」他斬釘截鐵地說。

「為何不同意？」我咬著牙說，「你還想要我們做什麼？」

他沒有回答，僅僅用那雙蒼白的雙眼看著我。他不會心軟，也不願透露更多。

「一周。」我拋出要求。我腦中浮出一個新念頭，儘管是微不足道的補償。

「你也必須保證不去侵犯東海，不能把這次衝突的帳算在他們頭上。」

「很好，他們的冒犯已血債血償了。除非他們反抗我，我不會有過分要求。」

吳剛看向太陽，「我們達成協議了嗎？」

「我要怎麼確保你會做到承諾？」這招是我從天后那邊學到的。

「我以我父母的名譽發誓，這兩位賦予我生命的人，我珍惜他們，儘管他們早已不在了。」他一拳按在胸口。「如果我違背誓言，願他們的靈魂永遠不得安寧，將永遠糾纏著我。」

我相信他。多麼令我痛恨，但吳剛的死也無法挽回那些失去性命的人，但至少我們暫時得救。文智的劍從他脖子上移開時，冰繩帶束縛同時也消失了。吳剛大步走向他的士兵，他們立刻包圍他，仰起頭等候聽令，並緊握著偃月刀。有那麼一刻，我害怕他背信，儘管他總嘲笑著美德，看來他身上仍有一絲榮譽。雲朵俯衝到海灘上，他跳了上去，他的軍隊隨之而去。

彥明王子咳嗽著，發出一陣咯咯聲。我跪在他身旁，好多話想說，害怕時間所剩不多，「我很抱歉，我允諾過保護你的安全。」

「妳有。」他舔了舔乾裂且蒼白的嘴唇，呼吸變得比以前更沉悶，每一次吃力短促的咯咯聲都刺進我的胸口，「龍族。我從來沒有問過妳，牠們是什麼樣子。」

他看不見牠們了嗎？死亡已經開始遮蔽了他的視野，將他籠罩在黑夜之中了？

我們救不了他……但或許我們可以給他帶來最後一絲喜悅。

我轉向龍族並深深鞠躬，「麻煩你們，這個孩子需要你們。」

龍族們靠近，巨大的身軀擋住了太陽的紅色光暉。牠們的尾巴對著空氣拍打著，沙子散落在我們身上，彥明王子突然急切從我手中抽出他的手，並伸向牠們。他張開嘴，沒有發出任何聲音——但他的眼睛裡閃耀著渴望，他目光在這些壯麗的生物身上徘徊不去。如月光閃亮的珠龍，如火焰炙熱的長龍，如深邃暗夜的黑龍，如夏日金光的黃龍。

「你們能救救他嗎？」彥熙太子的聲音裡充滿絕望，恭敬地跪在地上。

**這超出我們的能力**。牠們的話中透露出無限的悲傷。

長龍彎下頭，溫柔地碰觸彥明王子的眉心，深紅色的龍鱗與灰白的肌膚形成強烈對比，我感覺到這男孩出現一絲狂喜的顫慄。他從他兄長的手裡抽出他另一隻手，毫無畏懼地伸手擁抱長龍的脖子。

「你們是真的。」彥明王子小聲地說，將他的臉頰貼近長龍的下顎，其他條龍也紛紛靠近，圍繞著我們。他的眼角流下一滴眼淚，消失在沙地裡。

**別害怕，孩子**。長龍對他說話，然而長龍的慈悲讓其他人都聽得到牠的聲音。

**我們會守護你的靈魂，只要你願意，我們永遠歡迎你，或者你也可以選擇隨時與大海合而為一。**

龍群靠向男孩，牠們琥珀色的雙眼閃熠發亮，微開下顎，嶄露出溫柔的笑容。彥明王子的臉上浮現回應的微笑，是如此的溫暖且美麗，使我燃起強烈熾熱的希望。然而，他的眼皮隨即便闔上了，雙臂無力地垂在兩側，吐出一絲氣息，如燃盡的燭芯末端般上的燭火，熄滅消失。除了寂靜和撕心裂肺般的悲痛，我什麼都感受不到了。

# 24

他離我們而去了，冰冷的臉龐，癱軟的四肢，他的光芒消失，就像燈籠熄滅。

彥熙太子趴在他弟弟身上，肩膀因痛哭而起伏顫動。

「我很抱歉。」這些話像悲傷的微弱回聲吞噬著我。我想說的很多，但什麼也說不出來，每一句話空洞得都像沙子般在我腳下崩塌。當我在痛苦中難以自拔時，我要如何減輕他的痛苦？我僅有短暫時刻疼愛過彥明王子，然而，他的兄長疼愛他一輩子了。

「我們必須趕快走，吳剛很可能改變心意而返回，我們不能完全信任他的承諾。」文智警告。

「我會帶他回家。」彥熙太子將手臂伸向他弟弟的肩膀及膝蓋下，緊緊抱著他，緩慢起身。他雙眼黯淡地盯著彥明王子的臉龐，像是禁閉在不自然的靜止狀態，永遠戴上死亡的面具。

我內心湧起一陣衝動想跟隨他，看著彥明王子在東海最後的安息。但這是個自私的念頭，我不應該打擾他們，不應該在國喪時，給他們的好客之禮增添麻煩。

我急促地深吸一口氣，咬著下唇。我該說再見了，我不能要求太多。我的手出於本能緊握彥明王子給我的紙龍，摺邊依然密實。**這是個紀念品**，我內心在哀求，**是個我可以懷念他的東西**。然而，我不需任何身外之物將他深藏在我心中。我顫抖著將紙龍塞進彥明王子柔軟的手裡，彎下身將雙唇貼近他冰冷的前額……我哭了，淚水在眼眶裡打轉，流過我的臉頰。我的呼吸變得急促且嘶啞，他再也不會張開手臂迎接我，我也再也不會聽見他響亮的笑聲。

「謝謝妳。」彥熙太子默默地說，「彥明會喜歡的，他總是談論著龍族，他最喜愛牠們的故事。」

珠龍滑向他，銀雪般的鱗片熠熠閃閃，**他有著稀有的靈魂，我會帶著他踏上最後的旅程。我可以帶上你們兩位**。

彥熙太子猶豫一下後向牠鞠躬，「這是我們的榮幸。」

珠龍抖動鬃毛，一陣雲霧包圍著兩位東海王子，將他們舉到牠背上。彥熙太子小心翼翼且溫柔地將他弟弟的頭靠向他的胸口。他看起來多安詳，睫毛像半月般捲曲，輕輕地擦過他圓潤的臉頰。要是我能自欺，認為他只是睡著了就好了，雖然睡夢中的他也不會如此安靜。珠龍一躍騰空飛起，直奔東海而去。我凝視著他們，直到黑暗吞沒。太陽下山了嗎？我沒有注意到，星星現在正照耀著我們。

天后看著其他條龍，嘴唇噘成一團，「走吧，力偉，我們必須前往鳳凰城。這些生物不能信任，牠們對你父親懷恨在心。」

「牠們才不像妳！」我帶著情緒說，「即使有足夠的理由對囚禁牠們的人不滿，牠們既不會記恨也不會復仇。牠們不會傷害妳或妳的親人。」

她眼睛閃過一絲憤怒，轉過身背對我，彷彿我沒說過話。

「龍尊者。」我父親說，「我們必須阻止吳剛萬惡的野心。你們對這些生物以及月宮月桂樹的力量有所了解嗎？」

長龍的雙眼閃爍，掃視沙灘上那些殘破的身軀，就像被潮水沖上岸的發光怪物。

**我們從未想過月宮的月桂樹能被這樣利用到如此地步，它的力量在於再生及修復。這是卑劣的手段，拿來奴役神靈，竊取生命，吳剛是該被阻止。**

我從絕望深淵裡振作起來，「高溫可以削弱這些士兵，然而要擊倒他們並不容易。若吳剛的軍隊如他宣稱的如此龐大，試想將會在各地造成多大的破壞。」

「他的軍隊由他手中擁有的月桂樹種子所牽制。」文智議論著，「那會是多少顆種子呢？」

閃閃發亮的月桂樹閃過我的腦海，「如空中繁星一樣多。」

**別忘了，種子也會再生**。長龍警告。**這場災難將永無止境**。

「吳剛不可能那麼快就擴大他的軍隊。」我試著說服自己。「他使盡全力砍樹才得到一顆種子，他上次能收獲如此多顆，純粹是幸運的巧合——」

**巧合**？長龍歪著頭感到納悶。

我的五臟六腑像枯葉般皺起，我一點都不想憶起平兒死去那晚，不願陷入其中，重回那恐怖、悔恨及悲傷的情景。但現在，我迫使自己仔細回想：我母親的血濺月桂樹，種子如雨般落在地上……吳剛雙眼一亮，他命令士兵去抓她。加上他說過的那些奇怪言論，什麼他不是這些士兵唯一的造物主？我的手壓著太陽穴，想起更多關於吳剛砍伐月桂樹的樣子，每砍擊一次，他手掌上的疤痕就裂開一次；我母親在森林裡哭泣。兩個景象匯合在一塊，他們的血和淚灑落在月桂樹上，滲入根、樹皮……以及種子裡。

我開始感到極度恐慌，「母親，那士兵沒有攻擊妳！」

「我很幸運。」她緩緩地說，「他停了下來，彷彿認得我。」

「母親，吳剛的目標是**妳**！」

她雙眼睜大，像隻受驚的小鹿，「什麼意思？」

我緩和口氣，握住她的手，「建允將軍說月桂樹種子之前是不存在的。還有，據說一些神仙的淚水蘊含他們的部分力量。妳在森林裡流淚的那好幾個夜晚……**妳的**淚水讓那些種子發了芽。」

她猛力搖頭，「不，這不可能！」

我也不希望這是真的，但我無法忽略這件事實，「你們兩人的部分能量造就了月桂樹。吳剛的血能傷害那棵樹，而妳的眼淚可以收成那些種子。」

我的聲音因這些話及強烈刺痛的含義而顫抖著：因為吳剛不是出於憤怒、報復或自尊而襲擊我們——而是因為我的母親，月之女神，是他陰謀的核心，他會不惜一切代價抓住她。

「我不會任何法術，我怎麼可能擁有這種能量？」她臉色蒼白，彷彿要生病了。

「所有的神仙都有法力，使用的方式不同。」力偉解釋道。「這不表示妳的能力是邪惡的，沒有什麼是與生俱來的。妳可能之前沒有察覺到妳身上的能量。而妳無意中賦予月桂樹的能量，卻不知怎麼給玷汙了，很有可能就是吳剛做的。」

吳剛不想警告我們他真正的企圖，這也是為何他占領我們家園，並追捕我們，並試圖拉攏我父親。他永遠不會放過我們……這也是為何我必須解決他。

我父親伸出一隻手臂摟住我母親的肩膀，「如果吳剛抓到妳，他就可以收割所有他想要的種子。他的軍隊將勢不可擋，永遠統治天與地。」他轉向龍群說：「我的朋友們，你們願意和我一同作戰嗎？」

長龍沒有立即回答，牠正在與其他龍群商量嗎？突然牠的聲音在我腦海裡響起，從大家同時怔住的表情看來，我們在場每一位都嚇到了。

**我們會盡可能地協助你，雖然我們能力受限，那股勢力比我們還要龐大，我們不惜任何代價都必須保護月之女神**。長龍話語停歇，琥珀色的雙眼轉向我。

**邪惡必須根除，砍斷樹枝是不夠的**。

這話牠單獨對我說嗎？長龍看透了我內心的軟弱——自私地想遠離麻煩，想帶著我家人逃跑，希望永遠不被找到。我到底欠了仙域什麼？我們可以在下方世界建立新的家園。然而如果吳剛趁勝追擊，我們也將永無安全之地。他比其他任何人都還要危險，因為他什麼都不相信，無論是信仰、歷史，或者榮譽。他甚至缺乏像綏河王后那樣對子民的關懷，他身上曾經存有的任何同理心或愛情都可能早已熄滅，他的心已被怨恨吞噬，死亡及痛苦餵養著他，而他似乎也渴望它們。他不在乎是否全世界與他一起崩潰，在他的統治之下，沒有和平可言。

他為何想要權力？我不知道，也許因為他一無所有。

我感到一股沉重籠罩著我，深沉的重量。我不能繼續猶豫不決，期待能遠離邪惡及不幸，我之前一直如此，然而如今……平兒及彥明王子離開我了，他們不應該就這樣白白犧牲。如果再不阻止，邪惡將會吞噬整個世界，吞噬所到之處，直到一切只剩受苦的人們的哭泣，以及死者的沉默。

這不是什麼榮譽，我不想要承擔這個，然而如果什麼都不做，我將失去一切，失去所有我愛的人。當我看到我父親眼裡堅定的光芒時，我很高興我不需獨自面對，我們一起來保護母親的安危。

「我們必須摧毀月桂樹。」我直白地說，藏起內心擴散開來的憂懼，像撥動的琴弦般發出低沉的悲鳴。月桂樹一直是我童年的一部分，我多麼珍愛它，因為吳剛的仇恨及我母親的悲傷，它無辜地承受了長久的苦。

「這是可能的嗎？」淑曉問，她動作緩慢，臉上毫無血色。我內心有股急迫，想趕緊帶她前往安全之處。

長龍眼珠向上翻，像是探尋自己的思緒。**月桂性寒，如同那些從月亮汲取能量的人一樣。想要毀掉這種東西，需要世上最強大的火焰**。

「我們要上哪裡去找這種東西？」文智問。

「鳳凰城嗎？」我冒昧地問。「那裡有最強大的火焰。」

長龍沒有回答，僅僅將頭轉向天后。

「母后，您能協助我們嗎？」力偉問。

我想她應該更想將我撕成碎片——但可以肯定的是，她會明白吳剛帶來威脅大於一切。她沉默不答，我語帶輕蔑地說：「也許妳不知道，或許只有鳳金皇后才知道答案。」

「我比妳這無知的丫頭知道的多得多！」她咬牙切齒地說，「妳錯了，妳要找的東西不在鳳凰城。聖焰之羽，是從太陽鳥的王冠裡長出來的。」

**太陽鳥**。一片寂靜中迴盪著這個答案，我父親的表情變得痛苦而扭曲，我不認為他後悔解救凡間，但這不代表他因那場勝利感到歡喜。

「太陽鳥居住在芬芳扶桑林，羲和娘娘的領域。」文智的目光銳利地審視天后，「如果那位女神攻擊我們，我很懷疑天后陛下您會感到悲痛。」

她絕對有理由這麼做，羲和娘娘是日之女神，太陽鳥之母，我父親射殺了其中九隻太陽鳥。

天后的嘴一撇，「你膽敢這樣看著我，我才不是個騙子，跟你不一樣！你這卑劣的奸細！」她轉向我父親，「殺害我親族的凶手，你肯定還記得你射殺牠們的那天，感受過牠們的高溫，見過我說的那種羽毛！」

她冷冷地笑著，「多虧你，世上只剩這麼一隻太陽鳥，曾經有過十隻吶！剛剛好讓你跪在羲和面前懺悔，讓你親眼見見你對她家人造成的痛苦。」

我不自覺地向後退，「羲和娘娘絕對不會協助我們的，即使仙域燒成灰燼都不會願意的。」

「但我們必須試試看。」我父親嚴肅地說。

「我們要如何找到那座扶桑林？」力偉詢問他母親。「聽說那裡不容易進入。」

「沿著太陽下山的軌跡，太陽戰車返家時必經的路徑。你必須要快，不要落在影子之後，不然道路關起來就必須等到隔日。」天后緩緩開口，彷彿在挖掘久遠的記憶。

她與義和娘娘曾親如姊妹，直到太陽鳥在她的看顧下被射殺。

**天后陛下，那鑰匙呢**？長龍繼續追問。

「鑰匙？」力偉重複道。

**三把由三位曾經非常親近的密友一起打製的鑰匙，一把義和娘娘保管，另一把交由鳳金皇后，而另一把在天后陛下手上。沒有鑰匙或受邀擅自進入芬芳扶桑林者，必死無疑**。

「我正準備告訴你們。」天后的臉一陣紅。但我應對過更高招的虛情假意，所以也許是她對我恨之入骨，我看出她的掩飾。不知她是想要我的命，還是她想保護自己的利益。

「妳為何不幫我們？」我不帶一絲怨恨地問她，「妳鄙視我，認為我微不足道。但吳剛奪取了我的家，而現在他也要奪取妳的家。他威脅我們所有摯愛的人，還要掌控整個世界，沒有什麼比阻止他還更重要了。」

「我不需要妳們的幫忙！」她咆哮著。

力偉站在我們之間，「我們需要所有能得到的幫助。」

長龍目光停留在我身上，單獨對我說。**九隻被殺的太陽鳥傲慢、自私、任性。然而，牠們不應該遭受這樣的命運。當妳父親從那場災難中拯救凡人時，妳不該忘記太陽鳥也是這場騙局不幸的受害者——牠們在一端，妳的父親在另一端。一個是被虛假的榮耀欺騙，另一個被迫付出不可挽回的代價。**

過去我不曾為太陽鳥感到難過，總責怪牠們折磨凡間。牠們被指責年少輕狂，害得牠們的家人至今仍處於悲痛之中……這確實令人悲痛，我也嘗過失去的苦痛。然而，這與身為一個母親感到的悲痛是無法比擬的。

**義和娘娘悲痛萬分，怒火難消。**長龍繼續說。**每天早晨，當她帶著她最後的孩子坐在戰車上時，當太陽照亮天空時，她的悲憤依舊沸騰，再次提醒著她所失去的孩子們。她一鞭一鞭，激烈但痛楚地抽打坐騎。她以前並不殘忍，然而她現在因傷心欲絕而變得內心剛硬。最危險的仇恨，是無法釋懷的怨恨。**

為何要跟我說這些呢？我靜靜地在腦海裡問著，不想引起其他人的注意。

**只有妳能解開義和娘娘的痛苦，只有妳能彌補。扶桑林是太陽的家，然而這幾十年，一直處於愁雲慘霧的黑暗之中。**

**我要如何做呢？**我納悶，幾乎是懇求地詢問，**除了我父親或我的命，什麼能夠滿足羲和娘娘呢？**

**死亡不需要以牙還牙，但復仇的枷鎖必須切斷，點燃的仇恨必須熄滅，否則將蔓延成無可控制的熾焰。在這種時刻，當我們的世界處於毀滅的邊緣，這會是極大的災難。**

長龍向天空伸長脖子，**誰能想到，這天下的命運竟然掌握在一根羽毛上？撫慰日之女神所受的苦。不要讓她往那樵夫靠攏，否則災難肯定接踵而至。**

我父親的聲音響起，「星銀，怎麼了呢？」

「父親，你不能去。」我馬上回應並迴避他的問題。「羲和娘娘不會對你手下留情，你去不安全。」

「她也不會對妳手下留情的。」他提醒我。

「她不認識我，但她看到你跟母親，一定會認得出來。」我推測，「你現身會激怒她。你尚未恢復能力，無法與她對抗。你應該跟淑曉一起去較安全的地方。」

**跟我們走吧**，長龍提議道，**我們會照料妳的傷患**。

「你們能治癒她嗎？」我問長龍。

**可以，可能需要一些時間移除她血液中的那些汙穢。**

我點點頭。「感激不盡。」

我在淑曉身邊蹲下，握著她的手，「我的朋友，我們很快就會再見面的。」

她微弱地微笑說：「我相信妳。」

長龍向我父親仰起頭，**你要回你的家嗎？**

我父親點點頭，將玉龍弓交給我。猶豫片刻後，我接下它。他們跟著龍族可以遠離危險，更加安全，使我放心不少。

長龍打直身子，尾巴在空中擺動。前方一股發光的霧氣流動，包圍我父母及淑曉，將他們舉到牠的背上。當牠起飛時，我母親和淑曉坐姿僵硬，雙手緊握，而我父親毫不懼怕。他先前一定騎在龍族背上無數次。

我們召喚了雲朵準備離開。當我朝力偉的雲朵走去時，文智輕輕抓住我的手臂，我還來不及甩開，文智以意味深長的眼神看向天后，「妳要跟她共乘嗎？」

一想到這，我的腸胃就糾結起來，於是我大步走向文智的雲朵。力偉充滿警戒的表情讓我不安。遠離他們的視線之後，我立即擺脫文智的緊握，雖然他的碰觸，任何人的碰觸，都是這悲傷汪洋中的一絲慰藉。

風不斷地向我們吹拂，我很高興風的呼嘯淹沒我的思緒。文智一開始沒有開口，或許是看我沒心情說話。

「別自責了，星銀。」他終於開口，「彥明王子的死是個意外，是天大的不幸，沒有人能夠預料到。也許是命運，就像凡人所說的。」

「不！」我嚴厲地說，內心燃起怒火，「我不相信命運、宿命或什麼順其自然。如果這樣，我應該還在天庭侍奉一位不值得尊敬的小姐，我母親依然囚禁在月宮，我父親會死在凡間，還有……平兒和彥明王子依舊活著。」

我胸口緊縮，「要是我們沒有逃跑，要是我早點殺了吳剛，要是我沒有前往南海——」

「停！」文智抓著我的肩膀，口氣急迫，「妳只是想保護家人、想奪回屬於妳的東西，這樣錯了嗎？還是我們應該在沙灘上就投降，讓吳剛抓住我們作為人質？他會殺了我們。如果那時沒殺，終有一天會。」

「彥明王子不會。」我空洞地說，「他原本應該很安全的。」

「妳會為了他交換妳母親、妳父親、淑曉、還有妳所愛的人的性命嗎？」很殘酷的問題，我無法回答，然而這把我從痛苦的深淵裡拽了出來，讓無情的痛苦有了片刻的喘息。

他溫柔地說：「不要承擔那些不屬於妳的重擔，吳剛的所作所為，不關妳的事；不管怎樣，他都會為月桂樹和妳母親而來。彥明王子是為了保護哥哥而死，如果不是他，死的會是彥熙太子，這都是可怕的後果。別忘了，這是他的選擇，就像平兒選擇救妳母親一樣。他們應該受到尊重，不要貶低他們的犧牲，不要讓他們白白死去，更不要讓這些事毀了妳。」

「我已經犯了很多錯誤。」我的聲音因為壓抑情緒而哽咽。

「星銀，沒有任何人是萬無一失的。過去的經驗可以作為現在的指引，但不要讓過去困住妳。從錯誤中成長，但別讓它們變成妳的弱點。」他低下頭，額頭貼著我的額頭，聲音帶著強烈的情感，「妳已經做得很好了，妳救了天庭士兵，妳釋放了龍族——我承認這件事讓我當時很憤怒。」他嘴角露出一抹苦笑，然後又變回嚴肅，「妳與父母團圓了，妳是為了妳認為對的事而戰，換作其他人，早就放棄了。」

我咬著內頰，他意想不到的溫柔，突破了我最後的防線。

「哭吧。」文智靜靜地說，「釋放妳的悲傷。」

我內心被撕成一團亂，就像我墜入天庭的那晚，孤獨且恐懼；就像當我聽到力偉訂婚消息而心碎時；以及，是的，還有我被文智的背叛傷害時。不知為何，他殘酷無情的理智和同情遏止了快將我淹沒的絕望洪流。眼淚就這樣流了下來，無聲無息地，為了我所失去的，那些我永遠無法挽回的一切。我斷斷續續地抽泣。而這次，我允許自己軟弱，因為我再也忍不住了。

我無法驅散內心越來越沉重的恐懼，因為無論做什麼，死亡和痛苦都將尾隨我的身後，就如夕陽西下，黑夜終將來臨。

# 第三部

# 25

太陽逐漸褪去成深紅色的餘暉。我們在雲上等待，避免被看見，並隱藏我們的氣息。要進到芬芳扶桑林不容易，好幾次都太遲了，前面的道路已漆黑一片，形成一道我們無法突破的屏障。自從與吳剛協議的休兵期限已過，我們一直很小心翼翼，深怕被發現。這是艱難的任務，我不斷想到彥明王子在兄長懷中的模樣，當我閉上眼想拋開這些痛苦的景象時，他微弱的喘息聲在我耳邊迴盪。

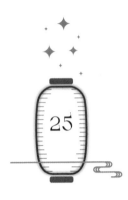

「星銀，做好準備，要開始了。」力偉警示。

一股能量在空氣中攪動，一輛晶瑩剔透的白玉戰車疾馳而過。我們乘著雲在後方追趕，保持距離但又要小心不能落後太多。鳳凰以驚人的速度騰空飛起，每根羽毛都捲曲著熊熊的火焰，火花在牠身後散開，就像一件群星披風。上頭坐著一位表情莊嚴的神仙，她黑色頭髮以黃金和黃玉製成的頭飾盤起，朱紅色的長袍在風中飄揚，一條閃亮的韁繩繫在那隻鳳凰的脖子上。她將韁繩纏繞手中，另一隻手臂向前揮出時，一條熾熱的火焰繩索展開，抽打著鳳凰，牠發出一聲撕心裂肺的慘叫，拖著戰車疾馳而去。

前幾次這種爆發的速度令我們措手不及，但這次我們做好了準備，雲朵跟上速度向前猛追。黃昏漸漸拉下帷幕，戰車的光芒轉弱，我第一次清楚地瞥見了隱藏其中的生物，如熾熱白光般的存在。

那是太陽鳥。最後一隻太陽鳥。我一想到牠便感到一股悲傷，如同我童年時般地孤單——而牠更為痛苦，失去了所有同伴的巨大傷痛。牠是否時常想起手足被擊中時的那些畫面？翅膀靜止不動，跌落空中而火光逐漸黯淡？我感受過失去摯愛的煎熬，但完全無法想像一次失去九個。我父親拯救了世界，但他同時也從這個家奪走了這群心愛的孩子。偉大的功績不會減少造成的遺憾，因為愛是無法被計算及衡量的。

每個英雄在對方的眼裡都是反派……對於他們來說，我父親一定是最邪惡的怪獸。

前方聳立一座發光的黃色大理石城牆，包圍著芬芳扶桑林。如梳齒般的金色尖刺環繞頂部，一股強大的法力蜿蜒穿梭閃閃發亮的溪河交匯處，並滲入石牆。戰車衝過拱形大門，接著所有的門緊閉。圓形的門板一分為二，各側皆雕刻著鳳凰翅膀，鍍金羽毛的尖端交織在一起，形成一個緊密的擁抱。兩側鳳凰身軀沿著門框拱起，牠們的脖子往中間交錯後，以相反方向向外彎曲。

我們一落地，我便因不祥的預感而感到渾身刺痛。未經邀請擅闖視我父親為仇敵的居所真是愚蠢的行為，肯定不受歡迎。

天后留在雲上，「力偉，讓他們繼續前進吧，跟我一起去鳳凰城。我們必須說服鳳金皇后，讓她相信吳剛對整個世界的威脅。只有和鳳凰城軍隊合作，我們才能奪回屬於我們的東西。」她刻意大聲說，希望大家都聽到。「鳳金皇后仍然積極希望能重續聯姻。我們的聯盟將比以往更重要。聯姻使我們有依靠，即使失去天庭國度，我們在那裡就有容身之處。」

我撇過頭，試著平息不穩定的脈搏跳動。天后很精明，在力偉對於她脅迫我接受的條件尚不知情之前先發制人。他已經相信我不想與他成婚，而且我是自願放棄他……因為我心裡有其他人，一個他最鄙視的人。天后的提議無疑是充滿誘惑的：

力偉為何不該與公主成婚？他為何不該做對自己、對家庭及國度有利的事，就像他之前做的那樣？我不能這麼自私，我沒有權力不放手。今天再失去一個有何差別？

「不，母后，我不會用自己來換取皇冠的。」力偉堅定地說，我胸口的緊繃鬆懈下來。

「別傻了！」天后喊著，「你可以拿回一切，包括你的地位，你的權力。現在你知道沒有了這些是什麼感覺了。」

他離開她身邊，表情嚴肅，「別再要求我做這種事了。」

「你這個不孝子！那你家人怎麼辦？你必須為你父親和我這麼做。」

她的絕望令我震驚，以前的她一直是如此囂張和不服輸。力偉聽了這種話會作何感想？

「母后，我會孝敬並保護您，我會為奪回我們的地位而戰。我會請求鳳金皇后與我們聯盟，但僅僅如此。」他說。「我**不會**與我不愛的人成婚。」

她開始咒罵，充滿仇恨的話，力偉轉過身背對她。他的雙眼晦澀不明，見到這種情景，我內心一陣悶痛。天后在他身後舉起一隻手，接著又放了下來，她的臉扭曲，不是憤怒也不是狡猾，而是一種極度恐懼，恐懼自己最珍貴的孩子疏遠了她。

但她從來不會反省自身，她轉向我。我被她熾熱仇恨的眼神嚇到，「這都是妳造成的！**妳**導致了吳剛的崛起！」

「那不是星銀的錯。」力偉立刻回答。

**是我的錯**，我內心喃喃自語。雖然文智之前說的沒錯，我無法影響別人的選擇，也沒有人可以逼迫我。是我想要讓我母親自由，解救我父親，幫助龍族。吳剛的所作所為應該由他自己承擔，然而我所做的事讓他更有理由肆無忌憚。

「我的寶貝兒子。」天后如鋼鐵般的口氣說著，「你放棄了可以確保你地位的婚約，放棄了作為天庭的繼承人和鳳金皇后的女婿，你本來可以天下無敵的。你對這個卑微女孩的感情，讓你和她一樣墮落。惡人后羿和貪婪嫦娥之女，她一點都配不上你！」

我大步走向天后，內心怒火中燒，我受夠了被她如此看不起。我不怕她，她還有什麼新招可以對付我？「我很清楚自己和我家人的價值，我父親拯救人間，我母親救了我。雖然我可能沒有妳欽佩的鍍金血統，但我**有**資格——」在準備說出力偉名字前，我停了下來，我對她的承諾使我失去資格。

「倒是**妳**，才沒資格提到我父母親的名字！」我改口說。

空中火光迸發，天后從掌心施放出朱紅火舌，我出於本能地閃開。我的手也施放出魔法，往她的火焰劃上一道弧線，將火焰凍成霜。她的雙唇緊閉，雙眼瞇起，施加能量逼進。我咬著牙在她的攻擊下努力保持冷靜，我撐住並將能量如潮浪般傾瀉而出，吞沒她的火焰，將它們捻熄成螺旋狀的濃霧。

我把手放下，法力的餘燼消失黑暗之中。天后與我面對面站著，臉上滿是怒火。我一直都知道終有這麼一天——她想殺了我，或者我殺了她。我原本可以只要放出護盾就好，而不是挫敗她。但我想挑戰她，證明我不是她認為的那樣微不足道。我的力量足以與她抗衡，比得上任何毫無意義的頭銜和皇冠，而這兩樣她曾引以為傲的東西，現在她已失去。

文智鬆開了劍柄，似乎剛剛準備要出手。力偉則猛然轉向天后，「母后，您怎麼可以如此做？」語氣充滿了憤怒。

天后用搖晃的手指指著我，「妳欺騙我，妳一直在策畫這一切！」

我茫然地看著天后，直到恍然大悟她話中的涵義，胸口一塊大石落下。是她無緣無故就攻擊了我，就代表她破壞了我們在茶館的約定……這也意味著我對她的承諾無效。我只要再補一刀，就可以解開我與力偉之間的誤會，讓我們逃離他母親的魔爪，我們可以再度復合。這些話懸在嘴邊：我和他母親的約定、我推開他的冷漠理由、跟文智有關的謊言。

然而當我看見天后蒼白的臉色，因苦惱而緊繃著，我發現自己沒有殘忍到能夠享受帶給他人痛苦的那一刻，即使是我如此鄙視的人。我不想讓力偉和他母親之間的鴻溝越來越深。當吳剛的威脅逼近時，使大家決裂絕非恰當的時機。

但事實上，這不是唯一的原因。我可沒有高尚到只是為了天后而保持沉默。我內心深處還有一個原因，一個我不敢仔細檢視的原因，擔心揭露了可能發現……我為了擺脫力偉而說的那些謊言，我不再確定那些話的真偽。我無論如何努力，仍無法忘記我是如何在文智的懷抱中哭泣，他是如何在我最需要幫助的時候安慰著我，他的話是如何緩解了當時讓我逼近崩潰的痛苦。那不代表什麼，只是一時的軟弱，我試著說服自己。然而，我什麼都不會說。天后惡毒的指責中有部分是事實，我配不上力偉，不是因為我的血統，而是因為比起我那顆不專一的心，他值得更好的對象。在我的心完整之前，在我確定心意之前，在我們安全之前，我不會再交出我的心了。

我狠狠瞪了天后一眼。「我沒有策劃什麼；一直都是妳自己造成的。然而無論我們之間有什麼仇恨和委屈，妳都是力偉的母親，這對我來說很重要，即使對妳來說無關緊要。」

天后臉上血色恢復了許多，力偉疑惑的目光看向我，「妳的意思是什麼，星銀？」

「意思就是我們應該停止互相攻擊，這只會幫助我們的敵人。」我避開他的目光，這樣他就看不出這是謊言。

文智看著天后，「雖然這情況無疑是蠻有趣的，但我們仍然需要進入扶桑林的鑰匙，妳可以給我們嗎？」他的口氣強硬，彷彿在預期什麼異議或詭計。

天后轉向力偉，「我會把鑰匙給你們，兒子。我只希望一個微小的回報。」

「您要跟我談條件？」力偉怒吼著。

「只因為你缺乏判斷力。」她的語氣近乎哄騙。「跟我去鳳凰城，見見鳳金皇后，**你**萬萬不可進入芬芳扶桑林。」

「我必須去，母后。」他說，「我不能讓——」

「你**不**能去！」天后厲聲說道，「我寧願毀掉那把鑰匙，也不能讓你落到羲和的手上。羲和怨恨著我，她的心裡滿是復仇。你是我兒子，她肯定會將憤怒發洩在你身上，認為是我辜負她的補償。在她心目中，我沒有做到保護她孩子的責任，她一直把牠們的死歸咎於我。」

「我不怕她。」力偉說，「如果您不將鑰匙交給我們，我們會自己找其他方式進去。」

「沒有這把鑰匙，你無法活著踏進這叢樹林超過三步。」天后警告，「只有擁有鑰匙的人才得以入內。只能你們其中一位。」

「我們需要那把鑰匙。」文智雙手環抱胸前對力偉說，「你要照她的話做，或者是我們從你母親那邊搶奪過來？」

力偉尚未回答，天后機靈地接話，「你答應過要保護我。上次吳剛的士兵就是鳳凰城邊界抓到我，他們必定會盯著那裡，你陪我去會比較安全。」

力偉咬著牙點點頭，「我們與鳳金皇后談過之後就回來，不會太久。」他將手伸向他母親。「鑰匙在哪裡？」

她看著文智與我，「你們哪一個要進去？」

「這有差別嗎？」我反問。

她不耐煩地嘆了一口氣，「我必須把鑰匙交給要進去的那個人。就那一個人。」

「我會去。」文智立刻說。

「不行。」我告訴他，「應該是我去。」

「為何？」他冷靜地反問，盯著我的雙眼看，「這是個不必要的風險，羲和娘娘對我無惡意，沒有理由傷害我，我有絕佳的機會說服她。」

「這倒是真的，星銀。」力偉醋溜溜地接話，「他唯一最擅長的本事就是欺騙。」

文智雙眼一瞇，「至少還有些用處。」

文智的提議令我心動，不僅僅是他的提議有其道理。我不想看見女神及她的遺孤，看到我父親造成的苦痛，但我現在不能再當一個膽小鬼了。

我走向前，文智迅速擋在我前方，將手伸向天后。她抓住文智的手腕，將他們的手掌按在一起，雙掌之間迸出一道鮮紅色的閃光，他退縮了一下。

「那是什麼？」他口氣裡充滿質疑。

「鑰匙在我兩手的掌心裡。這也是為何羲和拿不回去。」天后的肩膀垂下，語氣裡流露出一股感傷。她挺直身子，「我不能將鑰匙給你，鑰匙無法交到一位有心傷害女神的人手裡。」

「我沒有要傷害羲和娘娘，我想要的只是那根羽毛。」文智簡短地說。

天后大笑，狡猾地看了我一眼。「你為了目的，總是一心一意且冷酷無情啊，將領。無論如何，你不能進入樹林。」她轉身面向我，笑得更開了。「射日者的女兒啊，妳要進入妳最大仇敵的家嗎？」

我抬起雙手回應她。天后迅速將我們的手掌疊在一起，從她的皮膚湧出一股熱能傳入我的體內，柔和的白光籠罩著我們。不像之前嚇到文智的那種刺眼的光芒。她放下手時，我檢查了我的手，沒有發現明顯的差異。

「完成了。」她平淡地說。

我大步走向門口，將雙掌按壓在雕刻羽翼圖樣上並推開雙翼，雙翼激起一陣顫動，突然傳來一陣溫暖，琥珀色的光芒在鳳凰的金色翅膀上掀起漣漪。慢慢地，彷彿從一場夢中醒來，鳳凰的頭轉動，張開雙喙及雙眼。牠們的眼珠子閃耀著紅寶石般的光芒，微小的火焰在眼裡深處舞動著。牠們展開翅膀，讓出通往日之女神領域的道路。

力偉拉了拉我的袖子，「別跟羲和娘娘說出妳的身分，如果出現任何一丁點的危險，立刻離開。我們可以找其他辦法。」他輕聲地繼續說：「我無法失去妳。」

「你也務必小心保重。」我希望我還能多說什麼，說出一些他想聽到的承諾。

「走吧，力偉。」天后催促著，「我們必須趕快離開。」

他不甘願地走向天后的雲朵，踏了上去。雲朵翱翔夜空時，他轉過頭看了我一眼。

「他說的沒錯。」當他們消失在我們視線時，文智開口說。「任何情況下，妳都不能向義和娘娘透露出妳的身分。等到她熟睡時，偷走羽毛，然後逃離。」

這會是最安全的方式，如果我從沉睡的太陽鳥那裡偷走聖焰之羽，我就可以毫髮無傷地逃脫，無論是身體上或心理上。這對我們大家都好……但是這種行為根本出於懦弱。這樣的舉動，只會在義和娘娘的怒火上添油，加深對我們的仇恨，我們可能會落得更慘的下場。

**如果女神沒有活下來會怎樣？**一個陰險的聲音在我心中低語。拯救天上和天下的世界，不是一件值得做的事嗎？這不就是我父親面臨的選擇嗎？然而，當我想起女神的悲痛，想起曾有十隻太陽鳥如今獨存一隻的戰車時，胸口感到一陣劇痛。我不能再辜負牠們了。我不能做這種懦弱的事情；如果這樣做，就會像吳剛一樣卑鄙。

我不相信吳剛生來就是個惡人。也許我們所有人身上都有這種惡的種子。吳剛是在被殘忍的背叛後，選擇了這條路。生活中太多事情是偶然的，有些人不得不彎曲或扭曲自己才能繼續前行，或被迫隨風搖曳，才得以穩住腳步，當他們忍受著暴風雨的同時，有些人卻過得安穩無恙。然而，我們不能因為我們所做的選擇而責怪命運。我們收成好的回報，也要承擔壞的後果。而這些時刻造就了我們……以及造就了我們成為的樣子。

「我不行這樣做。」我告訴文智，「我們已經從她和她的家庭奪走這麼多了。我會請求她的。」

文智僵住，「星銀，好好想一下，羲和娘娘不是一位會摸著妳的頭髮，因妳的品格而讚賞妳，並將手中的羽毛送給妳的慈悲神仙。她懷抱傷痛的時間跟妳活在這世上的時間一樣久。如果她知道妳是誰，一定會**殺了**妳。」他的聲音帶著情緒變得粗啞，「如果她這樣做，**我**一定也會殺了她。」

他激烈的語氣使我不寒而慄。這就是鑰匙不能給他的原因嗎？「我不會告訴她我是誰，我會解釋狀況並說服她。」

「妳要欺騙她，但不會用偷的？」文智眼珠子閃著火焰。「星銀，榮譽對妳的生命來說有什麼意義？」

「沒有榮譽的生命又算什麼？無所依歸，這沒有比吳剛好多少。」

「也沒有比以前的我好多少。」他苦澀地說。

「我不是這個意思。」我曾經相信他是那種人，現在我不再那麼確定。「羲和娘娘會明白事理的，吳剛對大家都是個威脅，如果她試圖攻擊我，我會自我防衛。」

文智嘆了口氣，將雙手放在我手上，我還來不及抽手，他的能量如濃霧般籠罩著我，刺痛且冰涼，一股強大的護盾在我身上閃閃發亮。「這個能保護妳。如果她攻擊妳，趕快跑，我會在這裡等妳。她無法一次對付我們兩個。」

我點點頭，掩飾我的惴惴不安。如果羲和娘娘發現我的身分，她肯定不會讓出羽毛，她會尋求報復，我不敢想像她會要我付出什麼代價作為補償。

# 26

閃爍的光亮球體漂浮空中，就像一百顆微小的月亮降臨般，將它們的光輝灑滿四周。扶桑樹林立於草地，有如凡間夏日豐收般金黃澄澄。樹枝上結實纍纍，宛如一串串深紅色石榴寶石交錯纏繞樹葉之間。空氣中瀰漫著濃郁的香甜味，是成熟莓果的味道，熟透的果皮上溢出了汁液。這些樹很美，但是盤根交錯的形狀讓人覺得詭異，扭曲的樹枝令人毛骨悚然，地面突出尖銳的樹根，彷彿痛苦吶喊著。前方高聳一座火紅色的瑪瑙建築，建築兩側為瑪瑙柱和鍍金瓦片的層層屋頂。牆上飄逸著絲綢窗簾，在微風中優美且輕盈地翩翩起舞。

這裡沒有守衛，當我靠近入口時，也沒有任何人通報我的到來。這點還不錯，若需要逃跑，不用經過太多的打鬥。上方突然叮鈴作響，是吊在天花板上的風鈴。

一陣風輕輕吹拂，銅管及玉盤以悅耳的旋律互相撞擊。我的心臟瘋狂地亂跳，舉起手準備敲門，指關節輕輕擦過門板。忽然一種悠久古老的力量從裡頭湧出，這力量與環繞樹林並滲入石牆的相同。入口底端流瀉出一道光，光影爬過我的身體。大門敞開，日之女神義和娘娘出現了。

雖然我們身高差不多，義和娘娘看起來是如此高高在上，即使她沒有配戴任何珠光寶石頭冠。她的黑髮盤在頭頂上，以一圈紅寶石髮簪固定住，髮簪尖端如匕首般鋒利。她黑色的雙眼如鷹眼般，環繞了一圈金環，雙頰紅潤如破曉曙光。她肌膚上有著精緻的線條繪製的錯綜複雜羽狀印記，從下巴尖一路延伸到圓潤臉頰旁。如浸泡在鮮血裡亮紅色的爪子，從指頭尖端拱起。室內深處的光線投射出她的身影，呈現一種令人生畏的氛圍，或者是她嘴唇抿成細線的樣子，那股從她身上散發出來如火焰般的炙熱的力量？她看起來與我母親截然不同，有如墨汁與淨水、太陽與月亮，她以自己獨有的方式展現魅力。

「妳是誰？」她既沒有點頭致意，也沒有邀我入內。非常小心謹慎，畢竟這可能會產生不必要的紛爭。殺害一位訪客可是違反待客之道。

我事先練習的謊言卡在喉嚨裡。一片沉默，女神的雙眼瞇成一條縫，「告訴我，妳是誰？」她再問一次，這次帶著命令的口吻。

我內心掙扎著，是該維護榮譽還是尋求自保。彥明王子的臉龐閃過我的腦海，胸口感到一陣劇痛。之前我可以輕易說出這種謊言，但現在的我說不出這些話，一說就破綻百出。自從死亡的陰影籠罩在我生命中，我內心某種東西永遠改變了。我為女神失去的一切，以及她所遭受的苦難感到痛心。我變得軟弱了嗎？也許是吧，但我寧願相信這是另一種力量的呈現。哦，我不打算為了她的復仇而犧牲自己，但這是一個機會，可以完成龍族交給我的任務。說出許久之前就該說出的話，嘗試撫慰女神的痛苦。

我拱手作揖，深深一鞠躬，我不是在乞求憐憫，也沒有傻到覺得這能補償什麼。「羲和娘娘，我叫星銀，是嫦娥與后羿的女兒。」

「**我知道**。」她的話帶著無庸置疑的肯定，充滿憤怒。「無論是誰給妳這把鑰匙，都不是出自好意。這鑰匙洩漏了妳的身分，我不會容忍任何人偽裝進入我的樹林。」

我內心忍不住咒罵著天后，也咒罵自己沒有察覺這是陷阱。她當時如此急著交給我，肯定心知肚明。她一定很高興我將喪命於此，或者，她想把我獻給日之女神作為和解？

那些閃亮球體的光芒搖曳著，忽然狂風大作，掃過扶桑林。上方的風鈴發出刺耳的碰撞聲，猛力晃動到我以為快要斷了。我渾身恐懼，就像那時走進相柳洞穴裡般灰色的寒意，就像那時仁于總督的毒液凍結我的四肢，就像那時我在魔界醒來，發現我深愛的人成了最大的仇敵。

羲和娘娘的手掌往前一翻，深紅色的火浪朝我湧來，我本能地自我防衛。火浪將我整個吞噬，穿過護盾灼燒著我，那炙熱的溫度比天后的攻擊來得猛烈。

女神眼中金環擴延至整個眼眸，全身發光，「妳怎敢來此？妳想要幸災樂禍地看到我悲慘的生活，妳來激怒我的嗎？」每一個字都如鼓聲般擊打。

「不是的，羲和娘娘，我謹代表我家人，請求您的原諒——」

「原諒？」她如口出穢言般說出這個詞，「絕對不可能。」

「我不會放肆到認為自己能理解您的失去，但我依然為此感到悲傷。」我在她的力量下奮力掙扎，咬著牙說。我沒有試圖熄滅她的火焰，我不想挑戰她——我是她的仇敵，但她不是我的敵人。

她稍稍暫停，「妳為何不反擊？妳認為我會憐憫妳嗎？妳想都別想！」

「我請求您的原諒。」我嘶吼著重複這句話。她的火焰強勁地不斷攻擊我的護盾，而我同時持續注入更多的能量。「我來此是想懇求您的協助。」

笑聲迴盪，帶著苦澀的音調。「真便利啊，妳的良心現在才發揮作用。妳只是有所企圖才來造訪。」

我對她的嘲笑感到難堪，雖然這是我應得的。「我直到最近才了解這起悲劇的前因後果。雖然如今是仙域陷入危機驅使我來到這裡，但我是真心的，沒有試圖欺騙您。」

「如果妳想欺騙我，妳早就沒命了！」她怒吼道，「妳怎**還能**妄想我會去幫助射日者的家人？那個殺了我孩子的人？」

即使羞愧令我臉紅，我強迫自己繼續說：「這不是為了我自己，整個仙域危在旦夕，天庭的寶座已被篡奪。恐怖的邪惡勢力威脅著上方及下方的世界，我們唯一能消滅它的方法就是使用聖焰之羽。」

「我才不在乎！」即使她的火焰炙熱地燃燒，她的語氣寒冷如冰。「天庭辜負了我，尤其是他們的天后。無論誰坐在天庭皇位上，太陽依舊日出日落，當我有十個孩子時如此，而當我只剩一個孩子時也是如此。」

她的氣息如狂風暴雨般波濤洶湧，臉上烙印著對暴力的渴望，如鍛造中的劍般閃耀著光芒。「妳真是一個傲慢的傻子竟敢來這裡！今天，我將為我死去的孩子們報仇！今天，妳的父親和母親將為妳的屍體哭泣！今天，他們將嚐到難以想像的失去的滋味，並經歷所有父母最大的夢魘！」

恐懼席捲了我，然而我努力振作迎上她的目光：「不，羲和娘娘。我的死亡對妳沒有好處。我是帶著真誠來這裡的，您擊敗我並不光榮。」

「這很簡單，也很容易導正。妳就逃跑，我將妳擊垮，然後我完成了復仇！」一把銀色精緻雕刻的手柄出現在她手中，從中噴出一團團火焰。那正是那把令鳳凰痛苦哭泣的鞭繩武器。

我喉嚨一緊，嘴裡變得乾燥，「當時凡間正陷入危急，我父親他——」

「**殺了我的孩子！**」她憤怒地哭喊著，「什麼藉口理由在這裡都沒有用！」她的眼珠子泛起如熔化金屬般的光芒，「我只剩下一個女兒，現在我將為其他九個取走妳的性命。是個少得可憐的交換，但也足夠了！」她高高地舉起手，火焰編繩如蛇般扭動著。

我皮膚在冒汗，感到又冷又濕。她的力量很強大，我無法與她單獨對抗，我可能必須要逃到文智等待之處，我們兩個才有辦法一起對付她，然而這可能無法讓我們贏得羽毛。我極力保持冷靜，因為顯露出我的恐懼可能會助長她的怒火，激起她的血腥欲望，並讓我們引向無法挽回的道路。

「殺了我就能減輕您的痛苦嗎？這樣您的孩子就能回來了嗎？」我說得很快來掩飾語氣中的顫抖，「我沒有傷害妳，所以如果您傷害我，我會反擊，我也不是個弱者。即使您奪去了我的性命，事情也不會就此了結。我的家人朋友都會尋求報復。您只剩一個女兒了，妳想讓她冒險嗎？要是她失去手足後再度失去母親怎麼辦？」

她看向她身後的階梯，也許她的孩子正在那裡熟睡著。多麼低級，去戳向一位母親的痛點。我有多鄙視這樣邪惡的威脅，但我希望能讓她停歇，阻止她的報復行為，使她拋開殺我的意圖。這陣子已經流太多血了。

「我不是來這裡激怒您或傷害您的。」我輕聲說道，「有一名共同的敵人正威脅著我們大家，而聖焰之羽是我們唯一的希望，您能將它交給我們嗎？」

「我**永遠不會**給妳任何東西！我不在乎世界上發生什麼事。」然而她語氣中夾雜著一絲不確定。

「如果仙域及凡間都被摧毀了，誰還在乎日升日落呢？您**必定**在乎凡間的崇拜，在乎您是被需要的，在乎他們愛戴著您和您孩子。您很珍惜這些，當您埋首工作，是一天之中唯一能讓您忘掉一切的時刻，不再沉浸於悲傷。」

這只是個猜測，但也不完全是。從我有記憶以來，看著我母親每晚辛苦地點燃燈籠來緩解她內心的折磨。當她站在陽臺時，看著下方的世界，聽著凡人的歌頌及為她準備的供品……她在凡人的讚揚中得到慰藉。這為她的生活帶來新的意義，尤其在她失去一切之後更顯彌足珍貴，知道自己被需要、被珍惜與被愛。

羲和娘娘沒有回話，我繼續說，「殺了我只會讓您得到短暫的滿足，但無法消除仇恨。我父親做了他該做的，您的孩子當時正在摧毀凡間，如果您當時可以，您也會阻止牠們。因為您在乎凡間的人們，因為他們給予您無限的生存意義。」

她眼裡的金色光影消褪，但氣息仍危險翻騰著。她將手臂往後一伸，在空氣中抽打她的鞭子，火花如雨般落下，我做好迎接攻擊的準備——然而一聲啼叫劃破了寧靜，一隻火焰般的生物從地平線上升起，向我們展翅飛來，壯觀且極具威攝。拉著戰車的那隻鳳凰朝我們滑翔而下，並降落女神身邊。牠的頭冠如雉雞般呈現金棕色，身形如有著修長雙腿的圓潤鴛鴦。牠的翅膀尖端如墨，而羽毛呈現令人驚豔的繽紛色彩；紅、黃、藍和綠各色羽毛如孔雀般的尾巴橫掃草地。每一根羽毛都如著火般耀眼，深邃水汪汪的雙眼掃過我們，雙瞳閃著光芒，彎曲的爪子有如我的手掌寬。喙嘴張開時，尖喙比長矛更加鋒利。

即使牠眼中閃爍著未馴服的野性，一股強烈且狂熱的能量如上百隻蜻蜓展翅而出般地湧現，這隻鳳凰順從地彎下脖子，向女神屈靠。牠開展尾巴，彩虹般的羽毛飛舞飄動著，儘管羽翅的咻咻聲像空中箭矢呼嘯而過。

女神用她的鞭繩指向我，「如果妳真心尋求原諒，妳必須面對我最優秀的火鳳凰。雖然牠的熾熱不如我摯愛的太陽鳥那樣強烈，但牠是個技巧純熟的戰士。打敗牠，妳就能贏回妳的性命，還有妳請求的聖焰之羽。」她高高仰起頭，彷彿在向我下戰帖，「血債必須用血還。也許這樣，我的孩子不安的靈魂才能得到慰藉，牠們無止盡的哭聲才能徹底安息。」

我點點頭，恐懼中夾雜著如釋重負的感覺。口頭上道個歉絕對不會滿足羲和娘娘的。若換做是對平兒或彥明王子的補償，**我**也不會接受。悲痛及苦難，才是償還這種債務的貨幣。但我希望如此一來可能就此了結……或者至少，會是新的開始。

她盯著我的弓箭，雙眼因質疑而瞇起。「有一些規則，就是妳不能使用武器或法術。」

我搖搖頭，「至少允許一樣武器。」

「妳以為我不知道妳帶的是什麼嗎？」她一說，我背上的玉龍弓就被一股看不見的力量扯下，扔在地上。同時，一把竹製的弓箭出現在我面前，旁邊是一袋木箭。

難怪她與天后過去如此親密，她們的天性都很固執且不輕易屈饒。加上，她們都喜好進行不公平的交易。

「這是偉大日之女神的公平正義嗎？」我質問，「對抗這隻鳳凰用這種凡間武器是沒用的。」

羲和娘娘一動也不動地高舉起手，光芒劃過那堆弓箭，箭矢尖端閃閃發光。我當然更偏好使用玉龍弓，但這就是女神要求的贖罪。而且我內心一部分低聲告訴自己，她其實可以要求更多。

「自我防衛應該可以被允許。」這不是提問，而是在陳述。

「好。」她冷冷地同意了，再次舉起她的鞭繩。

我彎下腰撿起弓箭。這武器在我手中輕飄飄的，根本不夠用。「如果我輸了會怎樣？」

「妳會死。」她嘴角揚起一抹無情的笑意。「這也是**我**不和妳戰鬥的原因，妳是自願的。如此一來，仙域任何人都沒道理審判我。妳若死了，妳的親人也沒有理由報仇。」

她口氣裡的自信讓我不安，「如果我贏了，一切到此為止。您不能再對我家人尋求進一步的報復。」

她的嘴角浮現一絲冷笑，「**如果**妳贏的話。」

我抓穩法力，織入文智的護盾之中，感謝他的先見之明，也慶幸這次他無法出手干預。然而想到他不會在這場戰役袖手旁觀，我一方面感到安心，另一方面卻又特別緊張。

女神的鞭子在空氣中抽打，火焰劈里啪啦作響，那隻鳳凰順從地站起身，展翅並朝我撲來。牠的喙裡噴出猩紅色的火舌，我的護盾燃燒著。我向後一退，躲開鳳凰的攻擊，我出於本能彈動弓弦，陌生且僵硬。我往鳳凰放出一支箭，牠慘叫一聲，飛向一旁。我很快放出另一支，射向牠的側翼，但這神鳥將箭軸折斷，彷彿這只是一根刺。鳳凰再次俯衝過來，瘋狂啄擊我的護盾。牠用力衝撞我，狠狠地重擊著我的護盾。牠的爪子刺進我的手臂，手臂上裂開一道深深的傷痕，我痛到怒吼，將牠推到一旁，牠羽毛上如針的倒鈎劃過我的手掌心。

鳳凰再次朝我飛來，喙嘴尖端扎進我的肩膀，連衣服一起嵌入我的肉裡。如此炙熱的疼痛吞噬著我，我跌跌撞撞地倒退，發射一支箭射進牠的翅膀。神鳥沒有半點畏怯，反而向我展翅飛來，牠的爪子像鐮刀般彎曲。一條細長的舌頭從牠的喙中滑出，上頭如染上桑葚般的深紅，吐出的氣息帶著焦甜味。當牠豎起羽毛時，火焰朝我襲來，持續不斷的猛烈攻擊使我感到渾身刺痛不已。

我決定先逃跑，跑過草地。我的武器毫無用武之處，需要一些時間來想個計畫。忽然眼前出現扭曲多節的樹枝，我迅速低頭躲過，在樹林中穿梭。鞋子不小心絆到突起的根，差點跌倒，我趕緊穩住平衡。鳳凰在空中翱翔，空中瀰漫著牠的灼熱。牠是故意在耍我嗎？我是個蠻明顯的目標，在樹林中穿梭疾行，我的腳步聲在地面上砰砰作響。我鑽進茂盛樹林的深處，張開雙臂拍打樹枝，故意讓樹葉發出沙沙聲。當鳳凰一靠近，我悄悄地從另一邊爬了出去。我遠離牠的視線範圍，爬上了一棵扶桑樹，手掌在粗糙的樹皮上摩擦著，我心跳加速，躲在曲折的樹枝避難。

鳳凰發出尖叫聲並在樹林上方盤旋，搜尋我的蹤影。我的袖子已被牠抓破，手腕上的繩子已鬆開垂掛，我解開它並塞進腰帶。我爬上一根粗壯的樹枝上，貼近樹幹，避免被看見。鳳凰渴望嗜血的喊叫聲劃破空中，我多希望能召喚一陣狂風，但義和娘娘苛刻的條件限制了我。

我深深吸一口氣，感受空氣中瀰漫的香甜味。我腦海中浮現一些想法，鳳凰的呼吸氣味，以及牠口中的汙漬……那是桑葚，牠是不是喜歡那滋味？我將弓箭掛在背上，彎下腰從樹上抓了一把熟醇且黏稠的果實。堆疊成排的寶石紅、豔麗深紫及黑色果實。我沿著樹枝壓碎，將果實的糖漿汁液擦到樹上，香味更濃了，甜得令人發膩，令人陶醉。鳳凰的叫聲越來越大，翅膀拍打出來的風越來越靠近。牠聞到桑葚了嗎？我退回樹枝叢中，將一支箭搭在我的弓弦上——我的身體因恐懼而僵硬，手指像冰一樣。

鳳凰接近我躲藏的樹，雙眼盯著那些莓果，牠的喙嘴急切地張開。我的箭完全沒機會成功穿刺牠的身軀，但從脆弱的喙嘴呢？通過柔軟的喉嚨穿過牠的頭顱？膽汁湧上我的喉嚨，我用力吞了吞口水。哦，我不想這麼做，但我也不想死。

我向前一撲，弓箭瞄準了神鳥喙嘴張開時中間幽暗的黑洞，瞄準了猩紅色的喉嚨深處。一個完美的射擊，我緊緊握拳，內心非常激動，恐懼、憤怒及厭惡交織。我們被逼著進行我們都不想要的對決，鳳凰什麼也沒做錯，牠是義和娘娘苦難下的犧牲品，僅僅遵從她的命令。就當我是個傻瓜吧，我放下了弓。鳳凰發出怒吼，雙眼閃著殺意，朝我撲來。

我趕緊蹲下躲過牠的攻擊，雙手緊抓樹枝，身子懸掛下方。鳳凰朝我剛剛站的地方衝了過去，繞了一圈後再次朝我飛來。我的指甲嵌入粗糙的樹幹裡，沿著樹枝盪來盪去，準備好迎接鳳凰再次撲來。我顫抖著，手臂因承受著我的重量而灼熱。鳳凰往前一衝，現在正在我腳下，我放開手——

我從樹上墜落，氣流衝向我的身體，我撞向鳳凰的背上。我渾身因灼熱的疼痛而撕裂著，神鳥的羽毛像一團針戳刺著我的身體。鳳凰瘋狂掙扎著，我召喚魔法，編織一道更強韌的護盾，迫使自己頭腦保持清醒。我用力抓住牠，牠羽翼上的倒鈎刮著我的肌膚，刺穿我的護盾。我快速從腰帶裡抽出繩子，纏繞在鳳凰的脖子上，打成一個簡陋的轠繩。我用力一拉，就像我們跟隨羲和娘娘後頭時看見她做的那樣。神鳥發出尖叫聲，失去理智地俯衝而下，狂風吹打在我臉上，樹和雲模糊成一塊，鳳凰瘋狂且憤怒地在空中打轉。我緊抓著牠，用大腿夾住牠的身體，緊握著轠繩，說些安撫的話並懇求牠。直到最後，牠終於緩和下來，身體的熱氣逐漸消散。

我這才鬆開手，鳳凰繞著樹林轉了一圈，乖乖地飛回了羲和娘娘等待之處，風鈴開始敲起了令人心醉的旋律。

「牠還活著，妳沒有贏！」她咆哮著。

彷彿感受到她的不悅，鳳凰垂下頭，翅膀拖在地上。

「您沒有說我必須殺了牠。」我反駁道，從牠背上滑下來。「若只是為了遵從您的命令，沒有必要犧牲性命。」

女神緊握著鞭繩把手，用力到指關節都泛白，火焰燃燒得更旺，彷彿聚集著她的怒火。「妳竟敢假裝在乎其他生命？**妳**，后羿那屠夫的女兒！」

「別侮辱我父親！」我口氣低沉且憤怒，「我遵守諾言，打敗了您優秀的戰士。倒是您，試圖違背諾言！」事實上，規則條件沒有完全理清，我們每個人都有權利依照各自的需求來詮釋。

羲和娘娘舉起手臂，鞭繩猛然燃燒，我趕緊召喚玉龍弓，弓從地上飛回我的手裡。但我沒有拉弓引箭，我不想傷害她，我從來都不想這麼做。

但是我必須自我防衛。

她的鞭子落在我頭上，一條劈啪爆裂的火繩展開。我放出能量，製造出一道風的護盾。火焰在半透明的護盾上撞擊著，女神咬牙切齒，導引更多的能量，熱度加劇。裂縫像蜘蛛網般在我的護盾上展開，火焰閃光迸發，痛得幾乎快弄瞎了我。我踉踉蹌蹌地向後退去，穩住後腳跟，趕緊縫合護盾上的裂縫，因過度用力而幾乎喘不過氣。義和娘娘怒吼一聲，掌心發出緋紅光芒——我緊張地準備應對下一個攻擊——但她卻靜止不動，歪著腦袋，似乎在傾聽著什麼。

她身後出現一道閃爍的光芒，光芒越靠近我們，周遭的黑暗褪去。女神轉過身，鞭繩從手裡滑落。

「我的女兒。」她小聲地說，蹲下身將牠抱入懷裡。

這隻太陽鳥大概只有葫蘆般大小，眼睛又大又莊嚴。若說鳳凰有著彩虹般的色彩，而太陽鳥則是火的化身。牠的三條腿藏在如橙紅色落日的身體下方，黃色的羽毛散發出璀璨的光輝。一根彎曲的羽毛在牠的頭冠上——極深的紅色鑲嵌著金邊，如火焰的心臟般耀眼。

義和娘娘緊緊摟著太陽鳥，對牠喃喃自語著我聽不懂的語言。當她抬起頭我才發現，她的臉上流下淚來。壓抑的抽泣以痛苦的節奏從她身上傳來——即使過了幾十年，她的痛苦依然如此刻骨銘心。太陽鳥伸長了脖子，用鼻子蹭著母親，好像已經習慣了這種突來激動的情緒。

她懷裡的遺孤，偉大女神悲慘中的脆弱模樣……一見此景，我內心有多痛。我傷口仍滲出鮮血，被撕裂的肉身還在灼燒，但都比不上她們遭受的傷痛，世上沒有任何法術能治癒的傷痛。只有時間能夠緩解，即使那樣，神仙的記憶是永恆的。

我不知道自己在做什麼，我跪倒在地上，挺直身子並伸出雙臂，然後貼額伏地。我這麼做不是出於請求原諒的意圖，而是打從心底為她的痛苦感到遺憾——我們因為她孩子的死亡而無法挽回地受到牽連。我沒有說話，因為沒有任何言語可以表達她們慘重的損失，以及我為她們感到的悲痛。

寂靜籠罩著我們，忽然一陣咻咻聲，是太陽鳥朝我飛來，將我籠罩在牠明亮的溫暖之中。牠悲傷的眼神看著我，一開始我感到畏懼，擔心被攻擊，然而太陽鳥的雙眼如此溫和且富有同理，充滿著難以言喻的悲傷。牠張開翅膀，低下頭，頭冠上深紅色的羽毛滑落，羽毛的中心如液態火焰般跳動，散發出熾熱的白光。我的心狂跳不已，然而我不敢妄自猜測太陽鳥的心思，直到牠用彎曲的爪子將那羽毛推向我。

「我……謝謝妳。」對於這分無價之寶來說，這句話微不足道，但再適合不過了。太陽鳥的慷慨令我深深感動，我決定一定要配得上牠這分禮物。

「真正的力量在軸柄上，將它植入在目標力量的源頭。現在，拿走並離開這裡。」羲和娘娘聲音空洞地說：「我不會再進一步傷害妳，但也不會幫助妳。不要再試探我的寬容；我的寬容在我失去孩子的那天就死了。」

她溫柔地將太陽鳥抱在懷中，頭也不回地大步離去。大門在她身後緊閉，風鈴顫顫巍巍地敲出悲傷的旋律。雖然她們離開了，也帶走了她們的光芒。黑暗不敢靠近我面前的羽毛，我伸手拿取，但立即放棄，它的熾熱以波浪湧動並閃耀著，彷彿拔取之後它所有的力量才被釋放出來。我編織一道堅固的氣流包住它，然後塞入我的荷囊中。這法術無法維持太久，高溫已經開始融化我施加的魔法防護。極力保持完好無缺是非常困難的，但總比燒成灰燼來得好。

我跪倒在地，因內心衝擊的情緒而顫抖著，我感到解脫卻又帶著悔恨，因極度疲倦而感到低落。我沒有自滿到認為羲和娘娘已經原諒我們，那些傷痛太深了，但也許我們達到了某種諒解，我衷心希望她們母女倆能夠再次得到幸福。

# 27

我盡力癒合我的傷口，然而身子仍因剛剛嚴峻的考驗而疼痛不已。直到我離開樹林，大門那雙翅膀才在我身後闔上，羽翼雕飾緊緊相互交織。文智一個人在外頭踱著步，一見到我，他臉上緊繃的神情頓時放鬆不少。

「力偉還沒回來嗎？」我問道。

文智搖搖頭，還沒來得及說話，我的荷囊忽然閃現光芒，突來的高溫燙傷了我。保護羽毛的法術變得微弱，我把手伸入袋中，拇指撫刷著魔法罩的球狀表面，注入能量修補裂痕。儘管這裡非常暖和，我突然感到渾身發顫，因精疲力盡而倒在地上顫抖著。

文智脫下他的外袍，披在我肩上。我一抬頭便與他雙眼相視，不自主地感到臉紅。我趕緊移開視線，觀察他的長袍，是一件繡著雲彩的深灰色絲綢。我腦海裡浮起他上次這麼做的場景。是在玉宇天宮的屋頂上，我們互相承諾彼此……在他的背叛將我們撕裂之前。

我對自己發誓絕不能再次淪陷，於是脫掉了他的外袍。我們現在是盟友，也許稱得上是朋友——然而無論心中有多少矛盾糾結的聲音，我絕不允許自己成為他的一枚棋子。信任一旦被破壞，就不可能完整修補了；即使重漆上釉，那道裂痕依舊存在。

文智的眼睛滿是冷峻的灰色。「羲和娘娘傷害妳嗎？」

又一陣熱浪竄出，我皺了皺眉頭，「不，是這根羽毛，非常燙。」

「讓我幫看看。」

我從袋中取出羽毛，他從我手中取走。雖然交給另一個人是一種解脫，然而我卻忍不住產生想奪回的衝動。因為一見到羽毛在文智的手中，我就想起他曾經奪走龍珠的不好回憶。羽毛炙熱燃燒著火焰，上頭的倒刺彷彿活生生地顫動著。文智拿高檢視，羽毛湧出一束火光，穿過屏障並攻擊他的肩膀，文智沒有退縮，抓緊著球狀魔法罩，他的手流出光並施以冰霜緊緊包裹。

他在我身旁坐下，我視線緊盯著他手中的羽毛。在我還沒有要求他歸還時，他已經主動將羽毛交還給我。魔法罩摸起來很冰涼，我把它塞回荷囊，繫好繩子。

「感謝你。」我僵硬地說，「謝謝你預先給我的保護。謝謝……這個。」

「妳獨自面對義和娘娘的挑戰，這至少是我能做的。」他聲音變得極度低沉地說，「她對妳做了什麼？」

我沒有回答，看著他因羽毛而受的傷，皮膚出現紅斑，「會痛嗎？」

他嘴上浮現一絲微笑，「妳在關心我嗎？」

我聳聳肩，假裝漠不關心，「不是，如果你死了會很不方便。」

「不方便？」他緩慢地重複我的話，「真是無情的話。」

我沒有上當回應他，轉過身看著扶桑林。一道神奇的光芒從樹上散發出來，桑葚果像著了火熊熊燃燒。那些火光在夜色中蕩漾，將天空染上深紅和玫瑰色。很快地，義和娘娘母女就準備要上戰車了。

文智倚靠著一棵樹，眼皮下垂快要閉起眼睛，他很少會露出不適的樣子。是否那根羽毛的力量造成一些內傷？他肩上的傷痕如熔化的蠟般光滑，我皺著眉頭，忍不住伸手查看。但我的手隨即停住，擔心造成不適，文智手掌一揮，將我的手壓到他的胸膛。

我脖子一陣熱，馬上抽回我的手，他凝視著我，「妳怕什麼？」他問。

「不是怕你。」我頭抬高，「力偉馬上就會回來了，他可以治療你的傷口。」

「我寧可忍受妳笨拙的治療照料，也不要接受那位世上最厲害的治療師。」

「我可沒有提議要照顧你。」我很緊張地說。

「天庭太子也不想，毫無疑問他更想加深我的痛苦。是我的話也會這樣做，一定很滿足。」他嘴角露出一抹苦笑。

「力偉才不會那樣。」

「當然不會。」他口氣變得尖銳，「他很完美，是個聖人，永遠不會傷害妳。」

我的沉默是對他的譴責。文智很清楚力偉與別人成婚時，我有多難受——和他那種算計過的背叛帶來的痛苦不同。

「抱歉我說話不經大腦。」他低下頭，一隻手臂垂放膝上。「我曾經以為我們會共度餘生——那時妳曾屬於我，我屬於妳。這陣子，我幾乎沒有與妳單獨相處的時間。」

「我們目前的狀況……已經遠遠超過我原本預期。」我告訴他。

「是啊，聽到妳沒有帶著憤恨及憤怒喊我的名字，是我這一年來魂牽夢縈的期盼。有時候我以為妳會永遠鄙視我，雖然是我活該。」他深深嘆了一口氣。「我應該覺得很感激了，但我忍不住期待更多。」

「想都別想。」我的聲音裡有些顫動，「你毀了我們曾經擁有的一切，按理來說，我是該永遠憎恨你。」

「那就恨我吧，因為我寧願妳恨我也不要妳與我形同陌路。」他雙眼呈現出寒冬河流般的陰暗，眼底深處閃爍著光芒。「過去的事已無法挽回了，但我希望我們會有未來。如果妳再次將心託付於我，妳會發現我的真心。妳是我每日醒來的理由，因為妳，我得以繼續活著，繼續呼吸。」

他如此堅定且激情的告白，讓我一時無法思考，一種無預期的溫暖湧入我的心中。我艱困地吞了吞口水，面無表情掩飾並努力隱藏內心的震驚。「說得倒容易。」

他凝視著我，「那就讓我用行動來表示吧。」

我心跳加速，呼吸急促，不知此刻內心翻騰的情緒是什麼，我不想太仔細去審視它。他傾身向前，慢慢靠近我，彷彿我可能會受到驚嚇。我應該離開，但我沒有。他的氣息掠過了我的唇，味道充滿松樹的香味，帶著晚風的吹拂，還有太多我想要遺忘的東西。他是否聽到我的怦然心跳？聽見我努力抑制住的渴望的證據？

我眼皮垂下，一股撩人的溫暖氣息流過我的血液，但他隨即停了下來，舉起手撫摸我的臉頰。

「妳想要嗎？」他低沉的聲音在我耳邊迴盪。

我應該離開的，蹣跚抬腿，趕緊逃開。但我仍仰著頭看著他，彷彿被一條隱形的線拉動著。他的表情變了，籠罩起熱切渴望的暗影。他喉嚨動了動，之後他的手滑向我的脖子，既堅定且溫柔地撫摸著，以一種克制的激情將我拉向他，打破我最後的防線。他的雙唇貼上我的，激情強烈地探索著。他吻得更用力，我張開了嘴，如飢似渴地緊抱著我，我幾乎喘不過氣。他的手如鐵環般緊緊抱著我的腰，我弓起身子緊貼著他，感受到他結實又冰涼的軀體。熱氣沿著我的背脊釋放，眼前的光芒就像燃燒的星星閃過。也許這火花一直存在，只是被壓抑了，沒有被熄滅。也許這是因為我渴望除了恐懼或絕望以外的感受——即使是這些他在我心中激起的困惑情緒。也可能是他的真心話，我感受到他內心深處的傷痛。

藉口。謊言。是為了讓我隱藏可恥的事實，那就是我仍想要他，即使在他做了那些事情之後。這是個弱點，是我想要彌補的過錯。我顫抖著用力推開文智，他立即放開了我，神情嚴肅，不是我預期的得意洋洋。

「我一直在想，妳心裡是否只有他一個人，我多麼渴望知道我是否也有一席之地。」他眼底閃著熾熱的光芒。「妳對我還是有感覺的，然而妳很固執，不敢承認。還是妳在害怕？」

「欲望並非愛情。」我極力想擺脫我們之間剛剛發生的事，貶低這其中的意義，然後從腦海中抹去。為何我在戰場上如此英勇上陣，但卻在這種小事上表現得這麼懦弱？

「的確不是。」他同意，「但是妳，星銀，會渴望一個妳一點都不在乎的人嗎？」

我因他話中的自信而情緒激動，但我找不到任何話來否定他。他的目光看向我的身後，我轉過身發現力偉站在後頭，一動也不動地站著，就像看著陌生人般地盯著我。

# 28

我慌亂地站起身子，支支吾吾地不知該說什麼，我該說些什麼呢？

**事情並非看起來的那樣**。

**我能解釋**。

**這不代表什麼**。

然而事情**就是**看起來的那樣，我也無法解釋剛剛發生了什麼，甚至連我自己都解釋不清。而文智最後的那句問話……我無法說那是謊言。無論那是什麼，這的確意味了一些事情，無論我多希望這沒有什麼。

「這就是妳想要的嗎？妳已經決定好了？」力偉鎮靜地問，眼裡沒有一絲光芒。

「不是。」他臉上的表情使我的胸口感到一陣刺痛。

「決定什麼？」文智質問。我沒有告訴他我是如何跟力偉談分手的，如何說出那些關於我和他的謊言。

「他配不上妳！」力偉激動地說。

「你也是！」文智伸展雙腿並站起身，「**你**，曾經放棄她並與其他女子有婚約。真是愚蠢的選擇，我永遠不會這樣做！」

「你追求她只是為了你的目的！」力偉逼近一步，他的動作因憤怒而僵硬。

「你甚至有能力去愛嗎？或者你只是想要占有？」

「我跟星銀之間的事不用你插手，汙衊我之前，先管好你自己吧！」文智的臉板了起來。「你要給她怎樣的未來？你認為她在玉宇天宮的宮廷裡會開心幸福嗎？你永遠不可能為她屈尊俯就成為她生活的一部分，你不就只是用條皮繩將她捆綁住，讓她裝飾你的生活嗎？你沒有堅決到會為了她的幸福而放棄一切！」

我不可置信地大笑反擊文智：「**你**將我關起來、**你**奪走我的能力、**你**將自己的意願強加於我，而你現在竟敢談起我的快樂幸福？」

「是的，我曾做了那些，而我**錯了**！」文智激動地回答，「當時我已經開始知道自己錯了，但我那時太自私，太害怕，不想失去妳。我想要抓去我們在一起的機會，遠離一切，遠離他。」他轉過身背對著力偉，走近我，對著我說：「那件事之後我已經深刻自省，我不喜歡那樣，我已經改過自新了。如果妳願意給我一個機會的話。如果妳願意相信他不會再傷害妳，那為何就不願意相信我呢？」

「因為你所做的事不可原諒。」我苦澀地說，「這與你是否改過自新沒有關係，你做過的事是無法改變的，以及你毀掉的東西。」

他彷彿被我攻擊般退縮了一下，但雙眼仍然如鋼鐵般明亮，「那麼我們一起重新來過吧。」

「我真受夠了這些謊言。」力偉的語氣嚴厲且帶著輕蔑。

他修長的手指抓住文智的肩膀，文智反抓他的手腕並甩開他，轉身面對力偉。

「你敢再這樣試試看，太子殿下，我在你學字練畫時已經打了第一場勝戰。」

「你的訓練在**許多**方面都非常不足。」力偉手緊握劍柄，反擊說道。

我迅速移動擋在他們兩人之間，「夠了，我們不是敵人。」

他們互瞪了一眼，終於分了開來。力偉看著我，未說出口的疑問懸在我們之間。他怎能不去猜想他剛剛所見到的那一幕？我原本可以聲稱自己感到困惑或悔恨，他會毫無疑問地接受一切，但我們都值得更好的對待，這樣的謊言只能暫時安撫彼此……然而我現在能做的也只有說謊，甚至對我自己也是。

但不能再吵下去了，仙域危在旦夕，這些糾結可以晚點再解決，等到閒暇時刻。如果我們失敗了，這些事也都不再重要了。

我面對他們，「現在什麼事都比不上阻止吳剛來得重要，這是個不可能的任務。面對前方阻礙重重，我們必須堅強團結，而不是分裂。」我下意識地揉揉後頸，因傷口的不適而畏縮了一下。

他們一開始都沒說話，之後一致點頭同意。「妳受傷了，在羲和娘娘那邊發生了什麼？」力偉問道。

「償還舊帳，她很寬容大量。」

「寬容大量？」力偉語調有些扭曲，不可置信地說，「妳的傷口很深。」

「我與鳳凰對戰，是羲和娘娘的提議，換取羽毛的挑戰。」一想到她的悲傷，我胸口有些抽痛。「她知道我的身分，她本來可以要求更多的。畢竟她失去了九個孩子。」

「又不是**妳**殺了牠們。」文智提醒我。

「她也沒有殺了我。」我反駁道。

「羲和娘娘是怎麼發現妳是誰的？」力偉嚴肅地問。

一想到他母親的詭計，我便握緊拳頭。但這不是責罵的時候，一旦我們順利拿下吳剛，我再追究此事。「日之女神知曉她領域內的一切。」

「妳能存活真的很幸運。」文智說。

「對啊，還有拿到這個。」我拿出羽毛。聖焰之羽如太陽碎片般捲曲在球狀魔法罩裡，火焰沿著它的軸柄燃燒著，如卷鬚的羽絨沿著邊緣攀爬著。我沒有感到勝利的喜悅，反而覺得這是無法承受的負擔，因為我從已經失去如此多的人手裡取走了它。

「我們必須將聖焰之羽帶到月桂樹那裡，我們要如何躲過吳剛的士兵，成功到達月宮呢？」我問。

「月宮現在受到嚴密保護，防止任何入侵。」力偉警告說。「我被監禁的期間聽過士兵們說起此事——他們對於派遣大批軍隊保衛那個地方感到奇怪，而守衛玉宇天宮的軍力卻減少許多。」

我的家現在淪為吳剛的私有財產。內心的苦澀腐蝕著我，想像著那寧靜和平的純明宮，現在竟然成為陰謀摧毀世界的關鍵。一個更惱人的念頭跑出來，「我的生命力因為月桂樹的能量而迅速恢復，那吳剛士兵在那裡不就更強大了？我們要如何在那種地方攻擊他們？」

「我們無法。」文智果斷地說，「即使我們調動大批軍隊來支援，當我們的勢力一接近，吳剛就會立刻感受到，他會千方百計摧毀一切，那將是個大屠殺。」

「這同時也會引起吳剛的戒心。」力偉警告說。「如果他知道我們打算摧毀月桂樹，他會不惜一切代價保護它的安全，我們將永遠無法再接近月桂樹。」

「因此我們必須盡全力瞞著他。」文智同意。

聽到他們沒有互相怨懟及充滿敵意，並同意對方的看法，我感到心情大好。

「在東海，我們誘使仁于總督來找我們。」我對文智說，「那如果我們誘騙吳剛將我們帶往月桂樹如何？」

他抿著嘴思考我的提議，「吳剛只願意讓某個人接近月桂樹。」文智終於開口，語氣帶著一絲猶豫。

我愣了一下，明白他的意思。吳剛**過去**只允許某個人接近月桂樹……並非出於信任，而是因為這個人能幫助他完成計謀。

是我母親。

「不行！」我試著在他的提議裡尋找漏洞，周圍空氣變得稀薄。

「我們會保護她，她會毫髮無傷。」

文智從不畏懼艱難的抉擇，我想要抨擊他，然而我內心深知他是對的。這是我們最好的選擇……也許也是我們唯一的選擇。

「吳剛的士兵聽從他的吩咐，但是他們無法傷害她。」文智說，「妳在海邊見過他們的反應。」

「也許是，但吳剛一定會毫不猶豫地這麼做。」我爭辯著，「他一定會吸取我母親的血來收割月桂樹種子，我們不能讓他帶走她，不只是因為我不允許任何人傷害她。一旦她落入吳剛手中，**他就贏了！**」

我進一步繼續說，「我母親不會法術，無法隱藏或施展聖焰之羽的力量。吳剛會立刻在她身上發現那根羽毛，如果聖焰之羽的能量沒有先毀了她。不管如何，我們會失去那根羽毛，必輸無疑！」

說完才發現我全身都在發抖。力偉摸了摸我的手臂說：「妳說的沒錯，我們再想想其他方法。」

「那要不要我們找誰假扮成妳母親？」文智提議道。

這我之前做過，在東海那次假扮成安美小姐。然而這種詭計現在是行不通的，「吳剛比仁于總督還要精明，服裝儀容的改變是不夠的。他住在月宮期間對我母親有一定程度的了解，她的語氣、舉止及氣息，他不會忘記的。」

「那用法術呢？」力偉建議道，「雖然我只知道點皮毛，像臉部或外型上的幻覺？」

我想起闖進寶藏庫那次阿濤施展的法術，以及他告訴我的另一件事，「我聽說有一種罕見的法術不僅僅能夠複製他人的外貌，還能複製氣息及語氣。」我邊想邊說，慢慢地補充說，「如果這樣，我可以假扮我的母親。」

力偉皺了皺眉頭，「對我們來說，氣息是獨一無二的，就像指紋。這一定是古老的法術，近來從沒聽過有人討論這種東西。」

「古老，而且是個禁忌。」文智嚴肅地說，「神之鏡卷軸是一種強大力量的心之術之一。當它作用時，幾乎沒人可以察覺到其中差異。」

「一種**禁忌的**卷軸？」力偉的語氣帶著嫌惡。

「你父親銷毀了一堆這樣的卷軸。」文智冷冷地回應，「多虧了我們，有些被保存下來。」

「卷軸在哪裡？」我問文智，或許力偉會認為我是個偽君子，不擇手段想要取勝。在這種高風險的情況下，他或許是對的。

「卷軸在我父親那裡，那是他最珍藏的寶物之一。」

「他會願意給我們嗎？」我問，腦中閃過一絲疑惑。

「我去問問看，但他必定會產生質疑，我父親對誰都不信任，無論是他的朝臣或是后妃們，更不用說他的孩子了。背叛的最大威脅就是極度想要什麼，或失去一切的時候。」文智抑鬱地說。

異樣的神情閃過他的臉。他是想起他為了龍珠背叛我的事嗎？貪婪、野心，以及恐懼，這些強大的力量足以模糊一個人的心智。

一聲鳥啼，預告黎明來臨。文智瞥了一眼帶著緋紅色和玫瑰色逐漸變亮的天空，「我要趕在他上朝之前，先回去找他談談看。」

「我們會在東海邊境等你，我不敢逗留太久，羲和娘娘馬上就要出現了。」

文智點點頭，舉起手召喚雲朵。他全身緊繃，臉色陰沉。他是否害怕對抗他父親嗎？這些皇室成員的父母和孩子之間的關係真奇怪，是權力沾染了羈絆嗎？還是因為那些沉重的責任期望？天皇曾貶低力偉認為他軟弱及毫無野心，而文智的父親則懷疑他的兒子過於野心勃勃。

★　★　★

我們飛往東海時，力偉與我都沒有說話。我驚覺這是逃離玉宇天宮之後，我們第一次獨自相處。不過就幾天前的事，但感覺像過了幾十年。我不再是那個剛入恆寧苑的女孩，甚至也不是幫助他逃跑的那個人了。歲月悄然而過，有時甚至在我們的生命中沒有留下一點痕跡，然而有時一瞬之間，便足以顛覆一切。

死亡摧毀了一部分的我，隨著這樣持續不斷沉重的壓力，幸福似乎遙不可及。力偉站在一掌寬的距離，或也許十掌寬，但我們之間彷彿有一道牆。他凝視著天空，一縷縷黑髮飄散在他的臉上。

「妳的傷口還痛嗎？」他問。

「不會了。」正好身體的不適可以讓我分散對心裡痛苦的注意。

他傾身向前，抓住我的手，溫暖的能量注入我的身體，治癒我殘存的傷勢，並同時為我低至危險的能量提供補給。四肢恢復力量後，我感到呼吸較順暢了。

「在樹林裡發生什麼事了？」他邊問邊退後，與我保持距離，「羲和娘娘與她的鳳凰很強大，妳如何躲過攻擊？」

「文智幫了忙，他做了保護。」

他的表情沉重。「我同意妳說的，現在不是處理這些事情的時候，但我必須說一下——如果妳感到困惑，那一定是他做了什麼。他是個操縱大師。」

「不是。」我緩慢地說，「我的感覺是我自己的。」

他深邃的眼睛凝視著我，如此深不可測，而我曾經能如此清晰解讀這雙眼。

「所以是妳自己想親他？」

我移開目光，「我希望我沒有。」回答不完整，也不是他想聽到的。

「妳現在感受到的……我相信終究會過去。別讓他蒙蔽了妳的感覺。」

力偉語氣裡的緊迫盯人嚇了我一跳，我端詳他的神情，發現他眉頭及嘴角多了幾條新的皺紋。這些日子必定大傷他的元氣，「力偉，你還好嗎？你一定很擔心你父母。」

「我母親明明很害怕，卻藏起她的擔憂。而我父親——」他聲音越來越小聲，

「我必須回到玉宇天宮，我必須幫助他——」

「你這樣做就是自投羅網。對篡位者來說，沒有什麼比抓住逃亡中的繼承人來得重要。」我直言不諱地說。

「他會殺了我父親。」

「不，吳剛行事謹慎，他會讓你父親活著，直到他確保拿下皇位。還沒抓到你，他的地位仍然不穩固。」我嚴肅地說，「如果吳剛想要殺了你的父親，他肯定早就死了。」簡單坦率的事實有時候能提供極大的安慰。

這感覺真奇怪，才幾個星期前讓我感到恐懼且厭惡的是天皇。然而與無情殘暴的吳剛相比，擁護天皇卻是對仙域較好的選擇……雖然我忍不住想像，力偉才是更好的統治者。

「鳳金皇后表態支持你家族了嗎？」我問。

「目前局勢還不明朗，鳳金皇后還在猶豫是否要對抗吳剛。這不只是捍衛我們的立場而已，還要奪回皇權，是一項更為艱鉅的任務，需要極大的信念。」

一層比同盟更強而有力的關係。

「你應該與鳳美公主成婚的。」這些話差點令我窒息，但公主能夠給予的比我多更多：國度、皇冠，以及未來。力偉只要求過我的心，然而連這點我都無法辦到。

「妳想要我這麼做嗎？星銀。」他的語氣充滿悲傷。

我壓抑想否認的衝動，逼自己說：「你應該做對你及你家族較有利的決定。」

他緊緊抓著我的手，我立刻陷入他那觸碰帶來的溫暖回憶中，「妳一直以來都在奮戰，無論生命拋給妳什麼，無論是否有獲勝的希望。妳夢想著不可能的事，創造自己的路，現在也不要放棄我們。」

「我已經不是你以為的我了。」我聲音低沉地說，「我犯過許多錯誤，我傷了那些我最在乎的人，辜負了那些我願意付出一切去拯救的人。」我內心深處因為這些懺悔而被撕扯著。

「不，星銀，因為妳比大多數人都經歷更多的考驗，經過火煉才能鍛造更堅固的刀刃。」他對我笑著，我彷彿看到在恆寧苑的那位舊友。他的神情轉為憂鬱，「只要妳不放棄，我也不會放棄。只要妳願意，我將永遠陪在妳身邊。」

我的情緒繃得越來越緊，幾乎要到崩潰的邊緣。我渴望他的保護，他的安撫及仁慈，那些我愛上他的因素，而我仍深愛著。「我不知道我想要什麼，而現在，這不重要了。」

「妳只要告訴我，我是否在妳心中？」

「是的。」這是個事實，我沒有半點猶豫。

「就像妳也在我心中。」他將頭轉向我，「不知道不代表不想要，只要還有希望，我就會繼續等待。」

我還來不及回答，一股力量穿過空中，我抬頭環顧四周，「風向改變了。而且風變得更大，更冷。」

「有雲朝我們飛來。」他嚴肅地附和我的發現。

「我們必須逃離，必定是吳剛的士兵。」

「可能是文智的軍隊，他設下的陷阱。」他語氣中帶著質疑。

我搖搖頭，聖焰之羽是個極大的誘惑，然而當我從樹林裡出來時，虛弱又受重傷，文智有機會輕易奪走。我不知道他當時心裡怎麼想的，但那不是背叛。至少，不再是。

我們的雲往高處飛時，後頭一股力量襲擊，迫使我們驟然停下。我搖搖晃晃地保持平衡，我們的雲像隻魚被鉤子拖著。我們上鉤了，被困住了。我一轉頭發現吳剛的不死士兵跟隨著我們，六個——空洞的眼神，帶著追殺致死的意圖。陰森森地沉默著，他們緊閉雙唇，盔甲閃著金光與白光，透明如銀的肌膚，曙光下發光的血管在各個臉龐上閃閃發光。

吳剛得知羽毛的事了嗎？應該還沒，否則他會派整個軍隊前來搶奪。連龍族都還不知羽毛的存在。唯獨天后，她與日之女神曾經過從甚密。這必定是派來天空搜索我們的巡邏兵，因為吳剛必定在找我母親。

士兵朝我們飛來，眼窩裡閃著如燈籠般空洞的白光。他們步調一致，高舉起手，偃月刀朝我們投擲而來。刀刃閃著光，劃過天際擊中我們的雲朵。

雲劇烈顫抖，力偉的掌心噴發出火焰，纏繞住其中一名士兵。然而沒有像在海灘時那樣被燒毀或破碎，他的皮膚發出一道白光並癒合傷口，而其他士兵如斬斷緞帶一般，擋住了力偉的火焰。我抽出弓，射向一名士兵，天焰擊中他胸口的玉盤，強勁力道使他踉蹌往後一退，但那塊玉卻完好無損。是被強化了嗎？我隨即再發射一支，但士兵周圍突然出現一道護盾，緊實地阻擋我的攻擊。

「他們已學會自我防衛，也學會了互相協助。」力偉帶著緊張的語氣說著。

我注視著逐漸逼近的士兵，見到他們手中閃著殺氣的偃月刀，我全身忍不住起雞皮疙瘩。很快地，他們將全面進攻，「那我們必須集中火力，一齊猛攻。」我說。

力偉從掌心迸射出烈焰，形成一道弧線朝士兵們劃去，如一片火雲在上空翻騰。士兵們紛紛仰起頭，表情依舊冷峻無情。我感到一陣陣寒慄，極力穩住雙手，朝力偉的火焰射出一支箭。天焰擊中目標，將沸騰的一團烈焰擊裂，化成火熱的洪流傾瀉在士兵們身上。空氣中瀰漫著刺鼻的苦味，應該是來自他們燒焦的肉體和皮膚——如果可以稱之肉體和皮膚的話。士兵們沒有發出任何聲響，蒼白的傷口在他們身上綻放，像腐爛水果上長出的黴菌一般。

力偉拔出劍，砍向束縛我們雲朵的無形繩索。當那股拉力斷裂時，我們的雲朵飛向天空。我們放出魔法，導引一陣風加速前進。我們的長袍瘋狂飄舞著，我的髮髻被吹散開來。我回頭看了一眼，發現士兵們就站在我們剛剛離開之處，散發著詭異的光芒——他們已經復原了。

我的胃在扭曲。他們是如此完美的武器：不會疲倦、無所畏懼、敏捷而強大。一支像他們這樣的軍隊，猶如鐮刀橫掃大麥所向披靡。這次我們逃脫了，但下一次呢？無處可逃時該怎麼辦？

我們迅速向南飛去，飛越了鳳凰城茂密的森林，遠離了天庭的邊界。最後，黃金沙漠在地平線上閃閃發光。一個高大的身影正駕著紫灰色雲朵向我們飛來。

「我感覺到妳的出現。」文智一靠近便說，「為何會直接過來這裡？」

「吳剛的士兵發現了我們，他們變得更強韌了，我們幾乎無法逃脫。」我告訴他。

「他們無法進入雲城的。」他向我保證，「我們有辦法阻擋不速之客。」

「無論什麼辦法，可能在吳剛士兵身上起不了作用。」力偉警告著。

「也許是。」文智皺著眉頭應聲附和。「那我們只好期望吳剛不會現在來測試我們，他在仙域還有其他眾多敵軍要應付。」

「你跟你父親談過了嗎？他願意協助我們嗎？」我問他。

他的雙眼帶著如暴風雨中翻騰大海般的陰影，「他的協助是有代價的。」

我不應該感到驚訝，這似乎是國王與王后們慣用的做事方式——那些擁有最多的人，總是不願意在沒有任何優勢之下讓與任何東西。

「他想要什麼？」我帶著警戒地問。

文智雙眼凝視著我，聲音緊張且低沉，「星銀，我已盡任何可能說服我父親改變心意。」

我內心感到恐懼，「什麼意思？」

「我父親願意給我們那個卷軸……作為彩禮。」

# 29

空氣中瀰漫著檀香，從散落房內各處的青銅香爐裡飄出。一排排絲綢燈籠懸掛天花板，將火熱的光芒投射在黑曜石牆面上。我環顧四周，賓客們慵懶地倚靠在錦緞座墊上，端著鍍金的瓷杯啜飲著。他們面前有張桃花心木矮桌，上頭擺放著一盤盤食物：澄亮蟹黃的蒸餃、淋上薑蔥醬汁的烤豬肉薄片，以及炸得酥脆的精緻春捲。

雲城的眾神們看起來偏好繽紛的色彩，各個身穿紫水晶及綠寶石、紅寶石及海藍寶等珠寶色調。身處他們之中，我肯定看起來特別單調，儘管皇宮侍從提供琳瑯滿目的衣裳讓我挑選，我實在毫無享樂的心情。我盡可能挑選了一件最幽暗的衣裳，以淡綠如灰的絲綢製成。裙上繡有黃色菊花，花朵擺首搖曳著，彷彿被銀線繡上的風紋吹拂著。我的脖子及手腕沒有配戴任何飾品，頭髮以素色絲帶綁起，長髮尾端拂過我的後背。

「我們真是匹配。」在我身邊的文智稱讚著，嘴上帶著微笑。

「我們**不是**。」我沒有心情同意，因身處此地而內心糾結。這是個我從未想過會再回來的地方。那薰香味讓我鼻塞，深色的牆面看起來非常壓迫，不安的回憶湧現，提醒著我絕對不能降低戒心。

「我是指我們的服裝很相配。」文智說，笑得更燦爛了。

他也更換了一身衣裳，高領黛綠色長袍，下擺以金色絲線繡上葉子圖案，那色調突顯了他的五官以及膚色，我心跳加速，忍住不被誘惑。

我不是心甘情願來到這裡，我們需要文銘國王的協助，而我希望能打消他開出的離譜條件。我不是來這裡扮演溫順的媳婦，我是一根荊棘、一條毒蛇，文智還曾把我比喻作獵鷹。

文銘國王坐在高臺上的象牙寶座上，他的背挺直，眼神充滿警戒並檢視著一切。他頭上戴著一頂華麗的金色王冠，王冠邊緣以紫水晶串珠裝飾，垂落於前額。他身穿柔和的淺灰色長袍，與他身後三名女子的華麗服飾形成強烈對比。她們身上各穿著朱紅色、珊瑚色和寶藍色的精緻長袍，袍上點綴著珍珠。

文智帶著我走向前方的矮桌，坐在平坦的錦緞墊子上，我環顧房間四周，但目光總是回到高臺上。相傳文銘國王沒有立后，卻擁有眾多的嬪妃，估計在場的三位是最受寵的。

「我母親是三品貴妃，那位身著珊瑚色的。而文爽的母親是一品德妃。」文智一邊解釋，一邊舉起瓷壺將我們的杯子斟滿酒。「擁有眾多妃嬪在這裡很正常，就跟天庭一樣。」

「有這麼多妃子可以挑，為何要只選一人？」我的問題聽起來比預期的還要尖銳。這似乎不公平，這麼多人爭取一個位子，無論是王后或國王——除非出於自願。如果不是，因為愛情或地位的爭奪局面也就不可避免了。

文智的手指玩弄著杯緣，「那裡可能有一整片的花田，但我只需要一朵。」

「有些花帶著刺。」我冷冷地說，「如果你摘下它，就會被刺傷。」

他看向我，「那些才是最珍貴的。」

我忽視我加快的心跳，將注意力轉移到高臺上。突然一陣陰影籠罩著我，我抬頭一看發現一雙黃色眼珠，如毒蛇般明亮地盯著我。文爽太子。我喉嚨感到一陣又苦又熱，胃裡劇烈地翻滾。他如何將他身體壓向我，以及他噁心氣味噴向我脖子等等討厭的回憶湧現，我本能地想伸手拿取武器，但我卻身無寸鐵，只能無助地雙手緊握大腿。

文爽太子的長袍上閃耀著紫水晶，頭髮束進一頂金色髮冠裡，手指環繞著華麗的戒指，就是他當時攻擊我的臉頰，並用力按壓在我臉上的那些戒指。我感到極度恐慌，但我努力克制，我不能在他面前畏縮，**他**才應該逃離這裡。他曾在我脆弱無助時傷害我，但無論如何我還是打敗了他。

「我們的小麻雀回來了。」他嘲笑地說，「妳有沒有想念我的陪伴呢？」

我的手發癢想要攻擊他的臉，但我只是輕藐地看了他一眼，「一隻老鼠屍體的陪伴都比你的陪伴來得好。」

文爽太子氣得滿臉通紅，「我可以因為這樣剝了妳的皮！」

「試試看啊，想想我在**沒有**力量的情況下就能對你做出什麼。」我語氣堅定，藏起他在我內心激起的反感或恐懼。

「滾開，哥哥。」文智站起身，聲音裡滿是威脅。「別忘了我上次怎麼處理你的，你現在還能站在這裡是因為父親出手干預。我警告過你，而我現在再警告你一次，如果你珍惜自己的生命，就給我滾得遠遠的。」

文爽太子畏縮地往後一退，當他一言不發地走開時，我內心湧上一股強烈的滿足。

「我應該保護妳的。」文智說。

「在我對你下藥並把你丟一旁等死**之後**嗎？你還真高尚啊。」我輕率無禮地說，試圖讓自己在令人厭惡的交鋒後冷靜下來。

他嘆了一口氣後將手伸向我，「只有對妳，星銀。我希望妳別故意激起我這樣不舒服的感覺。」我沒有反應，他繼續說：「至少我們表面上要做到，如果沒有其他意外，我父親會相信我們將成婚了。」

我點點頭，將我的手輕輕放在他手中。他與我十指緊扣，走近高臺，我的呼吸加速。侍衛們移向一旁讓我們通過，雖然他們充滿警戒的目光從未離開我們身上。隨著文智的帶領，我向國王彎腰鞠躬，如此靠近，他的氣息迎面而來，如冰封的池塘般滑溜且混濁。我抬起頭與他的目光交會，那雙眼幾乎是白色的，像蛋白石般帶著閃爍的虹彩。他臉部的輪廓線條很明顯，身材又瘦又長，淺紅線條勾勒出他的嘴唇，彎成一個毫無笑意的微笑。

「歡迎妳的蒞臨，嫦娥及后羿之女。」

他的問候很誠懇，聲音也很柔和，然而聽著這個聲音，我內心有些顫抖。「謝謝您，國王陛下。」

一名女子向前一步——是貴妃，文智的母親。她盤起的黑髮上插著一枚玉髮簪，如同她的長袍一樣鮮豔的珊瑚串垂至肩上。她圓圓的眼睛帶著飽和的栗褐色，搭配在她橢圓形的臉蛋上。儘管她的五官精緻嬌嫩，卻散發出一種安靜的力量。

文智向她行禮，他的語氣比對他父親說話時溫暖許多。「母親，您今晚氣色很好。」

她對他眉開眼笑，洋溢著喜悅，「謝謝，我的兒子，我很高興你回來了。德妃說你不會來。」文智的母親看了一眼身後那位穿著深紅色的女子。那女子嘴角一撇，嗤笑一聲。

文智對我做出介紹的手勢時，我努力保持鎮定，「這位是星銀。」

「我聽說過很多有關妳的事。」她的聲音裡帶著笑，是一種幽默的笑且沒有半點輕蔑。她從手腕摘下一只玉鐲遞給我，玉石呈鮮豔的半透明紅色。「這是給妳的禮物。」

「謝謝您，貴妃。請容許我必須婉拒。」我僵硬地拒絕，與她的大方舉止格格不入。

她將手鐲戴回手上，皺了一下眉頭。也許她認為我是因為害羞，或可能認為我沒有禮貌。但我真的不想收下，我從來無法輕易接受陌生人的禮物，尤其是當我不知道這其中需要付出什麼代價。

「我兒子告訴妳我的條件了嗎？」國王的話像飛鏢般突然扔過來，銳利的目光注視著我。

「有的，國王陛下，但我不了解為何需要這個聯姻。」我小心翼翼地說。「吳剛對我們都是極大的危脅，我們本來就應該團結來打敗他。」

文銘國王的手指以一種從容不迫的節奏，輕輕敲打寶座的扶手，「我兒子跟我報告過這件事，而且他提供了更多資訊。根據他的說法，吳剛的軍隊幾乎所向無敵，他們的刀刃輕輕一擊就能摧毀神仙。他們可能也不受我們法術的制伏，雖然這點還未全面測試過。」

他的話中令我精神一振，也許我們可以用事態緊急來說服他。「吳剛不只是想要統治仙域，而是整個世界，他遲早都會將目光投向雲城。」

「確實是。」國王毫無猶豫地點頭同意，「然而現況就是，妳有求於我。」

我嚥了口水，努力從喉嚨吐出話來，「我們需要神之鏡卷軸來阻擋他。」

「妳說的好像是個簡單的要求，多數人尋找這個卷軸都是出於私利。妳想要這個卷軸做什麼？」他的語氣變得強硬，放在扶手上的手不再輕敲。

他認為我是個騙子嗎？和他兒子串通密謀篡位？「如果國王陛下您為我施展那種法術，我就能接近吳剛，結束這一切。」我沒有透露計劃的其餘部分；因為我不信任他。

「父王，我不會參與此事。」文智強調。「您單獨為她施展那種法術就好。而且，星銀對我們的法術沒有任何天賦，她對您不會構成任何威脅。」

「我自有判斷。」國王舉起一隻手說。

我還來不及弄懂他的意思，紫羅蘭色的光芒就從國王的手中向我襲來。我馬上施放防禦，但為時已晚，被擊中了——馬上感覺到一陣刺痛，就像灰塵吹進了我的雙眼。我扭動身體，越來越不舒服，頭皮刺痛就像被碎片扎入。我心律不穩，手緊抓著頭，試圖把自己從這個不請自來，聽不見且看不到的敵人手中掙脫出來。我抓住自己的能量，倉促地做出一道護盾——然而就像在瓷器上抹沙子般令人絕望。這股力量更加猛烈地衝撞我的意識，疼痛更深入了，我喉嚨裡發出一聲尖叫。

「父王，夠了！」

文智聲音中的憤怒和恐懼驚醒了我，他的魔法在濃密的霧氣中將我圍繞，解開了我腦海裡那股惡意的控制力量。他堅定地握住我的手，注入力量湧進我的血管使我回復精神。我的呼吸變得平緩，但仍然無法動彈，我的知覺仍因這種惡毒的入侵而混亂迷茫。

「叛徒！」德妃大聲怒吼，手指向文智。「你竟敢攻擊你父王，我們的國王！」

「我不是攻擊。」文智堅定平靜地說，雙眼閃爍著危險的光芒，「沒有任何人可以傷害她，即使是您，父王。」

他的話令我內心感到一股暖意，儘管我實在不想要他的保護。出於謹慎我保持沉默，因為這裡的危險不亞於天庭。

「德妃必定是喝醉了才出言不遜。」文智的母親帶著燦爛的笑容說，同時向國王行禮說：「國王陛下，我的兒子不是攻擊您，他只是在保護那個女孩，他的未婚妻。」

國王的臉色凝重帶著不悅看著文智，「我這次原諒你，但你**絕對**不能再出手。如果你想成為統治者，就要武裝好你的情感。」

最後一絲痛苦消散，我渾身發抖，因疼痛而彎著腰。我感到噁心，感覺身體深處受到了侵犯。我抬起頭，直盯著國王說，「別再這樣對我。」我警告他，儘管我心裡仍感到恐懼。

國王微笑，彷彿在享受我的不適。「她很強韌。」他若有所思地地說道。「不過，正如你所說，她對於我們的法術沒有天賦。」

「下一次請相信我的話，父王，而不是使出這種手段。」文智的拳頭仍緊握於身側。

「我只相信我親眼所見，親耳所聞。一旦你登上王位，你應該以此為榜樣。」我怒火中燒，國王竟敢對我做出這種卑鄙的事，就像隨意拍掉長袍上的一粒塵土。我咬緊牙根，平息內心的怒火，慶幸的是，在我們短暫的交手中，我沒有向他屈服，透露出我的計畫。

他不會喜歡他所見到的。

一想到文智的成長經歷，我感到不寒而慄。一個總是想謀殺他的兄長、一位四處嗅聞著背叛的父王。這也難怪他會成為一名無情的戰略家，他自小就在環伺著敵意中實踐與練習。

「父王，難道我的忠誠還證明得不夠嗎？」文智大聲說，「我希望擺脫任何對我們國度的威脅，這比天庭對我們的危險還來得嚴重。」

空氣中一陣沉默，國王倚靠在寶座上，雙眼閃爍著狡黠光芒，「你要求的可不是小恩小惠。我要如何確保妳不是天庭派來的奸細？妳之前不是為他們效勞嗎？」這指控來得又快又突然。

這國王的思考真扭曲……我幾乎要懷念起天皇不加掩飾的憤怒了。「國王陛下，這不是個詭計，如果我說謊了，您難道會感受不到嗎？」我語氣輕鬆地拋出挑戰，我希望他會上當。

他搖搖頭，彷彿在說：**妳還不夠格**。他將一隻手撐在座椅扶手上，下巴靠在拳頭上。德妃為他奉上一杯酒，他不耐煩地揮揮手拒絕了。

「神之鏡卷軸是我們境內的珍寶。這個神器只能使用一次，很難施展的法術，施法的人將付出極大的代價。妳配得上嗎？妳這個外人，跟我們既無血緣關係，也毫無名分牽絆，我能信任妳嗎？」他緩慢且謹慎地說。「如果我們成為一家人，這就另當別論了。妳要明白我為什麼開這種條件。」

「國王陛下，為什麼呢？」我內心害怕他的答案。

國王大笑，笑聲像互相摩擦的碎石。「妳既沒有國家當靠山，也沒有頭銜，儘管妳的血統強大——就像妳血管裡流動的能量一樣。我從線報聽聞過妳的事蹟：天庭軍隊、龍族，還有，妳還成功逃離了我們熱情的款待。」

大廳裡響起一陣低聲的嘻笑，文智轉過身，他的怒視如拔出一把利刃，有效平息了嘲弄聲，然而他的臉上沒有顯露出任何思緒。

國王傾身向前，注視著我。「與我的太子成婚，卷軸就是妳的了。」

「不。」我還來不及阻擋，忍不住就開口拒絕。聽到他如此無情地提出這種要求，我覺得很不舒服。但我還是克制住沒有口出惡言，我可不能冒著惹怒國王的風險。對他來說，這不是無理的要求。王室子女通常為了迎合父母的喜好而結婚——無論是為了鞏固聯盟、加強關係還是解決恩怨。

雖然我不是皇室貴族，但我也不是個聽從命令的人，尤其是那些專橫的君主發出的命令。

國王的嘴角露出一抹狡猾的笑容，手指向文智。「來吧，就現在。我的要求不過分。我的兒子外表不討人厭，況且妳對他也不陌生，妳之前挺喜歡他的。」

我咬牙切齒，文智投來警示的眼神。我才不需要他的提醒，我不會像任性的小孩那樣發脾氣。「國王殿下，您太看重我了。」這句話就像硬掉的麵包從我嘴裡碎落。「然而，我有其他婚約了。」對他撒謊我不會愧疚。文智在我身邊看起來很緊張，神情緊繃。

國王聳聳肩，「這種事情如同國家朝起朝落，改變得很快。」

「伴侶不像繼承人可以如此隨意交易。」我憤怒地脫口而出。

「啊，妳錯了，親愛的。」國王身體動了一下，手掌放在膝蓋上，「兩者的頭顱都可隨意砍下。」

這威脅就像一塊磚扔進池塘，在場一片安靜。我慶幸力偉正在黃金沙漠中等待，免受國王無情陰謀的傷害。

「國王陛下，您肯定誤會了。」我再一次嘗試，「我不是婚姻的獎賞，我無法為您帶來權力、國度，甚至盟邦。」

「這不全然是事實。」國王壓低了聲量，像在密謀般的低聲說道：「我知道妳的父親是誰——他曾指揮過龍族，他殺死了仙域神獸，他的血液和力量在妳血脈裡流動。」

「龍族已恢復自由之身，牠們不再受他指揮了。」我充滿防備，不確定他的企圖。

「那樣古老的約束很難徹底解除。只要他喊一聲，牠們必會前來。除此之外，雲城需要妳帶來這樣的力量，妳將孕育的孩子。」

聽到他的話，我眼裡閃過怒火，我不去細想他的話中有話，不然我一定會被憤怒吞噬，「現在，最急迫的就是打敗吳剛。就現在，在他勢不可擋之前。」

「他也許已經勢不可擋了。」國王張開雙臂，「吳剛向我們提議成為盟友，我們正慎重考慮是否接受，至少現在還在評估。」

我看了一眼文智，他搖搖頭。

「我兒子什麼都不知情。如果妳拒絕我，我就接受新任天皇的提議。我從來都不喜愛天庭，見到他們失勢我很開心。然而吳剛的崛起對我們也是個威脅，但不是現在。現在有更大的寶物等著他奪取，天庭的奇珍異寶。但很快地，新的眼野將會對他招手，他征服的野心不會熄滅。世界上有八個領域，他不會甘心滿足一個。」

「所以我們必須阻止他——」

「仙域所有國度裡，只有我們雲城可以伺機而動。」國王打斷我的話，「當別國勢力減弱時從旁仔細研究敵人，強化自己，趁機消滅過去的敵人，然後——出其不意時出擊。」

「吳剛只會越來越強。」文智示警。「如果沒有阻止，他的軍隊會加倍成長。一旦其他國度潰散了，他們的軍隊也會受吳剛的控制。」

「只是殘兵敗將。」國王冷酷無情地回答，「我們也不會閒著，我們會準備好面對最後的挑戰。新秩序可能對我們有利，我們已經厭倦作為整個仙域的邊緣人。」

「父王，您不能確保——」文智出聲抗議。

國王揮一揮手，「夠了，我的耐心已經磨光了。」

也許國王孤立在自己的領地裡太久，沒有意識到仙域正陷入危機。或者也許這是他狡猾的手段，想迫使我們就範，**強迫我接受**，我憤怒地想著。

「如果要我們冒險對抗吳剛，我們必須談好條件，談好如何分享勝利的果實。」國王表態，「絕不能受盡利用後就被丟棄。各個國度都尊崇龍族的統治者，如今他已歸來，與妳家聯姻的話，對我們是極大的優勢。」

「父王，我跟您說過我不想這麼做！」文智口氣強硬地說，「不是用這種方式！」

他不容置疑的語氣令我驚訝。儘管他已經向我保證，但我內心還是想知道，這次會不會也是他的計謀？他總是想要贏，為了自己的利益而扭曲原則……然而，這次看起來他是真心的。

「別否認你想要她。」國王的話像蛇一樣纏繞我們。「這就是你穩住王位的方法；這就是你得到想要的東西的方法。我以為你理解，這就是為什麼我任命你為繼承人。我原諒你失去龍珠，但不要再讓我失望了。」他的語氣裡充滿威脅，繼續說：「別忘了，我還有一個兒子可以娶她。」

「想都別想！」我厭惡地說，一想到文爽，胃就開始抽痛。

國王倚靠寶座，雙眼像冰鋒般閃爍著，「我有很多方式能讓妳配合。」

一想起他剛才對我所做的事，我感到畏縮。文智答應過不會對我使用這種法術，但他的父親沒有這種顧慮。

文智對我張大雙眼，無聲地懇求我的信任，然後向寶座鞠躬。「父王，謝謝您的明智，我們接受您的決定。」

我沒有完全相信他，但也沒有其他選擇。如果我拒絕了，國王要麼投靠吳剛，要麼強迫我與文爽太子成婚，這簡直生不如死。

勝利在握，文銘國王接過德妃遞來的酒杯，高舉敬酒，「婚禮即將在三天後舉行。」

「不行！」我瘋狂尋求解套，「我們必須現在就前往吳剛那裡，婚禮可以之後再舉辦。」

「**妳**沒有權利決定這件事，如果妳希望得到我的幫助，請搞清楚自己的地位。小心一點。」國王繼續說，「以免三天變一天。」

我閉上嘴，低下頭裝作服從的樣子。像被捲入深不見底的水底，我感到雙腳將永遠踩不到地的徹底絕望。

# 30

「我不會就範的。」一踏入房間，我立即對文智說。還好跟我上次被關是不同的房間，這間房的家具盡是桃花心木製成，充滿玫瑰錦緞裝飾，牆上掛著水墨畫。

文智關上身後的房門，「星銀，我知道妳不想和我結婚。雖然我對妳有感覺，但我可以很自傲地說，我不會強迫妳嫁給我的。」他露出一絲苦笑，「我很確信如果這樣做，妳會把我的生活變成恐怖的地獄。」

我鬆了一口氣，緊張稍微減輕了一點，儘管我仍然覺得困擾。是怨恨嗎？被迫陷入這樣的困境，還是因為對未來感到焦慮嗎？我拉了張凳子，一屁股坐在上面，頭腦開始嗡嗡作響。國王要求我們結婚，我不願意服從，但如果我拒絕，他就不會幫助我們。與此同時，吳剛正在追捕我母親。很快地，他就會追蹤到東海。仙域瀕臨毀滅，而我們即將走投無路。

「你認為你父親是真的會與吳剛結盟，還是只是虛晃一招？」我問。

「我父親不是傻子。假意結盟足以保證我們眼下的安全。」他停了下來。「我父親正在玩兩面手法，這是他最擅長的。用空洞的承諾來阻止吳剛，同時努力朝自己的目標推進。」

「為何吳剛不會攻擊你們？」

「因為他寧可有一個盟友，也不要再樹立另一個仇敵。」文智說著，「天庭深知不能再低估我們的能力，他們不懂我們的法術。加上，我們有結界防護著。雖然吳剛的士兵們沒有自我意識，但他們體內肯定有種東西啟動了他們接受吳剛的指令──需要的話，我們可以善加利用這點。」

我檢視他的表情，「為何你父親執意要這門婚事？外頭不是應該還有更合適的對象？」

「仙域很少有國度願意與我們聯姻，當然這樣我也很高興。」他發自內心地說。「不管妳喜不喜歡，這對我們來說都是強大的聯盟，一個可以互利互惠的合作。」他輕聲補充說：「一個可以幸福的結合。」

他的話意外地有些打動了我——非常誘人，接受一個可以更輕鬆達成任務的提議。然而，先不論及我們破碎的過往，我討厭婚姻交易；我絕對不會給這種該死的聯姻任何機會。我現在可以體會力偉當初與鳳美公主訂婚時承受的壓力，以及為何這次堅決拒絕。我不會嫁給文智；我不會成為國王扭曲陰謀下的一枚棋子。這是我的人生——愛，甚至是對愛的承諾，才能為之賦予意義。

「我們能拖延婚禮嗎？或者試著跟你父親講道理？」我開始天馬行空瞎想著，「或者找人偽裝來完成這場婚禮？」

文智靠在門上，臉色一沉。「我父親一旦下定決心，就不會善罷甘休。我也不會把自己困在某個陌生人身上，即使是為了妳。」

「是我思慮不周。」我承認道，我腦海仍然尋找著解套的辦法，「你能代替你父親施展那種法術嗎？」

「可以，要是我研讀過的話。」他回答。「但最大的問題是我們要如何獲得卷軸。我必須謹慎行事。如果我的地位受到動搖，我母親就會受到其他妃子的欺負。德妃因他兒子的繼承權被取代而心懷怨恨，她不會放棄任何機會來報復我們。」

在像他這樣充滿惡意的家族裡，最安全的地方就是身居上位。這就是為何文智如此極力保住自己的地位。為何他就要因此賭上一切，冒著風險與他父親作對呢？我自己也不願犧牲任何我珍愛的事物——無論是我母親，我的自由，或我的愛情。

然而要是沒有選擇了呢？我能夠讓我母親獨自一人，手無寸鐵地面對吳剛嗎？我能夠乾脆兩手一攤，任由吳剛放出他的死靈大軍嗎？不，絕對不行，我沒有如此無情，也不會如此魯莽去拿整個世界冒險。我責備著自己意志不堅定。一定還有其他法子，如果我一直想著沒有辦法了，我就會停止尋找，失敗必定隨之而來。

「那如果**我**去偷呢？」我提議道，就像漁夫絕望地將最後一個誘餌放入水中。

「妳無法辦到的。我父親一直都隨身攜帶神聖之境卷軸。放在這裡。」文智敲敲他的太陽穴。

我盯著他看，「這怎麼可能？」

「這並不容易。」他承認。「需要消耗大量的能量。只有我們當中最強大的人才能做到這種事。而且只有某些神器才能這樣隱藏起來，但那是最安全的地方，因為無法被偷走或用武力奪取，除非殺死乘載的神仙並摧毀神器。」

「那你之前為何不用這種方式藏起龍珠？」我問。

「喔，我考慮過，也很慶幸我沒這麼做，不然我可能早就死了，而且不是死在我哥哥手裡。」

我抬起下巴，「你認為我會殺了你？」

「是啊，也許還是在不知情的狀況下。神器會與這個人的生命核心互相牽制，一旦開啟通道就會大幅減弱他的力量。」他頓了一下，接著說：「就像妳曾經做過的那樣。」

我曾經如此做，是為了解開龍族與龍珠之間的束縛，讓牠們重獲自由。那種煎熬，極度痛苦的耗竭，我絕對不會想重溫回顧。

他繼續說著：「要確保神器的完整，不受我們內在能量的影響，也會消耗能量。當時的我不能冒這個險，因為與天神軍隊的對抗迫在眉睫，如果我稍有疏忽，龍珠就會被毀掉，我也會跟著一起被摧毀。這就是為什麼我父親不敢冒險走出邊境，這也是為什麼他總是被侍衛們包圍。」

「你當時可以將龍珠交給你父親保管。」我評論道。

「信任是雙向的。我總是為自己計謀策劃並得到我想要的東西。壯大自己，這是我過去在這裡生存的唯一途徑。」他注視著我。「我太晚才學到還有別的方法，信任不一定是弱點。如果我從一開始就對妳誠實就好了。」

「這不會有什麼差別，我絕對不會同意你做的那些事。」我的話聽起來正氣凜然，但應該伴隨這些話的義憤已全然消逝。

「或許是。」文智緩慢地說，「但我願意相信我們可以一起找到和解的方法。也許妳就會理解我為何那樣做，我們便會互相幫助，而不是互相傷害。」

我堅定地回答：「那是童話故事。」

「我母親總說我從不相信童話故事，這是因為自從我知道自己名字的那天起，就見識過怪物。」他嘴角彎起一抹小小的微笑，「妳就讓我保有這個童話吧，我會告訴妳，在我允許自己作夢的那些日子裡，這個童話是如何在我腦海裡展開的。」

我內心陷入交戰，一部分的我感到好奇，理智的那部分卻感到恐懼。

「妳並不愛天庭。」他繼續說，「也許我能向我父親提議用其他寶物代替龍珠。也許我一旦確保我母親的地位時我就能宣布放棄王位。我們就能夠一起遠離這個地方，創造我們自己的家園，無論是在仙域或凡間。」

「你要在付出一切之後放棄王冠？」我不可置信地提高聲調。

他雙眼裡發出如月亮般的光芒，「我願意為妳放棄一切，只要妳開口要求。」

我腦海一片空白，胸口疼痛。然而他總是很狡猾地說出他認為我會想聽到的話，「我不會要求。」不管如何，我還是設法保持平靜地說，「因為這無法改變我們之間的任何事。」

他的臉上閃過一抹陰鬱，「妳今天跟我父親說的……妳真的已經與天庭太子有婚約了？」

「沒有。」我無法撒謊。

他走到我身邊坐下。「我必須問一下，妳願意試試看嗎？我們可以為了取悅我父親而結婚，並且獲得卷軸。一旦打敗吳剛，我們未來永恆的時光中，只要妳希望，我隨時可以解除妳的誓言，無論是一個月後、一年後還是十年後。我們可以按照妳的選擇生活，不做任何妳不想做的事。我會盡我所能讓妳幸福，甚至在妳想要離開時放妳走，因為……我愛妳。」

他如此直白且結結巴巴地說著，聲音帶著微微的哽咽，而這比任何精心安排的誓言更令我感動。我無法裝作對他的企圖一無所知，他用一百種不同的方式暗示過。我一直在躲避這一切，膽小地寧願維持我們之間表面的相處，不敢再次冒險，以免身陷其中。

還有意外的感覺刺痛了我——他仍愛著我的一絲喜悅。在我們摧毀夢想的瓦礫堆之中，無論我如何努力都無法熄滅的餘燼。我愛過他，然後鄙視他，我以為我會永遠恨他。然而我要如何憎恨這個曾解救我，而我也救過他的命，並且深愛過的他？當我看著他嚴肅且深情的臉時，我回想起我們的吻，臉上一陣潮紅——但那不僅僅是欲望，還有其他令我害怕的東西，一旦再次釋放，可能會摧毀我之前努力的一切。

我的脈搏加速，心跳不規律地跳動。我痛恨自己出現這些想法，背叛力偉以及我自己。但我無法否認這些感受，也不該因此感到羞愧，因為這些是我的一部分。心是一種深不可測的東西，無法隨個人意志來控制。有些人可能會覺得我在玩弄他們，說我很自私，或者是個傻瓜？事實上，我也很受傷，因為失去任何一方我都心如刀割。我深深吸一口氣，穩定自己的情緒，我不能讓這樣的干擾蒙蔽我的內心或削弱我的意志……不能讓我渴望一些我承擔不起的東西。

「我不要。」我忽視胸口的疼痛，「我們在一起沒有未來。」

他僵住，「是因為力偉嗎？」

我搖搖頭，「因為不管我的感受如何，在重要的事情上我都無法再信任你了。」

「妳真嚴酷，星銀。」他的語氣裡透露出一絲悲傷。

我抬起頭，「還有更恐怖的呢。」

他眼裡的光芒黯淡，就像黎明時的星辰，「謝謝妳如此誠實。」

「我也要謝謝你。」突然內心感到有股緊繃的壓力，一個空虛的洞。關上的一扇門，等著探索的新路，無法實現的未來。

「我們現在要怎麼做？」我問道，「我們要如何說服你父親交給我們那個卷軸？」

「我父親預期一場婚禮，所以我們必須給他一場婚禮。」他苦笑著。「星銀，別一想到要與我成婚就這樣愁眉苦臉，一場婚禮並不代表一場婚姻。」

★　★　★

這一次，我的窗戶沒有被封住，門外也沒有守衛。文智一離開，我立即前往黃金沙漠與力偉碰面。天空中星光如白色火焰閃爍，將光輝投射在沙漠上——然而即使如此也無法彌補月亮的空缺。我們站在沙漠裡，沙丘間一陣暖風蜿蜒，帶著濃郁的甜香味。

「婚禮？」力偉僵硬地重複道，雙眼變得比黑夜還深，聽到雲城國王開出的條件，表情越來越不悅。

「他不會退讓的，這是得到文銘國王幫助的唯一方式。」我解釋道。

他端詳著我的臉，「這是妳想要的嗎？星銀？」

「你怎麼能這樣想呢？」我反駁，「我最不需要的就是那些狡詐的君王支配我的未來。這只是一個達到目的的手段。」

「或是一個方便的理由？當妳隨意破壞我們之間的約定時，妳看起來沒有特別難過。」

他的憤怒刺痛了我，「我試著拒絕，文銘國王很堅持。他威脅要跟吳剛聯盟，甚至做出更糟的事。」

「不要舉行婚禮。」他說，「要是事情發展不順利呢？」

「文智答應我這只是做做樣子，不是真的。」

力偉的表情變得嚴肅，「妳絕對不能相信他。」

「我相信我的直覺。我沒有相信他，他也不想強迫我與他成婚。」我向他保證。「事情會順利發展的，但我會需要你的協助。」

「任何協助都可以。」他露出淡淡的微笑，「我倒是非常樂意打殘新郎。」

「如果他騙了我，也算我一分。」儘管我笑著回答，但我語氣裡沒有半點幽默。

他走進一步拉近我們之間的距離，將我擁入懷中。我闔上雙眼倚靠他，從他肌膚傳來的暖意緩緩流過層層絲綢，我內心一部分希望時間就此暫停，只有我們，就像我們在恆寧苑時，桃花的芬芳瀰漫空中，每天心情愉悅地醒來。一種純粹而不複雜的喜悅，一顆毫不猶豫的心。要是能徹底擺脫我們的過去、我們的懷疑，以及遺憾就好了。擺脫困擾著我的煩惱，甚至擺脫聖焰之羽燃燒的熾熱。如此熾熱，到現在還灼燒著包圍住它的魔法罩。為了守護羽毛的完整，我奮鬥不懈，同時也努力防止它摧毀了我。

「離開他。」力偉在我髮絲裡低聲細語，「他配不上妳，永遠都配不上妳。」

我克制住想要環抱他來減輕傷痛的衝動，讓我們在短暫的時刻找到一些快樂。幸福的夢想是股力量，也是可怕的弱點，而未來如此黯淡時，我不敢屈服。我無法做出無法兌現的承諾。

我退開一些距離，看見他的雙眼蒙上一層陰影，內心的痛苦拉扯著我，不斷擰絞且引起刺痛——然而我強迫自己向前走，即使我感受到他的目光在我身後凝視不移。無論我多渴望，我依舊沒有回頭。

風無情地呼嘯，吹打在我臉上。我閉上雙眼，任由淚水順著臉頰滑落。我不需要再隱藏淚水了，因為沒有人會看到。儘管黃金沙漠很炎熱，我的身體卻在顫抖，因為沒有愛的人生就像沒有星辰的夜晚，現在等待著我的，只有黑暗。

# 31

在各種精緻的婚禮規畫和準備瑣事纏繞並吞沒之下，三天如三小時快速流逝。我無心參與——當有人詢問禮服上的刺繡、頭飾上的珍珠，或者宴會料理的選擇時，我都只是點頭附和。最順從配合的新娘，也是最漠不關心的新娘。我的腦袋不停地轉動，思索接下來會發生的事，要是我們失敗了，會有怎樣的毀滅等著我們。

婚禮當日破曉時，天色蒼灰。我沒有一絲喜悅，只有沉重的預感，就像暴風雨前夕，烏雲即將撕裂；就像絆倒時，知道自己即將墜落。我盯著金色鏡子中的自己，身穿厚重的鮮紅色錦緞禮服，這是喜氣及幸運的顏色——也意味著**血腥**，我的內心低聲警告。錦緞上繡著金色及土耳其藍色的華麗鳳凰，點綴翠綠枝葉。珊瑚花精緻打造的髮飾穩穩地織入我的頭髮，珍珠串垂掛於肩上。一個毫不在乎我痛到表情猙獰的辛勤侍從，在我眼睛上方拔出新月般的拱眉，而我的指甲及嘴唇皆被塗成帶有光澤的鮮紅色。我內心忍不住想對這些徒勞的努力大笑，但我只能沮喪地咬著牙。這些都無法幫助我們阻止吳剛，玫瑰花瓣美容浴，或以山茶花油梳理髮絲，直到長髮閃亮地像一條墨河般，這些又有何用處呢？這是我的婚禮，但我不是新娘。

一名侍從將一方紅緞鋪在我頭飾上，紅緞垂下蓋住我的臉。有那麼一刻我幾乎無法呼吸，肩上禮服的垂飾，以及頭上的金飾都使我窒息。透過蓋布的空隙，我視線所及只剩地板上的一道裂縫——一名侍從牽著我的手臂，引領我走出房門。

四名轎夫扛著我的轎子，格子窗用厚布遮蓋著，我掀開蓋布，透過簾子看見一座以孔雀石為柱的雄偉亭臺，從紫羅蘭色的雲朵上冉冉升起。陽光照射在拱形屋頂上，瓦片閃閃發光。當我視線移至賓客之中時，內心糾結成團，我向後靠，坐回軟椅上，雙手放在大腿，小心翼翼地感應並過濾這些混亂的氣息。終於，我感覺到他溫暖的氣息——是力偉，在看不見的天空上。我內心的緊張緩和一些，即使我的思緒飄向出錯的各種可能上：要是我們的偽裝失敗？要是我跟文智最後真的成婚了？他會實現諾言放了我嗎？如果這是他的詭計，另一個陰謀，這次我可能會殺了他。

轎子驟停，我的後腦勺撞上後面的木板。我趕緊整理蓋布並遮住臉，感受到文智強大的氣息逐漸接近。一陣沙沙聲後簾子被掀了開來，文智伸出手協助我下轎。他身穿深紅色錦緞，袖子上繡著金龍，與我袖子上的金鳳成雙成對。我感到一陣顫抖，心臟劇烈地跳動，以為快爆裂了。我深呼一口氣，將手放在他手上，走出轎子。

我們以緩慢的步伐走向亭臺，薰香及花香快讓我窒息了，我腳下的鑲珠繡花鞋踩碎了路上滿布的花瓣——簡直是一席杜鵑花、牡丹花及山茶花瓣鋪設而成的繽紛地毯。微風撩動我的蓋布，我克制住扯掉它的衝動。為何新娘要被這樣遮蓋？是為了讓她們不要一見到新郎就逃跑嗎？

來到禮臺前，文智停了下來並雙膝下跪，我也在他身旁的一塊錦緞墊子上緩緩坐下，脈搏開始加速。三柱未點燃的香枝被塞入我的手中，只要三次鞠躬後，我們就將永結連理。一陣嘶嘶聲打破寧靜，香枝被點燃了，熱氣穿過我的手，空中飄盪一縷煙香，我和文智一同將香插入青銅香爐裡。

「典禮開始。」某個人出聲並正式宣告，可能是雲城的高階大臣或敬重的長老。無論他是誰，希望文智已經好好賄賂了他。

「一拜天地。」這名禮官大聲喊著。

我一彎腰，沉重的頭飾搖搖欲墜並向前傾斜，我趕緊挺回身子，禮官繼續喊著：「二拜高堂。」

我們轉向文銘國王，我倒是很高興蓋布遮掩了我鞠躬時緊張的表情，我替我父母親的缺席編了個理由，因為我不能再讓國王有更多可以對付我的武器。

禮官清清喉嚨，「最後，夫妻對拜。」他的聲音出現細微的顫抖。

這一拜將意味我們將永遠結合為夫妻，我應該轉向文智的，但內心的抗拒使我無法動彈，彷彿化成一顆石頭。賓客們因我的拖延而開始抱怨，文智將他的手放在我的手上，大拇指輕撫著我的掌心。

「相信我。」他低聲地說。

我不相信他，至少還沒完全信任。然而他語氣中的堅決讓我動了起來，讓我有勇氣轉向他。現在不是猶豫不決的時候。透過蓋布，我看見他鮮紅色的衣襬，布料上閃耀的刺繡，清楚地感覺到他的氣息，散發出堅毅與冷靜，穩定且強大。我手心冒著汗，壓抑住想把汗擦在價值連城的錦緞裙襬上的衝動，我顫抖著表現得像一位得體溫順的新娘，準備低下頭——

突然一陣巨風吹過亭臺，絲綢錦緞沙沙作響，杜鵑花及山茶花的芬芳散發空中，花瓣地毯被高高捲起。賓客們紛紛發出驚呼聲——有些人很興奮，有些人很驚訝和惱怒。我的蓋布被掀起，我瞥見花瓣傾瀉而下如一場花香暴風雨，羽毛般輕撫過我的肌膚。一名妃子在國王面前舉起扇子想替他擋住花雨，國王不耐煩地將扇子揮到一旁。文智已經抬起頭，從容不迫地起身——我同時整理蓋布並打直身子，彷彿我剛剛鞠了躬，然而事實上我沒有。

儀式尚未完成，典禮毫無意義，我們尚未完婚。

我鼓起勇氣準備接受憤怒的指責，或者尖銳的命令要求我完成儀式。然而，半點聲音也沒有。不知如何，詭計奏效了，力偉的法術為我們爭取到得以成功瞞過的珍貴時刻。

「三拜之禮已完成，典禮結束，願這對佳偶永結同心，百年好合。」禮官熱切地喊著，「掀蓋頭！」

我臉上遮蓋的緞子被輕輕地拉下，突如其來的光亮使我忍不住眨了眨眼睛，與文智四目相接，那雙眼是冬日陽光的暖白色調。

賓客們響起熱烈的歡呼聲，我臉上綻放真誠的微笑，與文智十指相扣，假裝是對和諧的夫妻。文智領著我走向國王，這次包圍他的不是侍衛，而是他眾多的妃子。文爽王子沒有出席，我鬆了口氣——也許是被我們上次的衝突激怒。

國王的目光穿透我，使我一度擔心他是否識破了我們的詭計，但隨後他向一名侍從點了點頭，侍從匆忙地端來托盤，上頭擺著一套鍍金瓷製茶具，茶具上鑲著囍字，象徵新婚夫婦一起展開新生活的雙喜。對我們的現況來說，這再貼切不過了。

雙膝跪地，我舉起杯子，按照傳統禮俗，雙手奉上向國王敬茶。他接過了杯子舉到嘴邊，但沒有喝下去。我等著他伸手拿取給新娘的彩禮，按照習俗，通常會是一件珠寶或某個貴重物品，但我唯一想要的就是他承諾過的東西。卷軸沒有在上頭，而他也沒開口，僅僅透過杯緣盯著我。

「父王。」我結結巴巴地如此稱呼他，「婚禮已完成，我是否能得到那個卷軸呢？」

周遭的賓客交換著不悅的神情，他們認為我很沒教養、唯利是圖，因為身為新娘，索討自己的彩禮是前所未聞的。然而我都被迫參與這場鬧劇了，還會在乎這些禮節嗎？

國王從喉嚨裡發出低沉的笑聲，雙眼閃閃發光，彷彿他戰勝我了。「我親愛的兒媳婦，為何如此著急？還有宴會呢，然後是圓房。往後，只要妳願意，我隨時可以對妳施展神之鏡卷軸的法術。」

我猛然站起，準備大聲抗議。但我還沒來得及開口之前，一聲尖銳的呼嘯劃破空中，從我身邊飛過並刺進文銘國王的身體。他猛烈地抽搐，瞪大雙眼，驚恐地看著刺穿他胸口的長矛，矛尖沾滿了鮮血。

# 32

彷彿被一把尖銳的鋸齒刀刺進，我受到強烈的震驚。我往文智的方向看去，他的臉因恐懼而變了樣。他馬上呼叫守衛並一躍而起，從最近的士兵手中奪取一把劍，衝向長矛擲出的方向。

文銘國王舉起雙手摀住傷口，摸索著矛柄並從身上拔出，伴隨著抽吸的聲音，矛尖滑出掉落，溶解成灰色的泡沫液體，混入地上的一灘血。他無力地鬆開手指，矛柄落地。他身邊的妃子如飽受驚嚇的蝴蝶般亂舞一通，唯獨貴妃，文智的母親，冷靜地試著為國王止血。她從掌心湧出魔法注入國王的身子裡，然而他的傷口仍鮮血直流，血液夾雜著深色的光澤，彷彿蘸滿墨汁的毛筆劃過他的血管。

文銘國王如野獸般怒吼，氣息充滿了殺意，「叛徒！」他氣喘吁吁地說著，

「妳……還有妳的共謀！」他顫抖地指向我，手指發射出一道猛烈的閃光，擊中我的太陽穴。

如上百根針無情地持續猛烈刺擊著我的頭，我感到無比疼痛。我跪了下來，拔除那些頭飾，扯開頭髮，我身上每根神經都著火了，嘴裡發出上氣不接下氣的喘息聲，我瘋狂抓住自己的能量，召喚護盾保護自己，同時掙脫他對我心靈的控制，照我上次看見文智做的那樣。國王倒在地上，全身抽搐著，眾妃們圍在他身邊大聲哭泣。

疼痛逐漸消散成解脫後的麻木，然而餘悸猶存，我仍然忍不住顫抖。我急促地喘氣著，直到肌肉放鬆，身體逐漸回復力量。但我忽然覺得不對勁，我應該無法如此輕易擺脫國王的攻擊。我體驗過他強大的控制能力，承受過那種不可動搖的力量……這意味著國王目前極度虛弱。

傳喚治療師的慌亂喊叫聲此起彼落，一陣令人感到發寒的笑聲從中響起。是文爽太子，他什麼時候到的？

「太遲了，那矛叉已被施法，早榨乾他的能量。」文爽太子以厭倦的口吻對著他痛苦抽搐的父王說。

「你才沒有那種能力！」文智大步走回亭臺，氣得渾身發抖。

文爽太子臉上露出狡猾的笑容，「我的能力遠比你想的還要強。」

「為什麼，文爽？」國王喘著氣，奮力掙扎用手肘撐起身子。

「父王，」他啐一口痰，字字充滿憤怒，所有毫不在意的假象消失無蹤。「在你用盡一切羞怒我後，我還不確定該不該這樣稱呼你呢。你剝奪了我的位置，讓同父異母的弟弟取代我，他只是個平民，而我母親是一品德妃！」

一陣尖銳的哭泣劃破眾人的沉寂，德妃似乎不認同兒子的行為。

「你這小人竟敢做得出這種卑鄙的事情來，你怎麼可以這樣做！？」文智握著劍柄的指關節泛白。

文爽仰頭大笑，「喔，我敢做得還更多呢，兄弟。歷代眾多活太久的國王被急於繼位的繼承人催促著死亡。坐在王位上的人掌握過去，塑造未來，我決定不再袖手旁觀。」

「你忘記一件事，你已經不是繼承人了。」文智的語氣冷靜許多，但眼神仍冷如冰霜。

文爽揮揮手，一副不屑的樣子。「小事一樁，很快就能解決了。」

「跟我來場決鬥吧，如果你敢的話。不要躲在你的士兵後面，出來跟我戰鬥。讓他們看看誰合適這個位子。否則誰要支持你？誰會敬重你？一位毫無廉恥，謀殺父親的兒子，連自己的刀都揮不動。」

文智刻意挑選措辭，想激怒他兄長做出魯莽的舉動。文爽太子打敗他的日子過去了，然而我們寡不敵眾，一對一挑戰是我們最佳的活命機會。

賓客們竊竊私語，其中比較敢的人點頭表示認同，文爽太子則是依然一副悠哉的模樣。「別跟我耍把戲，我見過太多了。我不需要跟你，或任何人證明什麼。那些不服從的人後果自負。既然父王拒絕了天皇的提議，天皇便欣然接受我的條件。」他嘴角勾起一抹詭異的笑容。「用月之女神交換皇位。非常超值的交易，天皇還給了我這個。」他踢了踢旁邊那支血跡斑斑的矛柄。

「你顯然失算了。」我帶著微笑跟他說，「我母親不在這裡。」

「**妳**在，她親愛的女兒在，她就會來。我只要在這裡等就好。」

守衛包圍我們，看見他們將武器對準我們時，我的心一沉。我抓穩能量，做好準備，魔法在我指尖閃爍著。

「我父母已回到凡間，他們不會再回來。如果無法履行承諾，你覺得吳剛會怎樣對付你？」從來沒有一個謊言令我如此滿足，文爽太子的臉上滿是憤怒。

「如果這是真的。」他怒吼著，「那就沒有理由讓妳繼續活著了！」

文爽太子撲向我，將劍往前一刺，赤紅的火焰在劍上蔓延。我咒罵著笨重的禮服，趕緊閃到一旁，施展護盾自我保護。他確實是個懦夫，攻擊一名手無寸鐵的人。文智喊住我，從身旁的士兵手中搶來一把劍，從亭臺另一端扔給我。我靈巧地接住，拔開刀鞘，轉過身恰好擋住文爽太子的攻擊。

雖然他缺乏傑出劍士與生俱來的優雅身段，但帶著蠻力的攻擊也算猛烈。我擋下每一擊，並反擊回去，他也越發凶猛。僅憑體力我無法與他單打獨鬥，我被逼退亭臺之外，跌落在如床的紫羅蘭色雲朵上。他下一個攻擊猛砸下來，我趕緊轉過身閃避，並召喚一陣強風，將他用力甩到一根柱子上。

他猛然跳起，一臉殺氣地將手一揮，多把炙熱的匕首同時向我擲來，我蹲下身子的同時，聽見亭臺裡有人發出怒吼聲。是文智，他衝破文爽太子守衛的突圍想要殺到我身邊來。他一腳踢飛一個士兵，同時以劍刺向另一名士兵。然而更多的士兵湧入包圍住他，直到他淹沒其中，我無法看見他了。我心瞬間一沉。我往前推進，一波熱浪襲擊我的背，我咬牙忍住轉頭面對文爽太子，我放出魔法熄滅他的火焰。

一見到他的手再次閃現魔法，我馬上從掌中發射出一圈圈氣流，將他摔個四腳朝天。片刻喘息後，他翻起身，再次大步朝我走來。他大刀一揮，我向後一仰，險些劃傷我的臉，趁著他腳步不穩，我向前奮力一跳，一腳踹在他的肚子上。他從喉嚨發出激烈的喘氣，我放出閃亮的魔法能量纏繞住他的刀劍，迫使他放手。

六名士兵衝向我，冰火攻擊紛紛向我襲來。正當我準備回擊，一支透明箭矢從我身邊呼嘯而過，撲哧一聲射中了追擊我的士兵。我看了一眼在地上滾動的士兵，他緊緊抓著沾滿鮮血的冰箭箭桿。那是我父親的箭。

周圍響起更多吶喊聲，力偉和我父親從天空朝我的方向飛來。我父親的手臂揮舞如此之快，快到看不清他的動作，每一箭都準確無誤地射中目標。力偉從掌心發射出陣陣火焰，放火燒著那些士兵。有些士兵跌跌撞撞地逃離，較勇敢的人堅守陣地並施展起護盾。

他們的雲在我面前俯衝而下，我父親伸長了手，「來，星銀！我們必須趕快離開！」

我猶豫了。只要一步跳上去，我們就能逃離這詭異的地方，我父親、我母親、力偉跟我就能一起安全離開。然而我無法動彈，因為我不想。如果我們離開了……

文智就會死。

「我不能把他留在這滿是敵人的地方。」

力偉的臉上毫無表情，從雲上跳下來到我身邊：「那我就跟妳一起戰鬥。」

「父親，你必須留在雲上遠離危險，你不能被抓到。」我催促，「你的法力還沒恢復，而我們可能無法保護你。」我補上最後一句催他放手，我父親不是那種戰鬥中袖手旁觀的人。

他嚴肅地點點頭，「那我在這裡掩護你們。」他舉起銀弓，手指間閃耀著另一支箭。

賓客們早已爭先恐後地逃離亭臺，奔逃到雲上，四處都是困惑且害怕的吶喊聲。我父親的箭快速地發射，我們的魔法劃過空中，擊中士兵們的護盾，力偉跟我一路戰回亭臺內。我終於看見他，一個身穿紅袍的高大身影，與我的禮服是一對紅。

文智與他兄長彼此繞著圈子周旋，臉上閃著汗珠，掌心放出光芒流入刀劍。文爽太子大刀一揮，朝他弟弟的頭顱砍去——文智舉起刀擋住這一擊。他們使力搏鬥著，金屬互相摩擦，神情因用力而緊繃。文智緊緊握住劍柄，刀刃上泛起一波波的冰晶，他向前一推，突破他兄長的防禦。文爽太子踉蹌後退，穩住腳步後，向文智擲出一道道鮮紅火焰，文智則召喚水波吞噬火焰。他們的魔法在空中劃出弧形，交鋒而對峙，閃耀且危險；接著刀光劍影以瘋狂的速度交錯著，看得我內心驚恐萬分。文智以他一貫的優雅及技巧戰鬥著，然而我發現他雖然擋住每一擊，但也緩和了自己的力道……他不想殺掉對方。

更多文爽太子的士兵們朝文智前進，我施展法術召喚一陣狂風，將他們擊退。我身旁的力偉放出一波波火焰，將其餘士兵擋在外頭。這是場公平的戰鬥，要贏得光明磊落。

冰晶與火焰在這如地獄般的暴風雨中紛飛起舞，戰士們都累了，臉上閃著汗珠及鮮血。文智高舉著劍，最後一刻又放低，轉過身刺入文爽太子的腹中。血流如河，文爽太子大聲哭號，劍從手中落下，文智的手臂再次一揮，刀鋒抵在他兄長的脖子上。

我內心的勝利喜悅之情油然而升，但也夾雜了翻騰的不安。沾滿鮮血的勝利令人難以感到喜悅。

「了結一切吧！」文爽太子怒吼著，雙眼滿是厭惡。

我希望文智抬起刀刃，劃過他兄長喉嚨的柔弱血管，刺進他生命力的核心。他同父異母的兄弟毒害了他們的父王、長久以來折磨著文智、處處算計甚至試圖冷血地殺害他，文爽太子的所作所為早就該死十多次了。然而文智仍然沉默不語，手一動也不動，雙眼堅定地看著他。

「以父王之名，我不會殺了你，但我會永久放逐你。你不能帶走任何東西，也不能道別。現在就走，絕對不准再回來。」

我沒想到他會對他兄長手下留情。我想過，希望過——文智為了報復而殺了他。發生今天這種事情之後沒有人會責怪他的。這正是文智以前教我的：**在戰場上表現出憐憫，就是讓自己腹背受敵**。一個我原本期待他會記得的教訓。然而儘管我的內心感到沮喪，開始擔心這樣的憐憫可能回頭毀了他——同時不可否認地，一股暖意在我心中蔓延開來。

這時國王發出支離破碎的喘息聲，文智一臉擔憂地轉過身，朝向他父王走去——不行！我的直覺喊叫著——文爽太子撲向文智，敏捷地如一條毒蛇，手中握著一把閃爍的出鞘匕首，閃著不自然的金屬光澤，裹上一層發光的液體——應該是某種惡毒的法術或毒藥。我腦中一片空白，手臂向後拉，將我的劍用力擲向他。刀子劃過空中，插入文爽太子的頭顱。他雙眼瞪大，倒抽一口氣，身體猛烈抽搐後倒向地面。他的血流淌成池，帶鹹的金屬味混入土中，與我們腳下碾碎的花瓣所散發的甜味交融一起。

原本的婚禮裝飾，現在卻成為死亡的布景。

一聲充滿痛苦的尖叫，德妃跑向文爽太子，跌坐在地並將他擁入懷中，無法抑制地痛哭抽噎著，文爽太子的目光移向我，帶著不可置信的表情，他的氣息逐漸消失。他母親崩潰的哭泣聲刺傷了我，我顫抖著，因悔恨而內心刺痛——然而文爽太子是個野獸，我不該為他浪費眼淚。

亭臺裡籠罩著震驚過後的死寂，大部分的賓客皆已逃離，周圍除了倒地或戰死的屍體，只剩下哭泣的妃子們和幾名殘兵。

文銘國王憔悴地乾咳了一聲，文智在他身旁跪下，嘴唇動了動，提出一個我聽不見的問題，但從治療師們悲傷的搖頭中看出了回答。

國王握著文智的手，按向胸前，雙臂顫抖，然而他的話宏亮清楚。「吾真正忠心之兒。」他喘氣著，「我的繼承人……我在此宣告，即位為王。」

他放開文智，雙手捧著，掌心上忽然萬丈光芒，一方紫玉印璽出現其中，接著是一只瑪瑙戒指、一個精雕細琢的碧玉瓶子，以及最後——一幅卷軸，以細長的金竹簡捆捲而成。國王是用他的身體及生命守護著這些寶物。

文智雙眼閃爍著淚光，他握住父王的雙肩，傾身靠近。他們的父子關係既不溫馨，也缺乏疼愛，但父母與孩子的牽絆卻是永恆的——即使埋藏在不被信任及怨恨之中。國王雙眼濕潤，目光掠過文爽太子，我感受到那雙眼充滿悲傷，沒有憤怒。

文智與他父王低聲交頭接耳著，我聽不到，但我仍然為他感到心疼，一天之內失去了父親及兄長，無論他們之前如何對待他，悲傷無可避免。已經破碎的東西沒有機會再修復了，能夠緩解痛苦的話也來不及說出口，死亡是最後的道別。

我感覺到上方陰影遮蔽，抬頭一看，是力偉。他捏了捏我的肩膀無聲地安慰我，令人欣慰且寬心。國王的妃子們發出痛苦的哭喊聲，文智抬起頭，穿過亭臺與我四目相接，他的臉上湧動著一場風暴，悲傷及感激交戰著，震驚中交雜著理解。

他知道這並非意外，我的目標很明確。文爽太子的死是我造成的，我為了自己以及文智而下手的。文爽太子是真的惡魔，除非任何一方死亡，不然他是不會罷休的。基於他對我的仇恨極深，他也會威脅著我，如此，我替文智擔下了殺害親人的重擔。

他沒有騙我，多年前在相柳洞穴裡的那天他說，殺戮會越來越上手。

# 33

我駐足孔雀石亭臺邊，紫羅蘭色的雲朵環繞。人去樓空，這一切看起來多麼不一樣——花瓣已被掃淨，石板上的血跡也擦去。才幾天前，我的頭髮以珊瑚和金飾繁複盤起，如今我的腦後只鬆散著垂披一束馬尾。我曾跪在這個禮臺前準備成婚，片刻之後雲城便埋葬了一位國王，加冕了一位新國王。文智迅速且果斷地採取行動，晉升那些對他忠誠的人，拔除那些他不信任的人。他的母親貴妃被封為皇太后，是僅次於他的至高無上地位。而之前我從她身邊逃跑的夢綺將領，現在成了帶領軍隊的將軍。我沒有參加葬禮，也沒有去加冕儀式觀禮。我的存在最好被遺忘，因為我是個不祥之兆，沾滿鮮血的新娘。

他們必定慶幸我沒有成為他們的王后。我們荒謬的婚姻已經在朝廷前正式宣告無效，沒有任何異議，鑑於對待國王與繼承人的態度有所不同。太子可被質疑，被密謀反對，被取代，但必須服從一名國王的決定。

沒有太多的時間遵守喪葬古禮，遠方傳來消息說吳剛的軍隊正在前往雲城的路上，沿著邊境聚集。命運的轉變多麼奇妙，我上一次在這裡時，天神們是我的救星，而現在……若遇上他們，可能難逃一劫。

吳剛是否得知這裡政權轉移了？應該不可能，文智封鎖了王宮，以免消息外洩。還是吳剛急著前來兌現文爽太子的承諾？若能取得開啟無窮權力的鑰匙是無法抵抗的誘惑。現在唯一可以肯定的是，每個國度都岌岌可危，如在邊緣滾動著的一枚硬幣，戰爭一觸即發。

我感覺到其他神仙接近，轉頭一看是力偉，後頭跟著我的父母。我母親跟淑曉在吳剛軍隊接近雲城之前就已抵達。能夠團圓令我鬆了一口氣，但他們遠離這裡，我才能安心——畢竟雲城現在變成全仙域最危險之地。

「文智研讀了神聖之鏡卷軸，一旦準備好了，他就可以為我施展。」我開門見山地說。「吳剛要來了，我們必須迅速行動。」我感到一股寒意，然而害怕擔心無可避免之事沒任何好處——我唯一能做的就是做好準備。

我想起文智檢視卷軸時頻頻皺眉，將細竹簡攤開，高舉到燈光下。他和我都不喜歡這個計畫，但是誰也想不到其他好辦法。「妳必須要小心。」他提醒我，「這卷軸可以將妳母親的特質賦予妳，但妳必須留意自己的言行舉止，不只要騙過吳剛的頭腦，還有他的眼睛及耳朵。」

我母親清清嗓子，手指緊抓裙擺，「我可以做得到，只要妳告訴如何做。他要的是我，妳別冒這個險。」

「不，母親。」我溫柔地說，「不靠法術，妳是無法承受聖焰之羽的，妳也無法釋放它。吳剛會用妳的血來收割月桂樹種子，這將是無限的循環。一旦新種子萌芽，即使整個仙域團結起來對抗他，都太遲了。」

「那妳怎麼辦？要是妳失敗了呢？」我父親著急地說，「吳剛不會對妳手下留情的。」

「那至少不能讓吳剛得到月桂樹種子。」我的聲音些微顫抖，但我壓抑住恐懼，避免它吞噬了我脆弱的決心。

我母親握住我的手，「我們可以離開這裡，回到凡間。我們真正的家，我們不必留在這裡。」

我的思緒飄走，沉溺在一場夢中，一種不用擔心被發現、被追捕或危險的生活，也不會有世界遭受毀滅的討人厭命運落在我的肩上——這不是榮耀，而是負擔。逃走也沒什麼好丟臉的，我又沒有欠仙域什麼？

我甩開這些危險的渴望。將如此沉重的任務交給更強大的人手中是個誘人的想法。然而，這是在這裡毫無牽掛的人才有的幻想。吳剛獵殺的，是我所愛的人；他傷害的，是我的親人……而仙域，已經成了我們的家。

我不想這麼做，但還有誰能去做呢？驅動我的不是傲慢或驕傲，而是因為這是無可辯駁的事實：只有我最有可能矇騙過吳剛，帶著聖焰之羽靠近並摧毀月桂樹。如果我什麼都不做，我就會失去一切，我所愛的所有人都會死去。

這就是我父親當年踏上征途面對太陽鳥的感覺嗎？我一直認為偉大崇高的理想流淌在他的血脈之中，他一直都很勇敢且充滿智慧，就像英雄該有的樣子。他因強韌的勇氣而被讚揚，但他當時必定也會害怕——害怕死亡，或者害怕無法回到家人身邊？但是沒有其他人能操控那把弓，也沒有別的弓箭手能射下太陽鳥。如果他沒有去完成這件事，凡間早就毀了，我母親及我都會不存在。

或許本質上，英雄傳說沒有想像中那麼美麗，像**榮譽**或**英勇**這些詞彙，都是在不得迴避及殘酷的事實上鍍了一層金，真相就是——別無選擇。

「我必須這麼做。」我探詢著我父親的臉，希望得到認同，任何一點肯定都好。也許這是大多數孩子們尋求的，無論年紀多大了，這種寶貴的認可只有父母能夠給予。

父親的眉頭皺起，就像他陷入沉思時那樣。我多麼喜歡研究他的情緒反應和動作，收集這些線索，並將它們編織成一個具體的模樣，直到他漸漸不再是書中的一個名字，或僅僅是我夢中的剪影而已。我們終於團聚之後，我多麼怨恨這個機會一直被剝奪。

「女兒。」我父親說，「我來吧，神聖之鏡卷軸應該在我身上也有效。」

我搖搖頭，「要能讓吳剛信服，光靠外表模仿是不夠的。在你眼中，母親是個妻子，是凡人。我則是從小看著一位月之女神。吳剛沒有那麼容易受騙，但我可以說服他。這種狀況下這點不是最重要的嗎？你不也是依照士兵最合適的職務來派遣任務嗎？」

「吳剛會殺了妳！」我母親哭喊著。

「如果我先殺了他就不會了。」我抬起頭，「我不會死的，我將**結束**這一切。」

「妳要如何不讓吳剛察覺到聖焰之羽？」力偉問道。

我展開笑容，聲音充滿偽裝的自信，「就用我現在承受它所施展的魔法罩。」

「這行不通的。」力偉直截了當地說，「我現在就能感受到妳身上有聖焰之羽。」

他是對的，即使魔法罩約束著，聖焰之羽的熱能仍一波波地發射出來敲擊著魔法罩。「我會把它藏在這裡。」我輕輕地敲了敲腦袋，彷彿這是件容易的事。

「**藏入**妳的生命核心？就像文銘國王收藏他的神器那樣？」力偉的語氣充滿不可置信，「只要一個不小心，羽毛就會把妳燒成灰燼。」

「不會不小心。」我已經練就成一個優秀的演員，堅定不移的眼神，平靜的口吻。因為我若是畏縮，若表現出一絲不安，他們將會加倍努力來阻擋我，而我不知道是否還能繼續堅持下去。

他終於妥協了，「我會在附近，如果妳遇到危險，我就會來幫妳。」他的手指撫過腰間的天空之霏流蘇，輕輕摸著那塊晶瑩的玉石。

我母親拉了拉父親的袖子，「后羿，來，我們走吧。」

「我還有很多話要說——」

「可以等等再說，」她話中有話，轉過身，我父親跟在她後頭。

力偉看著他們的背影，「這麼多年後，他們終於找回了彼此，就像凡人可能會說的，這真是偉大的愛情故事。」

「是啊。」我同意，「儘管我父母應該寧願幸福喜悅，沒有遭受苦難。」

「沒有愛情是完美的。」

「只有在童話故事中。」我不情願地承認，「如果我父母親的愛情故事如此完美，就沒有人會知道他們的名字了。」

「這代價合理嗎？」他問。

「對我來說不是。」我若有所思地說，「名聲所代表的是這個世界如何看你，人們如何想像你的生活；而這是一件稍縱即逝的東西，像煙霧一般變化無常，並且很容易被惡意改造。」

力偉臉色一沉——他是否想起他曾被天庭朝臣們毀謗且拋棄？我也無法忘記人們曾如此輕易相信關於我的謠言。

「真正的幸福在內心萌芽，是對自我的滿足。雖然可能比較微小，而且靜悄悄的，但沒有什麼比這種幸福更加珍貴，更加久遠。」我補充說。

「我們可以擁有那種幸福。」他溫柔地說。「我們可以再次幸福，如果妳願意的話。」

我陶醉地看著他：線條優美如雕塑般的臉龐、光線落在他雙眼的樣子，在黑暗中閃耀。他向我走來，藍色長袍在微風中飄逸，身後搖曳擺動帶有光澤的髮梢。他看起來就像我們在河畔第一次遇見時的樣子，那之後時移世易，然而他仍是那個充滿暖意的青年模樣，而我也依然是滿腔熱火的那個女孩。雖然這一次，我身上的火焰可能會吞噬我。

我低下頭，好好收起這些令人留戀的回憶。「我們先過完今天，再思考明天吧。我們必須時時刻刻關注前方的動向。」

他的手撫摸著我的下巴，抬起我的臉，「我真希望能叫妳不要去冒這個險。」

「我很高興你沒這麼做。」

我不發一語地將頭靠在他的胸膛，雙臂摟住他，偷走他的溫暖，獲得片刻的安慰。他抱緊我，我的手向下滑到他的腰，拂過天空之雫光滑的玉石表面。我的能量幾乎難以察覺地微弱閃爍一下，從玉石中抽走——連繫切斷了。我拉開彼此，結束擁抱，悔恨拉扯著我的心，猛烈到我以為都要碎裂了。

「我不想失去妳。」他低聲地告白，「我怕得要命。」

我有太多話想要跟他說，溫柔的保證、承諾的言辭，但都卡在我喉嚨裡出不來，因為實際上……我也怕得要命。

★　★　★

當晚我失眠了，從一片深寂聽來，已過了午夜，更接近黎明時分。我站了起來，穿過房間打開窗戶。涼爽的空氣迎面而來，陌生樹木發出的沙沙聲戲弄著我的耳朵，我的肌膚因不安而感到刺痛。我覺得自己又變回成孩子，害怕潛伏在陰影中的怪物。即使在小時候，我也想把怪物拖到空曠的地方，看清楚他們的模樣——因為沒有什麼比腦海中的噩夢更可怕的了。

這次不一樣。

有人輕敲我的門，這個時間還真是出乎意料。我掌心閃過一道光點燃了燈籠，匆忙套上黃色長袍，腰繫一條絲綢，頭髮來不及綁，散落肩上。

「請進。」我出自習慣從桌上抓起弓箭，並非預期出現真正的危險。

房門滑開，文智站在門口，我立刻把弓放下。

「星銀，妳確定要放下？」他嚴肅地問，「不久之前，妳還想要射殺我。」

「不久之前，你的確該殺且應該得到更差的待遇。」

「那現在呢？」

他語氣的變化、眼神中的光芒激起了我內心的某些情感。「你為什麼在這裡，文智？深夜裡難道沒有其他事情要忙嗎？像是讀請願書、恐嚇朝廷大臣？或者是，睡覺補眠？」

**或臣妾侍寢**。這令我不悅的念頭跳了出來，我立刻甩開。

「當然。」他同意，倚靠門邊說，「我**應該**很多地方可以去，比起來這裡遭受妳冷漠的招待，那些地方肯定會更歡迎我。」

「或許你是該去找她們。」我冰冷地說，準備關上門，但他伸出手抓住門板。

這時我才注意到他的穿著。很少看到他穿得如此華麗。一身苔綠色長袍，上頭繡著一條條交纏盤旋並昂首吐霧的龍，一條銀環絲帶繫於腰間。他頭頂王冠——與他父親的不同——是一頂鑲有翡翠的雕刻金冠。

「我也睡不著。」他坦白地說，「妳願意跟我出門溜達一下嗎？」

我猶豫了，「夜已深。」

「不會跑太遠的。」他向我保證。

我一點頭，他就進門，大步來到窗前。一朵雲已在窗外盤旋，彷彿他知道我會同意。

「為何不從房門離開？」我問。

他皺了皺鼻子，「我不是我父王，我不想要也不需要侍衛一直跟著我。」幾乎沒有什麼威脅是他無法獨自應付的。

他爬出窗臺，跳上雲朵。我沒有握住他伸出的手，而是抓住木框滑了出去。雲朵翱翔高飛，圍繞王宮，風吹撫我的頭髮。我們停了下來，我看向他，挑了挑眉毛。「屋頂？」

「我知道妳很喜歡屋頂。」他故作淡然地說。

我胸口一緊，他指的是我在玉宇天宮時總在屋頂尋求慰藉的時光，我總是在想家的時候仰望天空。然而屋頂也是我們彼此承諾的地方，也是我為了逃脫差點射殺的地方。我拋開過去，無論好的還壞的——因為明日如此不確定，而我今晚的心完全容不下那些過往。

屋瓦是以絢爛虹彩般的彩石雕刻而成，閃閃發亮，彷彿浸過彩虹。然而屋頂上望過去最美的風景是眼前無盡的地平線。施了魔法的微風，承托起發光的燈籠漂浮並搖曳在空中。下方建築物的拱形屋頂如珠寶般閃耀，紫灰色的雲霧之外則是蜿蜒的黃金沙漠，如星辰般熠熠生輝。

微風撥動著文智的髮絲，一縷長髮吹到他的臉上，「謝謝妳願意跟我來，這裡是我想獨處時會來的地方。我一直很想帶妳來這裡，甚至在我意會到這代表什麼之前就想這麼做了。」

他坐在屋瓦上，一隻手臂擱在抬起的膝蓋上。他的表情一直都是如此冷漠且難以捉摸，但現在，則增添了一分沉重。

「什麼事困擾你？」我問。

「以前我兄長霸凌我和我在乎的人時，我就一直很想當上國王。每一次的侮辱，每一個傷害，都驅使我不擇手段地去爭取我父親的寵愛。」

他很少談論過去——之前只有那麼一次，當我剛得知他的背叛時。當時我不想聽他解釋，沒有什麼能為他的行為辯護。這一次，我聽著，沒有咒罵，沒有憤怒——經過了這麼久的時間，我終於沒有在他說的每一個字句裡尋找謊言。

「我父親不慈愛也不仁慈，他充滿野心，但並非殘酷。他會一直逼著我們進步，部分是因為他深深記得當我們國度弱小時備受打壓的樣子，被整個仙域排擠流放。」他的雙眼蒙上一層陰影，「如今，他過世了，我戴上了王冠。我沒有感到勝利。儘管這可能是無法避免的，但我從沒想過為了王位而讓家族濺血。」

「事情已成定局。」我靜靜地說，「你會是個好國王。」這不是安慰他的空話，天庭士兵曾經崇仰尊敬且愛戴他，這種統治者難能可貴。

他頓了一下，「我帶你來這裡有另一個原因。不知為何，我兄長及父王已死的消息已經傳開了，吳剛要求我們交出妳母親。如果我們配合，他會放我們一馬。如果不答應，他威脅將迅速展開報復。」

「你會怎麼做？他**能**怎麼做？」一名君主的職責就是保護他的國度，文智一直很清楚他的優先順序，而現在的我對他來說，連一位假新娘都不是。

「我的大臣們想要讓步。以前吳剛的目標一直在其他地方，當眼前有更吸引他的目標等著他奪取時，當他相信我們會跟他結盟時，他不會攻擊我們。但現在情勢改變了。」

「你會把我們交出來嗎？」我不認為他會背叛我們，但他可以不用庇護我們，我們不能指望他的幫助。

「那是我父王會做的事。我們毫無防備，若現在遭受攻擊將會造成災難。我們應該爭取時間，改日再與他對抗。」

我感到失落，雖然我不應該期待太多。但我試著跟他講道理，就像我跟其他人講道理那樣。「你從來都不會為了快速取勝而失去更遠大的計畫，向吳剛妥協並非解決之道。」

「妳誤會我的意思了。」他立刻說。「那是他們建議我的做法，我父王會做的事，但不是我會做的事。交出妳母親只能暫時緩解危機，這只會令吳剛更肆無忌憚，他會像瘟疫般橫掃整個仙域，當四處皆貧荒之地時，他就會吞噬我們。他現在可能是盟友，但他毫無疑問是我們未來的敵人，我父王也很明瞭這一點。這也是為何他更願意協助我們，雖然他也為了自己的目的而跟吳剛打交道。」

他凝視著我，「但這並非唯一的理由，我坦白說，**妳**才是我考慮其他計畫的強烈誘因。」

我鐵著心不讓自己為之動情，「這可以是個機會，我們可能可以利用這點來發揮優勢。」

他不情願地點點頭，因為他也想過這個方法了，「我不想這麼做，這很危險。」

「是沒錯。」我同意，「但總不能讓吳剛繼續橫行霸道下去。」然而這個機會來得太快，我還沒準備好……如果真能準備好的話。

「這是最好的辦法，但我不能毫無來由地碰巧現身，吳剛必定會馬上起疑，覺得其中必有詭計。」在恐懼阻止我開口之前，我趕快說出這些話。「就做他們期待你該做的事吧，就像任何一位統治者面對威脅時會做的。交出我的母親，不過會是由我代替她。要讓吳剛以為他掌握住我們的行蹤，要讓他覺得勝券在握，這樣他就會掉以輕心，然後——」

「妳會讓他付出代價。」文智表情嚴肅地替我把話說完，「雖然吳剛不會輕易相信我們的順從。他認為我跟我父王及兄長不一樣，不會願意與他結盟，他知道我絕對不會自願交出月之女神，就因為她是妳母親。」

我想起吳剛先前曾對我們說的話，他對我跟文智投以瞭若指掌的得意眼神。

「如果吳剛有半點懷疑，要是他測試我的偽裝，這招就行不通。那如果你拒絕他的條件呢？讓你其中一位大臣為了獲得獎賞，去向吳剛提供情報。我讓他抓到我，他會把我帶到月桂樹那裡。」

「符合他的期待，製造一個錯覺。」他點點頭，「這招可行，不管怎樣，終究必須準備好我們自己的軍力和他對抗，一部分是為了配合我們的策略，一部分是為了防禦。我相信他也布局好了，準備要攻擊我們。他在邊界聚集了非常多士兵，這絕非是單純的行軍。」

他說的是事實，但一想到戰爭，我的胃就翻騰，「這樣做比較謹慎，同時也可分散吳剛的注意力及他的軍力，讓他心煩意亂就不會過度檢視或質疑。他會迫不及待去收割種子，收割他的勝利，這就是他的弱點。」另一個煩憂湧上心頭，我眉頭皺起。「你要如何抵擋他的軍隊？你需要一些盟友。」

「我們會將消息傳到其他國度。然而，我們孤立太久了，我很懷疑他們是否會回應我們的號召。」

「共同的敵人可以化敵為友。」就像我保護先前對戰過的士兵那樣。

我們還能依靠誰呢？龍族不是戰爭工具，但作為防衛便非常有價值。牠們的支援可以讓東海向我們靠攏，雖然他們的朝廷正深陷哀悼中。南海已宣告效忠，他們會抓捕我們來贏得吳剛的歡心。我們與西海及北海沒有連繫，也沒有時間與他們培養關係，而鳳凰城一直與天庭都保持緊密的聯盟，但他們的忠誠是出自與天庭皇族關係良好，還是忠於天庭國度本身，這就難說了。要是他們加入吳剛，這將是沉重的打擊。

「我會將話帶到彥熙太子那裡，力偉則會傳話給他母親。也許她能說動鳳金皇后。」我說。

他起身並點點頭，「謝謝妳，很抱歉打擾妳休息。我帶妳回去吧。」他看著我，輕輕嘆了一口氣，「我答應自己不要再說什麼了，妳已做出選擇。但我無法忘掉妳，也許這是對我的懲罰。」

「我不希望那樣。」我在他身旁站起身，忽視我的內心掙扎，「無論如何我們都是朋友，希望對方過得好的朋友。」

「朋友？」他停了半晌，重複這個詞。「是啊，我很樂意做妳的朋友。我樂意接受妳選擇分享給我的任何一切。」

我還來不及回應，他將我擁入懷中。他的肌膚平常如此涼爽，如今卻令我灼痛。我沒有抗議，閉上雙眼，聞著他身上飄散開來的清香。當他的手臂放開時，我的眼裡感到一絲刺痛。我眨了眨眼睛，內心哀悼某些珍貴的東西結束了……卻從未有機會真正開始。

## 34

空中密布低垂的雲，眾多神仙正在穿越天際。地平線上出現一股激烈的攪動，但不是風也不是雨，而是殺戮及背叛正在蓄積，滿是宿怨深仇。天庭被一名具有凡間血脈的神仙推翻了，而雲城正在保衛那些流離失所的人們。四海國度再度分裂，舊的同盟已經瓦解，新的聯盟短短數日便形成。整個世界就像徹底翻轉，再加搖動一番。仙域可能無法再回到從前的樣子，而直到真正失去之後，我才意識到自己的後悔。

力偉和我一同飛越蒼穹山脈，一座位於雲城北方、沙漠以西的嶙峋山脊。陽光照耀在力偉的金色盔甲上，而我僅穿了一件深藍色長袍，背著弓箭，而淑曉還有我父母在後方跟隨。

文智與他的軍隊已經進駐，努力強化邊境結界以應付一觸即發的衝突。他朝我們飛來，黑色盔甲上閃著青銅光芒，一把大劍綁在身側，綠色披風在他的肩上飄揚。

他的雲朵靠近，對我們點頭示意，「我們預期吳剛的軍隊很快就會到了。明天，或者後天。」

「有其他國度的任何消息嗎？」力偉問道。

「沒有，也許他們不會來了。」文智回答，嘴角微微繃緊。

遠處雲城的士兵聚集著，在白色沙灘投下他們的影子。他們曾讓我如此恐懼，但現在我希望他們越多越好。**還不夠多**，我的內心嘀咕著。這些還不足以抵擋吳剛的死靈士兵。那支龐大的白金軍隊，如一條巨蟒蜿蜒爬行沙漠及雲朵邊緣。

風勢越來越強勁，將我的頭髮吹向臉頰。正當我將髮絲撥向一旁，看見地平線出現一道光，一群身穿藍銀色盔甲的士兵們正飛向我們。看見領頭的彥熙太子，我想起上次見到他的情景，他將他死去的弟弟擁在懷中。儘管彥熙太子的神色有些憔悴，但依然親切熱情地向力偉和我打招呼，但是當他一見到文智卻變得僵硬。

「國王陛下，」他冷冷並客套地說，聽到文智被如此稱呼嚇了我一跳。「東海並非響應魔界而出兵，我來是為了替我弟弟報仇。」

文智點點頭，「儘管如此，我們很歡迎你的援助。我們不需要成為朋友也能同盟抗敵。」

尖利刺耳的叫聲響起，伴隨著嗖嗖的空氣聲。身穿青銅盔甲士兵飛越空中，騎著壯麗的鳳凰，身後深紅色的火光邐迤而行。牠們的羽翼熾亮得彷彿火焰化身，色澤繽紛如彩虹的尾巴飄揚。天庭天后翱翔其中——無論有無實質后位，對我來說她依然是天后。然而我差點認不出她來，她堅定的表情使她神色煥發，沒有平日見到的厭惡或緊繃。這是不是她從前的模樣？她的苛刻是否源於對婚姻的幻滅，源於天庭的生活折斷了她自由飛翔的翅膀？我沒有因此喜歡她，但或許我對她產生了一點理解。

天后來到我們的雲朵旁，輕鬆地從座騎上滑下來，「鳳金皇后將會加入我們來對抗混蛋吳剛。」她驕傲地宣布。

「我們很感謝她的支援。」力偉說，並繼續補充說：「也同樣很感謝您，母后。妳必定花了不少功夫改變她的心意，先前鳳金皇后似乎不太願意支持我們。」

「吳剛必須被阻止。」她輕蔑地看了文智一眼。「我可不是為了**你們**這麼做，她們也不是為了魔界而戰。我才不在乎你不幸的國度發生什麼事。」

文智眼睛一閃，「我也不在乎天庭發生什麼事，因為它早就淪陷了。」天后的紅唇扭曲，即將咆哮之時，力偉清了清嗓子說：「互相侮辱沒有任何好處，我們很高興得到增援。」

「確實是。」文智的嘴角勾起一抹嘲諷，「真是慶幸，雖然我們被仙域裡這麼多人厭惡，但他們**更加**討厭吳剛。」

「他們理應如此，吳剛是前所未有的極大威脅。」我父親說著，並從淑曉那朵雲跳到我們這邊來。那把弓如一抹銀色新月般的弓在他身後，而我母親跟隨著他，臉色蒼白且憔悴。

「妳的身體還好嗎？來這裡可以嗎？」我擔心地詢問淑曉。

「好得很，而且也夠無聊了。任何事情都會比再躺一周並被餵食噁心的草藥來得好。」她雙臂交叉，一邊顫抖，「龍族很有智慧且強大，但牠們的草藥真是難以下嚥。」

「苦口良藥勝過致命的傷口。」我檢視著軍隊，如此陣仗令我鬆了一口氣，然而我的心情卻從未如此低迷不安。會有多少士兵能在這場戰役後存活下來呢？有多少人可以回到家人身邊呢？吳剛跟他的士兵不會手下留情，我不認為他們有能力做到這點。

我目光轉向山脊另一側的雲海，我之前不願太靠近查看。吳剛的士兵密密麻麻，宛如陽光映照雪地般閃閃發光。與他們並肩同行的，還有南海的綠松石色盔甲部隊。據說綏河王后有選對邊的天賦，但願這次她的判斷錯誤。那一頭還有其他士兵，我不認識他們，他們穿著銅甲和綠甲。

「北海跟西海將會與我們對戰。」力偉緊張地觀察著。「他們不是我們的同盟。這下不妙了，我原本希望他們會避開這場衝突。」

「綏河王后必定在四海聚會時，為吳剛贏得他們的支持。」我說。

「在開戰之前，我們必須先做一件事。」力偉說。「我們需要一位熟悉玉宇天宮的人救出我父親、建允將軍，以及其他被吳剛監禁的朝臣們。否則他們將陷入極大的危險，他們會被抓去做人質。」

淑曉鞠躬行禮，「我去，建允將軍待我不薄，他對下屬都很好。」

「我找幾個雲城士兵陪妳一起去。」文智向身後的神仙做了個手勢，她上前行禮。待她抬頭時我才發現是夢綺將軍，她凶狠地看了我一眼，無疑是想起了我之前是如何欺騙她的。

「夢綺將軍，集結一批隊伍前往玉宇天宮。」他向她指示，「淑曉之前擔任天庭軍隊的中尉，由她領隊。」

將軍嘴唇抿得緊緊地打量淑曉，「國王陛下，她能勝任嗎？我可不想魯莽地拿我們士兵的安危冒險。」

「她和妳一樣厲害。」我聲音有點尖銳地搶話。「而且沒那麼容易被騙。」雖然是小小的嘲諷，但是我的朋友受到侮辱時，我無法袖手旁觀。

淑曉雙眼一瞇，「等一切結束後，妳可以任意挑選一項武器跟我比武看看。」為了她好，我希望夢綺將軍不要選擇弓箭。

「真是幼稚。當我的士兵受到威脅時，不要縱容這樣魯莽的行為。」夢綺將軍嚴峻盯著淑曉，眼神充滿質疑。

淑曉故意轉過身背對夢綺將軍，「星銀，好好保重。」她說著這話時看了我母親一眼，似乎話中有話。

我握著她的手，「妳也要保重，回頭再見。」

「到時見。」她應和，「我們將飲一壺酒促膝長談。」

「妳好了嗎？還是還有更多告別的話要說？」夢綺將軍厲聲問道。

淑曉張開嘴，與其說是在笑，倒不如說是做了個鬼臉。「我開始覺得後悔，留下來跟死靈天神戰鬥也許會更好。」她搖搖頭，跟在夢綺將軍身後。她們踏上雲朵，兩人站得老遠一同飛向雲城的兵營。

太陽西沉，我們陷入寂靜，滿滿的憂愁及一絲絲鬆懈。今晚不會對戰，戰爭都是在早晨，早晨帶來了榮耀承諾的光輝，以及充滿希望的曙光。夜晚時分則要退回暗處，舔舐傷口，壓抑或釋放哭泣及恐懼，以及祕密進行那些陰謀詭計。

吳剛很快就會來找我母親。戰爭一觸即發，他需要收割新鮮的月桂種子來加強他折損的兵力。恐懼與期待於內心交戰，並不是因為我渴望危險，而是我神經緊繃。聖焰之羽的高溫灼燒著我的袋子，衝撞著周圍的魔法罩。我不曉得我的力量還能撐多久——是否能撐過接下來的偽裝騙局。

「母親，我們必須給妳找個安全的地方。」我故意喊給吳剛的奸細聽見，吊他胃口。雲城的大臣已被派去向吳剛洩漏我母親的行蹤，用來交換優渥的官位。這是謊言中的謊言。

我母親和我飛回雲城王宮，回到她的房間。這間房布置典雅，搭配著紅木家具，深色木材上鑲嵌著虹彩珍珠母，門口放置了青銅香爐。我開始習慣這股濃郁的香味。

她協助我換上她的衣裳，在我肩上披上白色絲綢長袍，為我在腰間綁著朱紅腰帶，接著繫上幾枚她的玉珮飾品。最後，她盤起我的頭髮，用金簪固定，在我耳上插入一支紅牡丹。

我心中沉重的大石落下。是因為她為我著裝的那分熟悉嗎？彷彿回到童年時她幫我梳妝打扮。那時的生活多無憂無慮，就像在湖中自由滑行，而不是在波濤洶湧的海水裡搏鬥。

「平兒不會希望這樣。」母親眼角閃著淚光，「她不會希望妳這樣冒險，甚至為她復仇，她只希望妳快樂平安。」

我喉嚨緊縮，一時說不出話來，「這不只是復仇，這不只關乎我們。我要吳剛為他的所作所為付出代價，但更重要的是，我**必須**這麼做。他是個惡霸，無情的瘋子，他毫不在乎地派遣士兵做出這種無止盡的死亡暴行。他已經殺了許多無辜的人，如果不阻擋他，他還會殺害無數的人。在他的統治下，我們的未來會怎樣呢？」

我轉身看著她的臉。「我曾以為外面的世界不重要，只要他們不影響我們就好。我曾經因不受榮譽或野心束縛而感到自豪，我只關心我家鄉、我家人及所愛的人。但我錯了。」我聲音開始哽噎。「無論我們如何努力迴避，我們還是遇到麻煩。我們家被占領，我們被追殺了。我們失去所愛的人。」

**邪惡必須根除**。長龍的話在我腦海裡響起。

我母親的手掌按在我的臉頰上，我靠向她的手。她沒有說話，臉上閃耀的愛意一點一滴地融化我心中的寒冰。

一陣敲門聲打破溫情時刻。我的父親、力偉，還有文智走進房門，我站起身抓起玉龍弓，它以瘋狂的能量顫動著，彷彿感受到我的意圖。它是否一直期待這一刻？我僅僅是它的保管人？但這都不重要，我早就應該將它交出去了，但我太自私——我父親上次拒絕時，我還鬆了一口氣。放手讓我心痛，但我要前往的地方不需要它，我很高興終於找到它真正的主人。

「父親，這把弓是你的。」我鞠躬行禮，舉起雙手將這把弓交給他。

他推到一旁，「留著吧，星銀，我不需要這把弓。」

「玉龍弓屬於你。」我重複道，「你必須收下，天焰能擊倒吳剛的士兵。用這把弓保護母親跟你的安全。請小心別耗盡自己的能量。」我止住話，覺得自己很愚蠢，像在教魚如何游泳。這武器宛如他手臂的一部分。

他動也不動，不打算收下，但堅持是我們共有的個性特質。我拉起他的手，撐開他的手指，將弓壓入他的掌心。玉石閃爍，在我們相握的手上發出光芒，就像我第一次觸摸它時那樣——我皮膚先是一陣冷，然後變熱。上頭雕刻的龍盤旋顫動，然後靜止。

接著消失了——我一直感受到來自弓的那股拉力消失了。我放開手，將它留在我父親的手中。內心一陣刺痛，彷彿跟一個親愛的朋友告別，我沒想到我會如此想念，操控這把弓令我感到與眾不同。有力且強大。然而，但我不需要靠它**成為**這樣的人。

「吳剛的士兵正朝這裡前進，我們必須快點。」文智說。

我點點頭，文智從袖口抽出卷軸，攤開金竹簡，上頭密密麻麻的小字，他的手掌按在上頭，能量閃爍，文字從卷軸上跳出來，像黑色飛蛾一樣盤旋空中。

「這法術只能施展一次。」他謹慎地說，緊緊地握住我的手。

「我該怎麼做？」我問。

「抬頭看向妳母親。將她的模樣牢牢記在妳腦海中。」他指示著。

我端詳著她細長的雙眼，精緻的拱眉，如皎潔月光般的肌膚，如烏黑深夜般的長髮。我小時候一直希望能長得像她，而現在卻可能讓我致命。

文智的能量掠過他的手指，像股暴風猛力貫穿我，黑色的毛筆字分裂開來，宛如重重鎖鏈環繞我，在我身上盤旋，滑過我四肢跟臉龐，接著靜止不動——然後如潑墨快速滲入我的皮膚。一股灼痛、割裂般的刺痛，就像這些字刻入我的肉體，我發出一聲嘶啞的喘息，額頭上滲出汗珠。

文智緊抓著我的手，「我該停下嗎？」

我咬著牙，搖搖頭說：「繼續。」

疼痛不斷加劇，每一次呼吸都是掙扎。我身上每個毛孔爆發出來，我的皮膚、骨頭，還有牙齒，被擠壓，被灼燒，好像被重新塑造，用泥土塑形，並用火鍛造……像吳剛提過的守衛凡間皇帝的兵馬俑。就在我再也無法忍受，忍不住發出尖叫聲——痛苦消退了，只留下遍布全身的隱隱作痛，以及一種陌生的緊繃感覺，像條超薄的細線拉扯著我和文智。

他鬆開我的手，我搖搖晃晃地往後退，扶著桌子。視線一片模糊，然後又變得清晰。我舉起手指摸著自己的臉，沿著下巴、纖細的鼻梁和顴骨。

我與母親四目相接，她不可置信地睜大了眼，「妳的臉。」她結結巴巴地說。
「起作用了嗎？」聽到她如鈴鐺的聲音從我嘴裡說出，我嚇了一跳。
「是的。只要法術繼續維持。」文智說。
「我有多少時間？」我問。
「妳需要多久就有多久。」他把頭靠向我，「妳必須小心，不要讓羽毛的力量在妳體內釋放，時時刻刻維持住妳的護盾。」
「我會的。」我向他保證。
「吳剛會感受到妳的法力嗎？」力偉緊張地問。
我看向文智，他搖搖頭。「會被掩蓋住，連同妳的氣息也是。」
真是強大的咒語。難怪他父親會將這個卷軸跟其他珍寶藏在一起。「這是否對你造成負擔？」我問。
他笑著說：「只要妳能承受，我都能承受。」
「那你要如何打仗？」我問。
「萼綺將軍將代我領兵出戰。妳跟我通過咒語連繫在一起，我不能離妳太遠，我會與妳保持安全距離。」他眉頭皺起，神情有些不安。他不喜歡將自己的軍隊交付他人，然而有些戰役勝負不在沙場。

「要是吳剛的士兵發現你呢？」我問他。

「我會跟他一起。」力偉說。

文智身子一僵，「我願意和吳剛的士兵碰碰運氣。」

「我也很願意讓你去試試。」力偉回嗆道，「但我不要冒著咒語被破壞的風險。今晚，我會當作在守護星銀一般守護著你。」

文智猶豫了一下，點點頭同意。這種交流令我感到心暖暖的，一種深深的平靜。太多的因素可以讓天庭之子與魔界國王產生分歧與對立，而我很高興我不再是其中一個因素。

「我也會在。」我父親說，他若能在場我會很高興，他能確保他們的安危。

「妳要如何釋放羽毛的能量？」力偉問。

「一旦我夠接近月桂樹，我就會解除魔法罩來釋放它。吳剛那時會忙於搶救月桂樹而來不及阻止我逃跑。」我滔滔不絕地說，只有一個自信絕對能成功的人才會說出這樣的話……或者，一個熟練的騙子。

文智雙眼一瞇，「妳決定要將羽毛插在哪裡了嗎？」

「月桂樹的樹根。」因為樹根注入了吳剛的鮮血及我母親的淚水——而這也是我結束這一切的目標。

儘管我信口開河，這絕非容易之事。有太多地方能出錯，無數的恐怖場景在我腦海反覆播放，好讓我做足準備。我最大的恐懼就是吳剛可能會發現這是個陷阱，然後看穿我的偽裝，並在我找到機會釋放羽毛之前就摧毀它。這是世上碩果僅存的聖焰之羽，我不能浪費。這意味著我必須維持偽裝直到最後一刻……我只能用最短的時間逃跑。

我抬頭一看，發現力偉正盯著我，或許他感覺到我的血液因為恐懼而變得濃稠，以及纏繞在我心頭的焦慮。「小心一點，星銀。一旦妳釋放羽毛，就躲起來，別獨自對抗吳剛，我們會立刻趕到。」

「如果吳剛識破妳的偽裝，如果我們之間的連繫斷了——我會立刻感覺到。妳不會單獨面對，即使妳沒看見我們。」文智向我保證。

「時間差不多了。」我父親說，如今前方道路已定，他表現出毫無遲疑的模樣。一場戰役中的勝負，心態決定泰半。

我掩臉往窗外一看，夜幕降臨，籠罩在一片紫藍色光輝之中——難以捉摸且帶著芬芳，充滿神祕且帶著希望。然而，當我緊握雙手想掩飾不停的顫抖時，一種空洞的麻木襲來。我一次又一次地大口吸氣，直到我心情終於平靜下來。這時我才敢看向他們，把他們每一張可愛的臉都烙印在我腦海裡。珍貴的回憶將支撐著我度過前方的地獄。

「你們該走了，要趕在吳剛軍隊抵達之前。」我不知道我這樣平靜的面具還能維持多久。

我母親擁抱著我，雙臂緊緊地環繞在我的脖子及肩上。我用力嚥了嚥口水，大口吸著她淡淡的甜香氣息，試圖忽略她滴落在我長袍上的淚珠。她鬆開我後，匆匆離開房間。力偉跟文智向我鞠躬後，神情凝重地挺起身子。我低下頭回應他們，喉嚨裡擠滿著說不出口的話，我的內心因壓抑的情緒而感到沉重。過沒多久，我父親也準備要離開房間了。

「等等，父親！」我忍不住出聲喊住他。以前我也曾深陷可怕的困境，還被拖至死亡邊緣——然而這次不一樣，這次的負荷幾乎令人窒息，因為賭注如此之大：不僅僅是我和我所愛的人的性命，還包括這世上所有凡人及神仙。我不能失敗，我不敢失敗，然而……我會獲勝嗎？

我父親向我走來，「女兒，什麼事？」

「當你面對太陽鳥時，你的心情如何？」我吞吞吐吐地問。

「害怕。」他坦率地說。

他的回答令我寬心許多，緩和我緊張的情緒。「那為何要做呢？」

悲傷使他的臉蒙上一層陰影。這一刻，他看起來有些衰老，就像我在凡間第一次見到他的樣子，因飽經風霜而佝僂，「我不想，我知道我將付出沉重的代價，因為牠們受眾神喜愛。但如果我不做，所有我愛的人都會滅亡。」

「我現在也不想做。」我帶著低沉的哭聲脫口而出，「我不勇敢，我很害怕，我不是英雄。」與他分享這些念頭不會令我羞愧，比起任何人，他更了解必須付出的代價，還有必須做出這艱難的抉擇。

「妳很勇敢。」他發自內心地說，「因為傻子不畏懼任何機會，魯莽的人不在乎任何一切——然而只有真正勇敢的人是義無反顧地向前邁進。」他將一隻手搭在我肩上，堅定且溫暖。「要不是太陽鳥滅亡，就會是這個世界滅亡。這個世界，我的妻子、妳——當時還未出生的孩子——我的朋友，以及所有其他生命，沒有什麼比這些更值得奮鬥的了。」

他伸出手抱住我，他的手掌撫摸著我的後腦勺，「我為妳感到驕傲，我的女兒，無論妳做或不做。如果妳做不到也沒什麼好愧疚的，現在說出來，我們可以找看看其他方法。」

**沒有其他方法了**。

「后羿，星銀還好嗎？」母親出現在門口，焦慮地看著我。

「謝謝你，父親。」能夠將這些話大聲說出來令我寬心不少，足以面對在內心糾纏我的惡魔。即使不可能的任務仍然在前方等著我，我不再覺得孤單。

他放開我，「記住，我的孩子，如果妳相信妳自己，相信自己做的任何事情，世上沒有任何人能將它從妳身上奪走。」

接著他離開房間，所有人都離去了，各自帶走一部分的我。隨著門一一掩上，腳步聲也漸行漸遠，寂靜加深了不祥的預感。

我盯著鏡子，母親的臉孔回看著我。我將手伸進荷囊，取出包覆著羽毛的半透明球體，宛若有生命般顫動著，每一根倒鉤燃燒著火焰，閃著金色的光芒。它在我的觸摸下變得溫暖，試著掙脫著束縛它的防護罩。我深深吸一口氣，對它開始施法，注入我生命力核心的力量，如同我解放龍族時做的那樣。我扒開生命力核心，閃閃發亮的液體奔流而出，伴隨如天堂般的耀眼光芒。我毫不猶豫，不加思索地將這顆球放在我額頭前，閉上雙眼，讓我的魔法將它席捲。當羽毛滲入皮膚及體內時，就像一塊鵝卵石被壓進潮濕的沙裡——我的生命力為之屈服。驚人的高溫灼燒著——我立刻編織一層護盾圍住它，逐漸收緊直到沒有任何一根刺能穿過。

完成了。我頭痛欲裂，就像裡頭有根槌子不斷重擊。文銘國王如何承受這一切的？這種疼痛足以讓任何人瘋掉。突然一陣顫慄傳遍全身，我倒在床上，壓抑著從我胸口湧出的啜泣——就在我的生命因愛而燦爛，卻同時陷入前所未有的黑暗。

# 35

他們以迅雷不及掩耳的速度到來，氣息越來越近——如鏡射寒冰的死寂。走廊遠處傳來壓抑的喘息聲，沉重之物砰一聲撞擊地面。想到那些侍衛我忍不住往後退，但是房門隨即被撞開，我把驚恐藏在心裡。

八名吳剛的士兵站在門口，皮膚呈現如霜般的斑塊，雙眼閃著詭異的光芒，我試著激起一絲對他們的厭恨，因為他們曾無情地奪走彥明王子的性命，然而這就像試圖仇恨一支射中紅心的箭。這些怪物充其量不過是個武器，雖然遠比我遇過的更具殺傷力。

兩名士兵抓住我的手臂，我邊哭邊掙扎，強忍住反擊的衝動，他們毫不費力地將我拖到安靜的走廊，一路經過兩旁倒下的侍衛。他們的手指掐入我的手臂把我拖出王宮，我的繡鞋刮到一塊尖石，繡線脫落，珠子散落一地。

大門上方懸浮著一大朵雲，其中一位推了我一把，我踉蹌踏上雲朵，隨即起飛衝上高空，害我差點撞上一名士兵。我眨了眨眼，仔細觀察他的模樣。這名士兵看起來比其他人年紀小，永生不老又不是真實活著，感覺很奇怪。他雙眼散發著同樣空洞的光芒，然而有個念頭閃過我的腦海——一絲似曾相識的影子，一種曾經是誰的餘響……一陣驚恐，見到他現在的模樣！

不可能是他。彥明王子是海神，他的靈魂不會安放在神聖和諧天境，他兄長將他帶回東海了。一股情緒湧上心頭，恐怖的想法竄入腦海：要是那些被吳剛士兵殺害的人，即使死後也會以某種方式受到他意志的束縛？

「彥明王子？」我輕聲地說，儘管我的心揪成一團，排斥這個猜測。他沒有顯露出半點認出我的樣子，我再試一次，謹慎選擇我的用詞。「你是否還記得你的父母？你的王兄？東海？」

這名士兵微微抬起頭——若我沒有盯著他，肯定錯過這細微的變化。我順著他失神的目光，捕捉到地平線上閃爍著藍寶石和珍珠的光芒，宛如布滿了午夜星辰的大海。他嘴唇張開，目光注視著前方，似乎在尋找著什麼……儘管他自己可能都不知道。我內心燃起希望，也許尚存一部分的他未被這種邪惡的力量玷汙，也許龍族終究還在看顧著他。

「遠離這裡。」我悄悄告訴他，不確定他是否聽得見或者能夠理解。「回到東海，去找龍族，牠們會守護你的安全。」

他看起來像是輕輕點了頭，非常微小，可能是我自己的心理作用，但我仍堅持這瘋狂的希望。我顫抖著，一想到即將發生的事，我就忍不住想乾嘔——若成功了，可能會讓我付出什麼代價；若失敗了，會有怎樣難以挽回的後果。我深呼吸，努力保持平靜。清晰的頭腦是放下一切的人最強大的武器。

我們的雲朵往北爬升，朝黃金沙漠飛去，我不敢尋找父親、力偉或文智的蹤跡。此刻的我全神貫注在體內的羽毛上，保持它的完整——還有確保我能存活。下方突然響起尖叫及呼喊聲，我低頭一看，內心凝結成冰。

下方一片混亂，吳剛軍隊比預期得更早發動攻擊。雙方的交戰陷入膠著，揮舞中的武器閃閃發亮，施展魔法發出的光芒照亮黑夜。我傾身往雲朵邊緣看去，看到那些在吳剛軍隊旁邊走動並發出嗥叫的怪獸，我嚇到全身僵硬如石。一頭有著人臉的巨大野豬衝進雲城士兵中，彎曲的獠牙穿刺他們。一片絕望的尖叫和哀求聲之中，鮮血四濺飛灑，形成細小薄霧。野豬雙眼發出詭異的光芒，獠牙閃爍著彷若偃月刀的邪惡能量。

一道陰影籠罩在我上方，一隻巨大飛虎俯衝而來，將利爪嵌入一名東海士兵的身體，將她抛向空中。不祥的重擊聲掩蓋了她的尖叫，然而那隻怪獸沒有停下來，繼續撲向另一個獵物。

是檮杌和窮奇。傳說中的奇禽異獸，以凶殘聞名。在被天庭士兵斬殺前，早已吞噬無數凡人及神仙。如今牠們被吳剛喚醒，為他效勞，準備橫掃並毀滅整個仙域。

我的指甲掐入掌心，要是我能隨軍戰鬥就好了，要是我能幫助他們就好了。這還不夠，或許我能擋下一隻怪獸，也許，少數幾個死靈士兵也行……但如果是成千上萬呢？

一道閃光劃過天際，帶著夏日的金色光芒。黃龍騰空飛來，帶著尖刺的尾巴抽擊著空氣，掀起一陣狂風，牠用力猛擊窮奇，飛虎的爪子鬆開，士兵尖叫著從半空中跌落，黑龍衝向前，用背接住了士兵。不遠處下方，深紅鱗片的長龍放火清出一條道路，幫助士兵們逃離檮杌的追捕。長龍再度張開大嘴，噴出滾滾洪水，將那隻野豬掃到沙中翻滾。

雖然恐懼沉重，我內心漸漸些許放鬆。一陣尖銳的呼喊聲接續響起，鳳凰們揮舞著閃耀的羽翼及利爪，加入了戰局。牠們優雅地盤旋飛行，尾巴泛起陣陣光波，如劃過夜空的彩虹，天后駕著座騎翱翔其中，手裡持著一把長矛。她渾身散發烈焰火光，彷彿一隻脫籠鳥，終於展翅高飛。鳳凰城軍隊的旁邊，是彥熙太子的軍隊，正朝北海軍隊逼近。

太陽尚未升起，雲已滿是鮮血。原本從王宮屋頂上看過去的黃金沙漠，金沙閃閃發光，多麼耀眼，如今卻幽暗且濕漉漉地發出微光。到底會喪失多少條的性命？死神今晚將大快朵頤，飽餐一頓它過去不得其門而入的神仙饗宴。

我感到絕望，陰暗且濕冷。我想要閉上雙眼，不想正視眼前正在展開的夢魘，但我強迫自己看著這景象，咬著內頰直到流血。這就是如果吳剛獲勝之後，等待我們的——無盡混亂、毀滅和死亡。我不敢細想那些被他士兵與怪獸殺害的人，他們的靈魂會發生什麼事。這不僅僅是場仙域之戰，更是一場靈魂之戰。我不會動搖，我不能失敗。

雲朵突然轉向，往高處飛去。我把思緒從下方的毀滅中拉回來，因為我自己的戰鬥正在前方。寂靜中時間總是過得漫長。羽毛不斷衝撞魔法罩，敲擊我的頭顱。

我的能量持續注入，牢牢固定住魔法罩。壓力越來越緊繃，覺得隨時會崩潰。

我終於見到我家銀色的屋頂在前方閃爍，屋瓦龜裂且焦黑，好幾塊遺失，部分矮磚瓦脫落崩塌。這次返家的感受與之前大不相同，以往是充滿期待的喜悅，如今卻是對凋零殘破的恐懼，伴隨著永無止盡的痛徹心扉。

這裡比我記憶中還寒冷，蕭寂帶著荒涼，夜色從來沒有如此壓抑，無人點燃燈籠，曾經發光閃亮的大地變得黯淡如塵土。空氣中飄著一絲肉桂味，揮之不去的陳舊濕氣，還有殘留的汙濁煙味。我的目光掠過汙黑的牆面，破裂的石子路，入口的門墩，那裡曾聳立著珍珠母梁柱。返家時發現家裡變成一片廢墟，這景象曾是我小時候的噩夢。沒了母親及平兒的聲音，這裡寂靜地令人痛心。

雲朵滑落地面，在我踏出雲朵前，一名士兵推了我一把，我絆到裙襬，另一名士兵抓住我的手臂，拖著我往前。我對自己被像野獸般對待感到憤怒，但他們粗暴的舉止並非出於惡意，只是純粹地執行任務。看到那名年幼的士兵留在雲端，一動也不動，我感到寬慰。他的眼神不斷地掃向天空。他打算要飛走了嗎？我暗自祈禱著他會這麼做。

士兵們拖著我走過一條熟悉的小路，蜿蜒桂花樹叢中——我蒙著眼睛也能找到這條路。周圍沙沙作響，是高聳的月桂樹葉子發出的溫柔叮噹聲。銀色的樹皮似乎比以前暗沉，籠罩在陰影中，或許是因為它不再沐浴月光下。

吳剛站在那裡，老鷹般的雙眼閃著光芒，盔甲上一層層金鱗如漣漪從胸口延伸到手臂，收束到手腕。他的大斧背在身後，綠色流蘇在竹柄上搖曳著。一見到他周圍一股強大的護盾保護著，我內心一沉。原想趁他措手不及時拿下他的微小希望破滅。即使眾多侍衛團團守護著，他依然沒有掉以輕心。

他看起來很開心地雙手合十，「嫦娥，能夠再次見到妳令我感到欣慰，我等待這一刻很久了。」

我對他那假意的噓寒問暖感到憤怒，然而當他的雙眼帶著疑惑瞇起時，我趕緊垂下挑釁的雙眼，強忍著攻擊他的衝動而渾身抖動，希望他會看成是我受到驚嚇。

「放開她。」他漫不經心地揮揮手。

士兵立刻將我鬆開，他們的頭紛紛轉向他。

「希望他們沒有讓妳不舒服。」他說，「我的士兵遵從指令時有時過度積極。」

他聽起來多有禮貌，彷彿我是名尊貴的來賓，彷彿他在乎我的安全，而沒有些微企圖要汲取我的鮮血。

「你為何把我抓來這裡？」我母親的聲音從我嘴裡吐出。

「月之女神，我想妳是明白的。」他的手指向那棵月桂樹。

我曾多少次爬到它蒼白的樹幹上，拉扯它的種子，欣賞它精緻的美？然而如今我只看見那同樣在吳剛士兵與怪獸眼裡流動的空靈光芒——用作重生，而非治療，在死亡中永恆地被奴役。

「把她綑在樹上。」吳剛下令。

灰暗的寒意襲遍我全身，我沒想到他會將我**綁**在月桂樹上。我要如何逃脫？一陣恐慌襲來，我拚命掙扎，用力踢著侍衛。

**這正是妳需要的**，內心某個聲音說道——是勇敢且明智那一面的我。唯有吳剛的允許，我才能將聖焰之羽帶到月桂樹。不可否認，被綁在月桂樹上固然可占上風，但若受困，也無法令人安心。我的指尖閃爍著，渴望釋放魔法，將那些士兵推到一旁並趕快逃走。這種渴望驅使我從絕望中奪回勝利，置之死地而重生——如今卻成為了障礙，削弱我的決心。

我迫使自己變得癱軟無力，低下頭隱藏翻騰的思緒。吳剛的士兵將我雙手綁在樹上，發光的繩索綑綁住我的手腕，纏繞在我胸前、腰際及膝蓋，用力將我固定在樹上。樹皮刺痛著我，就像被強壓在冰柱上一般。

我沒有必要喬裝害怕，因為我真的開始顫抖，吳剛可能會發現我們的詭計，而我可能會失敗……或者死亡。我權衡過各種會發生的危險，強化自己以應付威脅。我想過會被刀劍所逼，被限制、被威脅、被傷害——然而，我也想過迅速逃脫。我動作很快，法力高強。我該做的就是跑到這片我熟悉一輩子的森林裡藏起來。我從沒想到自己會像殘忍的祭品被捆綁起來——然而，這就是現況。恐懼凍結了我的血液，但我鬆了一口氣，因為想到還好在這裡的不是我母親。

我將恐懼拋到一旁，小心翼翼地試探束縛我的繩索。這是奇怪的法術，我很想探測看看，但又得小心不能引起吳剛的懷疑。體內突然一陣刺痛，羽毛的力量衝破而出，我立刻注入更多能量鞏固魔法罩，一刻也不能分心。我的胸口因絕望而絞痛，我閉上雙眼，極力保持平靜。父母的樣子浮現在我腦海，還有力偉、文智、淑曉、彥明王子，還有平兒。我的背逐漸挺直，一股暖意傳遍全身。

**強大的人不需要愛**。

吳剛曾在同個地方對我說過這句話。

**你錯了**。我在心裡無聲地告訴他。**愛給予我力量來完成這一切，來阻止你**。

我從未失去這麼多，但也擁有很多值得奮鬥。我眼睛往上看，剛好與吳剛對視。他什麼時候離我這麼近？我強忍著喉嚨裡湧上的噁心和使我四肢僵硬的恐懼。我的頭顱像塞滿燃燒的煤炭般灼熱，聖焰之羽的熱浪已衝出束縛。**現在**正是時候，在吳剛察覺之前，在他出手之前——要是他將我打暈怎麼辦？

我用力一扭，解開羽毛周圍的法術，注入能量刺穿羽柄，將它粉碎成閃閃發亮的碎片。我的魔法流過每一個碎片，形成一層薄薄的護盾，保護我免於受到羽毛力量的傷害，也正是這樣讓我活了下來。即使護盾包圍，羽毛碎片殘酷的高溫仍然侵入我的血管。我的血液像液態火焰般灼燒著，汗水順著我的額頭和脖子流下來，絲綢長袍黏在我背上。我大口喘氣，吸進一口清涼的空氣，我稍稍鬆口氣，努力不讓自己崩潰。再堅持一會兒，我告訴自己，努力保持穩定。沒剩多少時間了。我需要吳剛盡快出擊，釋放我體內蘊藏的力量，免得它將我徹底吞噬。然而，他依然等待著，臉上掛著勝利的微笑，彷彿享受著這一刻……然而我現在體內熱血沸騰。

我不能再等了；我必須先移動棋盤上的棋子，免得受制於人。「現在重新考慮不算太遲。」我告訴吳剛，雙眼睜大且一副真心關懷的模樣。「如果你歸還皇位，懇求天皇的寬恕，他或許會原諒你。」我口氣溫柔，但我的話如針一般尖銳。

吳剛張嘴憤怒咆哮，空中傳來咻咻聲，他的斧頭一刀落下，在我手臂上一刀又一刀劃下俐落的傷口。像一道灼燒劃過的疼痛，如絲一般滑順地釋放，我撕裂的身體灑出鮮血，血中帶著羽毛能量的金光點點——滾燙，帶著鐵味和焦味。血汩汩流出順著我的手臂，流入起伏的樹根之間，滲入深暗的地底。每一滴鮮血都帶著一絲從我體內流出的羽毛能量——這真是個短暫的解脫。高溫傳入我被綁住的任何地方，於是我感覺到連月桂樹的樹皮也變燙了。

灼燒的鮮血流淌在我的血管裡，我忍不住發出嘶啞的喘息。熱氣從毛孔散發出來，我的肌膚發亮，束縛我的繩索也跟著熔化。我自由了——但我幾乎感覺不到解脫，反而被深不可測的痛苦吞噬。刺鼻的煙霧使我嗆到，我耳邊大聲充斥著嘶嘶聲和劈啪聲。僅有極為纖細的一條絲線維繫著完整的我，那是將我與文智拴在一起的魔法。我像溺水的人緊緊抓住它，攀住這場噩夢中唯一的慰藉，而我的血液繼續流入月桂樹的樹根，現在它隨時都會引發熊熊大火。

而我也是。

吳剛抬頭仰望樹枝，皺著眉頭。之前我母親的血灑在月桂樹上時，種子就像成熟的李子掉落下來。也許他認為是自己的拖延或者誤判，月之女神的血液沒有帶來預期的收穫。

月桂樹顫動著，樹皮冒煙燒焦了。然而它發光的汁液開始蔓延開來，正在啟動自我療癒。我感到絕望。為什麼它沒有被摧毀？為什麼這樣還不夠？我突然意識到，保護我免於羽毛摧毀的力量也保護了月桂樹。我會失敗，因為我仍試圖保護自己，因為我很害怕。

這樣下去不是辦法，如果我失敗了，吳剛會殺了我以及所有我愛的人。沒有其他選擇，就像我父親面對太陽鳥，這是無論如何都必須做出的決定。

我將手臂緊緊抱住月桂樹，緊閉雙眼。不給自己半刻猶豫，探向我的體內，撕裂護盾，解開羽毛碎片周圍的魔法罩——拋棄所有的保護。當最後的防線破壞掉之後，高溫衝破我的身體——如炙熱的夏天，熊熊的火焰。我……解開了。那條將我與文智拴在一起的線斷掉了，魔法瓦解了。隨著我皮膚的刺痛蔓延開來，疼痛滲入四肢。我血流如注，從雙臂的傷口噴湧出來，帶著聖焰之羽最後的原始力量——滲入了月桂樹的樹根。這樣夠了嗎？

我體內的炙熱逐漸消退，最後只剩深入骨髓的疲憊。我無法動彈，汗水淋漓，然而我在發抖。呼吸中充滿煙霧，一種粉狀的苦味覆蓋舌尖，彷彿我在咀嚼灰燼。

我還能呼吸真是個奇蹟，苟延殘喘地存活下來……儘管生命既脆弱又轉瞬即逝。

我雙眼猛地睜開，強光下眨著眼。所有應該筆直之處都變得彎曲，應該靜止之處都在顫動，眼前一片亮澄澄的火焰。月桂樹的銀色樹皮上爆裂開來深深的裂縫，煙霧和汁液從樹皮中汩汩流出——那樹汁不再是明亮的金色，而是銅紅色，彷彿與我的血液攪在一起。噼啪一聲，蒼白樹枝像一頂火焰王冠著火了。

「不！」吳剛失去以往的鎮定，開始憤怒吼叫著。

然而他的爆發只得到沉默的回應。他的士兵看著他，等待著指令。順從、警示、無感。恐懼沒有緊緊抓住他們的心——忠誠、愛與榮譽也都沒有。吳剛曾經嗤之以鼻的東西，他嘲笑且鄙視的這些東西，在絕望時可能會奇蹟般發揮作用。

一陣摩擦聲在空中劃過，月桂樹幹上的裂縫不斷擴大，裂得更大更深——就在它破裂前一刻。上面發光的種子變成了煤塊，枯萎成灰燼，如濃黑煤煙般隨風飄散。

吳剛的士兵靜止不動，雙眼光芒一閃而逝，只剩下空洞。清澈的液體從他們臉上流淌下來，流過他們的脖子，就像大太陽下融化的冰塊。他們四肢大塊大塊地崩裂，發出清脆的碰撞聲，像劣質粘土作品般散落。當他們紛紛倒地時，破碎的身體中飛揚起金色粉塵，盤旋空中。一陣沙沙聲響起，就像長聲嘆息。是有什麼遺憾嗎？還是鬆了一口氣？我祈禱這些靈魂能夠重拾被奪走的平靜。接著那些閃閃發光的金色粉塵消失了，只留下了超凡脫俗的寂靜，以及一根曾經高聳的焦灼月桂樹椿，被一大片黑暗潮濕的泥濘圍繞著。

結束了……吳剛的軍隊被摧毀了。這場可怕的毀滅、對我們生存極大的威脅終於結束了。我顫抖著大口吸氣，閉上雙眼，在這些無止境的日子裡，這樣的恐懼占據我的腦海，也籠罩著我的心，很難相信這一切都結束了。我感覺到令人愉悅的輕鬆襲來，短暫舒緩疼痛。這世界將安然無恙，還有我所愛者的人。隨著吳剛的士兵還有怪獸們的消失，雲城之役必定戛然而止。而吳剛的軍隊也不算因此死亡，因為他們從未真正活著。

黎明來臨，太陽將不受阻礙地從仙域升起。

而我看不到。

吳剛矗立在我面前，滿臉通紅怒氣衝天，帶著濃厚的殺意。我舉起手指摸著臉，拂過下巴溝痕，臉頰圓潤，我變回自己了。

「這怎麼可能？明明是她的氣息，她的聲音——」吳剛緊握斧柄，他不會浪費時間說些無意義的氣話。對於我挑釁他的報復，惟有死亡一途。

我毫不畏懼地迎向他的目光，反正我已精疲力盡，他還能對我做出什麼事來？聖焰之羽將我燃燒殆盡，吞噬我每一分力量。幸運的是我還沒有死，雖然永恆的黑暗正向我招手，只剩下包在骨頭外的皮膚，以及肺裡衰弱的氣息。這是平兒及彥明王子感受到的嗎？不像我一直擔心的那樣可怕，越來越沉重的疲倦向我襲來，如大石般壓著我四肢——但我的內心卻感到輕飄飄的，就像我幾乎要自由了……

「星銀。」

我母親的聲音將我從茫然暈眩中喚醒。他們什麼時候抵達的？我抬頭一看，與她四目相接。她的雙眼裡盡是痛苦，驚恐——就像我眼前崩裂的深淵般漆黑。我父親、文智還有力偉也在身邊，他們的雲朵飛得比風還快，然而還是……太遲了。

我掙扎起身，用手肘扶起身子。我的呼吸急促，看見吳剛的斧頭在我眼前投下一道陰影。我已經沒有力氣躲避或擋住這即將降臨的一擊。我深深吸一口氣，清新的空氣充滿我的肺，帶著桂花的香甜。**我終於到家了**，我內心呢喃著。

吳剛的斧頭高舉著，無論他失去了什麼，他絕對不會錯過復仇。他是個加倍奉還的高手。我閉上雙眼，無法忍受我所愛的人臉上閃過的恐懼表情。我沒有機會再聽到他們呼喊我的名字了。我全身打了個冷顫，這真奇怪，前一刻我還在燃燒，現在卻感到奇冷無比。某個東西呼嘯而過，朝我飛來，我預計會再承受一次痛苦——但那東西從我頭上飛過，接著聽見驚愕的倒抽聲。我猛地睜開眼，發現吳剛的胸口插著一支天焰箭矢。他張大嘴，彷彿從水中被拉上岸的魚——隨即另一支箭射進他的前額中心。火光劃過他的臉，順著他的脖子，直到手掌上的傷疤。他踉蹌倒退一步，然後再一步，嘴裡發出虛弱的氣音，殘破的呼吸中低吟著女人的名字。是他的妻子嗎？他還愛著她？我的內心為之一顫，他很殘忍，但他對自己最殘忍。

吳剛跪倒草地上，身子猛烈顫抖，雙眼瘋狂地眨個不停，然後猛然睜大，便靜止不動了。身上的血色逐漸消失，變得如地上的花瓣一樣蒼白。死亡終於帶走了他——這個汲汲於求仙之路，推翻天皇並重塑仙域的一介凡夫。

我對他沒有半點憐憫，也沒有因為替平兒及彥明王子報了仇而感到得意自鳴。除了內心的空虛，寒冬般的空洞之外，我一點感覺也沒有。我雙腿無力，倒在大地溫柔的懷抱中，聽見急促的腳步聲朝我而來——是我父母、力偉，以及文智。他們跑向我，他們的到來與陪伴令我悲喜交加。

我最深的愛，我最大的遺憾。

文智臉色蒼白，眼裡銀色光芒黯淡如石板。儘管我的身子如此虛弱，見到文智的模樣仍然令我震驚。不太對勁，他強大的氣息正在減弱。他在我身邊跪下，像是從胸口扯出一聲低沉的嘆息。我和他同時伸出了雙手，十指交扣——心有靈犀地緊握一起。他的皮膚好冰冷……或者是我的？

他抬起手托著我的臉頰，「我沒有解除法術，我希望這還夠用。」

「**我有多少時間？**」我之前問過他。

「**妳需要多久就有多久。**」他先前如此回答。

是**我**切斷了連結，他沒有。瞬間我明白了，他沒有放手，即使法術榨乾了他最後的力量，他都沒有放棄。為了確保我的安危，他犧牲了自己的性命，為什麼？是為了他的國度，或是仙域？內心深處，我知道答案是什麼，他曾親口告訴我。

因為他愛我。

不是以前那種自私的愛，只把我當作達成目的的手段之一。那時他想要我，但卻不願付出或讓步，讓他的愛更有意義。我從未想過他會這樣做，將我視為第一優先。我壓抑自己的情感，堅持自己的原則及驕傲，不斷欺騙自己。我拒絕相信他會改變——直到他不容置疑地向我展示他多愛我，多過那些他曾不惜背叛的王冠及國度。

多過他自己的性命。

我應該要哭泣，但我的淚水已枯竭，火焰將它們燃燒殆盡。無聲的痛楚刺骨地堵塞我的喉嚨。就像什麼重要的東西從靈魂撕裂開來，我感到一股劇烈的刺痛。

「我很抱歉。」我的話成了破碎的耳語。

「我也很抱歉。」他胸口起伏著，嘴角露出淡淡的微笑。「活下去，要幸福。」他看了力偉一眼，兩人交換了一個意味深長的眼神——沒有敵意，也沒有怨恨。力偉對他表示尊敬地垂下了頭。文智向後倒下，咬緊的牙關吐出急促的呼吸聲。

**這**太痛苦了，血管裡燃燒著火焰或斧頭劃破皮膚，都沒有如此折磨人。我用力握住他的手，他的皮膚一直都這麼涼爽，但從來沒有像現在這樣寒冰不化。

「我愛你。」我對文智說，到現在我才知道這是真的，儘管我做盡一切想摧毀這分愛。

除了誠實，沒有時間再自傲及怨恨了。我不是背叛力偉，我同時愛著他們。也許這讓我成了壞人，但我也不想要這樣。我的內心有道裂痕……直到它形成了，我才意識到它的存在。聽起來可能很奇怪，然而這道裂痕使我完整——因為他們兩人都成就了一部分的我。

文智臉上展露笑容，燦爛且激動。他是我的朋友，我的敵人——他的愛與背叛同時在我心裡鑿挖出深深的溝渠，互相沒有抵銷，然而事實上，那個曾背叛我的文智是不會這樣犧牲自己。我腦海閃過一絲瘋狂的想法——如果他生長在不同的家庭，就跟我一樣，不受權力、痛苦和祕密玷汙影響，正如他承諾的那樣，我們會很幸福地在一起。或許正如他所說：我們從來沒有機會開始，因為我心裡已經有了其他人。然後，他失去了我的信任——我以為會是永遠。直到這一刻我才恍然大悟，我**早就**原諒了他。我仍然愛著他……但已經太遲了。

他雙眼凝視著我，渾身顫抖著。我感到前所未有的害怕，緊緊抱住他，彷彿這簡單的動作就能將他與我綁在一起。但是他的笑容開始漸漸消失，雙眼慢慢闔起，遮蔽了變得混沌的灰色雙眸。他吐出最後一口氣後，脈搏減緩，氣息漸漸消退，直到構成他這個人珍貴的一切都消失殆盡。

悲傷像一頭將我吞噬的野獸般蹂躪著我。我無法呼吸，也無法擺脫這極度的悲慟，每一刻都像是永恆的黑夜。勉強能安慰我的，是不久後我將會追隨他，或許到那時，我就能找到久違的平靜。

有人將我抬離文智，離開他那令人心疼、靜止不動的身子，曾經如此強大的身體。我用最後一絲力量轉向力偉及我父母。這超出了我能承受的範圍。他們的眼睛因悲傷而紅腫，濕潤且沉重。力偉握住我的雙手，他的觸摸為寒冷籠罩的我帶來了一絲溫暖，他的能量帶著一股熱流湧入我的體內，一絲微薄的安慰，就像失去溫度的太陽，失去光輝的月亮。我的生命力消失了，我無法接收到他的法力。我想告訴他停下來。我厭倦了分離和悲傷，我的心已死。

就算我能夠開口說話，他也聽不見。他的魔法如落雨般掃過我，在我的皮膚上滑落，然而我依然持續衰弱中。光芒從我眼前閃過，彷彿千顆星星在天空中旋轉。我將頭貼至地面，目光凝視著文智。他看起來多平靜，多俊秀且平和，臉上的憂愁一掃而空。我下方的草皮因晨露而濕潤。天色依然昏暗，燈籠尚未點燃，要是我能再見一次燈籠打亮就好了。

「我愛你。」我低聲地說，對著力偉、對著我父母，還有我的家，這個我即將永遠安息之地。

接著，我解脫了，脫離了軀殼，漂浮空中。如此輕盈，如此平靜，既喜悅又哀愁，還有無限的承諾。我低頭凝視著眼前殘酷的景象，文智、吳剛，還有那些士兵們的殘骸。

力偉突然發出一聲哀號，若我的心還在跳動的話，一定會感到柔腸寸斷。我父親悲傷地低著頭，手臂摟住母親，她的哭泣聲在空中迴盪，淚水流入土壤。地面泛起一陣顫動，周圍的燈籠突然亮了起來，燦爛且明亮。月亮在久別重逢後，迫不及待地甦醒，迎接它的女主人。

我母親抽離父親的懷抱，在我身旁跪下並握著我的手，潸然淚下，淚水滲入月桂樹枯萎的樹根。「星銀。」她不停哭喊著，聲聲帶著失落的悲傷。

什麼東西開始發光，一道明亮的金色汁液從月桂樹的樹椿上流淌出來，穿過樹林，蔓延燒焦的縫隙間，灑落地上。大地閃爍著光芒，空中釋放出一陣陣暖流，就像夏日綻放。一股力量將我拉回到我的身體裡，儘管痛苦和悲傷也再次以令人難以忍受的深刻回到了我的意識之中。

我重重地吸一口氣，猛地起身。我與母親四目相接，她睜大了雙眼，充滿了震驚和難以置信，她張開雙臂抱住我，緊緊地擁著我。一股刺痛的溫暖湧入我的身體，流過我的血管。從她的肩膀看去，我看見月桂樹椿崩塌了。曾經閃閃發光的樹液變成棕色，像沙子般鋪撒在文智的身上。他的肺裡沒有呼吸聲；像石頭般毫無生氣。

「他是否？」我說不出後面的話。

「他離開了。」力偉聲音沙啞地說。

「為什麼？為何是他，不是我？」我崩潰大喊，我悲慟地失去理智。

然而我腦中緩緩拼湊著這破碎的片段。不知如何，我母親的淚水重生了月桂樹，而這力量剛好足夠救回我們其中一個，而它選擇了我。這是因為遵從月之女神的命令嗎？或者這是月桂樹贈與我的最後禮物？在那些年裡我在樹陰下玩耍的日子，也許它認得我。

然而，即使生命再次在我體內流動，當我看著文智——部分的我已死去，世界上沒有任何魔法能將他起死回生了。

# 36

**吳剛**已死，他的軍隊也消失了，然而在他短暫統治下造成的傷疤仍在，有些傷痕太深，可能永遠無法痊癒。他若知道，是否會因此得意呢？我相信他會，他獲得了永生，卻將這些被賦予的無限歲月用來揮霍在復仇及怨恨之中。他不配，他應該被遺忘，他的名字應該隨著他的身體被踐踏化成塵土。而我，我會將他從我腦海裡抹去，因為他不值得與那些我失去的朋友並存，我的每一次呼吸仍在懷念著他們。

我環顧東光殿一圈，目光落在高臺上的琉璃棺材，棺裡安放著天后的身軀，她光榮戰死沙場，英雄般死去，為她創作的歌謠已高聲傳頌著。我跪在她前方，第一次我認真地表達出我的敬意。

她高貴的銀色長袍衣裳上繡著彩虹色澤尾巴的金色鳳凰——在一片前來哀悼的

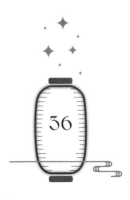

白色喪服人山人海中，她的衣裳如冬天降臨在東光殿增添一抹色彩。后冠上的珍珠及金羽毛在她頭髮上閃耀著——是我年幼時幻想中的那頂后冠嗎？她雙手交叉放在肚腹，指甲在她蒼白的肌膚襯托下顯得耀眼。一名熟練的化妝師將她妝點地容光煥發，闔上的眼皮塗著閃亮珠粉。她看起來很美，因為永恆的沉睡舒緩了她臉上長久以來的緊繃。或也許是我正以全新的眼光看待她：她曾經的模樣，如果走上不同的生命軌跡，她可能又會有怎樣的模樣。

真是奇怪，竟然被她激起這種陌生的憐憫感受，在我胸口蔓延開來。天后一直威脅我母親，迫使我逃離家園，一有機會就責罵並密謀要殺害我。她強迫力偉跟我分開，毫不猶豫就置我於死地。我甚至曾經很懼怕、怨恨並鄙視她。然而，她是力偉的母親，她也深愛著他。如今她已離世，所有我們之間的誤會就像在夜晚追逐陰影般，似乎沒那麼重要了。我永遠不可能愛戴她，但無論她做過什麼，我再也沒有怨恨她的心了。

力偉在我身旁稍微動了一下，他昂首挺胸，面對著前方絡繹不絕前來向天后致意的哀悼人潮。他的母親必定會以他為榮，因為他沒有顯露出一絲懦弱。

我伸出手，想要安慰他——但周圍的眼光過於沉重，我將手收回。不是因為我對他母親的承諾限制了我，她襲擊我那天起這諾言就已失效。還有其他原因……那天月宮發生的那場死亡之後，我的胸口就無法停止地感到痛楚。

天皇出席喪禮，第一次看到他沒有戴著皇冠，跟力偉一樣額頭上綁著純白的頭巾，長長的帶子垂掛背後。自從上次天皇那場不祥預兆的壽宴後，這是我再一次見到他。以前，我曾驚嘆他永不顯老的臉龐，如今卻滿布哀愁的紋路。他的腰佝僂，彷彿失去什麼重要的東西。奇怪的是，他妻子的逝世對他造成如此大的影響，過去他看起來對她沒有那麼深的情感。或許我們直到真的失去後才會懂得珍惜。我埋藏這個念頭，內心感到深深刺痛。

天皇與力偉站起身，以緩慢的步伐走向高臺，身後跟著芷怡，力偉同父異母的姊姊。喪禮是家族事務，讓那些疏遠的家人也能團聚。他們在棺材前跪著，掌心及額頭貼地，一拜、兩拜，三拜。向天后行最後的敬禮。力偉起身後，雙手高舉，施法將棺材籠罩光芒之中。棺材飄向空中，朝著已故天庭神仙們靈魂的安息之處，神聖和諧天境飛去。我的目光順著棺材看去，一陣閃耀的火花迸發出來，幻化成一隻火鳳凰，與棺材一同飛向空中。

喪禮結束後，來弔念的人圍繞著力偉，有些向我點頭致意。我的出席讓他們感到困惑，我沒有正式頭銜，但我卻與皇室成員坐在一起。這陣子他們的關注不再困擾我，我的心思已經轉移到更重要的事情——流連在珍貴的回憶、過去的遺憾和逝者的面孔上，他們將伴隨我的餘生。

★　★　★

幾個星期模模糊糊地過去了，力偉為我準備一間房，但我選擇住在之前恆寧苑的舊房裡，就在他對面。也許我內心希望找到過去熟悉的平靜，重獲一些失去的東西。這裡曾是我的避風港——但現在它的圍牆一天天逼近我，這裡的花香令我窒息。我常常在噩夢中驚醒——顫抖，冒冷汗——試圖忘掉這些記憶：羽毛灼熱的高溫、平兒皮膚的冰冷、彥明王子毫無生氣的身軀……以及文智眼中漸漸消逝的光芒。

天皇不再上朝理事，他待在自己的庭院並拒絕訪客。他是仍在哀悼，還是正在從吳剛手中受監禁的傷害中復原？我懷疑他是否受到虐待，懷疑他的自尊是否能從他鄙視的凡人囚禁中所受到的傷害裡恢復過來。仙域的重責大任落在力偉身上，他需要將他的國度從曾被恐怖魔爪控制的狀態中解救出來。還要修復分裂的聯盟，重建被摧毀的一切。

他憂國憂民，任重道遠，當名君王絕非易事，尤其要當名好君主。幸運的是，他擁有像建允將軍及道明老師這樣的良師益友在身邊。在力偉勸促下，我陪著他參與朝政，傾聽無止盡的訴狀及諫言。我在他身旁，提供我能協助的支持——雖然我內心深處厭惡畏懼朝臣們尖銳的注視，競相爭寵，還有那些令我厭煩無趣的瑣事。有些日子我真的無法忍受，只想逃回我安靜的房內，儘管在那裡我也找不到什麼平靜，我的心被困在淒涼的孤獨裡。

夜晚是最難熬的，因為籠罩著我的陰影拉得更長更深，直到我眼前一片漆黑。我在床上輾轉難眠，大口呼吸著帶著春天芬芳的空氣，然而我內心只剩寒冬。當我想家時，一股渴望吞噬著我。我父母親沒有過來天庭，也許分散多年後他們想要兩人的相依相伴，也或許是因為他們對於這個地方有太多不安的回憶，擔心這裡的流言蜚語及憎恨，還有八卦祕密及謊言。我了解他們的感受，因為我也很厭惡。

力偉對我的寵愛令大家對於我們的婚約產生無邊無際的猜測，他沒有跟我提及此事，我也沒有過問。每當我想像未來時，胸口就無比難受，被難以言喻的渴望拉扯。吳剛的威脅曾經為我的未來蒙上陰影，但比不上我現在面臨的折磨——因為這是我無法戰勝的打鬥，一個我無法對抗的敵人。因為這些惡魔……來自於我的內心。我唯一的安慰就是淑曉陪伴著我，然而她很快就要離開，回到她家人身邊。每個人都向前邁進，尋找各自的幸福。每個人，除了……

我把這不知感激的念頭拋到一邊。我還能活著，我在乎的人在身邊陪伴著，這是個奇蹟。可是為什麼我內心卻感覺如此空虛？

淑曉離開前的最後一晚，我們一同用餐。就像我們過去那樣，除了我現在身後站了一對侍從。每當我清清喉嚨，她們就會猛然立正站好，雙眼不停地查看確認我們的杯盤是否斟滿。當我溫柔地建議她們可以先退下，她們互換委屈的眼神，我便難以堅持。

我嘆了一口氣，因為頭髮裡金飾玉飾如此沉重而開始頭疼，這些髮飾是我任由侍從幫我別上的。我冷淡無味地度過每一天，不在乎我穿戴什麼或者做了什麼——曾經帶給我喜悅的事物，如今我都無感，無論是音樂、食物，或者美酒。我發現我常常會想到天后，要是她能夠活久一點，她的選擇是否會有所不同。我永遠不會知道答案……或者她也不會知道。

淑曉皺著眉頭將一塊紅燒牛肉放在我的盤裡，接著是一疊疊的炒豆及炒蝦，還有一塊肥厚的薑酒蒸魚。

「妳為何不吃？」她問，「妳是不滿意婚禮日期仍然未定嗎？還是擔心天皇可能不會答應這門婚事？」

我舉起酒杯，一口氣乾掉，酒在我喉嚨裡燒灼著，「也許我應該單身。」我無精打采地說。

帶著痛苦愛情釀的酒，我已經喝夠了。

淑曉看了一眼那些侍從，放低聲量地說：「難道妳不想跟力偉太子成婚？」她如同以往直率地說，「想想那些自視甚高的大臣們將要向妳鞠躬行禮。」

「真是令人開心的想法。」我想像著自己大步走進東光殿，滿廳朝臣如潮水般朝我跪拜。我微微一笑，真是誘人，可以提拔支持我的人，貶低那些曾經藐視我的官員。然而這樣的滿足很短暫，這不是我想要的生活，即使擁有這些權勢和力量。

淑曉端詳著我的表情，「那妳為何悶悶不樂？不只今天，自從我們回到這裡之後。」

我沒有告訴淑曉我對文智的情感，我還在自行消化體會，努力理解他對我的意義，以及我失去了什麼。我轉過身來，向一名侍從示意，突然感到慶幸有他們在身邊，面對這種難以回答的追問可以當作擋箭牌。侍從快速走來，向我恭敬地合掌，深深鞠躬。這樣的尊敬不會取悅我，反而使我更不安，但我已學會了假裝毫不在意。

「妳可以幫我們拿來一些湯圓嗎？撒上花生及糖粉的那種。」

敏宜現在是膳房的首領，曾經在午膳時送來一些湯圓給我。我就在這張桌子上獨自享用，用把玉叉子一個個刺著柔軟如枕頭的球，彷彿我可以用這些甜食淹沒我的痛苦。但沒有用，我的胃在記憶裡翻騰——即使我內心脆弱的部分渴望能轉移心思，渴望在舌尖上品嘗到轉瞬即逝的愉悅。

「淑曉，妳真的必須離開嗎？」我問，「建允將軍再次統帥軍隊，那些奉承吳剛的人已被革職，事情都會恢復原來的樣子。」

「即使如此，我沒那麼喜歡這裡。」她大笑著，手肘撐在桌上，「如果我曾經喜歡，**如今的我**也變了。」

**我也是**。我曾經只想要與家人團聚、恢復家園、與力偉共度幸福的生活，然而現在一切都在掌握之中，幸福卻仍然離我遠去。勝利沒有我想像的那般甜美，或者是因為為了它，我付出太大的代價。

「妳會去哪裡？」我問。

淑曉眼神變得朦朧，望向遠方，「我家。我離開太久了，我弟弟會來接替我。他成年了，而這也是他想要的。對我來說，來天庭服役只是責任義務罷了。」

我沐浴在她溫暖的喜悅之中，雖然我會非常想念她。「那妳接下來要做什麼？」

「什麼都不做。」她慢慢吐出這句話，一副享受其中的模樣。「能夠花上幾十年什麼都不做，真是不錯。」

我胸口因羨慕而一陣緊繃，而我可能永遠無法如此灑脫。我真可恥，應該要為她開心才是。「什麼都不做？」我帶著微笑重複她的話。「妳的新朋友，可怕的夢綺將軍，她對這個規劃有何看法？」

這不過是個為了戲弄她的猜測。她們那時密切合作，一同策畫並解救天皇及囚困在玉宇天宮的人。無論如何，她們之間的敵意已轉化成不由自主的相互尊重。淑曉提及這位將軍幾次，若不是她脖子泛起紅暈，我會以為是兩人只是友誼。我過去從未見過她反應如此強烈，我替她感到興奮和擔憂。我搖搖頭，將憂慮拋至一旁，愛情不會傷害伸手去擁抱它的人們。

淑曉微笑著，答案寫在臉上，「她會與我同行，現在……雲城那邊的情況有所改變。」

我縮了一下。若不是她認為我還在為他哀傷，她原本要說的應該是，**如今文智已死**。

「我為妳感到開心。」她起身準備離去時，我告訴她。

她低下身擁抱我，「妳也要幸福。」

這是文智在最後一口氣時跟我說的話，只祝我幸福，他知道無法再與我一起。我淚水盈眶，眨了眨眼，想抹去眼裡的刺痛。胸口的悲傷戳得如此深，我幾乎無法呼吸。

一陣敲門聲，一名侍從快速前去拉開房門。是芷怡，她大步走進來，亮綠色長袍的裙擺幾乎拖到地上。裙子上繡著紫蘭花，還有展翅高鳴的青鳥。

她點頭示意，「我明日啟程離開，過來跟妳道別。」

我掩飾內心的驚訝，「謝謝妳如此周到。」

一顆仙桃在她手裡閃閃發光。桃子已成熟，從蒂頭到頂部都帶著明亮的紅暈，果皮散發著光芒。「力偉給我這個，要給我丈夫。凡人要是沒有任何疾病，這個能幫助他延年益壽，我們就有時間等待靈藥。力偉答應我了，雖然還需要好幾年來準備。」

「我很高興。」我由衷地說，她放棄靈藥後我一直感到愧疚，我父母的幸福是她付出了代價換來的。我沒有忘記對她的承諾——即使她沒有要求，即使現在狀況沒這麼急迫了，我還是會努力實現諾言。最牢固的諾言來自發自內心的承諾。

「我必須走了。」淑曉說，站起身。

「旅途平安。」我向她伸出雙手，她緊緊握住。我不想放手，但她放開我後隨即離去。

芷怡的目光掃過我身後排排站的侍從，「退下。」她沒有提高音量，但帶著不容質疑的威嚴。她們沒有反抗，快步離開，關上房門。

「那是所有皇室兒女與生俱來的本領嗎？」我問。

她坐下後，整理她的裙襬，在地板上自然展開，「我以前住在這裡時，比較喜歡獨處。當時太多人奉我繼母的命令監視我。」

「我能理解。」我不只一次慶幸自己的童年，儘管無聊且孤獨。

「妳的婚禮日子確定了，我會回來的。」她燦爛地笑著，黑眸裡閃耀著跟力偉雙眼一樣的光芒，「我們很快就會成為姊妹。」

**婚禮**？我對她的話感到震驚，她說得如此肯定且真誠，與朝廷裡的流言蜚語完全不同，「力偉跟我沒有婚約。」

她的笑容消失，「妳為何看起來如此驚恐？我以為這是妳想要的，妳很在乎我皇弟。大家都知道並相信這件事水到渠成。」

我無畏地迎向她的眼神，已經厭倦陌生人探問我的私事，「這是我跟力偉之間的事。」

她的臉僵住並站起身，「那我警告妳，別玩弄我皇弟的感情。如果妳這麼做，我可不會原諒妳的。」她二話不說，轉身準備朝門口離去。

「等等！」我脫口而出一個問題，一個連我不知道我會想問的問題。「妳是否後悔過？放棄一切後在凡間生活？」她就出生於皇家，但我不是，對我來說這是個枷鎖。

她一開始沒有回答，把玩著手腕上的玉鐲，「不會，因為我得到的遠比失去的多。如果愛足夠深厚的話，什麼都不算是犧牲。」她雙眼凝視著我，「一題換一題，那妳愛力偉嗎？」

「我愛他。」只有稍稍頓了一下，但這是事實，我會永遠愛他——但心頭上仍存有懷疑。

因為我先愛上了力偉，但我同時後來也愛上別人。一個為我犧牲性命的人，讓我無法忘懷。我知道死亡可以減少寬恕一個人的罪孽，讓大家只記住他的好。文智在世時，我只記得他的背叛和錯誤，然而現在我終於可以不帶批評地想著他，這讓我能更清晰地理解和回憶起他重回我的生命之中，所說的和所做的一切。

「我很高興。」她猶豫了一下，繼續說：「如果不愛，現在就結束一切，才是最好的善意。」

我沒有回答，被她的自以為是激怒了——我的脾氣近來越來越急躁。然而，還有另一條路可以走，反而讓我鬆一口氣。我還有選擇的餘地，儘管很艱困。

★　★　★

萬里無雲的早晨，天空湛藍，力偉和我坐在恆寧苑庭園的涼亭裡。瀑布嘩啦啦地流進水池，桃花花瓣一片片從樹上飄落。力偉揮了揮手要侍從退下，舉起茶壺斟滿我的茶杯，就像以前一同讀書那樣，而當時只有我們兩個人。侍從的目光停留在他身上一會兒後，尊敬地鞠躬離去，留下我們獨處。

「現在凡間是秋季。」力偉說。

我點點頭，回應他的笑容。他將茶杯端到我面前，袖子撫過我的手，藍色錦緞上的銀鷺刺繡展翅翱翔。他的頭髮以金色及寶藍色髮飾梳起，就像他以往的穿戴款式。我幾乎可以想像我們等等就會前往崇明堂上課，而不是力偉現在掌管國度的東光殿。他已經是實質上的天皇了。

他遞給我一個木盒子，上頭繪有一名身穿綠袍的女子，繫著深紅色的腰帶，頭上戴著金色髮飾。腳上環繞著雲彩，一枚銀盤在上方閃閃發光。

我的手劃過木盒。這是我母親，凡人描繪月之女神的模樣。我掀開蓋子，濃郁的蜜香飄散，裡頭擺放四塊金黃色的月餅，上頭是龍與鳳的圖樣。力偉拿起一塊，用小刀切成八等分，分分飽滿扎實。他遞給我一分，橘紅色的蛋黃包裹在深色餡料之中閃耀著光澤。蓮蓉餡細膩滑順又甜香，酥皮在我舌尖上化開。蛋黃添增鹹味的顆粒口感，與甜味交融，完美地平衡味蕾。我閉上雙眼好好咀嚼，想像凡人如何享用月餅，並一邊聽著后羿及十顆太陽的傳說，以及嫦娥奔月的故事。我忽然覺得一陣緊迫，渴望見到我的父母親。

「力偉，我想要回家，我不能留在這裡。」我一開口，內心跟著變得急促，**這個**就是我擺脫每晚夢魘的出路——遠離玉宇天宮無止盡的宴會及禮儀規範，遠離朝臣及侍從們，遠離這國度的重擔。

他臉色蒼白，放在桌上的手指緊握，「星銀，我原本打算跟妳求婚。我父王即將退位，他要我繼承並登基為皇。」

我茫然地看著他，胸口緊繃，彷彿要窒息。這一直是他該傳承的，即使我夢想著與他共度未來，以為還會有幾世紀的時間可以自由自在，直到他父親退位。這是一直是我唯一的希望及慰藉。

「我知道這比我們想像的提早許多，這不是妳想要的。」

「我必須離開。」我緩慢地說出這些話，我一邊說，這個決定也漸漸在心中成形而變得篤定——而我知道這是對的抉擇，即使我內心痛苦加劇。

他握著我的手，神色激動，「為什麼妳必須離開？」

「我想要回家。」我重複說道，抽出我的手。不是因為耍性子，而是因為我不能讓任何事動搖我的決定。

我們互相對視，一陣沉重的靜默籠罩著。「我知道妳在這裡不開心，我希望能和妳一起回家。」最後他說：「但我不能放棄我父王及我的百姓，沒有人可以代替我治理國家。」

「我理解。」我是認真的，並非虛情假意。因為這是他的選擇，同時也是我的。我們必須做出對我們都最正確的選擇，但是分道揚鑣令人心痛。「這是你該待的地方，沒有任何人比你更能治理這國度，我不會要求你跟我走。」

「妳有權利要求我任何事情。」他激動地說。

「我不想增加你的困擾。」而且要是我不這麼做，我不會知道我真正想要的是什麼，我需要的是什麼，而這是他無法給我的。

我艱困地嚥了嚥口水，站起身，「也許對我們來說一切都太遲了，力偉，我們無法回到從前的樣子。」這些話沒有帶半點怨恨，只有悲傷，因為我同樣感到難受。

力偉站了起來，將我摟進他懷裡。我靠在他身上——最後一次了，我拖延著這無可避免的離別之痛。雖然他的溫暖穿透我的長袍跟肌膚，但無法再觸及我的心中。

「我很抱歉如果我辜負了妳。」他在我耳際低聲說著，「妳不必現在做決定，妳可以回家之後，妳準備好了隨時回來，我會等妳。」

「你沒有辜負我，**是**我辜負了你。」我語帶哽咽，「我曾經以為我可以接受這種生活，但如今我無法負荷。我比我想像的還要懦弱，我試著要勇敢一點，但我……我無法忘掉他。我不想要忘掉他。」

「妳不必獨自面對這一切。」他熱切地說著，一點一滴地融化我內心的寒冰，「我可以幫助妳忘掉他，我們會很幸福，就像以前那樣。妳會成為優秀的天后。」

**我不會**。

他提議的宮廷生活對多數的人來說，就像是童話故事，但對我來說，是場夢魘。一想到要被天庭國度的一切永久束縛，皇冠的重量會一年比一年沉重，我便背脊發涼。為了恩寵及權力的無止盡爭鬥，質疑及批判的目光盯著我——急切地催生繼承人。陷入這種生活，我會不會變成怨婦？我們的愛情能經過多久的考驗？多久之後我會開始怨懟，然後……變成仇恨？

我掙脫他的擁抱，凝視著他英俊的臉龐，我多愛那對深邃的雙眼。我的心是否足夠堅強，能夠再承受一次的擊碎嗎？儘管痛苦得彷彿被撕裂，我努力讓自己說出口：「我無法跟你成婚，我不能住在這裡。我不會快樂，也無法讓你快樂。」

他沉默了一會兒，「我曾告訴自己，過去不重要，我不應該羨慕逝去的人。然而，看到你們在綏河王后樹林中的樣子，看到妳為他悲慟欲絕的樣子……我不禁在想，如果他還活著，妳會選擇他嗎？」

要是從前，我會認為這絕對不可能，然而我的絕望殘酷地喚醒了我，我無法否認我對文智的感情比我想像的還要深，我無法否認當我想起他時我胸口的劇痛，那種尖銳的失去之痛。

「他不應該就這樣死去，尤其是為我而死。」我抑鬱地說。

「我不認為他會為了其他人這麼做。」他看著我的臉，溫柔地說。「別因為他的死而責備自己，別緊抓著痛苦便把其他東西丟到一旁，別認為自己不值得擁有幸福。他希望妳能幸福。」

**那他就應該活下去**。

我沒有說出這不可能且忘恩負義的想法，我抬頭看著力偉的臉，胸口的痛苦正在膨脹。簡單幾句話、一個碰觸、一句承諾便能輕易緩解我們的痛苦。但這樣是不對的，這無法治癒我破碎的內心——如果能治癒的話。我的心填滿了悲傷，於是沒了愛情的空間。淚水堵塞了我的喉嚨，太多太緊，彷彿受到擠壓。我轉身大步離開庭院，不敢回頭——即使我渾身不停顫抖，寒冰在我肌膚上凝結。

要放棄未來，獨自投入未知是件可怕的事情。但這是我的人生，由我自己作主……無論是黑暗、傷痛，一切將自我承受。一旦直視死亡，此後每一刻都是一次的勝利——一個新的希望，一個新的開始。而我不再害怕。

# 37

一隻小兔子在我腳邊蹦蹦跳跳，毛茸茸地如潔淨白玉般發亮著，我蹲下來，把牠抱入懷中。我溫柔地撫摸牠的頭，兔子靠得更近，長長的耳朵貼在身上。

我帶著牠朝我家邁進，我家已從災難摧毀中重新修復。屋頂銀光閃耀，龜裂的屋瓦換新，石牆上的燒焦痕跡消失，被破壞的珍珠母梁柱也完好如初，從平地拔起聳立。要是當時受到的其他傷害，也能如此輕易復原就好了。

大門敞開，我父母前來迎接我。母親摒棄了過去常穿的白色長袍，換上一身絢爛的玫瑰色，繫著一條淡紫色的腰帶。盤髮上插了一朵紅牡丹，就像她平常戴的那樣。他們向我走來，溫暖的笑容消除了我胸裡沉重的大石。

我懷裡的兔子將牠鼻子埋在我彎曲的手肘裡，我父親朝牠點了點頭說：「我想說妳離開後，妳母親會需要一些陪伴。」

「我被一**隻兔子**取代了嗎？」我覺得有些生氣，但又想大笑，一種很珍貴的輕鬆感受，將我內心的寒冰融化。

我母親笑了笑，「這隻兔子安靜多了。」

我不可否認，「牠叫什麼名字？」

「我們叫牠玉兔。」我母親在空中筆劃出玉兔兩字。

「如玉般的兔子，很適合牠。」我又摸了摸牠的頭，牠紅寶石般的雙眼盯著我。我將牠放下，牠一蹦一蹦地跳向我母親，接著跳進森林裡。

我走進純明宮，發現許多新事物——廊道旁的木製邊桌，色彩繽紛的絲質地毯取代了原本燒毀的地毯。兵馬畫卷懸掛牆上，旁邊擺了瓷器花瓶，瓶裡插滿著新鮮的桂花。這些是我父親為我母親摘取的嗎？

我父親走到我身旁，玉龍弓彷彿紀律的士兵一樣，懸掛在父親的背後。它的能量掠過我的意識，像溫柔的問候，不同過去那般急切地拉扯。它沒有飛到我手裡，心滿意足地待在它所在之處。儘管我內心有些刺痛，但我不後悔。

「父親，你的力量恢復了嗎？」我問道。

他張開手指又闔起，「一些些，我可以更輕鬆地拉弓了，但是就像爬著陡峭的山坡。」他歪嘴一笑，「這裡沒怎麼需要用到弓箭，能再次重拾力量令人感到寬慰。」

要是月桂樹仍然茂盛，它可能可以加速我父親的復原，就像它曾經讓我康復那樣。但它已經消失，用盡最後力量來拯救我之後，就化為烏有。我從窗外望去，俯瞰那片桂花林，原本月桂樹屹立之處，現在一片虛無。

「力偉呢？」我母親一直克制住這個心中疑問，忍不住開了口。

「在他家，而我在我家。」我沒有多說，但情緒因此起了波瀾。

「這是妳決定的嗎？」我父親帶著警戒的口吻說。

「是的。」我趕緊回答，「我想回家。跟他無關，不要誤會他。」

「永遠歡迎妳回來。」我母親猶豫了一下後繼續說：「妳打算回去嗎？我以為妳跟力偉會……」她聲音越來越小聲，與父親交換一個緊張的眼神。

「沒有，力偉即將登基，而我……不會留在天庭。」我直白地說。

我母親沒有多說什麼，張開雙臂擁抱著我，我閉上雙眼，感受我內心的沉重一點一滴地減輕。哦，我真是幸運能回來這裡，非常幸運地重新擁有我父母和我們的家園。但我內心卻受了傷，需要療癒。我不知道該怎麼做，但絕對不是成為天后，過著不屬於我的生活。

重新適應家的生活對我來說如魚得水，就正如我記憶中的樣子……但也不全然是。有些夜晚我從床上驚醒，感到茫然，臉上汗水淋漓。喉嚨裡卡著半成形的哭喊，我幾乎在期待聽見平兒在走廊上的腳步聲。當門嘎吱作響，我轉身查看，心跳加速，帶著不可能的希望，期待那是她——接著，冷水澆頭，意識到她已不在。然而，我明白她的一部分永遠在這裡，與我們的回憶交織一起，令我感到安慰。

也是有好的變化。我終於夙願以償，可以和父親一起漫步在桂花林中，三人一起吃飯，談論著平凡小事：我們接下來要做什麼、房子整修方式、可以種什麼花——聽起來就像音樂般悅耳。我開始和父親一起訓練射箭。我們在森林裡制定目標，他會糾正我的姿勢，還有我放箭時握弓的方式。如果我覺得**他**還有進步的空間，我會像個懂事的女兒保留意見——至少現在如此。這樣的時光很珍貴，雖然不能完全填補我現在心中的空洞，但是以其他方式滋潤了我的心，帶給我一種全新的幸福滋味。

有些晚上，我會接替母親的職務，親手點燃每一盞燈籠，很高興這項工作能夠使我分心，讓我有機會放縱自己的思緒。當每一盞燈點燃時，我會想像月光閃亮照耀著下方的世界，凡人紛紛抬頭看向天空的畫面。

在那些夜晚，我不害怕獨自面對回憶——因疲憊而幸福地沉沉入睡。每當父親的眼神落在母親身上時，他眼中的光芒，她嘴角綻放地回以笑容，這些都讓我充滿了喜悅和莫名的痛楚。因為儘管我告訴過自己，我還是忍不住渴望他們展現出的愛情，那種我曾經鄙視過、拋棄過、摧毀過的愛情。

★ ★ ★

一年又一年地過去了，宛如大雨湍流而行，直到我也數不清。那些美好的時光，我們一家團圓，彌補了從未享受過的家庭生活。心靈的癒合比身體的痊癒還要緩慢，因為那些傷痕太過深刻，而看不見的東西更難修復。我不知道從何時開始，那些碎裂的片段慢慢地再次聚集——開始癒合，稱不上完美，但至少足夠讓我再次感受到自我的復原。我不再驚醒，不再呼喚著那些逝者的名字，不再經歷火焰燒過血管的痛苦，或者不再陷入當吳剛那把斧頭砍下時被嚇到無法動彈的驚恐。

我的回憶變得比較仁慈，殘酷的記憶逐漸模糊，與記憶裡歡樂的片段交織，例如平兒以讚嘆的口吻對我敘述著仙域的故事，而我全神貫注地坐在她面前。還有彥明王子精神奕奕地揮動著他的木劍。

而文智……

所有關於他的回憶觸動過我不只一次，至少兩次，即使我已經特別為他築起了心牆。他充滿智慧且不屈不撓的意志、他的無情和溫柔、他凝視我的時候顯露出的柔和表情。最重要的是，他是如何愛著我，並為我而死。

隨著疼痛減輕、不再尖銳傷人，又有其他東西漸漸被攪動了起來——一股焦躁不安，就像我童年感受到的那樣，渴望遠方的地平線，一種解脫，我靈魂中的火花重新點燃，內心的空虛開始渴望填滿……渴望更多。

一個簡單卻也殘酷的事實，這裡不再是我的家。

我離開月宮去探訪淑曉，她與夢綺一起住在天庭的南邊，竹林圍繞的靜謐之處，青灰色的群山籠罩。見到她們拱型紅瓦石屋，我感到暖心——這是我朋友一直夢想的家，有著她心上人的陪伴。坐在庭院的樹陰下與她聊天使我寬慰，就像過去那樣。我很開心她找到真愛，也使我更渴望屬於自己的愛情。

不可能了，內心有個聲音嘲笑著我。生命中曾有兩段摯愛，妳的心裡已經容納不下了。

我打起精神，準備前往下一個目的地——東海。我必須這麼做，為了平息內心無情的聲音，緩解依然撕裂著我的悲傷。我不確定當時那名年幼的士兵是不是彥明王子——我永遠不會知道——希望無論他的靈魂在何處都能得到應得的安息。龍族的承諾帶給我很大的寬慰，當我願意寬容自己的時候，我會想像他與他最愛的生物充滿喜悅地一起生活，而牠們對他疼愛有加。

幽珊宮如同以往讓我驚喜連連，發光的玫瑰石英牆聳立在寶藍色的海水之中。然而，我的內心沉重地拖著步伐走向拱型的水晶大門。守衛不讓我進去，一名侍從被派去通知彥熙太子。我沒有等待太久，彥熙太子熱情地前來迎接我，雖然臉上的微笑仍帶著憂愁。見到我可能勾起他不愉快的回憶，那些痛苦的過去。當我閉上雙眼，呼吸帶著鹹味，我幾乎可以聽到他弟弟明亮的咯咯笑聲，以及向我奔跑而來的輕快腳步聲。我抬起頭，心跳因期待而加快，但另一段記憶中的畫面閃過腦海——當偃月刀擊中他胸口時，那一瞬間他那張蒼白的小臉。平兒曾經告訴我：**有些傷痕刻之入骨**。如今我自忖，**有些傷痕可能甚至使人骨碎筋斷**。

「我可以看看他嗎？」我語帶猶豫，預期會被拒絕。我有什麼權利來這裡？我既不是遠親，也不是近鄰。但我愛他的弟弟，也哀悼著他，難道這本身不是權利嗎？

他點了點頭，我鬆了一口氣，「彥明會很開心的，他總是很高興見到妳。」

我跟隨他進入宮殿，擔心會看見什麼而內心惶恐不安。會是一座立在空洞的房裡的冰冷石壇嗎？看來我無須擔心，他們為他建了一座美麗的珊瑚礁紀念花園，溫暖的陽光照耀著。正中央立著一塊烏木及珍珠母打造的壇位，擺著一塊壇木牌位，上頭刻有彥明王子的名號。牌位兩側放了兩支點燃的蠟燭，燭光紋風不動。

彥熙太子和我站在一起，沒有說話，低著頭，雙手合十。凡人祈求點香將願望傳達天庭，這裡不需要，然而我仍然小聲地為他祈禱，想像著風帶他到溫柔的靈魂棲息之地，無論是與他愛的大海合而為一，與龍同在。或者留在這裡，在他最愛的家。我淚流滿面，即使過了那麼久，我的眼淚從未流乾。

我發出嘶啞的抽泣。「我答應過會保護他的，我沒有做到。」

彥熙太子的聲音溫柔且莊嚴。「我也責怪自己。如果時間倒轉，我不會帶彥明到南海。我會早點把他送到安全之處。但這不是我們的錯，我們必須結束這種無限循環的悔恨，這樣只會造成絕望，彥明不會樂見這樣。他有個快樂的靈魂，充滿愛和笑聲。這是我想記住的他，不是他怎麼死的，而是他如何活的。」

他的話緩解了我的傷慟，也提醒了我，有生便有死，死後也會有生，不一定一切都會失去。彥熙太子沉默不語，也許是要給我一些時間整理破碎的心。我跟他一樣，讓自己變得孤僻來折磨自己，總是責怪自己如果動作快一點，如果我一開始就殺了吳剛，也許就能救下彥明王子。上百個如果、未知以及可能的結局在我內心糾纏，像黎明時分的薄霧，稍縱即逝且捉摸不定。世上所有的遺憾都改變不了過去。

我們待了好幾個時辰，直到月亮以銀白柔光輕拂此地。最後我站起身，鞠躬示意，「謝謝你。」我告訴彥熙太子，「我要告辭了。」

「妳要去哪裡？」他問。

他沒有慰留，即使有，我也不會冷酷無情地接受，我該避免讓他父母親見到我。我沒有殺了他們的兒子，我也願意為他獻出性命——然而，我的雙手終究沾染了他的鮮血。

我離開東海，心中一種猛烈的渴望蠢蠢欲動，想要去一個不受過去汙染的新地方。我想要在那裡遊蕩漫步，讓我的感官沉浸在翠綠的森林、銀色的山脈和未受破壞的海洋等未知風景。有個地方跳出，強烈地召喚著我，我一直遠避的地方，害怕重新撕開從未徹底癒合的舊傷口。

最後，我妥協了。我前往黃金沙漠，徒步在閃閃發光的沙丘跋涉穿越，曝曬在陽光下。如果說天庭是春天，那麼黃金沙漠就是無情的夏天。我下午睡覺休息，傍晚等天氣較涼爽時在月光下繼續行進，好幾個夜晚，我在粗糙的沙灘上睡著了，直到陽光變得刺眼猛烈才醒來……那是我睡得最好的時光。

我站在雲城邊緣，頓時怔住——看著那些移動的紫色雲朵，我感到震驚，內心情緒非常激動。根據我聽到的消息，文智死後發生了一場巨大的權力鬥爭。他的母親，也就是王后，取得了勝利，登上了王位且證明了她是位有能力且明智的統治者。就像她兒子會成為的那種君主，如果他沒有不幸愛上我的話。

雲城現在繁榮昌盛，不再被仙域的其他國度排斥。神仙們自由地來到這個他們曾經長久恐懼的地方探險，「邪魔」這個詞也越來越少人提及。我突然有股衝動，想去那裡旅行——去那個我經歷過痛苦及希望的地方。但文智的母親有足夠的理由將我從她面前趕走，因為我讓她兒子付出如此慘重的代價。不，我不能打擾她，不能再次激起她的悲傷。她不是我的朋友；我沒有權力要求她有耐心，儘管我希望能和她一起為我們失去的哀悼，然而我能提供她最好的幫助，就是消失在她面前。

知道神仙離世後的靈魂仍安息在我們的領域內，無論是在天上或是四海，這想法令人感到些微安慰。雖然他們的意識消失，但至少他們沒有迷失。對神仙而言，思索死亡是件奇怪的事，然而當死亡奪走了我所愛的人，我怎能不去思考這件事呢？

我抬起頭，深深吸一口氣，我內心有個部分——仍然疼痛著——渴望呼吸這裡的空氣。我在那片雲海中感覺到一絲他的存在。這是個很難捉摸的感覺，無法說清楚講明白。我對那個感覺如此敏銳，感到熟悉，是否因為我們過去如此親密，還是因為那個殺了他的法術將我們綑綁在一起？或者，也許僅僅是因為我仁慈的心智，用幻覺減輕我的傷慟。

我跪下來凝視著他的土地，沉浸在回憶之中。曾經有段時間我想忘記與他有關的所有一切。而現在的我，把每一段回憶都緊緊地貼在心頭，甚至那些傷害過我的回憶——因為那是我僅存的。我原以為我還恨他，想要把他從我的生命中抽離，卻沒有意識到我的感情扎下的根比我想像的還要深。每當他極力彌補他曾輕率破壞的東西時，我都將他一把推開，因為太害怕而不敢直視他在我心中激起的感情。

「對不起！」我大聲說，這幾天我一直在道歉。「我當時太驕傲太固執，無法搞清楚我真正的感覺，沒有試著理解你之前試著告訴我的事。我愛你……而且我依然很想你。」

我雙手合十，將額頭貼在刺人的沙地上，一陣清風吹過，帶著微微的松香，既熟悉又親切地——我胸口感到疼痛，久久無法自己。我閉上雙眼，抬起臉面向微風，大口呼吸著，直到如利爪撕裂般的疼痛逐漸退去，我低聲訴說著破碎的夢想和希望，雖然永遠無法實現了——無論他身在何方，我想像他能夠聽見我的聲音。

真是個童話故事，我那時這樣告訴自己。

# 38

我不再細數回到雲城邊境的次數；這已經變成了儀式，若不這麼做我會感到迷惘。這座我曾經鄙視的宮殿，現在成了唯一能緩解我哀痛的地方——雖然去那裡感受已經永遠無法觸及的文智的靈魂，本身也帶著苦痛。或許我對自己太過殘忍，遺忘才是善待自己的方式……但我不會讓他的記憶消失。

今日風刮得特別猛烈，彷彿騷動不安。魔法在我指尖流動，我施法穩定住騎乘的雲朵。從我今早離開月宮之後就發現仙域的天氣變得奇怪，我感到有些擔憂。眼前的黃金沙漠在暮色降臨之下呈現灰暗的色調，這時回頭才是謹慎作法，然而內心感到一股不耐，催促著我繼續往前。沒有什麼敵人會比我之前面對的更糟糕，也沒有什麼會比潛伏在我腦海裡的更可怕。

我跳下來，大步走向前方另一片雲。我抬起頭，內心感到緊繃，準備迎來記憶的湧現，帶來一種舒緩及折磨交織的感覺，彷彿一條無形的繩索纏繞住我的心，牽引著我回來。

可是，什麼都沒有。

我拉起裙擺向前奔跑，直到腳下不再沙沙作響，而是擁入柔軟的雲朵之中。我不顧一切地闖入雲城，閉上雙眼，瘋狂地尋找著文智存在的痕跡，那股輕柔地掠過我的意識的感覺——然而我只找到一片空寂。我是失心瘋了，還是終於找回自我了？也許一直以來什麼都沒有，只是我渴望出來的虛假幻覺。如果這就是痊癒了，我寧願不要。

不，無論那是什麼，都是真的，我才不是那種會滿足於幻想與夢境的人。內心激起恐懼及悔恨，濃厚且苦澀，竟然連**這個**都被奪走。我不知道究竟發生什麼事了，但我要找出答案。而只有一個人能解答我的疑惑，或者有足夠的權力可以找出答案。

我召喚雲朵，朝著北方的天空飛去。我飛快地踏上玉宇天宮的大理石階梯，飛簷上的雕龍閃耀地就像著了火，階梯的兩旁是一根根巨大的琥珀梁柱，支撐著三層翡翠屋頂。鑲嵌著珠寶的香爐上白煙裊裊，空氣中瀰漫著茉莉花香，門口的守衛沒有攔住我，二話不說就讓我入殿。

我離開好幾年了，然而我的雙腳仍然知道方位。我大步走過外院及內庭，朝東光殿前去，此時天皇應該正在上朝會見大臣。我站在門外，猶豫了。這不會是個輕鬆的會面，不僅會引起朝臣們的熱議，也是因為我久違再次見到力偉。雖然離開是我自己的決定，但同時我也很痛苦。無論我旅行到哪裡，都會有他的消息——那位他們夢想中的天皇，有著超齡的仁慈與智慧，雖然他尚未對外宣布任何婚事，但那是遲早的事情。皇位需要繼承人。

這個念頭刺痛著我，這是個老毛病，總是突然開始又瞬間消失。當我走進大廳時，朝中頓時一片安靜。大臣們紛紛轉向我，有些人認出我而感到錯愕，而那些新任命的人則對我的出現感到不安，紛紛皺起了眉頭。

「請願要到外頭等待傳喚。」一名朝臣阻攔我，鼻孔張得老大。

另一位拱手向力偉鞠躬後說：「天皇陛下，是否該呼叫侍衛？」

「不用。」力偉帶著不容置疑的口氣命令著，「天庭永遠歡迎她。」

朝臣們的眼中隱約露出一絲的嫉妒，而有些則展現自然愉悅的微笑。經過道明老師和建允將軍身邊時，我低下頭打招呼，很高興能在這裡見到他們，並為他們受到重用而感到欣慰，敢於直言不諱的明智忠臣確實難得。

當我接近高臺，力偉的氣息迎面而來：溫暖、明亮且令人心痛地熟悉。我抬眼望向玉座，心中充滿一股柔情，帶著自責——但沒有後悔。留在天庭待在他身邊我不會開心，而當我渴望的東西不存在時，我也無法帶給他幸福。

力偉宛如戴上一副莊嚴的帝王面具，沒有表露出任何念頭或情緒。他的黃袍上繡著青龍，頭髮上戴著一頂沉重的黃金及藍寶石皇冠，但沒有他父親皇冠上那種垂掛的珍珠串，很高興我不用聽到那種不祥的叩擊聲。他看起來多麼威嚴，就像皇帝接見一般老百姓。

我雙手合十並低伏在地，雙手向前伸展。他沒有如此要求，但這才能順應眾望，我不能在這裡貶低他的尊嚴。我一抬頭便看見他雙眼瞇起示意我起身，手指在大腿上緊握，他和我一樣都不喜歡這樣。如果他仍是太子的話，他可能會遣散他們——包括侍從、朝臣，以及守衛們。但是天皇一旦握有更大的權力，同時也會被繁縟禮節，以及無限的期待與重擔給束縛——至少，對一名努力確保自己配得上的統治者來說是如此。

「妳為何會在這裡，星銀？」

「我有些事情想請教天皇陛下。」我恭敬地說，語氣拘謹，現在說話得字句斟酌。真懷念從前只有我們兩人在恆寧苑的輕鬆時光，但那些日子如水滲入土中，一去不復返。

力偉點點頭，「問吧，任何妳想問的都可以。」

克制是較謹慎的作法，但我太急於得到答案，「天皇陛下，當一位神仙的靈魂離開我們的仙域，這代表著什麼呢？」短暫停頓後，我繼續說道，「我再也感應不到他。」

他坐直身子，長袍下的雙肩看起來很緊繃，「妳在說誰呢？」

「文智。」他的名字如斷了弦般滑落。雖然我曾夢見他，也曾低聲在心裡喚著他的名字——但從未想過我能再次大聲說出來，而且還是在天庭殿上。

「妳這段日子一直在找尋他嗎？」他的聲音裡透露著悲傷。

「是的。」

「妳發現了什麼？」他問。

「他存在的影子，像沒有露臉的一場夢境。」我的聲音顫抖著，回想起文智雙眼緊閉，隨著最後一口氣息消失而胸口變得空無。「我明白他已經死了，但是我認為……我相信他一部分的靈魂仍在雲城——直到現在。」我陷入沉默，突然意識到自己的話多愚蠢，真後悔急性子把我帶到這裡，除了追逐幻影什麼都不是。

大廳一片寂靜，想必大家都聽得到我袖子的摩擦聲，以及吐出的呼吸聲。力偉傾身向前，雙眼深邃且神祕莫測。「他在下方的世界，但不是妳認識的他，還不是。」

我動彈不得，盯著他，睜大雙眼，腦中一片空白。隨即我突然明白他話中的含意——一股炙熱的放鬆感受席捲而來，即使腦中頓時思緒萬千。懷疑與狂野的希望在內心交戰著，而這希望因為關籠太久而難以馴服。我顫抖著，整理情緒的同時腦中開始思考這如何可能。我父親提過極少數的特殊狀況下神仙會在天皇授命下前往凡間，就像他被派去射殺太陽鳥。這是罕見的特例，需要天皇的允許，同時也需要天皇承諾才能返回仙界。

力偉就是現任的天皇。

「文智成為凡人？怎麼可能？他已經死了。」我結結巴巴地說。

「他很幸運，他的意識隨著他的仙魂保存下來，這是我們前所未見的。」

「是月桂樹。」我有些哽咽，回想起月桂樹的汁液變得乾枯如沙，鋪撒在文智身上時的畫面，「它救了我，也救了一部分的他。」

「但是為何他的仙魂現在才離開？為何之前留在這裡？」這個重大且意外的真相逐漸在我腦海中展開，我的聲音因而開始顫抖。

凡間命運守護神向前一步，走近高臺，「之前不能這麼做。他的仙魂當時非常虛弱，不確定是否足夠強大，足以化身凡人。這是到時他返回仙界，還能保有神仙本質的唯一方式。」他撫摸長長的鬍鬚，若有所思的樣子，「但是這幾年來他的靈魂越來越強大，彷彿有什麼東西在治癒他——這是個不尋常的情況。因為如此，我們才能將他送往凡間。」

「但那是月桂樹被摧毀之後，月桂樹的力量已不復存在了。」即使到現在，我還不敢完全相信這件事，害怕這不是真的，擔心這分幸福會再次被奪走。

「不是月桂樹的力量，是妳。」力偉溫柔地說。

每一次我回到雲城時……文智也感覺得到我？我的出現是否安慰了他，如同他安慰了我一樣？他是否一直努力想回到我身邊？我早該知道如果他做得到，他肯定會糾纏著我。淚水奪眶而出，滴到石頭地板上——它們何時匯流成河的？我多痛恨在朝廷上哭泣，但沒有任何東西能緩和我的情緒——我內心充滿了喜悅，一種熾熱的喜悅。

力偉舉起手，示意我走來他的身邊。我向前走去，一名侍從快速地在皇位旁安置了一張座椅。能夠遠離朝廷，私下與他交談，令我放鬆許多，儘管他們的目光仍然牢牢盯著我們。

「你為何沒有告訴我？」我的疑問裡沒有怨恨，只是好奇。

「我們不敢燃起妳的希望。在我登基之前，我也不敢把他送到凡間，直到確定安全。」力偉解釋。

「謝謝你，我很感激。」這些感謝的話如此微不足道。「我會報答你的。」我激動地說。

「妳沒有欠我任何東西，我也不需要妳的道謝。」他嘴角露出微微的笑容，「如果要計較的話，我對妳的虧欠更多——最重要的是妳能幸福，妳比任何人都值得。」

「你做這些是為了我？」內心湧起一股苦澀的感激之情。

「還會有什麼其他理由呢？絕對不會是為了**他**。我看見妳多悲傷，妳成了自己的陰影，妳肯定……妳肯定非常愛他。」他輕輕發出一聲長嘆，緩慢且溫柔。「他在下方世界承受的苦難都是在強化他的仙魂，加速他的歸來。他需要克服凡間種種逆境，無論是疾病、失去或心碎，這都是非同小可的挑戰。」

他一說到最後一點，我內心便開始糾結。**我會將他帶回來**。「我有件事要向天皇請求。」我緩慢地說道。

他沒有半點猶豫，「向妳朋友請求吧，我們是朋友，不是嗎？」

「永遠都是。」這是個承諾，同時也是個告別。

彷彿某樣東西從我胸口掙脫而出，我一直承受的重量。突然感到一陣輕鬆與解脫，碎裂的心終於得以癒合——即使胸口一陣劇痛，我內心一部分仍然不願放棄我們長久以來珍惜的夢想。力偉在我生命中占有重要的一席之地，現在就像是撕除一部分的我。但是我不會失去他，我永遠愛著他，只是我們的心不再同步跳動。

力偉抬起一隻手，舉朝俯首躬身。他想要讓所有人聽見他接下來要說的話，消除所有的疑慮，「星銀，太陽勇士及月之女神的女兒，為天下摧毀了永生月桂樹以及叛徒吳剛，得以隨心所願，如願以償。」

我起身並走向皇座前方，雙手合掌，向他深深鞠躬。我會扮演好我的角色，表達對他的尊重，不讓任何人責怪他。我贏得了這個請願的權利，而我也會驕傲地提出：「天皇陛下，我唯一的願望就是長生不老靈藥。」

力偉點點頭，「如妳所願。有一瓶即將完成——」他的話突然驟停，臉上閃過一絲不安。

他的表情使我困惑，但一段記憶突然浮現腦海讓我刹時領悟：芷怡向我秀出仙桃，臉上露出喜悅，提及力偉答應過她，要給她丈夫靈藥的種種畫面。但我自己對她的承諾呢？但她的狀況又不緊急，她手上還有仙桃，我自忖著——我不想再等了。

我轉向凡間命運守護神，「文智還安全嗎？」道義影響了我的行動，但如果以他的性命為代價，那我可能就做不到了。如果只有一次機會，我不會放棄，即使這樣會玷汙我的靈魂。

守護神點點頭，「他身體健康，住在一個叫銀雲城的地方，即使他在下方世界遇到危險，即使他死了——也不會影響他真正的仙魂本體。一旦他返回天上，他會重回神仙之身，還有記憶及力量。」

他的話讓人放心寬慰，但一想到有人會傷害他，我拳頭就硬了，管他是凡人還是神仙都要付出代價。然而我強迫自己冷靜下來，仔細想想，文智還活著，失去的一切都將復原，他也會回到我身邊。

我仔細看著力偉的臉，發現他的神色猶豫不決。如果我要求那瓶靈藥，他不會拒絕我，而他姊姊在下方凡間不會知道這件事。我們之間一陣沉默，我的欲望與內心良善的部分交戰著，心裡一個聲音喊著要我別當傻瓜，要抓住眼前的幸福——我已經等太久了。但是，我為了我父親的性命而對她有所虧欠，我能違背承諾嗎？我該把這個抉擇的重擔施加給力偉嗎？但若讓他違背諾言，他也會因此煩憂。他已經為我做了那麼多，我不該要求更多。

**只要妳是我的，而我是妳的，我們就有整個世界的時間。**

這是當文智知道我的真實身分，我要求他等待時，他對我說的話。我們關係的開展初時，便埋藏了欺騙——然而這段情感是真實的。我們是有時間，我很確定。如果我們的喜悅沒有被羞恥及罪惡玷汙，那會更加有意義且珍貴。所以要是我連兩次奪走別人的東西，要是我違背諾言，我會因此良心不安，無法感到喜悅。我不會放棄文智，我絕對不會——於是，我選擇延後我們的重逢。

我們已經做錯太多事了，**這件事**我們要做對。我們將重新開始，在一個更堅強的基礎上，給我們從未有過的機會，一個我們值得擁有的機會。

我低下頭再次鞠躬，「天皇陛下，我期許兩瓶靈藥，第一瓶賜給您皇姊，第二瓶再賜給我。」說出這些話讓我嘴裡帶點苦澀，我的心前一刻還在翱翔，現在卻往下沉。我沒有如此高尚，沒那麼瀟脫，我內心糾結著悔恨與渴望。

力偉點點頭，臉上緊張的神色緩和不少，「妳確定嗎？那可能需要花上許多年，或許甚至要幾十年。」

「我該實踐我的諾言。」我說，「只要還會有另一瓶靈藥，我可以等。」或許經歷這一切後，我終於學會耐心的藝術。

「妳會得到的，我答應妳。」他在朝廷上莊嚴地發誓，雖然我不需要他這樣做。

我們的目光交會，一股溫暖在我內心流動，我在他的眼神裡找到了相互理解。我腦海內只有一個念頭：文智還活著，是力偉將他帶回給我的。我的世界曾經天翻地覆改變了，但從未如此美好。

力偉起身並大步朝我走來，他的能量環繞我們四周形成一隱蔽罩，沒有任何人可以聽到他接下來要說的話，「我還有其他事想說，我但願一開始沒有放開妳，因為即使妳回到我身邊，妳的心也不再屬於我了。後來妳離開這裡時，我應該跟妳一起走的，我應該幫助妳療傷。」

「我不會要求你跟我走，你有你的責任義務。」我說。

他搖搖頭，「我應該以妳為優先，妳比任何事都重要。妳不用要求我，我知道妳當時很受傷，這裡的生活讓妳不快樂。我自私地認為，只要我們在一起，就能克服一切。」

「原本應該是足夠克服一切的——但我變了，你也變了。生命的歷練不斷改造我們。」我滿懷感激與感情，「我永遠感謝你曾經同情一個什麼都沒有的女孩，並與她分享你的生活。」

他點點頭，「我也永遠感謝妳，星銀。」

我的手伸進袖子，握住我一直隨身攜帶的東西，一枚上漆髮飾，是他對我們未來的承諾，然而如今已不屬於我們。我遞還給他，感覺就像從我的肋骨間滑出一把刀——或像被拔出？

「我不配擁有這個。」我不是有意殘酷，但這是事實，我不配擁有他的愛，因為我無法給予他我的愛。

他的雙眼濃黑而深沉，「留下吧，當作友誼的禮物。這不會再屬於任何人了。去找他吧，一定要幸福。」他雙手握住我，記憶中熟悉的觸碰令我內心感到一絲絲疼痛。

只不過這疼痛是好的那種，因為療癒就在另外一邊。

# 39

曙光劃破天際，在空中綻放出一朵朵金色玫瑰。我乘著雲往凡間飛去，降落城外郊區。高高的石牆環繞著這座城，拱門上方懸掛著一塊黑漆牌匾，上面刻著：

**銀雲城**

這裡正值秋季，樹葉由綠轉紅，空氣中透著清新的涼意。即使時間尚早，街上擺滿攤販，人潮聚集。有些人攜帶著竹籃，有些人牽著孩子的手，人群穿梭。藤籠裡雞群啼叫著，陶瓷酒甕擺滿桌，小巧木製玩具擺滿另一桌。攤上飄出芝麻酥餅和豬肉餃子的香味，與散落地上的食物殘渣混在一起，還帶著一絲令人不快的腐爛酸味。一旁精巧的花鳥糖雕引起我的目光，然而我還是匆匆地走過兜售商品的攤販們。

也許我應該等到靈藥到手，也許我應該讓文智享受凡間生活——但我無法靜觀其變。我加快腳步，沿著石板路前進，儘管我不知道要去哪裡。我頭髮散亂，額頭上髮絲捲曲，脖子邊散落幾縷。我提醒自己文智甚至還不知道我的名字，但內心依然狂跳。他還不知道，但他會知道的。

回憶閃過腦海：我們一起經歷的戰鬥，互相救援的時光。我們的友誼及愛情、背叛及仇恨，轉化成某種新的情感——更為堅強且珍貴。我曾經認為他不會改變，也不想相信他會改變。只有在他死亡的可怕時刻，我才意識到他是使我完整的那個人，正如他曾是那個能夠讓我心碎的人。當他用背叛傷害我時，他同時也傷害到他自己。即使我冷漠地推開他，對他漠不關心又懷恨在心，他卻努力不懈地為我們的感情奮鬥，試圖證明他的深情，他的真誠及他的愛……我從來無法想像他能做到的無私之愛。

一座大莊園矗立前方，白牆支撐著苔綠色瓦片的拱形屋頂，在陽光照耀下閃閃發光。牆頭上的松樹高聳，一串串白色燈籠掛在上漆的黑色大門旁，在微風中搖曳著。外頭有匹馬踏跳躍動，一名年輕人緊緊握住轀繩，馬兒不耐煩地用蹄刨著地面。

他在這裡，我能感受到他，就像我在他的國度一樣。凡人或神仙，我到哪兒都能認出他來，我猝然止步，撫平我淡紫色的長袍，調整腰間深紅色的腰帶，絲綢上繡著柔和的粉色秋菊。儘管我迫不及待，虛榮心驅使我做點改變。我已經很久沒有享受穿著一襲精緻禮服的樂趣，這種妝點自己容貌的渴望。一股衝動湧上心頭，想要大步走上前敲門——但我對他來說是個陌生人，一個無禮的人，在這時間來訪，沒有受到邀請，也沒有正當理由。

門打開了，一個身材高大的男子走了出來，黑髮梳成光滑的髮髻。他的長袍由上等靛藍織錦製成，腰間用絲帶緊繫。我愣在原地，陶醉在他的模樣之中：他輪廓分明的顴骨，薄唇，清澈的雙瞳環繞一圈灰色。這是凡人的雙眼極少擁有的罕見色調，在那些不安的漫漫長夜裡，那雙眼一直在我的夢裡徘徊。他的特徵和身形略有不同，少了戰士的特質，但依然強壯；身材更高大，卻富有學者氣息。不過，他的雙眼中閃爍著同樣敏銳的智慧，動作也同樣帶有與生俱來的優雅。

那是他。如同知道自己名字般的肯定。多麼折磨人的喜悅席捲了我，在我血管中湧動，閃耀著天堂的光輝。我臉上綻開笑容。高興得想大笑，因為這不是場夢。

他還活著。

文智大步走過我身旁，接著停了下來。他轉過頭，與我四目相接——一陣強烈的感官喚醒了我，彷彿晨露撫過肌膚，嗅聞一股秋天的氣息，見到初雪落下。我盯著他，脖子開始發熱。他瞇起雙眼，被我充滿情感的凝視嚇到了。他的臉上沒有笑容，也沒有認出我來。他看起來就像我們第一次相見那樣：冷酷、難以接近、不感興趣。

那名年輕男子緊抓著韁繩，向文智畢恭畢敬行禮，「趙大人。」

文智點頭示意，我思索著該說些什麼來吸引他的注意，阻止他離去，但他朝我走來，腳步遲疑，彷彿抗拒著衝動。

「我無意冒犯妳，但我們之前見過面嗎？」他舉止謹慎。

我腦海一片空白，「是，很久之前，你可能不記得了。」

他雙眼瞇起，「很抱歉我想不起來，我應該不會忘記才是。」

這是空洞的客套話嗎？他低沉的口氣是否蘊藏別的意思？他的目光在我臉上流連是否想起什麼？

一個女子出現在門口，朝他走來。她如淚珠的臉蛋，小巧的鼻梁上點綴幾顆雀斑，富有光澤的黑髮優雅地盤在頭上，手肘裡勾著三層式的漆籃，她將籃子遞給文智，「你的早點，別忘了按時用餐。」

是他的妻子，還會有誰呢？我的胸口彷彿被刺穿。文智向她道謝，露出熟悉的笑容時，我感到更加難受。但我沒有權利有這種感覺，他已忘了我是誰，在這裡建立起自己的新生活，墜入愛河並成家立業，或許還有了孩子。他還活著我應該感到開心，並為他在這裡找到幸福而喜悅。這應該足夠了，非常足夠……**如果**我是個更好的人。然而我是個愛忌妒且自私的生物，努力壓抑這股不理智的情緒爆發。文智曾經愛過我，他曾為了我而喪命——但當時我不想要他的愛，而如今他不記得我了。命運如何捉弄著我們，我真是想笑又想哭，我在想要擁抱他和踢他小腿的衝動之間左右為難。當他已忘了我的名字，我怎能指望他仍然屬於我呢？當我在他的腦海中褪去成一個模糊的記憶，一首他永遠想不起的歌曲回音。至少，在他凡間的有生之年不會想起來。

或許是察覺到我熱切的關注，那個女子好奇地看了我一眼，然後又轉向文智，和他小聲說了幾句話後回到屋裡去。

「你的妻子真是細心。」我總是急切地在傷口癒合前又將它撕開，將絕望拽到陽光下。

「妻子？」他歪著頭重複道，「她是我姊姊。」

「姊姊！」我頓時鬆了一口氣，這個姊姊比他當神仙時的那位兄長好太多了。

「她很細心照料你的健康，很仁慈且親切，還有——」我趕緊閉嘴，意識到自己開始胡言亂語。

「大人。」那位侍從再度鞠躬，急切地繼續說：「整個朝廷都在等您。」

「我必須走了。」他跟我說。

我點點頭，雖然不希望他離開，這短暫的交談就像一滴水流入乾渴的喉嚨，就像孤獨夜晚中的一顆星星。

「我能再次見到妳嗎？」帶著自我懷疑的語氣，彷彿他自己都不相信他會如此開口要求這樣的事。

我展開迷人且溫暖的笑容，「如果你願意的話。」

他搖搖頭彷彿想解釋什麼，我真希望能解讀他的心思，「我很願意，但我不想造成妳的困擾。」他很緊張地繼續說：「妳可以拒絕，我不會覺得冒犯，雖然我會感到失望。」

「你習慣邀約陌生人嗎？」我故作輕鬆地問，即使我內心非常興奮。

「這是第一次，但是妳讓我覺得不像個陌生人。」他緩慢地說，彷彿試圖釐清自己的思緒，「如果這會讓妳自在一些，我可以邀請我姊姊一起，雖然她可能會毫不客氣地審問妳。」即使現在，他仍然能夠快速察覺機會，並確保勝利。

「不需要。」我告訴他，「只要你就足夠了。」

「謝謝妳的信任。」他看了一眼周遭寧靜的郊區環境，表情變得嚴肅。「妳可能是新來的，這城鎮潛伏許多危險，妳要小心，不要隨便接受邀請，如果遇到什麼麻煩，就——」

「我可以照顧好自己的。」我向他保證。

心中一股暖意蔓延，他到現在仍看顧著我。當然，他不知道我是誰，以及他經歷過什麼——有什麼凡間的麻煩能威脅到我呢？然而這世界對**他**來說充滿了危險。如果他願意，我想要留在他身邊守護著他，直到我們重回天上團圓。

他臉上慢慢綻放笑容，「我相信妳可以。」他沉默了一會兒後說：「如果妳願意，我的侍從可以陪妳回去。」

我搖搖頭拒絕了，「我住的地方離這裡很遠，雖然我會常常來這裡。」希望力偉不要介意我的違規行徑。

「聽妳這麼說我很高興。」他輕而易舉地跳上馬鞍，一手抓住韁繩，另一手輕撫著馬的脖子。「妳喜歡桂花酒嗎？」

「喜歡！」他提及我最愛喝的東西令我心臟狂跳，或許——在內心深處——一部分的他仍然記得我。

「湖邊有個餐館叫日月茶棧，日落景色很優美，他們有這地方最好的酒。我們就在那裡碰面吧！明天黃昏之前如何？」他嘴角慢慢上揚，讓我脈搏加速。

「我會去的。」這是今日的承諾，以及對往後所有日子的承諾。

他駕著馬馳騁而去，我盯著他的背影，直到他消失在路盡頭的轉角處。我此刻才抬起頭，看著上方的太陽，金色光芒照耀著萬里無雲的天空，驅散了夜色的餘暉。前方的道路在我面前延伸，暢通無阻，閃爍著光芒。之前從未如此清晰，也從未如此光明。

我曾以為我所有的願望都已被深深埋葬，再也無法挖掘出來。但我發現我的思緒再次飄向明日的世界，那裡有無限的可能讓人期待。我的夢想不偉大也不高貴——不是擊敗怪物，不是世界和平，甚至不是我父母……而是更渺小、更謙卑，單單只為我自己。

當太陽再度西沉，白晝轉為黑夜，我前往湖邊的茶棧。文智在賞景花園等著我，他深綠色長袍在風中飄逸，目光注視眼前景色——那美景正如他承諾的，非常夢幻，赤紅色的夕陽餘暉灑在銀色水波上呈現出妙不可言的光影。當我一靠近，他轉過身來，嘴角揚起笑容。如果有一絲似曾相識觸動了他的心，他不會知道那意味著什麼——有那麼一天，我會親口告訴他。逐漸昏暗的淡紫色天空下，我們將啜飲著瓷杯裡的桂花酒，就像過去那樣暢所欲言，毫無保留，心無芥蒂。或許我能再次開懷大笑，我幾乎都忘了自己的笑聲聽起來如何。接下來的幾個星期，他會帶我參觀他居住的城鎮：松柏成蔭的步道、一座座的拱橋，以石砌木構完成的優雅建築。也許他會對我敞開家裡大門，介紹他姊姊給我認識。在他家中庭院松樹樹蔭下，我們閱讀凡間的經典作品、古典傳奇以及優美詩詞。夜裡我們可能一同切磋琴藝，兩把樂器並排，絲毫不差且完美和諧的曲調流瀉而出。節慶之際，凡人會聚集水邊放水燈，點香祈求神仙們的保佑——我會低聲訴說自己的心願，只願有日我們能真正團圓，無論是今生還是他的來世。

他不是我的初戀，但他是我最終的歸宿。

這就是我所夢寐以求的。這就是我渴望與他一起共同創造的記憶，我對我們未來的期許充滿簡單且深刻的幸福。從前當我面對文智的背叛時，我曾想過如果我們兩個是普通凡人，沒有過去與現在的包袱的話，我們之間會不會有所不同。如今眼前就是一個重新開始的難得機會。哦，我仍然擔心往後的日子，當他再次漸漸了解我。他對我的感情會因為變回神仙而有所改變嗎？或許最後可能心碎，但我從來都不是一個還未開戰就投降的人。無論我們在這裡度過怎樣的時光，我都會欣然接受，緊緊抓住這個機會，因為我知道失去的滋味如何。我已經失去他一次，我不會再失去他了。

我內心有個聲音悄悄地說，當逝者的面孔仍縈繞心頭，我不應該追求這種幸福。但我平息了這個聲音，因為如今我有更深的體悟。那些看似虛度光陰的日子並不算浪費。我需要療癒自己，學習與我的傷痛共存，揭開內心深處長久以來困擾著我的祕密。

這些傷口與疤痕不再使我崩潰。因為尊重與珍愛，逝者將永遠活在我的心中，我不會拒絕生命，也不會抹去生命中的快樂。我不再將愛拒於門外，無論它以如何奇妙或帶著毀滅的面貌出現——這是世上最強大的力量，足以撼動凡人及神仙內心的惡與善。我們是有著灰色靈魂的複雜生物，可以同時做出美好及恐怖的事……以及千變萬化的事。我們的天性不像天上的星星般永恆不移，而是像河水，朝向未知的地平線流去。

眾人皆知我父親后羿如何射日，以及我母親嫦娥如何奔月的傳說故事——然而在這些傳奇中，我們關注的不是**如何**，而是**為何**。有些人可能會認為我們面對愛，會變得脆弱。但愛，激發了我們從未意識到的潛在力量。我不再逃避，不再懷疑。我將走出過去的陰影，面向未來。帶著愛，無怨無悔地活下去。

最終，我找到了家。

# 謝辭

我由衷地誠摯感謝《月宮少女星銀》的讀者們，跟隨星銀來到這本《太陽勇士之心》。收到各位的來信，幫助我度過寫作這本書過程中的種種艱困。同時也感謝書商以及圖書管理員願意閱讀並介紹這本書——我真的非常感激。

娜奧米・戴維斯（Naomi Davis），我的文學經紀人，妳的熱忱、洞察力，以及建議，幫助我度過許多難關，我很感激我們一同攜手向前！非常感謝書檔文學代理（BookEnds Literary Agency）的大力支持。

感謝大衛・波米力可（David Pomerico），我的美國編輯——真的可以直接這樣說，沒有你就沒有這二部曲的誕生。我很高興我們從一開始就有共同的願景，你是這套書最傑出的擁護者，你深具洞察力的編輯功力讓這部作品的品質大大提升。

弗朗茜・克勞福德（Francie Crawford）和朱瑞・庫克（Jori Cook），你們真是太棒了，我非常感謝你們的協助，並很榮幸能一起共事！另外非常感謝優秀的米雷亞・奇里博加（Mireya Chiriboga），還有雷切爾・維尼克（Rachel Weinick）和拉謝爾・曼迪克（Rachelle Mandik）文稿上的寶貴協助，以及對我的評論還有編輯時展現的耐心。謝謝艾利森・布魯默（Alison Bloomer）優美的內頁設計，同時也感謝莉亞特・斯特利克（Liate Stehlik）和詹・哈特（Jen Hart）。

能夠成為英國哈潑旅人出版集團（Harper Voyager UK）大家庭的一員，與我出色的編輯維琪・李奇・馬特奧斯（Vicky Leech Mateos）一起工作，我非常高興且榮幸，妳的洞察力和指導確實幫助我經歷了這個充滿挑戰的一年。我也很幸運能夠與極其優秀的瑪蒂・馬歇爾（Maddy Marshall）和蘇珊娜・皮登（Susanna Peden）一起工作，能與如此棒的團隊合作真是三生有幸。特別感謝出色的娜塔莎・巴登（Natasha Bardon）、蕾亞・伍茲（Leah Woods）、莎拉・蒙羅（Sarah Munro）、伊莉莎白・瓦茲爾（Elizabeth Vaziri），以及使這本書及讓特別版的夢想成真的羅賓・瓦茲（Robyn Watts）。

世界各地哈潑科林斯很多人都是讓這本書能夠出現在架上的重要推手。感謝哈潑科林斯加拿大團隊及全球團隊，感謝所有協助這三部曲的每個人，我真心感激。

看到《太陽勇士之心》的封面我真是欣喜萬分，燦爛的陽光與喚起美好夜晚的《月宮少女星銀》相互輝映，兩者呈現不同樣貌的完美。我無法言語表達我多喜愛這些封面，兩張都捕捉到這個故事的核心精神。黃久里（Kuri Huang）謝謝妳精湛的美國版封面插畫——每一個精緻的細節我都很愛，持續發現新的令人驚喜之處。萬分感激莊詣晨（Jason Chuang）為英國版封面繪製嘆為觀止的插圖及設計，我喜歡那款封面上所有的一切：令人驚嘆的花卉及象徵意義，精細的藝術品質以及鮮豔動人的色彩。同時也很感謝美國版的藝術總監珍妮·雷娜（Jeanne Reina），以及英國版的藝術總監艾莉·蓋姆（Ellie Game）。

我無法想像比娜塔莉·諾杜斯（Natalie Naudus）更適合這兩本書的有聲書朗讀者了，謝謝妳讓這些角色栩栩如生，就像我想像中的一樣！

這真的就像做夢一樣，這兩本書都即將被翻譯成許多語言，而我對那些即將推出的版本都非常興奮！感謝凱瑟琳·福克（Katherine Falkoff）協助將這些故事推向世界的其他地方，感謝願意提供這二部曲一個家的出版商。

我提到美夢成真，但有些是我在開啟出版生涯時從未想過的。能夠與 FairyLoot 合作《月宮少女星銀》及《太陽勇士之心》真的很開心。謝謝厲害的安尼莎·德·

戈默里（Anissa de Gomery）及 FairyLoot 的夢幻團隊帶來這些精美的版本，比我想像中的還要美，我會一直珍惜這一切，感謝妳及支持的讀者們。

同時謝謝 Fox & Wit、Mysterious Galaxy Book Crate、Satisfaction Box，以及 Emboss and Spines，我好愛看那些照片及開箱文！雖然我熱愛藝術，但很可惜我沒有這方面的天賦。我很感謝所有出色的藝術家，以不同但令人驚嘆的方式將角色栩栩如生地呈現出來，其中包括 Grace Zhu、Rosie Thorns、Arz28、Katie、Xena Fay、Yingting、Marcella、Julia 以及 Azurose Designs 製作的精美別針。

寫作既耗時又孤獨，好幾段日子裡我幾乎足不出戶，埋頭在文稿的世界裡。非常感激我的先生托比，感謝他無止盡的體諒，並作為我第一位讀者及最嚴格的評論人，幫助我理清一些棘手的情節（或至少讓我天馬行空地閒聊胡扯），以及我最愛的孩子們盧卡斯和菲利浦，讓我和現實世界保持連結。沒有我家人就沒有我，我永遠感謝我的父母親、我的姊妹、表堂兄弟姊妹、阿姨及叔叔們。還有 Julia 和 Christian 在我最忙碌的截稿期間給予我的支持和照顧。

我無限地感激 Sonali Singh 和 Jacquie Tan 妳們的友誼，並閱讀我的初稿，感謝妳們的分析及毫無保留的回饋，並忍受我緊迫時刻發出驚慌失措的眾多訊息——妳們是我的精神支柱！還有感謝我最親愛的友人 Eunjean Choi，謝謝妳從一開始就參與了我的寫作生涯，感謝妳的善解人意及鼓勵。謝謝 Lisa Deng 在中文詞句及名稱深思熟慮的建議，並容忍我提出許多疑問。感謝我各地的朋友，我無法表達我多感激你們對我書的熱情支持，從世界各地寄照片給我——有些人甚至很好心地閱讀了！非常感謝我有幸在這段旅程中認識的作者們，他們和我分享建議和見解，並慷慨地閱讀和推薦了這套書。

我不常使用社群媒體，所以非常感謝讀者及我的團隊們提供一些我可能不會觸及到的連結給我。我衷心感謝讀者們、在ＩＧ推廣這本書的人、書評部落客、書籍 Youtuber，還有在 TikTok 上推薦的人。雖然我無法一一回應每個人，並猶豫是否要闖入那些沒有標記我的貼文，大家的文字及優美的照片、推文及影片在在令我充滿感恩之心。謝謝 Melissa & Isabel、Steph, Lauren、Cait、Elle、Luchia, Katie、Cath, Sam、Danica、Giota、Tatiana、Shanayah、Ishtar、Gemma、Lina、Caitlin、Jenn、Jean、Tammie、Pamela、E-Lynn、Kevin、Bella、Amelia、Sonia 以及 Jenna。由於截稿日將至，我可能還有所遺漏！感謝《月宮少女星銀》圖書巡迴的所有主持人，以及優秀的參與者。我非常感謝書商和圖書館員展現各種令人讚嘆的工作表現來支持作者，感謝 Kalie、Kel、Jennifer、Steph、Michelle、Dayla、Gabbie、Dan、Mike、Rayna、Meghan。

幾年前，當我還在餐桌上寫作《月宮少女星銀》，那是我允許自己沉浸在夢想裡的少數時刻——即使在那時，我也從未想像這本書將帶領我踏上怎樣的旅程。我常常說非常感激，但每一個是出自我的全心全意——對我周遭的每個人、對這個寫作的機會，還有對所有讀者，我都萬分感激，每一項都缺一不可，包括謝謝你閱讀到這裡。

國家圖書館出版品預行編目資料

太陽勇士之心／陳舒琳（Sue Lynn Tan）著；曹琬玲譯.
-- 初版 . -- 新北市：數位共和國股份有限公司燈籠出
版：遠足文化事業股份有限公司發行, 2024.02
面；　公分 . --（天庭傳奇；2）（Ray 系列；2）
譯自：Heart of the sun warrior: a fantasy romance novel
ISBN 978-626-97926-1-0（平裝）

868.757　　　　112022728

Ray 系列 02

# 太陽勇士之心（天庭傳奇 2）

Heart of the sun warrior: A Fantasy Romance Novel (Celestial Kingdom, 2)

作者　Sue Lynn Tan 陳舒琳
譯者　曹琬玲
編輯　曹依婷
封面插圖　麻繩
封面與內頁美術　江孟達
內頁排版　張靜怡

出版　燈籠出版／數位共和國股份有限公司
發行　遠足文化事業股份有限公司（讀書共和國出版集團）
地址　231 新北市新店區民權路 108-4 號 5 樓
電話　(02) 2218-1417
傳真　(02) 2218-0727
客服專線　0800-221-029
信箱　service@bookrep.com.tw
法律顧問　華洋法律事務所　蘇文生律師
印製　博創印藝文化事業有限公司

出版日期　2024 年 2 月初版一刷
定價　新臺幣 550 元

ISBN　978-626-97926-1-0（紙書）
ISBN　978-626-97926-2-7（套書）
EISBN　978-626-97926-3-4（PDF）
EISBN　978-626-97926-4-1（EPUB）

Printed in Taiwan

L-A-N-T-E-Ray-N

Ray 書系

青春是一束雷射光，
匯聚你不羈的想像，
奔向你獨有的冒險，
挑戰你變幻的極限！

燈籠